HERÓI

OBRAS DO AUTOR PUBLICADAS PELA EDITORA RECORD

1356
Azincourt
O condenado
Stonehenge
O forte
Tolos e mortais

Trilogia *As Crônicas de Artur*
O rei do inverno
O inimigo de Deus
Excalibur

Trilogia *A Busca do Graal*
O arqueiro
O andarilho
O herege

Série *As Aventuras de um Soldado nas Guerras Napoleônicas*
O tigre de Sharpe (Índia, 1799)
O triunfo de Sharpe (Índia, setembro de 1803)
A fortaleza de Sharpe (Índia, dezembro de 1803)
Sharpe em Trafalgar (Espanha, 1805)
A presa de Sharpe (Dinamarca, 1807)
Os fuzileiros de Sharpe (Espanha, janeiro de 1809)
A devastação de Sharpe (Portugal, maio de 1809)
A águia de Sharpe (Espanha, julho de 1809)
O ouro de Sharpe (Portugal, agosto de 1810)
A fuga de Sharpe (Portugal, setembro de 1810)
A fúria de Sharpe (Espanha, março de 1811)
A batalha de Sharpe (Espanha, maio de 1811)
A companhia de Sharpe (janeiro a abril de 1812)

Série *Crônicas Saxônicas*
O último reino
O cavaleiro da morte
Os senhores do norte
A canção da espada
Terra em chamas
Morte dos reis
O guerreiro pagão
O trono vazio
Guerreiros da tempestade
O Portador do Fogo
A guerra do lobo
A espada dos reis

Série *As Crônicas de Starbuck*
Rebelde
Traidor
Inimigo
Herói

Bernard Cornwell

HERÓI

AS CRÔNICAS DE STARBUCK
LIVRO 4

Tradução de
ALVES CALADO

EDITORA RECORD
RIO DE JANEIRO • SÃO PAULO

2021

EDITORA-EXECUTIVA
Renata Pettengill

SUBGERENTE EDITORIAL
Mariana Ferreira

ASSISTENTE EDITORIAL
Pedro de Lima

AUXILIAR EDITORIAL
Juliana Brandt

REVISÃO
Carlos Maurício

CAPA
Marcelo Martinez / Laboratório Secreto

IMAGEM DE CAPA
Renato Faccini

DIAGRAMAÇÃO
Abreu's System

TÍTULO ORIGINAL
The Bloody Ground

CIP-BRASIL. CATALOGAÇÃO NA PUBLICAÇÃO
SINDICATO NACIONAL DOS EDITORES DE LIVROS, RJ

C835h
    Cornwell, Bernard, 1944-
        Herói / Bernard Cornwell; tradução de Alves Calado. – 1ª ed. – Rio de Janeiro: Record, 2021.
        (As crônicas de Starbuck; 4)

        Tradução de: The Bloody Ground
        Sequência de: Inimigo
        ISBN 978-65-55-87192-0

    1. Ficção inglesa. I. Calado, Alves. II. Título. III. Série.

20-68025
                                            CDD: 823
                                           CDU: 82-3(410.1)

Camila Donis Hartmann – Bibliotecária – CRB-7/6472

Copyright © Bernard Cornwell, 1997

Texto revisado segundo o novo Acordo Ortográfico da Língua Portuguesa.

Todos os direitos reservados. Proibida a reprodução, no todo ou em parte, através de quaisquer meios. Os direitos morais do autor foram assegurados.

Direitos exclusivos de publicação em língua portuguesa somente para o Brasil
adquiridos pela
EDITORA RECORD LTDA.
Rua Argentina, 171 – Rio de Janeiro, RJ – 20921-380 – Tel.: (21) 2585-2000, que se reserva a propriedade literária desta tradução.

Impresso no Brasil

ISBN 978-65-55-87192-0

EDITORA AFILIADA

Seja um leitor preferencial Record.
Cadastre-se no site www.record.com.br e receba
informações sobre nossos lançamentos e nossas promoções.

Atendimento e venda direta ao leitor:
sac@record.com.br

Para Zachary Arnold,
que ele jamais conheça os horrores da guerra.

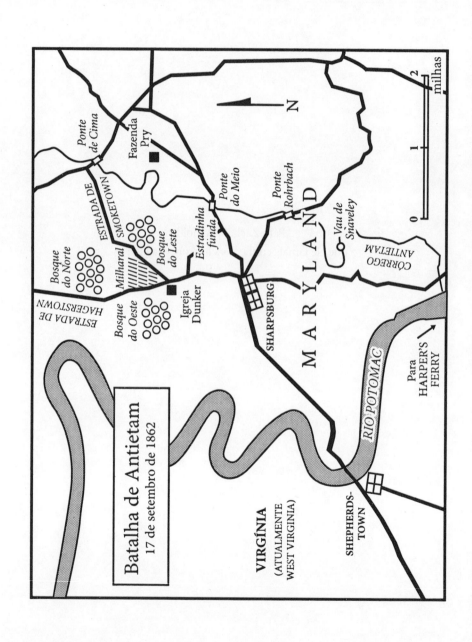

Parte 1

1

Chovia. Havia chovido o dia todo. No começo era uma chuva rápida, quente, soprada por ventos esporádicos vindos do sul, mas no fim da tarde o vento mudou para o leste e o aguaceiro ficou maligno. Caía forte; uma chuva que fustigava, pesada, feita para uma arca boiar. Rufava como tambor nas tendas inadequadas dos exércitos; inundava as fortificações de terra abandonadas pelos ianques em Centreville e levava a terra das sepulturas rasas às margens do Bull Run, fazendo com que um exército de cadáveres pálidos feito peixes, enterrados havia apenas um ou dois dias, viesse à superfície como os mortos no Juízo Final. A terra da Virgínia era vermelha, e a água que corria em riachos lamacentos e cada vez mais largos em direção à baía de Chesapeake assumia a cor do solo de tal forma que toda a maré parecia estar embebida de sangue. Era o primeiro dia de setembro de 1862. O sol só iria se pôr em Washington às seis e trinta e quatro, mas às três e meia os lampiões a gás foram acesos na Casa Branca. A avenida Pennsylvania estava com trinta centímetros de lama, e os esgotos abertos de Swampoodle transbordavam. No Capitólio, a chuva açoitava as traves e os andaimes da cúpula inacabada, derramando-se sobre os feridos recém-chegados da derrota do exército do Norte em Manassas, deitados em sofrimento no piso de mármore da rotunda.

Trinta quilômetros a oeste de Washington havia mais fugitivos do derrotado exército de John Pope se arrastando para a segurança da capital. Rebeldes tentavam impedir a retirada, mas a chuva transformava o confronto em confusão. Soldados de infantaria se amontoavam procurando abrigo sob árvores encharcadas, artilheiros xingavam as cargas de pólvora molhadas, cavalarianos tentavam acalmar animais aterrorizados pelos relâmpagos que cruzavam as nuvens pesadas. O major Nathaniel Starbuck, comandante da Legião Faulconer da Brigada Swynyard, pertencente à Unidade de Jackson do Exército do Norte da Virgínia, procurava manter um cartucho seco enquanto derramava pólvora no fuzil. Tentava proteger o cartucho com o chapéu, mas o chapéu estava encharcado e a pólvora que ele sacudiu do papel encerado, suspeitosamente grumosa. Enfiou o papel amassado em cima da pólvora, cuspiu a bala no cano do fuzil e socou a carga. Puxou o cão para trás, pescou uma cápsula de percussão na caixa presa ao cinto e a encaixou no cone do fuzil, depois mirou através do lençol prateado de chuva. Seu regimento estava na beira de um bosque gotejante, virado para o norte, onde estavam os ianques, abrigados em outro agrupamento de árvores depois de um milharal castigado pela chuva. Não havia alvo na mira de Nate, mas ele puxou o gatilho mesmo assim. O cão bateu na cápsula de percussão, que explodiu soltando seu pequeno sopro de fumaça, mas a pólvora na caçoleta do fuzil se recusou a pegar fogo. Ele xingou. Puxou o cão para trás, arrancou a cápsula de percussão estourada e pôs outra no lugar. Tentou de novo, mas o fuzil continuou não disparando.

— Seria melhor jogar pedras nos desgraçados — disse a ninguém em particular.

Um fuzil disparou nas árvores distantes, mas o som da bala passando pelas folhas acima de sua cabeça foi abafado pela chuva forte. Nate se agachou com o fuzil inútil e se perguntou que diabo deveria fazer.

O que deveria fazer era atravessar o milharal e expulsar os ianques das árvores ao longe. Mas eles tinham pelo menos um regimento e um par de canhões de campanha, e o regimento de Nate, reduzido pelo combate, já fora sangrado por essas duas peças de artilharia. Quando a legião penetrou na confusão de pés de milho encharcados de chuva, Nathaniel achou que o barulho dos canhões não passava de trovões; depois viu que suas companhias da esquerda estavam sendo rasgadas e mortas e notou os artilheiros ianques movimentando os canhões para atacar o restante da legião pelo flanco. Ordenou que seus homens atirassem contra os canhões, mas apenas um punhado de fuzis tinha pólvora suficientemente seca para disparar, por isso gritou que os sobreviventes recuassem antes que a artilharia voltasse a atirar. Então ouviu os nortistas zombando de seus homens derrotados. Agora, vinte minutos depois, ainda tentava encontrar um caminho para atravessar o milharal ou passar ao largo, mas o terreno à esquerda era um espaço aberto dominado pelos canhões inimigos enquanto o bosque à direita tinha ainda mais ianques.

A legião claramente não se importava se os ianques ficassem ou fossem embora, já que agora a inimiga era a chuva, não o Norte. Conforme andava até a ponta esquerda de sua linha, Nate percebeu que os homens tentavam não atrair seu olhar. Rezavam para que não ordenasse outro ataque porque ninguém queria sair da cobertura das árvores e voltar para o milharal alagado. Tudo que queriam era que a chuva parasse, uma chance de acender fogueiras e um tempo para dormir. Acima de tudo, dormir. No último mês, marcharam por toda a extensão dos condados do norte da Virgínia, lutaram, derrotaram o inimigo, marcharam e lutaram de novo, e agora estavam cansados de marchar e lutar. Suas fardas eram trapos, as botas estavam em frangalhos, a ração mofada, e eles estavam exaustos. Para os homens de Nathaniel, os ianques podiam muito bem ficar com o bosque encharcado do outro lado do milharal. Eles só queriam descansar. Alguns dormiam apesar da chuva. Caídos como os mortos na beira do bosque, bocas abertas para o aguaceiro, barbas e bigodes escorridos e pingando. Outros homens, de fato mortos, pareciam dormir no milharal ensanguentado.

— Achei que estávamos vencendo essa porcaria de guerra — disse o capitão Ethan Davies, cumprimentando Nathaniel.

— Se não parar de chover, vamos deixar a porcaria da Marinha vir vencê-la para nós. Você consegue ver os canhões?

— Ainda estão lá. — Davies indicou com a cabeça o bosque escuro.

— Filhos da mãe.

Nate estava com raiva de si mesmo por não ter visto os canhões antes de ordenar o primeiro ataque. As duas peças estavam atrás de um emaranhado de galhos, mas ele ainda se xingava por não ter suspeitado da emboscada. A pequena vitória ianque o irritava, e a irritação piorava com a incerteza se o ataque havia sido de fato necessário, já que ninguém mais parecia estar lutando. Um canhão ocasional soava em algum lugar na penumbra molhada, e às vezes um matraquear de mosquetes ressoava acima da chuva forte, mas esses sons não tinham nada a ver com Nathaniel e ele não recebera mais ordens do coronel Swynyard desde o primeiro comando urgente de atravessar o milharal. Talvez, esperava Nate, a batalha inteira tivesse entrado num impasse encharcado. Talvez ninguém se importasse mais. De qualquer modo, o inimigo estava retornando a Washington, então por que simplesmente não deixá-lo ir?

— Como você sabe que os canhões não foram embora? — perguntou a Davies.

— Eles nos dizem de vez em quando — respondeu Davies laconicamente.

— Talvez tenham ido — sugeriu Nate.

Porém, mal havia feito o comentário e uma das peças de campanha dos ianques disparou. Tinha sido carregada com metralha, um cilindro de estanho cheio de balas de mosquete que se despedaçava na boca do canhão, espalhando os projéteis como um enorme disparo de espingarda, e as balas passaram rasgando as árvores acima de Nathaniel. O canhão havia mirado um pouquinho alto demais, e seu disparo não feriu ninguém, mas a passagem do metal fez cair um dilúvio de água e folhas nos sofridos soldados de infantaria de Nate. Agachado ao lado de Davies, ele tremeu sob o banho indesejado.

— Filhos da mãe — repetiu, mas o xingamento inútil foi abafado por um trovão que partiu o céu e retumbou até cair no silêncio. — Antigamente eu achava o som dos canhões igual a um trovão. Agora acho que o trovão parece um canhão. — Ele pensou nisso por um segundo. — Com que frequência se ouve um canhão em tempos de paz?

— Nunca — respondeu Davies. Seus óculos tinham respingos de água da chuva. — A não ser, talvez, no Quatro de Julho.

— No Quatro de Julho e no Dia da Evacuação — acrescentou Nate.

— Dia da Evacuação? — perguntou Davies, que nunca tinha ouvido falar disso.

— É o 17 de março. Foi o dia em que expulsamos os ingleses de Boston. Há disparos de canhões e fogos de artifício no Boston Garden.

Nathaniel era de Boston, um nortista que lutava pelo Sul rebelde contra seu próprio povo. Não lutava por convicção política, e sim porque os acidentes da juventude o fizeram ficar preso no Sul quando a guerra começou. E agora, um ano e meio depois, era major no Exército confederado. Era pouco mais velho que a maioria dos rapazes que comandava, e era mais novo que muitos, mas um ano e meio de batalhas deram uma maturidade severa ao seu rosto magro e moreno. Às vezes refletia que, se as coisas tivessem corrido como o planejado, estaria estudando para ser pastor na Divinity School em Yale, mas, em vez disso, estava de cócoras numa farda encharcada ao lado de um milharal encharcado tramando como matar alguns ianques também encharcados que conseguiram matar alguns de seus homens.

— Quantas cargas secas você consegue arranjar? — perguntou a Davies.

— Umas dez — respondeu Davies, incerto. — Talvez.

— Carregue todas nos fuzis e espere aqui. Quando eu der a ordem, quero que você mate aqueles artilheiros desgraçados. Vou lhe arranjar alguma ajuda.

Nate deu um tapa nas costas de Davies e voltou correndo para o meio das árvores, depois foi mais para o oeste até chegar à Companhia A e ao capitão Truslow, um homem baixo, atarracado e incansável que ele promoveu de sargento a capitão apenas algumas semanas antes.

— Algum cartucho seco? — perguntou enquanto se abaixava ao lado do capitão.

— Um bocado. — Truslow cuspiu sumo de tabaco numa poça. — Estava guardando o nosso fogo para quando você precisasse.

— Você é cheio de truques, hein? — comentou Nathaniel, satisfeito.

— Cheio de bom senso — respondeu Truslow com seriedade.

— Quero uma saraivada contra os artilheiros. Você e Davies matam os artilheiros e eu levo o restante da legião pelo milharal.

Truslow assentiu. Era um homem taciturno, viúvo, firme como a fazenda na encosta de um morro que tinha abandonado para lutar contra os invasores nortistas.

— Espere a minha ordem — acrescentou Nate, depois recuou de novo para as árvores, mas havia pouco alívio da chuva embaixo da cobertura espessa de folhas que havia muito já estava encharcada pelo aguaceiro.

Parecia impossível a chuva se manter tão maléfica por tanto tempo, mas pelo jeito a tempestade que castigava as árvores com sua força constante e demoníaca não diminuía. Relâmpagos espocaram ao sul, depois o estrondo de um trovão soou tão alto que Nate se encolheu. Uma pontada de dor açoitou seu rosto, e ele cambaleou para trás, caiu de joelhos e bateu com a mão na bochecha esquerda. Quando afastou a mão, viu que a palma estava coberta de sangue. Por um instante olhou impotente para o sangue sendo diluído e lavado da mão. Depois, quando tentou ficar de pé, descobriu que estava fraco demais. Tremia e achou que ia vomitar, então temeu que suas tripas se esvaziassem. Emitiu um som que parecia um miado patético, como um gatinho ferido. Parte de sua mente sabia que não estava encrencado, que o ferimento era leve, que conseguia enxergar, pensar e respirar, mas ainda assim não conseguia controlar os tremores. Conseguiu, porém, impedir o miado idiota e respirar fundo o ar úmido. Respirou de novo, limpou mais sangue do rosto e se forçou a ficar de pé. Percebeu que o trovão não tinha sido trovão nenhum, e sim um disparo de metralha do segundo canhão ianque, e uma das balas de mosquete da metralha havia arrancado o pedaço de casca de árvore que cortou seu rosto até o osso do malar. Se tivesse sido dois centímetros acima, ele perderia um olho, mas, em vez disso, o ferimento era limpo e trivial, apesar de tê-lo deixado tremendo e com medo. Sozinho nas árvores, encostou-se por um instante no tronco ferido e fechou os olhos Tirai-me daqui vivo, rezou, fazei isso e nunca mais vou pecar.

Ficou com vergonha de si mesmo. Reagira ao arranhão como se fosse um ferimento mortal, mas ainda sentia os espasmos de medo que ameaçavam soltar suas tripas enquanto seguia para o leste, em direção a suas companhias da direita. Eram as companhias menos leais, que se ressentiam de ser comandadas por um ianque renegado, e eram elas que precisaria fazer com que abandonassem os abrigos miseráveis e avançassem para o campo aberto do milharal. A relutância em atacar não era apenas questão de lealdade mas também o instinto natural de homens molhados, cansados e sofridos de se manterem agachados e imóveis em vez de se oferecer aos fuzis inimigos.

— Baionetas! — gritou Nathaniel ao passar atrás da linha de homens. — Calar baionetas!

Estava alertando-os de que precisariam avançar outra vez. Escutou resmungos vindo de alguns soldados, mas ignorou o desafio carrancudo porque não sabia se estava em condições de confrontá-lo. Temia que sua voz soasse como a de uma criança caso se virasse contra eles. Perguntou-se o que, em nome de Deus, estava acontecendo. Bastava um pequeno arranhão para não conseguir fazer nada além de tremer impotente! Disse a si mesmo que era só a chuva que havia encharcado seu cansaço até transformá-lo em puro sofrimento. Como seus homens, precisava de descanso, assim como precisava de tempo para reformar a legião e espalhar os encrenqueiros em diferentes companhias, mas a velocidade da campanha no norte da Virgínia vinha negando ao exército de Lee esse luxo.

A campanha começou quando John Pope, do Norte, iniciou um avanço laborioso em direção a Richmond, capital da Confederação. Esse avanço foi contido, depois destruído na segunda batalha travada às margens do Bull Run, e agora o exército de Lee impelia o restante dos ianques de volta ao rio Potomac. Com sorte, pensou Nate, os ianques atravessariam para Maryland e o exército confederado teria os dias de que precisava tão desesperadamente para respirar e encontrar botas e casacas para soldados que mais pareciam um bando de mendigos vagabundos que um exército. No entanto, os vagabundos fizeram tudo que seu país exigia deles. Eles atrapalharam e destruíram a última tentativa ianque de capturar Richmond e agora impeliam o exército nortista, que era bem maior, para fora da Confederação.

Encontrou o tenente Waggoner na extremidade direita da linha. Peter Waggoner era um homem bom, um soldado devoto que vivia com um fuzil numa das mãos e uma Bíblia na outra, e, se alguém de sua companhia demonstrasse covardia, seria atingido por uma dessas duas armas formidáveis. O tenente Coffman, um mero garoto, estava agachado perto de Waggoner, e Nathaniel mandou que ele chamasse os capitães das outras companhias do flanco direito. Waggoner franziu a testa para Nate.

— O senhor está bem?

— Um arranhão, só um arranhão. — Nathaniel passou a língua pela parte interna da bochecha, sentindo gosto de sangue.

— O senhor está tremendamente pálido — comentou Waggoner.

— Essa chuva é o primeiro banho decente que tomo em duas semanas. — Os tremores haviam parado, mesmo assim Nate se sentia um ator enquanto sorria para Waggoner. Fingia que não sentia medo e que estava tudo bem, mas sua mente permanecia arisca feito um potro xucro. Deu as costas para o tenente e olhou para as árvores a leste, procurando o restante da brigada de Swynyard. — Ainda tem alguém lá? — perguntou a Waggoner.

— Os homens de Haxall. Não estão fazendo nada.

— Mantendo-se secos, hein?

— Nunca vi uma chuva como essa — resmungou Waggoner. — Nunca chove quando a gente quer. Jamais na primavera. Sempre chove logo antes da colheita ou quando se está cortando feno. — Um fuzil disparou no bosque dos ianques e a bala atingiu uma árvore de bordo atrás de Waggoner. O grandalhão franziu a testa para os ianques, ressentido, quase como se achasse que a bala era falta de cortesia. — O senhor tem alguma ideia de onde estamos?

— Em algum lugar perto do Flatlick, onde quer que isso seja. — Nathaniel só sabia que o Flatlick corria em algum lugar no norte da Virgínia. Eles haviam arrancado os ianques das trincheiras em Centreville e agora tentavam capturar um vau que os nortistas usavam para a retirada, mas Nate não tinha visto nenhum riacho nem nenhuma estrada o dia inteiro. O coronel Swynyard lhe dissera que o riacho se chamava Flatlick Branch, mas não tivera certeza. — Já ouviu falar do Flatlick? — perguntou a Waggoner.

— Nunca. — Como a maior parte dos homens da legião, Waggoner vinha da parte central da Virgínia e não tinha conhecimento dessas proximidades de Washington.

Nate levou meia hora para organizar o ataque. Devia ter levado apenas alguns minutos, mas a chuva deixava todo mundo lento. Inevitavelmente, o capitão Moxey argumentou que o ataque era perda de tempo porque ia fracassar, como o primeiro. Moxey era um sujeito jovem e amargo que se ressentia da promoção de Nathaniel Starbuck. Era impopular com a maior parte da legião, mas nesta tarde chuvosa só estava dizendo aquilo em que a maioria dos homens acreditava. Eles não queriam lutar. Estavam molhados demais, com frio demais e cansados demais, e até Nate ficava tentado a ceder à letargia. Mas, apesar do medo, sentia que, se um homem cedesse

15

ao terror uma vez, cederia de novo e de novo, até não lhe restar coragem. Aprendera que ser soldado não era ficar confortável e que comandar um regimento não era dar aos homens o que queriam, e sim forçá-los a fazer o que jamais acreditaram ser possível. O ofício de um soldado era vencer, e não se conseguia uma vitória abrigado na borda de um bosque debaixo de uma chuva feroz.

— Nós vamos — disse peremptoriamente a Moxey. — Essas são as nossas ordens e nós vamos.

Moxey deu de ombros como se sugerisse que Nate estava sendo idiota.

Demorou mais tempo ainda para as quatro companhias do flanco direito se prepararem. Elas calaram as baionetas e depois arrastaram os pés até a borda do milharal, onde uma poça enorme se agitava com a água que vinha por entre os sulcos da plantação. Os canhões ianques dispararam esporadicamente durante o longo tempo que Nathaniel levara preparando a legião, cada disparo mandando uma nuvem furiosa de metralha no bosque ocupado pelos sulistas com o objetivo de dissuadir os confederados de ter algum pensamento hostil. Os tiros de canhão deixavam uma nuvem sulfurosa de fumaça de pólvora que pairava na chuva como névoa. Estava ficando cada vez mais escuro, um crepúsculo estranhamente fantasmagórico trazido pelas nuvens cinzentas e carregadas. Nathaniel se posicionou no lado esquerdo dos atacantes, mais perto dos canhões ianques, desembainhou a baioneta e a encaixou no cano do fuzil. Não usava espada e não tinha divisas de posto. O revólver, que poderia revelá-lo aos ianques como oficial confederado, estava num coldre às costas, onde o inimigo não poderia vê-lo. Certificou-se de que a baioneta estivesse firme no fuzil, então pôs as mãos em concha.

— Davies! Truslow! — gritou, perguntando-se se alguma voz poderia atravessar a chuva intensa e o vento forte.

— Estou ouvindo! — gritou Truslow.

Nate hesitou. Assim que gritasse a próxima ordem estaria comprometido com a batalha, e foi subitamente assaltado por outro ataque de tremores. O medo o estava solapando, mas ele se forçou a respirar fundo e gritar:

— Fogo!

A saraivada pareceu débil, um mero estalar de fuzis parecendo pés de milho sendo quebrados. Mas, para sua surpresa, viu-se de pé e avançando para o milharal.

— Venham! — gritou para os homens mais próximos enquanto se esforçava para passar pelas hastes rígidas e meio emaranhadas. — Venham!

Sabia que precisava liderar este ataque, e tudo que podia fazer era esperar que a legião o estivesse seguindo. Ouviu alguns homens atravessando a plantação ao seu lado, e Peter Waggoner berrava encorajando o flanco direito, mas também conseguia ouvir sargentos gritando para os preguiçosos se levantarem e avançarem. Isso significava que alguns homens continuavam encolhidos no abrigo das árvores, mas Nate não ousou se virar para ver quantos o seguiam para que esses seguidores não pensassem que estava desistindo do avanço. O ataque era irregular, mas foi lançado, e agora Nathaniel se forçava a avançar cegamente, esperando uma bala a qualquer segundo. Um de seus homens soltou um grito rebelde débil, mas ninguém o imitou. Estavam todos cansados e molhados demais para soltar o berro desafiador.

Uma bala atravessou o alto dos pés de milho, espalhando água das espigas ao passar rápido pela plantação. Os canhões estavam silenciosos, e Nathaniel sentiu o terror de que as duas peças estivessem sendo viradas para lançar fogo no flanco de seu ataque. Gritou outra vez, instigando os homens, mas a investida só conseguia ir a passo lento porque o campo estava enlameado demais e os pés de milho muito emaranhados para permitir que corressem. À exceção daquele tiro de fuzil, os ianques permaneciam silenciosos, e Nate imaginou que deviam estar esperando até que os maltrapilhos atacantes de cinza estivessem cara a cara. Queria se encolher e ficar longe da saraivada esperada, queria se jogar nos pés de milho encharcados, abraçar a terra e esperar que a guerra acabasse. Estava aterrorizado demais para gritar, pensar ou fazer qualquer coisa a não ser prosseguir às cegas para as árvores escuras que agora estavam a apenas uns trinta passos. Parecia idiota morrer por um vau que atravessava o Flatlick, mas a estupidez da tarefa não explicava seu medo. Era algo mais profundo, algo que tentava não admitir para si mesmo porque suspeitava que fosse apenas covardia genuína, mas pensar em como seus inimigos na legião ririam se vissem seu medo o mantinha em frente.

Escorregou numa poça, balançou os braços buscando equilíbrio e seguiu em frente. Waggoner ainda estava berrando desafios à direita, mas os outros homens apenas andavam entre os pés de milho encharcados. A farda de Nate estava molhada como se ele tivesse acabado de atravessar um rio. Sentia que nunca mais ficaria seco ou quente. As roupas encharcadas e pesadas faziam com que cada passo fosse um esforço. Tentou dar um grito de guerra, mas o desafio emergiu como um soluço estrangulado. Se não estivesse chovendo, ele suspeitaria que estava chorando. Os ianques continuavam sem atirar e agora o bosque inimigo estava perto, muito perto, e o terror dos metros finais lhe deu uma energia maníaca que o lançou através dos últimos pés de milho, passando por outra poça enorme e entrando direto no meio das árvores.

E lá descobriu que o inimigo tinha ido embora.

— Ah, meu Deus! — exclamou, sem saber se era blasfêmia ou oração.

— Meu Deus — repetiu, encarando com puro alívio o bosque vazio. Parou, ofegante, e olhou em volta, mas o bosque estava mesmo vazio. O inimigo tinha sumido sem deixar nada a não ser alguns pedaços de papel de cartucho úmido e dois sulcos profundos de rodas mostrando por onde empurraram os dois canhões, saindo do bosque.

Nate chamou suas companhias restantes para atravessarem o milharal, depois andou com cautela em meio às árvores até chegar ao outro lado e poder encarar um vasto trecho de pastagem que seguia até um riacho com as margens transbordando. Não havia inimigo à vista, só uma casa grande meio escondida por árvores numa elevação distante do terreno. Um relâmpago bifurcado caiu destacando a silhueta da casa, depois um aguaceiro a obscureceu como névoa no mar. A casa tinha parecido uma mansão, uma lembrança zombeteira da vida confortável que um homem poderia esperar se seu país não estivesse sendo assolado pela guerra.

— E agora? — perguntou Moxey ao lado.

— Seus homens podem montar um piquete — respondeu Nathaniel. — Coffman? Vá encontrar o coronel, diga que atravessamos o milharal. — Havia mortos para enterrar e feridos para tratar.

Os sons intermitentes de batalha morreram por completo, deixando o campo para a chuva, para os trovões e para o frio vento leste. A noite caiu. Algumas fogueiras débeis tremeluziam nas profundezas do bosque, mas a maioria dos homens não tinha capacidade de fazer fogo numa chuva dessas, por isso tremiam e se perguntavam o que tinham feito e por que, onde o inimigo estava e se o dia seguinte traria calor, comida e descanso.

O coronel Swynyard, magro, acabado e de barba hirsuta, encontrou Nathaniel depois do anoitecer.

— Não teve problema para atravessar o milharal, Nate? — perguntou.

— Não senhor, problema nenhum. Absolutamente nenhum.

— Muito bem. — O coronel estendeu as mãos espalmadas para a fogueira de Nathaniel. — Vou orar daqui a alguns minutos. Imagino que você não vá, não é?

— Não senhor — respondeu, assim como respondera em todas as outras noites em que o coronel o havia convidado para as orações.

— Vou rezar por você, Nate — avisou o coronel, como fizera em todas as outras ocasiões. — Vou mesmo.

Nathaniel só queria dormir. Apenas dormir. Nada além de dormir. Mas achou que uma oração ajudaria. Alguma coisa precisava ajudar, porque temia, ah, Deus, como temia, estar virando um covarde.

Nate tirou as roupas encharcadas, incapaz de continuar suportando a aspereza, e as pendurou para absorver o pouco de calor que conseguissem para secar nos restos da fogueira, depois se enrolou no abraço úmido do cobertor e dormiu, apesar da chuva. Mas o sono era um arremedo maligno de descanso, porque era um sono leve em que os sonhos se misturavam com chuva, árvores pingando, trovões e a figura espectral do pai, o reverendo Elial Starbuck, que zombava da covardia do filho. "Sempre soube que você era podre, Nathaniel!", dizia o pai no sonho. "Completamente podre, feito madeira apodrecida. Você não tem firmeza de caráter." E então seu pai saiu cabriolando incólume em meio a um tiroteio que deixou Nate sonhando que estava agarrado ao solo molhado. Sally também estava no sonho, mas não servia de consolo porque não o reconhecia, apenas passava por ele indo para o nada. E então ele foi acordado quando alguém sacudiu seu ombro.

A princípio achou que a sacudida fazia parte do sonho, depois temeu que os ianques pudessem estar atacando e rolou rapidamente para fora do cobertor molhado e estendeu a mão para o fuzil.

— Está tudo bem, major, não são os ianques, sou só eu. Tem um homem procurando o senhor. — Foi Lúcifer quem o acordou. — Tem um homem procurando o senhor — repetiu Lúcifer —, um homem elegante de verdade.

— Lúcifer era um garoto que se tornara serviçal de Nate; um escravizado fugido, com elevada opinião sobre si mesmo e uma quantidade petulante de sarcasmo. Nunca revelou seu nome verdadeiro; em vez disso, insistia em ser chamado de Lúcifer. — Quer café?

— Tem?

— Posso roubar um pouco.

— Então vá roubar — disse Nate. Em seguida se levantou, cada músculo doendo, e pegou o fuzil que, lembrou, ainda estava carregado com a pólvora molhada e inútil. Tateou as roupas, descobriu que ainda estavam molhadas e viu que a fogueira tinha se apagado muito tempo atrás. — Que horas são? — gritou para Lúcifer, mas o garoto havia sumido.

— Pouco mais de cinco e meia — respondeu um estranho.

Nathaniel saiu nu do meio das árvores e viu uma figura de capa a cavalo. O sujeito fechou a tampa do relógio e empurrou a capa para trás, enfiando-o num bolso da casaca da farda. Nate teve o vislumbre de uma casaca elegante com galões que nunca foi manchada de pólvora nem encharcada de sangue, depois a capa com forro escarlate caiu de novo no lugar.

— Maitland — apresentou-se o homem montado. — Tenente-coronel Ned Maitland. — Ele piscou duas vezes diante da nudez de Nathaniel, mas não fez nenhum comentário. — Vim de Richmond com ordens para você.

— Para mim? — perguntou Nathaniel com voz embotada. Ainda não estava totalmente desperto e tentava deduzir por que alguém em Richmond lhe mandaria ordens. Ele não precisava de ordens, precisava de descanso.

— Você é o major Starbuck?

— Sou.

— É um prazer conhecê-lo, major — disse Maitland, e se inclinou na sela para oferecer a mão.

Nate achou o gesto inadequado e relutou em aceitar a mão estendida, mas parecia falta de educação recusar, por isso foi até o cavalo e apertou a mão do coronel. Depois do aperto, o coronel recuou a mão rapidamente, como se temesse que Nathaniel pudesse tê-la sujado, depois calçou a luva outra vez. Escondia essa reação de Nate que, para ele, parecia uma sujeira atroz. O corpo do major era branco e magro, ao passo que o rosto e as mãos estavam queimados de sol. Um coágulo de sangue marcava o rosto, e o cabelo preto pendia longo e escorrido. Maitland sentia orgulho da própria aparência e cuidava para se manter elegante. Era jovem para ser tenente-coronel, devia ter uns 30 anos, com barba densa e castanha e bigode cuidadosamente enrolado que untava com loção perfumada.

— Aquele era o seu criado? — Ele indicou com a cabeça a direção para onde Lúcifer havia ido.

— Era, sim. — Nate tinha pegado as roupas molhadas e as estava vestindo.

— Não sabe que negros não devem carregar armas?

— Também não deveriam atirar em ianques, mas ele matou alguns no Bull Run — retrucou Nathaniel sem nenhuma gentileza. Já havia discutido com Lúcifer sobre o revólver Colt que o garoto insistia em carregar e não tinha energia para reacender a batalha com um coronel petulante vindo de Richmond. — Quais são as ordens?

O coronel Maitland não respondeu. Em vez disso, estava olhando através da luz fraca da manhã para a mansão do outro lado do riacho.

— Chantilly — disse, pensativo. — Acredito que seja Chantilly.

— O quê? — perguntou Nate, vestindo a camisa e fechando os botões de osso que restavam.

— Aquela casa. Chama-se Chantilly. É um ótimo lugar. Dancei algumas noites sob aquele teto, e sem dúvida farei isso de novo quando tivermos expulsado os ianques. Onde encontro o coronel Swynyard?

— Rezando, provavelmente. Vai me dar as tais ordens?

— Você não deveria me chamar de "senhor"? — perguntou Maitland em tom cortês, mas com uma impaciência subjacente por causa do antagonismo de Nathaniel.

— Quando o inferno congelar — respondeu Nate peremptoriamente, surpreso com a beligerância que parecia ser uma parte cada vez mais evidente de seu caráter.

Maitland optou por não aprofundar a questão.

— Devo lhe entregar as ordens na presença do coronel Swynyard — disse, depois esperou enquanto Nathaniel mijava numa árvore. — Você é meio jovem para ser major — observou enquanto Nate abotoava a calça.

— Você parece meio jovem para ser coronel — respondeu Nathaniel, rabugento. — E a minha idade, coronel, só importa a mim e ao sujeito que esculpir a lápide da minha sepultura. Se eu tiver uma lápide. A maioria dos soldados não tem, a não ser que lute atrás de uma mesa em Richmond.

Depois de dirigir esse insulto a um homem que parecia soldado de escritório, Nathaniel se abaixou para amarrar o cadarço das botas que tinha retirado de um ianque morto na montanha Cedar. Havia parado de chover, mas o ar continuava pesado de umidade e o capim estava cheio de água. Alguns homens da legião tinham saído do meio das árvores para olhar o elegante tenente-coronel que suportava esse escrutínio com paciência enquanto esperava Nate pegar sua casaca. Lúcifer voltara com um punhado de grãos que Nathaniel mandou levar ao bivaque do coronel Swynyard. Pôs o chapéu molhado no cabelo preto e revolto e sinalizou para Maitland.

— Por aqui.

Forçou o elegante Maitland a apear guiando-o pela parte mais densa do bosque, onde as folhas e os arbustos deixaram encharcada a capa forrada de seda do coronel. Maitland não protestou, e Nate não falou nada até que os dois tivessem chegado à tenda de Swynyard onde, como Nathaniel previra, o coronel estava rezando. As abas da tenda estavam abertas e via-se o coronel ajoelhado nas tábuas com uma Bíblia aberta no cobertor da cama de campanha.

— Ele encontrou Deus há três semanas — comentou Nathaniel com Maitland numa voz suficientemente alta para incomodar o coronel —, e desde então tem alugado Seus ouvidos. — As três semanas operaram um milagre em Swynyard, transformando um patife embriagado num bom soldado que agora, vestido em mangas de camisa e calça cinza, virou o olho bom para o homem que havia atrapalhado as orações matinais.

— Deus vai perdoar você por me interromper — disse em tom magnânimo, levantando-se e puxando os suspensórios sobre os ombros magros. Maitland estremeceu involuntariamente ao ver Swynyard, que parecia ainda mais desleixado que Nathaniel. Swynyard era um homem magro, com cicatrizes, barba hirsuta, dentes amarelos e três dedos faltando na mão esquerda.

— Ele rói as unhas — explicou Nathaniel ao ver Maitland encarando os três cotos.

Maitland fez careta, depois avançou com a mão estendida. Swynyard pareceu surpreso com o gesto, mas reagiu de boa vontade, depois assentiu para Nate.

— Bom dia, Nate.

Nathaniel ignorou o cumprimento, virando a cabeça para Maitland.

— Esse sujeito é o tenente-coronel Maitland. Tem ordens para mim, mas diz que primeiro precisa ver o senhor.

— Você me viu — disse Swynyard a Maitland. — Então dê as ordens ao Nate.

Em vez disso, Maitland levou o cavalo até uma árvore próxima e amarrou as rédeas num galho meio caído. Abriu a fivela de um alforje e pegou um maço de papéis.

— O senhor se lembra de mim, coronel? — gritou por cima do ombro enquanto afivelava o alforje de novo.

— Infelizmente não. — Swynyard pareceu desconfiado, cauteloso diante de alguém que pudesse vir de sua vida antiga, pré-cristã. — Deveria lembrar?

— Seu pai vendeu alguns escravos ao meu pai. Há vinte anos.

Swynyard, aliviado porque não estava sendo revisitado por um de seus antigos pecados, relaxou.

— Você devia ser um garoto, coronel.

— Era, mas me lembro do seu pai dizendo ao meu que os escravos eram bons trabalhadores. Não eram. Não eram nem um pouco bons.

— Nesse ramo sempre dizem que os escravos não são melhores que seus senhores. — Swynyard falou em tom afável, mas as palavras deixaram claro que ele sentia tanta aversão por Maitland quanto Nathaniel. Havia no tenente-coronel uma presunção de privilégio que irritava os dois, ou talvez a irritação viesse da incursão feita na vida deles por um homem que obviamente passava seu tempo longe das balas.

— Lúcifer está trazendo um pouco de café, coronel — avisou Nathaniel a Swynyard.

Hospitaleiro, o coronel pegou um par de cadeiras de campanha em sua tenda e convidou Maitland a se sentar. Ofereceu a Nathaniel um caixote emborcado e pôs outro como mesa.

— E onde estão essas ordens, coronel? — perguntou a Maitland.

— Estou com elas bem aqui.

Maitland pôs os papéis no caixote e os cobriu com o chapéu para impedir que Swynyard ou Nathaniel os pegasse. Tirou a capa úmida, revelando uma farda de corte imaculado e enfeitada com uma fileira dupla de botões de latão que brilhavam de tão polidos. As duas estrelas douradas nos ombros pareciam reluzir o suficiente para serem feitas de ouro maciço, e os galões nas mangas pareciam feitos de fios de ouro. A casaca de Nate estava puída, não tinha ouro, latão nem indicações de patente, apenas marcas de sal onde o suor havia secado na trama. Maitland espanou o assento da cadeira e repuxou a calça com suas elegantes listras laterais amarelas antes de se sentar. Levantou o chapéu, pôs de lado os papéis lacrados e entregou uma folha simples a Swynyard.

— Estou me apresentando ao senhor como foi ordenado, senhor — disse, muito formalmente.

Swynyard desdobrou a folha, leu, piscou e leu de novo. Olhou para Maitland, depois outra vez para o papel.

— O senhor já lutou alguma vez, coronel? — perguntou com o que pareceu a Nate uma voz amarga.

— Fiquei um tempo com Johnston.

— Não foi isso que perguntei — disse Swynyard em tom categórico.

— Já vi lutas, coronel — reagiu Maitland rigidamente.

— Já participou de uma? — perguntou Swynyard, feroz. — Quero dizer, já esteve na linha de fuzis? Já atirou com sua arma e depois se levantou para recarregá-la com uma fileira de ianques mirando em você? O senhor já fez isso, coronel?

Maitland se virou para Nathaniel antes de responder, e Nate, intrigado com a conversa, captou uma expressão de culpa no olhar dele.

— Já vi batalhas — insistiu Maitland.

— De cima de um cavalo de oficial do Estado-Maior — retrucou Swynyard, mordaz. — Não é a mesma coisa, coronel. — Ele parecia triste enquanto falava, depois se inclinou para a frente e pegou os papéis lacrados em cima do caixote e os jogou no colo de Nate. — Se eu não fosse um homem salvo, se não tivesse sido lavado no sangue redentor de Cristo, ficaria tentado a soltar um palavrão agora mesmo. E acredito que Deus me perdoaria. Sinto muito, Nate, mais do que posso lhe dizer.

Nathaniel rompeu o lacre e desdobrou os papéis. A primeira folha era um passe autorizando-o a viajar para Richmond. O segundo era uma ordem exigindo que se apresentasse a um tal de coronel Holborrow em Camp Lee, em Richmond, onde o major Starbuck deveria assumir o comando do 2º Batalhão Especial.

— Filho da puta — disse Nate baixinho.

Swynyard pegou as ordens de Nate, leu-as rapidamente e as devolveu.

— Eles estão levando você embora, Nate, e entregando a legião ao Sr. Maitland. — Ele pronunciou com azedume o nome do recém-chegado.

Maitland ignorou o tom de Swynyard. Pegou uma caixa de prata e tirou dela um charuto que acendeu com um palito de fósforo, antes de olhar serenamente para as árvores molhadas onde os homens da brigada de Swynyard tentavam acender fogueiras e golpeavam os biscoitos com baionetas cegas.

— Duvido que tenhamos mais chuva — comentou despreocupadamente.

Nathaniel releu as ordens. Comandara a legião por apenas algumas semanas e havia recebido esse comando do próprio general de divisão Thomas Jackson. Mas agora ordenavam que ele entregasse seus homens a esse almofadinha de Richmond e assumisse um batalhão desconhecido.

— Por quê? — perguntou, mas ninguém respondeu. — Meu Deus!

— Isso não está certo! — protestou Swynyard também. — Um regimento é uma coisa delicada, coronel — explicou a Maitland. — Não são só os ianques que podem fazer picadinho de um regimento mas também os próprios oficiais. A legião já passou por maus bocados, mas o Nate aqui estava transformando-a de novo numa unidade decente. Não faz sentido trocar de comandante agora.

Maitland se limitou a dar de ombros. Era um homem bonito que carregava seu privilégio com uma confiança calma. Se sentiu alguma simpatia por Nathaniel, não revelou isso, apenas deixou que os protestos passassem direto.

— Isso enfraquece a minha brigada! — exclamou Swynyard com raiva.

— Por quê?

Maitland fez um gesto despreocupado com o charuto.

— Sou apenas o mensageiro, coronel. Apenas o mensageiro.

Por um segundo pareceu que Swynyard ia xingar Maitland, depois ele controlou o impulso e balançou a cabeça.

— Por quê? — perguntou de novo. — Essa brigada lutou de modo magnífico! Ninguém se importa com o que nós fizemos na semana passada?

Parecia que não, ou pelo menos ninguém por quem Maitland falava. Swynyard fechou os olhos por um instante, depois olhou para Nathaniel.

— Eu lamento muito, Nate, de verdade.

— Filho da puta — disse Nathaniel para ninguém em particular. O ressentimento que sentia neste momento era particularmente amargo, porque ele era um nortista que lutava pelo Sul e a Legião Faulconer era seu lar e seu refúgio. Olhou para as ordens. — O que é o 2º Batalhão Especial? — perguntou a Maitland.

Por um segundo pareceu que Maitland não responderia, então o coronel elegante ofereceu um sorriso sem graça a Nathaniel.

— Acho que são conhecidos comumente como Pernas Amarelas — disse com seu tom irritante de quem se divertia consigo mesmo.

Nathaniel xingou e levantou os olhos para o céu nublado. Os Pernas Amarelas receberam o apelido e ganharam má fama durante a semana de batalhas na primavera em que Lee finalmente expulsou o exército nortista de McClellan para longe de Richmond. Os homens de Jackson vieram do vale do Shenandoah para ajudar Lee, e entre eles estava o 66º da Virgínia, um regimento recém-formado que viu sua primeira, e até agora única, ação perto do monte Malvern. Eles fugiram não da luta árdua, mas das primeiras balas de canhão que caíram perto. O apelido, Pernas Amarelas, supostamente descrevia o estado das calças depois de se mijarem de medo. "Mijaram todos em uníssono", disse Truslow a Nathaniel quando ouviu a história, "e criaram um novo pântano." Mais tarde foi determinado que o regimento havia sido formado muito às pressas, que fora muito mal treinado e mal comandado, por isso seus fuzis foram entregues a homens dispostos a lutar. E os soldados do regimento foram levados para treinar de novo.

— E quem é esse tal de coronel Holborrow? — perguntou Swynyard.

— Ele está encarregado de treinar os batalhões de castigo — respondeu Maitland despreocupadamente. — Não havia um assim na batalha da semana passada?

— Inferno, havia — respondeu Nate —, e não serviu de nada. — O batalhão de castigo na batalha da semana anterior tinha sido uma mistura improvisada de delinquentes, vagabundos e covardes e se desfez em minutos. — Inferno!

Agora parecia que o 66º da Virgínia recebera um novo nome como batalhão de castigo, o que sugeria que seu moral não estava mais elevado do que quando ganhara o apelido e, se o desempenho do 1º Batalhão de Castigo servia de alerta, também não tinha sido mais bem treinado.

Lúcifer pôs duas canecas de café na mesa improvisada e em seguida, depois de olhar de relance para o rosto aflito de Nate, recuou o suficiente para que os três oficiais pensassem que ele não escutaria.

— Isso é loucura! — Swynyard havia encontrado uma nova energia para protestar. — Quem mandou a ordem?

— O Departamento de Guerra — respondeu Maitland —, é claro.

— Quem no Departamento de Guerra? — insistiu Swynyard.

— O senhor pode ler a assinatura, não é, coronel?

O nome na ordem não dizia nada a Nate nem a Swynyard, mas Griffin Swynyard foi perspicaz ao imaginar de onde os papéis podiam ter vindo.

— O general Faulconer está postado no Departamento de Guerra? — perguntou a Maitland.

Maitland tirou o charuto da boca, cuspiu um pedacinho de folha dos lábios e deu de ombros como se a pergunta fosse irrelevante.

— O general Faulconer foi nomeado subsecretário de Guerra, sim — respondeu. — Não podemos deixar um bom homem à toa só porque Tom Jackson passou a sentir aversão por ele.

— E o general Faulconer fez de você oficial comandante da legião — continuou Swynyard.

— Acho que o general disse uma boa palavra a meu favor. A legião é um regimento da Virgínia, coronel, e o general achou que ela deveria ser comandada por um homem da Virgínia. Portanto aqui estou. — Maitland sorriu para Swynyard.

— Filho da puta — disse Nathaniel. — Faulconer. Eu devia ter imaginado.

O general Washington Faulconer foi o fundador da legião e comandante da brigada até que Jackson o dispensou por incompetência. Faulconer fugiu do Exército convencido de que Nathaniel e Swynyard foram os responsáveis pela sua desgraça, mas, em vez de se retirar para sua casa de campo e lamber as feridas, foi para Richmond e usou suas conexões e sua riqueza para obter uma nomeação no governo. Agora, em segurança na capital confederada, tentava se vingar dos dois sujeitos que considerava seus maiores inimigos. Ele mandou para Swynyard um homem de igual patente que sem dúvida seria um aborrecimento, mas estava tentando destruir Nathaniel Starbuck completamente.

— Sem dúvida ele gostaria de se livrar de mim também — comentou Swynyard. Ele tinha levado Nate para longe da tenda e andava com ele de um lado para o outro, longe dos ouvidos de Maitland. — Mas Faulconer sabe quem é o meu primo. — O primo de Swynyard era editor do *Examiner* de Richmond, o mais poderoso dos cinco jornais diários publicados na capital confederada, e sem dúvida essa relação tinha impedido que Washington Faulconer tentasse se vingar abertamente de Swynyard, mas Nathaniel Starbuck era uma vítima muito mais fácil. — E tem outra coisa, Nate — continuou o coronel —, outro motivo para Maitland pegar o seu trabalho.

— Porque ele é da Virgínia — disse Nathaniel com amargura.

Swynyard balançou a cabeça.

— Imagino que Maitland tenha apertado sua mão, não é?

— Apertou. E daí?

— Ele estava tentando ver se você era maçom, Nate. E você não é.

— Que diabo de diferença isso faz?

— Muita. — Swynyard foi direto. — Há muitos maçons nesse Exército e no Exército ianque, e maçons cuidam uns dos outros. Faulconer é maçom, Maitland também. E eu também sou, por sinal. Os maçons me serviram bem, mas eles acabaram com você, Nate. Os Pernas Amarelas! — O coronel meneou a cabeça diante da perspectiva medonha.

— Não presto para muita coisa além disso, coronel — admitiu Nate.

— Como assim?

Nathaniel hesitou, com vergonha de admitir uma verdade, mas precisando contar seus temores a alguém.

— Acho que estou ficando covarde. Mal consegui atravessar aquele milharal ontem e não sei se conseguiria fazer isso de novo. Acho que esgotei toda a coragem que tinha. Talvez um batalhão de covardes mereça um covarde como comandante.

Swynyard balançou a cabeça.

— Coragem não é como uma garrafa de uísque, Nate. Ela não é esvaziada de uma vez. Você só está aprendendo o ofício. Quando um garoto entra em batalha pela primeira vez, ele acha que pode derrotar qualquer coisa, mas depois de um tempo aprende que a batalha é maior que todos nós. Ser corajoso não é ignorância, é suplantar esse conhecimento, Nate. Você vai ficar bem na próxima vez. E lembre-se: o inimigo está na mesma encrenca que você. Só nos jornais nós todos somos heróis. Na verdade, a maioria de nós morre de medo. — Ele fez uma pausa e mexeu nas folhas molhadas com o bico de uma bota cuja sola estava se soltando. — E os Pernas Amarelas não são covardes — continuou. — Algo deu errado com eles, não tenho dúvida, mas há tantos homens corajosos lá quanto em qualquer outro batalhão. Acho que eles só precisam de uma boa liderança.

Nate fez uma careta, torcendo para que Swynyard estivesse certo, mas ainda assim não queria deixar a legião.

— Talvez eu devesse procurar Jackson — sugeriu.

— Para que essa ordem seja revertida? — Swynyard balançou a cabeça em resposta. — O velho Jack não gosta muito de homens que questionam ordens, Nate, a não ser que as ordens sejam completamente malucas, e essa ordem não é completamente maluca. É perversa, só isso. Além do mais — ele sorriu, tentando animar Nathaniel —, você vai voltar. Maitland não vai sobreviver.

— Se ele usar todo aquele ouro em batalha — disse Nathaniel em tom vingativo —, os ianques vão atirar nele num segundo.

— Ele não será tão idiota, mas não vai ficar muito tempo. Eu conheço a família Maitland, e ela sempre foi de um tipo de gente elevada. Tinha carruagens, casas grandes e hectares de terra boa. Gera filhas bonitas, homens altivos e ótimos cavalos, essa é a família Maitland. Não muito diferente dos Faulconers. E o Sr. Maitland não veio até nós porque deseja comandar a legião, Nate. Veio porque precisa de um comando de verdade em campo de batalha antes de se tornar general. O Sr. Maitland está de olho na própria carreira e sabe que precisa passar um mês com botas enlameadas se quiser subir o bastante. Ele vai embora logo e você poderá voltar.

— Não se Faulconer puder interferir.

— Então prove que ele está errado — disse Swynyard energicamente. — Transforme os Pernas Amarelas num bom regimento, Nate. Se tem alguém que pode fazer isso, esse alguém é você.

— Às vezes me pergunto por que luto por esse país maldito.

Swynyard sorriu.

— Nada o impede de voltar para o Norte, Nate, absolutamente nada. É só seguir para o norte que você vai chegar em casa. É isso que quer?

— Diabos, não.

— Então prove que Faulconer está errado. Ele acha que um batalhão de castigo será o seu fim, então prove que ele está errado.

— Que se dane a alma daquele desgraçado.

— Isso é obra de Deus, Nate. A sua é lutar. Então lute bem. E eu farei o pedido para que seus homens sejam mandados para a minha brigada.

— Qual é a chance de isso acontecer?

— Sou maçom, lembra? — disse Swynyard com um sorriso. — E ainda tenho um ou dois favores a cobrar. Vamos ter você de volta entre amigos.

Maitland se levantou quando os dois oficiais maltrapilhos voltaram à tenda. Tinha bebido uma das canecas de café e começado a beber a segunda.

— Você vai me apresentar aos oficiais da legião, Starbuck? — perguntou.

— Farei isso por você, coronel. — Nathaniel podia se ressentir do homem que o substituía, mas não colocaria dificuldades no caminho dele porque a legião precisaria lutar contra os ianques independentemente de quem a comandasse, e ele não queria que o moral dos soldados fosse mais ferido que o necessário. — Vou falar bem de você a eles — prometeu de má vontade.

— Mas não creio que você deva ficar depois disso — sugeriu Maitland, confiante. — Nenhum homem pode servir a dois senhores, não é o que diz o bom livro? Assim, quanto antes você tiver ido embora, Starbuck, melhor para os homens.

— Quer dizer, melhor para você.

— Isso também — concordou Maitland calmamente.

Nate estava perdendo a legião e sendo mandado para um batalhão de amaldiçoados, o que significava que estava sendo destruído e de algum modo precisaria sobreviver.

2

Lúcifer não ficou feliz.

— Richmond não é do meu agrado — disse assim que chegaram à cidade.

— Então vá embora — retrucou Nathaniel, carrancudo.

— Estou considerando esta possibilidade.

Lúcifer tendia a ficar pomposo quando percebia que sua dignidade era atacada, e essa dignidade se ofendia com muita facilidade. Ele era apenas um garoto, devia ter no máximo 15 anos, e, mesmo se fosse dois anos mais novo, seria pequeno para a idade, porém havia enfiado um bocado de vivência nesses poucos anos e tinha uma segurança que fascinava Nate tanto quanto o mistério de seu passado. Lúcifer jamais falava diretamente desse passado, e Nathaniel não perguntava, porque aprendera que tudo que uma pergunta fazia era provocar uma versão diferente. Estava claro que o garoto era um contrabando, um escravizado fugido, e Nate suspeitava que ele estava tentando chegar ao abrigo do Norte quando foi capturado pelo exército de Jackson em Manassas. Mas a vida de Lúcifer antes daquele momento, tanto quanto seu verdadeiro nome, permanecia um mistério, assim como era um mistério o motivo para ele ter optado por ficar com Nate depois da recaptura.

— Ele gosta de você, é por isso — disse Sally Truslow a Nathaniel. — Ele sabe que você vai lhe dar carta branca e é malicioso o suficiente para querer isso. Até que um dia vai crescer e você nunca mais vai vê-lo.

Nate e Lúcifer foram andando desde o campo de batalha encharcado de chuva até o início da ferrovia em Fredericksburg, depois pegaram o trem da ferrovia Richmond, Fredericksburg e Potomac até a capital. O passe de viagem de Nathaniel lhe dava direito a um dos vagões de passageiros enquanto Lúcifer viajava num de carga com os outros negros. O trem havia resfolegado, sacolejado, tilintado e estremecido, esgueirando-se para o sul até que, ao amanhecer, Nathaniel foi despertado pelo grito de uma mulher que cuidava de vacas em Richmond. A estação da ferrovia Richmond, Fredericksburg e Potomac ficava no coração da cidade, e os trilhos passavam bem no meio da Broad Street. Nathaniel achou uma experiência estranha ver a cidade familiar através da janela suja de fuligem de um vagão lento. Meninos jornaleiros corriam ao lado do trem oferecendo exemplares do *Examiner* ou do *Sentinel*, enquanto na calçada pedestres se espremiam junto a carroças e charretes, relegadas às laterais da rua pela passagem lenta e clangorosa do trem. Nate ficou espiando pela janela com olhos remelentos, notando, melancólico, quantas portas tinham um pano preto pendurado, quantas mulheres estavam de luto, quantos aleijados mendigavam na calçada e quantos homens tinham uma faixa preta nos braços.

Tinha se convencido de que não procuraria Sally. Dizia a si mesmo que ela não era mais sua mulher. Ela havia encontrado um amante, o bom amigo de Nathaniel, Patrick Lassan, um cavalariano francês que observava ostensivamente a guerra em nome do Exército francês, mas que na verdade cavalgava com Jeb Stuart. Nate disse a si mesmo que Sally não era mais da sua conta, e ainda se dizia essa verdade quando bateu à porta pintada de azul ao lado da alfaiataria na esquina da Quarta com a Grace. Sally ficou feliz em vê-lo. Já estava acordada, já estava ocupada, e ordenou que seus escravos trouxessem para ele café e pão para o desjejum.

— É pão ruim — disse —, mas não existe pão bom. Nem café bom, por sinal. Diabos, eu estou usando bolotas de carvalho, grãos de trigo e chicória no lugar de café. Atualmente nada é bom, a não ser os charutos e os negócios. — O negócio de Sally era ser Madame Royall, a médium mais cara de Richmond, que oferecia sessões espíritas caríssimas para reunir os vivos aos mortos. Não passam de truques — disse com escárnio. — Eu só digo às pessoas o que elas querem ouvir, e, quanto mais caro cobro, mais acreditam. — Ela deu de ombros. — É um negócio chato, Nate, mas é melhor que trabalhar na noite. — Ela se referia ao bordel da Marshall Street, onde descobriu o seu tino para os negócios.

— Dá para imaginar.

— Duvido que você consiga, Nate — retrucou Sally, bem-humorada, depois lhe lançou um olhar longo e examinador. — Você está magro. Parece esgotado feito uma mula. Isso na sua cara é um corte de bala?

— Lasca de árvore.

— As garotas vão adorar, Nate. Não que você jamais tenha precisado de ajuda nesse departamento, mas diga que foi uma bala e todas vão querer cuidar de você. E você tem um escravo?

— Eu pago a ele quando posso — reagiu Nathaniel, na defensiva.

— Então você é um tremendo idiota — disse ela com carinho. — Ruim como o Delaney.

Belvedere Delaney era um advogado oficialmente ligado ao Departamento de Guerra, mas seus deveres possibilitavam que tivesse tempo suficiente para cuidar de vários negócios, dentre os quais o bordel mais caro de Richmond e as dependências com cortinas de crepe onde Sally "conversava" com os mortos. Sally conheceu Delaney quando era empregada dele no bordel, e não era uma empregada qualquer, e sim a garota mais procurada de Richmond. Era filha única do capitão Truslow e foi criada para o trabalho pesado e a pouca recompensa na fazenda de Truslow, mas fugiu e abraçou a cidade, transição facilitada pela sua aparência deslumbrante. Sally tinha um rosto enganosamente afável, uma massa de cabelos dourados e, para incrementar o encanto, era esperta. Mas havia nela muito mais que o acaso natural da beleza. Sabia trabalhar e como lucrar com o trabalho, e atualmente estava mais para sócia de Delaney que para empregada.

— Delaney é um idiota — disse com sarcasmo. — Deixa o criado doméstico fazê-lo de gato e sapato, e sem dúvida você é igualmente ruim nessas coisas. Então vamos dar uma olhada no seu garoto. Quero saber se você está sendo bem-cuidado. — E assim Lúcifer foi chamado à sala onde rapidamente encantou Sally, que reconheceu nele alguém que, como ela, tentava subir na vida depois de começar do fundo do poço. — Mas por que você está com uma arma, garoto?

— Porque eu estou no Exército, moça.

— Está coisa nenhuma. Se você for apanhado com uma arma nessa cidade, vão esfolar as suas costas e depois mandá-lo rio abaixo. Você teve uma tremenda sorte em sobreviver tanto tempo. Tire isso aí. Agora.

Lúcifer, que resistira a todos os esforços anteriores para desarmá-lo, desafivelou humildemente o cinturão. Não havia dúvida de que ele estava impressionado com Sally, e não reclamou nem um pouco quando ela disse que escondesse o revólver na bagagem de Nate e o dispensou para a cozinha.

— Ordene que lhe deem comida.

— Sim, moça.

— Ele tem sangue branco — comentou Sally depois que Lúcifer saiu.

— Acho que sim.

— Diabos, é óbvio.

Ela se serviu mais daquele café de gosto estranho, depois ouviu Nate contar por que estava em Richmond. Cuspiu com desprezo quando o nome Washington Faulconer foi mencionado.

— Correram boatos pela cidade sobre o motivo da saída dele do Exército, mas Faulconer passou imune aos boatos. Chegou aqui todo cheio de ousadia e simplesmente disse que Jackson sentia inveja dele. Inveja! Mas o seu general Jackson, Nate, faz inimigos como um piolho dá coceira, e há muitos homens aqui prontos para simpatizar com Faulconer. Ele conseguiu o cargo num instante. Acho que você está certo e que os maçons cuidaram dele. Delaney deve saber, ele é maçom. E o que você vai fazer agora?

Nathaniel deu de ombros.

— Preciso me apresentar em Camp Lee. A um tal de coronel Holborrow. — Ele não estava ansioso por esse momento. Não tinha certeza de sua capacidade para comandar o pior batalhão do Exército sulista e já sentia falta do companheirismo da legião.

— Eu conheço o Holborrow — disse Sally. — Não pessoalmente — acrescentou depressa —, mas ele é influente na cidade.

Nate não ficou surpreso, já que Sally mantinha o ouvido muito atento a qualquer fiapo de fofoca que pudesse transformar numa revelação mística em suas sessões.

— Tem dinheiro — continuou ela. — Só Deus sabe como, porque o sujeito era só um diretor de penitenciária na Geórgia antes da guerra. Um homem de prisão, certo? Agora está encarregado de treinar e equipar os substitutos em Camp Lee, mas passa a maior parte do tempo lá em Screamersville.

— Nos bordéis.

— Neles e nas rinhas de galo.

— Ele joga?

Sally balançou a cabeça diante da ingenuidade de Nathaniel.

— Ele não vai lá para admirar as penas dos galos — respondeu com sarcasmo. — Que diabo ensinaram a você em Yale?

Nate riu, depois apoiou as botas enlameadas numa otomana forrada de tapeçaria que estava sobre um tapete oriental. Tudo na sala era refinado; discreto, mas caro. Um busto de Napoleão reluzia no console da lareira, livros encadernados em couro se enfileiravam em cristaleiras, e peças de porcelana exóticas estavam dispostas em estantes.

— Você vive bem, Sally.

— Você conhece algum mérito em viver mal? E pode tirar as botas dos móveis enquanto pensa na resposta.

— Eu estava pensando em dormir — disse Nathaniel, sem se mexer.

— Diabos, Nate Starbuck, está querendo ficar aqui?

Ele balançou a cabeça.

— Pensei em deixar você me pagar o almoço no Spotswood, depois me acompanhar até Camp Lee.

Sally esperou até que ele tirasse as botas ofensivas da otomana.

— Ora, por que eu ia querer fazer isso?

Nathaniel sorriu.

— Porque, Sally, se eu preciso levar um bando de covardes carrancudos para a guerra, eles precisam saber que sou um homem de sorte. E algum homem pode parecer mais sortudo do que chegando de braço dado com alguém como você?

— É bom ver que os ianques não arrancaram sua língua desinibida com uma bala — comentou ela, disfarçando o deleite com o elogio. — Mas você está pensando em ir ao Spotswood desse jeito?

— Não tenho mais nada para vestir. — Ele franziu a testa para a farda maltrapilha. — Diabos, se é bom o suficiente para lutar em batalhas, é bom para o Spotswood.

Seis horas depois um bem alimentado Nathaniel Starbuck andava com Sally e Lúcifer para oeste da cidade. Sally usava touca e xale sobre um vestido azul simples que nem de longe era suficientemente singelo para esconder sua beleza. Carregava uma sombrinha com franja para se proteger do sol que enfim havia saído de trás das nuvens e sugava o restante da tempestade transformando-a em retalhos de névoa. Passaram pela Penitenciária Estadual, atravessaram a entrada do Cemitério Hollywood, onde se via a terra recém-revirada formando fileiras sinistras como os batalhões dos mortos, e deram a volta no depósito de água da cidade até enfim verem Camp Lee em sua encosta ampla acima do rio e do canal. Nathaniel tinha visitado o acampamento no início do ano e se lembrava dele como um lugar feio, improvisado. Antes era onde aconteciam as feiras de Richmond, mas o início da guerra o havia transformado numa gigantesca área onde eram largados os batalhões que tinham vindo em bando para a defesa de Richmond. Agora esses batalhões estavam na fronteira norte da Virgínia, e o acampamento era uma área suja e lamacenta onde os recrutas recebiam um treinamento rudimentar e para onde os retardatários eram enviados para serem atribuídos a novos batalhões. No começo da guerra o acampamento era o local preferido dos moradores de Richmond, que vinham assistir às tropas sendo treinadas, mas essa novidade havia passado e agora poucas pessoas visitavam o quartel frio, de aparência precária, onde velhas tendas mofadas se erguiam enfileiradas e cabanas de papelão alcatroado balançavam na brisa. A cadeia do acampamento ainda ficava no alto do morro, e em volta dela havia um agrupamento de cabanas de madeira onde a maior parte dos atuais ocupantes do campo parecia estar acantonada. Dois sargentos que disputavam um jogo de ferraduras confirmaram a Nathaniel que as cabanas eram o alojamento do Batalhão Especial, e ele subiu o morro lentamente até o topo plano onde umas poucas companhias eram treinadas. Algumas equipes de trabalho preguiçosas consertavam as construções decrépitas dentre as quais, como um palácio no meio de choupanas, ficava a casa que, de acordo com os sargentos, era o quartel-general de Holborrow. Era uma bela construção de dois andares com uma varanda ampla que dava a volta na casa, alojamentos para os escravizados e cozinhas no quintal dos fundos. Havia dois mastros de bandeira diante da casa, um com estrelas e listras confederadas e o outro com uma bandeira azul com o brasão da Geórgia.

Nathaniel parou para ver as companhias sendo treinadas. Parecia haver pouco sentido na atividade, já que os homens eram bastante hábeis, mas o menor erro bastava para o sargento encarregado soltar uma torrente de palavrões. O sargento era um homem alto e desengonçado, com um pescoço estranhamente longo e uma voz que poderia facilmente atravessar o rio e chegar a Manchester. As tropas não tinham armas; estavam apenas sendo obrigadas a marchar, parar, dar meia-volta e marchar de novo. Alguns soldados estavam de casaca cinza, porém a maioria usava o marrom-claro cada vez mais comum, que era mais fácil de ser produzido. Nate notou com espanto que pelo menos metade dos homens não tinha botas e marchava descalça.

Sally pôs o braço no cotovelo de Nathaniel enquanto se aproximavam mais do quartel-general, onde havia um grupo de quatro oficiais acomodados em cadeiras de campanha na varanda. Um dos oficiais à toa apontou uma luneta para os dois.

— Você está sendo admirada — avisou Nathaniel.

— Esse era o objetivo ao me fazer desperdiçar uma tarde, não era?

— Era — respondeu Nate com orgulho.

Sally parou de novo para olhar os soldados na área de treinamento que, até onde o sargento permitia, devolviam sua inspeção.

— São os seus homens? — perguntou ela.

— Todos meus.

— A nata da ralé, hein?

— Para mim parecem bons. — Nate já estava tentando se imbuir de lealdade com relação àquela tropa desprezada.

— Eles podem matar ianques, não podem? — perguntou ela, sentindo a apreensão dele. Em seguida espanou a sujeira entranhada na manga da farda de Nate, não porque acreditasse que a terra pudesse ser tirada, mas porque sabia que ele precisava do pequeno consolo do toque. Então sua mão parou. — O que é aquilo?

Nathaniel se virou e viu que Sally estava encarando um "cavalo de castigo" montado entre duas cabanas. O cavalo era uma trave comprida posta sobre um par de cavaletes altos, e o castigo consistia em obrigar um homem a montar na ponta da trave e ficar lá enquanto seu próprio peso transformava a virilha numa massa de dor. Havia um prisioneiro no cavalo, de mãos e pernas amarradas para impedir que descesse, e um guarda armado permanecia ao lado dos degraus usados para montar no instrumento.

— É um castigo chamado de cavalo — explicou Nathaniel. — Dizem que dói feito o diabo.

— Esse é o objetivo de um castigo, não é? — Sally tivera sua cota de surras na infância e a experiência a havia deixado insensível.

O homem embaixo do cavalo pareceu fazer uma pergunta ao que estava montado. O prisioneiro balançou a cabeça e o outro puxou os tornozelos amarrados, fazendo o sujeito gritar.

— Merda — disse Nathaniel.

— Isso não faz parte do castigo? — perguntou Sally.

— Não.

Sally olhou para a aversão no rosto de Nathaniel.

— Está ficando mole, Nate?

— Não me incomodo em castigar soldados, mas não gosto de tortura. Além do mais, pense neles. — Nate assentiu para as companhias na área de treinamento, que assistiam silenciosas ao que acontecia no cavalo. — Um regimento é uma coisa frágil — explicou, ecoando as palavras ditas por Swynyard a Maitland. — Funciona melhor quando os homens estão lutando contra o inimigo, não uns contra os outros. — Ele se encolheu quando o guarda puxou de novo os tornozelos do prisioneiro. — Diabo — disse, relutante em intervir, mas também não querendo assistir a mais nenhuma brutalidade. Seguiu para o cavalo.

O guarda que tinha puxado os tornozelos do prisioneiro era um sargento que se virou e ficou observando sua aproximação. Nathaniel não usava

36

distintivos de posto e tinha um fuzil pendurado no ombro esquerdo. As duas coisas sugeriam que era um soldado raso, mas se portava com confiança e tinha uma mulher e um serviçal, o que sugeria que talvez fosse oficial, por isso o sargento ficou cauteloso.

— O que ele fez? — perguntou Nathaniel.

— Está sendo castigado — respondeu o sargento. Era um homem atarracado, barbudo. Estava mascando tabaco e parou para cuspir um jato de saliva amarelada no capim. — Ordens do sargento Case — acrescentou, como se a explicação bastasse.

— Sei que ele está sendo castigado — disse Nate —, mas perguntei o que ele fez.

— Está sendo castigado — respondeu o sargento com obstinação.

Nathaniel se mexeu para poder ver o rosto retesado do prisioneiro.

— O que você fez? — perguntou a ele.

Antes que o prisioneiro pudesse dar alguma resposta, o sargento instrutor abandonou as companhias na área de treinamento e marchou até o cavalo.

— Ninguém fala com os prisioneiros que estão sendo castigados! — gritou numa voz aterrorizante. — Você sabe disso, sargento Webber! Castigo é castigo. É o castigo que vai transformar essa ralé de bostas de esquilo molengas em soldados. — Ele parou batendo os calcanhares a dois passos de Nate. — Se tem perguntas — disse em tom enfático —, faça a mim.

— E quem é você? — perguntou Nathaniel.

O sargento alto pareceu surpreso, como se sua fama devesse ser óbvia. Não respondeu de imediato. Em vez disso, inspecionou Nathaniel em busca de pistas de status. A presença de Sally e Lúcifer devem tê-lo convencido de que Nate era oficial, embora a idade dele sugerisse que não era um oficial que precisasse ser apaziguado.

— Sargento Case — respondeu rispidamente.

O pescoço comprido e a cabeça pequena de Case pareceriam risíveis em qualquer outro homem, e sua aparência ridícula não era ajudada por uma barba rala e um nariz fino e quebrado, mas nos olhos escuros do sargento havia uma malevolência que transformava a diversão em medo. Os olhos não tinham vida, eram duros e implacáveis. Nathaniel também notou que o corpo desengonçado de Case era enganador; não era uma estrutura fraca, fina, e sim esguia e musculosa. Sua farda estava imaculada, cada botão polido, cada vinco muito bem passado e cada divisa reluzindo. O sargento

Case tinha exatamente a aparência que Nathaniel imaginava que soldados deveriam ter antes de descobrir que, pelo menos na Confederação, em geral eles eram tremendamente maltrapilhos.

— Sargento Case — repetiu Case, inclinando-se para perto de Nathaniel.

— E eu — ele enfatizou a palavra — estou no comando aqui.

— Então o que o prisioneiro fez? — perguntou Nate.

— Fez? — perguntou Case dramaticamente. — Fez? O que ele fez não é da sua conta. Nem um pouco.

— De que batalhão ele é? — indagou Nathaniel, assentindo para o prisioneiro.

— Ele poderia pertencer à porcaria dos Guardas de Coldstream — gritou Case — e ainda assim não seria da sua conta.

Nathaniel olhou para o prisioneiro. O rosto do sujeito estava pálido de dor e rígido, esforçando-se para não demonstrá-la.

— Batalhão, soldado? — perguntou Nathaniel rispidamente.

O sujeito fez uma careta, depois conseguiu dizer uma única palavra:

— Castigo.

— Então você é da minha conta — disse Nathaniel. Em seguida pegou seu canivete num bolso, abriu a lâmina e cortou a corda que prendia os tornozelos do prisioneiro. O movimento fez o homem gemer, mas isso levou o sargento Case a avançar num movimento de ameaça.

Nathaniel parou e olhou nos olhos de Case.

— Sou oficial, sargento — disse —, e, se você puser a porcaria da mão em mim, vou garantir que passe o resto do dia nesse cavalo. Você não vai conseguir andar por uma semana. Talvez por um mês.

O sargento Case deu um passo para trás enquanto Nathaniel cortava os últimos fios de cânhamo e colocava a mão embaixo de uma das botas do prisioneiro.

— Pronto? — gritou, depois o empurrou com força para cima, jogando o prisioneiro para fora da trave. O homem caiu no chão molhado onde ficou imóvel até que Nate se agachou e cortou a corda que prendia seus pulsos. — E o que ele fez? — perguntou ao sargento Case.

— Filho da puta! — disse Case, mas era impossível saber se falava com Nathaniel ou com o prisioneiro, depois se virou abruptamente e se afastou com o colega.

O prisioneiro gemeu e tentou se levantar, mas a dor na virilha era terrível demais. Arrastou-se até um dos cavaletes e se puxou até ficar sentado, então permaneceu agarrado à madeira. Seus olhos lacrimejavam e ele arfava. Até Sally se encolheu diante da evidente dor.

— Armas — disse ele por fim.

— Armas? — perguntou Nathaniel. — O que é que tem?

— O filho da puta está roubando armas — respondeu o prisioneiro liberto, depois precisou parar por causa da dor. Colocou a mão na virilha, prendeu a respiração e em seguida balançou a cabeça num esforço para afastar a agonia pavorosa. — O senhor perguntou por que eu estava no cavalo? Por causa de armas. Eu estava com a tarefa de descarregar fuzis. Recebemos vinte caixas. Fuzis bons. Mas Holborrow fez a gente colocá-los em caixotes onde estava escrito "CONDENADOS" e depois nos deu mosquetes. Mosquetes Richmond. Diabos. — Ele cuspiu, então fechou os olhos por um instante enquanto fazia uma careta por causa de um espasmo de dor. — Não quero atirar nos ianques com mosquetes quando eles têm balas Minié. Foi por isso que discuti com aquele filho da puta do sargento Case.

— E onde estão os fuzis?

— Só o diabo sabe. Foram vendidos, provavelmente. Holborrow não se importa, desde que a gente nunca vá para a guerra. A gente não deveria lutar, sabe? Só pegar os suprimentos que aquele filho da puta vende. — O sujeito franziu a testa para Nathaniel. — Quem é o senhor?

— Potter! — Uma voz nova e raivosa gritou do prédio do quartel-general. — Potter, seu filho da puta! Seu desgraçado! Seu bosta de cachorro imbecil. Seu idiota cagão! — Quem falava era um oficial alto e magro com casaca cinza cheia de debruns que vinha na direção de Nathaniel com a ajuda de uma bengala com castão de prata. O sargento Case marchava atrás do oficial, que tinha um belo cavanhaque loiro e bigode fino cuidadosamente encerado para formar pontas rígidas. Ele enfiava a bengala com força no chão para ajudar a cada passo e nos intervalos a brandia na direção do atônito Nathaniel Starbuck. — Onde, diabos, você estava, Potter? — perguntou o oficial. — Onde, diabos, você esteve, rapaz?

— Ele está falando com você? — perguntou Sally a Nate, confusa.

— Diabos, rapaz, você está bêbado? — gritou o oficial manco. — Potter, seu bosta de leproso imbecil, você está bêbado?

Nathaniel estava prestes a negar que era Potter ou que estava bêbado, então um impulso malicioso cresceu dentro dele.

— Não falem nada — disse baixinho a Sally e Lúcifer, depois balançou a cabeça. — Não estou bêbado — respondeu enquanto o oficial se aproximava.

— É assim que você paga uma gentileza? — perguntou o oficial agressivamente. Ele tinha estrelas de coronel nos ombros. — Peço desculpas, senhora — o coronel encostou a mão livre na aba do chapéu —, mas não posso admitir atrasos. Não posso admitir. Você está bêbado, Potter? — O coronel chegou perto de Nate e aproximou o cavanhaque do seu queixo raspado. — Deixe-me sentir seu hálito, Potter, deixe-me sentir seu hálito. Respire, homem, respire! — Ele cheirou e depois deu um passo para trás. — Você não cheira a bebida — disse o coronel, incerto. — Então por que diabos, desculpe-me, senhora, você tirou o soldado Rothwell do cavalo? Responda!

— Estava incomodando a dama — respondeu Nathaniel.

O coronel olhou de novo para Sally, e desta vez registrou que ela era uma jovem espantosamente linda.

— Holborrow, senhora — disse ele, tirando o chapéu para revelar cabelos loiros cuidadosamente ondulados. — Coronel Charles Holborrow, ao seu dispor. — Ele olhou boquiaberto para Sally por um segundo. — Eu deveria saber — disse com a voz se suavizando de repente — que a senhora vem da Geórgia. Não existem no mundo jovens tão bonitas quanto as da Geórgia, e isso é inquestionável. Pela minha alma preciosa, senhora, é inquestionável. O reverendo Potter disse que seu filho era casado e que ia trazer a esposa para cá, mas não disse como a senhora é linda. — Holborrow olhou para baixo desavergonhadamente, avaliando o corpo de Sally antes de pegar a mão dela e lhe dar um beijo firme. — É um prazer conhecê-la, Sra. Potter — disse, ainda segurando a mão dela.

— O prazer é todo meu, coronel. — Sally fingiu estar lisonjeada com a admiração do coronel e deixou a mão na dele.

Holborrow apoiou a bengala no quadril para que pudesse colocar a outra mão sobre a de Sally.

— E a senhora ficou incomodada com o castigo, é? — perguntou, solícito, massageando a mão de Sally.

— Admito que sim, senhor — respondeu Sally humildemente, depois fungou.

— É mesmo perturbador para uma dama — concordou Holborrow. — Mas a senhora deve entender que esse prisioneiro imbecil bateu no sargento Case. Bateu nele! Uma séria ofensa militar, senhora, e o seu marido não tinha o direito de interferir. Direito nenhum. Não é, sargento Case?

— Senhor! — disse Case com rispidez. Evidentemente esse era seu jeito de articular uma afirmação para os oficiais.

Holborrow soltou a mão de Sally e se aproximou mais de Nathaniel.

— O sargento Case é da Carolina do Norte, rapaz, mas passou os últimos quatorze anos no Exército britânico. Não é, Case?

— Senhor! — respondeu Case rispidamente.

— Em que regimento, Case? — perguntou Holborrow, ainda encarando Nate.

— No 7º, senhor, Fuzileiros Reais, senhor!

— E, enquanto você ainda estava sugando o leite das tetas da sua mãe, Potter, desculpe, senhora, o sargento Case estava lutando! Lutando, rapaz! Não é, Case?

— Na Batalha de Alma, senhor! Cerco de Sebastopol — declarou Case rispidamente, e Nathaniel teve a impressão de que estava escutando um diálogo muitas vezes ensaiado.

— Mas o sargento Case é patriota, Potter! — continuou Holborrow.

— E, quando os ianques romperam a União nos atacando, o sargento Case deixou o serviço de Sua Majestade para lutar por Jeff Davis e a liberdade. Ele foi mandado para cá, Potter, para transformar os Pernas Amarelas num regimento de verdade, em vez de num punhado de meninas colegiais. Não é, Case?

— Senhor!

— E você — cuspiu Holborrow para Nate — ousa contrariar a ordem de um homem como o sargento Case! Você deveria se envergonhar, garoto. Se envergonhar! O sargento Case esqueceu mais coisas sobre como ser soldado do que você jamais aprendeu ou vai aprender. E, se o sargento Case diz que um homem merece castigo, castigado ele será! — Holborrow recuou e segurou a mão de Sally outra vez. — Mas, vendo como a senhora é um raio de sol da Geórgia, vou poupá-la de ver mais coisas desagradáveis esta tarde. Creio que o seu marido aprendeu uma lição, portanto obrigado, sargento Case. — Holborrow assentiu para o sargento, que fez cara feia para Nathaniel, depois marchou rigidamente de volta para a área de treinamento. Holborrow ordenou que o prisioneiro liberto fosse embora. Depois, ainda segurando a mão de Sally, virou-se de volta para Nate. — E onde você esteve, rapaz? Seu pai escreveu dizendo que você deixou Atlanta há dez dias. A carta chegou, mas você não! Dez dias! Ninguém demora dez dias para vir de Atlanta a Richmond, rapaz. Andou bebendo de novo?

— Foi minha culpa — disse Sally numa vozinha amedrontada. — Peguei uma febre, senhor. Fiquei muito mal, senhor.

41

Lúcifer deu uma risadinha diante da invenção de Sally e a cabeça de Holborrow se virou rapidamente.

— Se rir mais uma vez, garoto, vou arrancar a carne dos seus ossos pretos a chicotadas. Ele é seu crioulo? — perguntou a Nathaniel.

— Sim — respondeu Nate, perguntando-se como, diabos, recuaria da mentira.

— "Sim senhor" — corrigiu Holborrow. — Está esquecendo que sou coronel, Potter?

— Sim senhor. Quero dizer, não senhor.

Ainda segurando a mão de Sally, Holborrow balançou a cabeça diante da aparente confusão de Nathaniel.

— E como está o seu pai? — perguntou.

Nathaniel deu de ombros.

— Acho que... — começou, então deu de ombros outra vez, de repente sem imaginação.

— Está se curando — respondeu Sally. Ela estava gostando da encenação muito mais que Nathaniel que, apesar de tê-la começado, agora se arrependia da mentira. — Graças ao Senhor Deus — disse Sally, finalmente soltando os dedos do aperto de Holborrow. — Mas está se curando.

— Louvado seja o Senhor. Mas você tem sido um fardo para ele, garoto, um fardo — rosnou Holborrow para Nathaniel. — E vai perdoar meu jeito rude, Sra. Potter, mas, quando o filho de um homem é um fardo, é certo que isso lhe seja dito às claras.

— É mesmo — concordou Sally com firmeza.

— Estávamos esperando você há uma semana! — rosnou Holborrow para Nathaniel, depois ofereceu a Sally um sorriso de dentes amarelos. — Temos um quarto arrumado para a senhora. Cama, lavatório, ferro de passar. O reverendo queria que a senhora ficasse confortável. Não que fosse mimada, disse ele, mas que ficasse confortável.

— O senhor é muito gentil — disse Sally —, mas vou dormir com a minha prima Alice na cidade.

Holborrow pareceu desapontado, mas Sally tinha falado com firmeza e ele não questionou.

— Bom para a sua prima, triste para nós, senhora. Mas vai ficar para uma limonada e talvez uns pêssegos? Eu gosto de um bom pêssego, como todo nascido na Geórgia deveria gostar.

— Será um prazer, senhor.

Holborrow olhou de relance para Lúcifer, que estava carregando a sacola surrada de Nathaniel.

— Vá para a cozinha, garoto. Mexa esse rabo preto! Vá! — Holborrow se virou outra vez para Nathaniel. — Espero que você tenha uma farda decente naquela sacola, rapaz, porque o que você está usando é uma desgraça. Uma desgraça. E onde, diabos, estão as suas divisas de tenente? — Ele indicou os ombros de Nathaniel. — Vendeu para comprar bebida?

— Perdi — respondeu Nate, sem graça.

— Você é um homem lamentável, Potter, um homem lamentável. — Holborrow balançou a cabeça. — Quando o seu pai escreveu pedindo a minha ajuda teve a gentileza de contar isso. Disse que você era uma tremenda decepção, uma reprimenda ao bom nome da família Potter, por isso não posso dizer que não fui avisado a seu respeito. Mas, se ficar bêbado aqui, garoto, eu chuto a sua bunda filha da puta até ficar azul, desculpe, senhora.

— Está desculpado, coronel — disse Sally.

— Já o seu pai — continuou Holborrow, seguindo o sermão — jamais bebe. Todo dia em que tínhamos uma execução o reverendo ia à penitenciária rezar com os filhos da mãe, desculpe, senhora, mas ele nunca tocou numa gota de álcool. Nem uma gota! Mesmo depois que os filhos da mãe, desculpe, senhora, eram pendurados e ficavam batendo os pés e o restante de nós sentia a necessidade de uma libação restaurativa, seu pai continuava com a limonada. Mas com frequência dizia temer que você acabasse naquele mesmo cadafalso, garoto, com ele fazendo uma oração de um lado e eu pronto para tirar o banco de baixo dos seus pés do outro. Por isso ele mandou você para cá, Potter, para aprender a ter disciplina! — Esta última palavra foi gritada na cara de Nathaniel. — Agora, senhora — ele voltou a atenção para Sally —, me dê sua mãozinha bonita e vamos dividir um pêssego. E, depois disso, senhora, se me permitir, vou lhe dar uma carona de volta à cidade na minha carruagem. Não é o melhor dia para andar. Está um pouquinho quente demais, e uma dama bonita como a senhora deveria estar numa carruagem. Não parece bom?

— O senhor é muito gentil, coronel — respondeu Sally. Ela havia enfiado a mão esquerda, que claramente não tinha anel de casamento, numa dobra do xale. — Nunca andei de carruagem — acrescentou numa voz digna de pena.

— Precisamos acostumá-la ao luxo, como uma jovenzinha bonita da Geórgia deve ter — disse Holborrow, lascivo. Em seguida, levou-a até a casa e na base da escada passou o braço livre pela sua cintura. — Eu ando de carruagem desde que uma bala ianque deixou inútil a minha perna direita. Preciso lhe contar a história. Mas, por enquanto, senhora, permita-me ajudá-la a subir. Há uma ou duas tábuas soltas. — Holborrow meio levantou Sally até a varanda. — E pode ficar sentadinha, senhora, perto do capitão Dennison.

Os quatro oficiais, todos capitães, tinham se levantado para cumprimentar Sally. O capitão Dennison era um homem magro, de barba feita, cujo rosto exibia cicatrizes horríveis de alguma doença de pele que havia feito as bochechas e a testa ficarem cheias de feridas lívidas. Ele empurrou uma cadeira de vime e espanou a almofada com a mão. Holborrow fez um gesto para Nathaniel.

— Este aqui é o tenente Matthew Potter, de modo que, afinal de contas, ele não é um boato. — Os quatro capitães riram da espirituosidade de Holborrow, enquanto o coronel empurrava Sally com o braço direito plantado firmemente em sua cintura esbelta. — E esta é a esposa dele. Desculpe, minha cara, mas ainda não sei o seu nome.

— Emily — respondeu Sally.

— E jamais ouvi um nome mais bonito, pela minha alma, jamais ouvi. Sente-se, senhora. Este aqui é o capitão Dennison. O capitão Cartwright, o capitão Peel e o capitão Lippincott. Fique à vontade enquanto vou situar o seu marido. A senhora não se importa se eu o colocar para trabalhar imediatamente, não é? Ele deveria estar trabalhando há uma semana.

Holborrow foi mancando à frente de Nathaniel até uma sala escura onde havia um cabideiro de madeira com várias casacas de oficiais cinza penduradas.

— Só o bom Senhor sabe por que uma mulher como aquela se casaria com um filho da puta como você, Potter — resmungou o coronel. — Venha cá, rapaz. Se a sua mulher não vai ficar, então você não precisa de quarto. Pode colocar uma cama aqui e dormir perto do trabalho. Essa aqui era a sala do major Maitland, mas o filho da puta foi promovido e recebeu um batalhão de verdade, de modo que agora estamos esperando um filho da puta ianque chamado Starbuck. E, quando chegar, Potter, não quero que ele fique pegando no meu pé por causa de atraso na papelada. Entendeu? Portanto, dê um jeito nesses papéis!

Nathaniel não disse nada, apenas olhou para a pilha de papéis desarrumados. Então originalmente Maitland tinha sido designado para os Pernas Amarelas? Isso era intrigante, mas o filho da mãe evidentemente havia convencido os irmãos maçons a mexer os pauzinhos, de modo que fora promovido e recebera o comando da legião, enquanto ele ficava com o batalhão de castigo.

— Está cochilando, rapaz? — Holborrow aproximou seu rosto do de Nate.

— O que devo fazer, senhor? — perguntou Nathaniel em tom lamentoso.

— Arrumar isso. Só arrumar. Você deveria ser ajudante do 2º Batalhão Especial, não é? Agora ande com isso, rapaz, enquanto eu distraio a sua mulher. — Holborrow saiu da sala com passos firmes e batendo a porta. Então a porta se abriu de repente outra vez e o rosto estreito do coronel espiou pela borda. — Vou lhe mandar um pouco de limonada, Potter, mas nada de álcool, ouviu?

— Sim senhor.

— Nada de álcool para você, Potter, enquanto estiver sob as minhas ordens.

A porta se fechou outra vez, com tanta força que toda a casa pareceu estremecer. Então Nathaniel soltou o ar longamente e se deixou afundar numa poltrona estofada de couro atrás de uma mesa atulhada com uma confusão de papéis. Em que diabos havia se metido?, pensou. Ficou tentado a acabar com a farsa imediatamente, só que poderia haver lucro nela. Tinha certeza de que, caso se anunciasse como major Starbuck, não descobriria nada, porque Holborrow cuidaria de esconder qualquer deficiência no treinamento e no equipamento do Batalhão Especial. Ao passo que o desprezado tenente Potter era sem dúvida um homem de quem nada precisaria ser escondido. Além disso, pensou, agora não havia um modo elegante de abandonar a mentira. Era melhor seguir com a trapalhada enquanto espionava o trabalho de Holborrow. Depois voltaria à cidade e encontraria Belvedere Delaney, que se certificaria de que Nate passasse um tempo agradável numa cama quente durante as próximas noites.

Começou a folhear os maços de papel. Havia recibos de comida, de munição e cartas urgentes pedindo que os recibos fossem assinados e devolvidos aos departamentos responsáveis. Havia livros de pagamento, listas, emendas a listas e listas de prisão de todas as cadeias militares em Richmond. Nem todos os homens do Batalhão Especial eram dos Pernas Amarelas; pelo menos um quinto fora convocado das prisões, assim reunindo os covardes aos bandidos. No meio das listas de prisões, Nate encontrou uma carta do Arsenal do Estado em Richmond endereçada ao major Edward Maitland, reconhecendo que o Batalhão Especial deveria ser equipado com fuzis e requisitando que as vinte caixas de mosquetes fossem devolvidas. Havia um tom relutante na carta, sugerindo que Maitland tinha usado sua influência para que os desprezados mosquetes fossem substituídos por armas modernas. E Nathaniel, sabendo que teria de travar toda a batalha de novo, suspirou. Deixou a carta de lado e descobriu, embaixo dela, outra carta, esta endereçada a Chas. Holborrow e assinada pelo reverendo Simeon Potter, de Decatur, Geórgia. Recostou-se para lê-la.

Parecia que o reverendo Potter era superintendente das capelanias do estado da Geórgia e escrevera ao velho conhecido — pelo tom não parecia mais que um conhecido, muito menos um amigo — Charles Holborrow para pedir ajuda para o segundo filho, Matthew. A carta, escrita em tinta preta com traços cuidadosos, fez Nathaniel se lembrar da caligrafia do pai. Segundo a carta, Matthew fora um enorme tormento para a querida mãe, uma desgraça para o nome da família e uma vergonha para a criação cristã. Embora tivesse estudado nas melhores academias do sul e se matriculado na Escola de Medicina de Savannah, Matthew Potter havia insistido em trilhar os caminhos da iniquidade. "A bebida alcoólica tem sido sua desgraça", escreveu o reverendo Potter, "e agora sabemos que ele arranjou uma esposa, coitada. E, mais ainda, foi expulso de seu regimento por causa da bebedeira incessante. Eu o havia colocado como aprendiz de um primo nosso no Mississippi, esperando que o trabalho pesado fosse sua salvação, mas em vez de cumprir com os deveres ele insistiu em entrar para o Batalhão de Hardcastle. Mas parece que nem mesmo como soldado ele era confiável. Dói-me escrever isto, mas ao pedir sua ajuda fico lhe devendo um favor, um favor três vezes aumentado pela minha fé em Cristo Jesus, a quem rezo diariamente pelo arrependimento de Matthew. Também me lembro de um serviço que pude realizar a seu favor, um serviço que sem dúvida recordará, e em recompensa por este favor pediria que arranjasse emprego para meu filho que não é mais bem-vindo sob meu teto." Nathaniel riu. Estava claro que o tenente Matthew Potter representava uma tonelada de sofrimento, e Nate se perguntou que serviço o reverendo Simeon Potter teria feito para que valesse a pena Holborrow aceitar o tenente. Esse favor fora sutilmente enfatizado na carta, sugerindo que a dívida de Holborrow para com o pastor era considerável. "Acredito que exista algo de bom em Matthew", terminava a missiva, "e seu oficial comandante elogiou o comportamento dele em Shiloh, mas, a menos que possa ser afastado do álcool, temo que esteja condenado ao fogo eterno do inferno. Minha esposa se une a mim em nossas orações por sua gentil ajuda nesta questão infeliz." Uma anotação, evidentemente na letra de Holborrow, tinha sido acrescentada ao fim da carta. "Agradeceria se pudesse empregá-lo." Maitland devia ter dito sim, e Nate se perguntou quão tangível fora o agradecimento de Holborrow.

A porta se abriu e o rebelde Lúcifer trouxe um copo alto de limonada.

— Mandaram que eu trouxesse isso, tenente Potter — disse ele a contragosto, enfatizando o nome falso com uma pronúncia zombeteira.

— Não gosta daqui, Lúcifer?

— Ele bate no pessoal dele — disse Lúcifer, virando a cabeça para o som da voz de Holborrow. — O senhor não está pensando em ficar aqui, não é? — perguntou, alarmado, vendo como as botas de Nathaniel repousavam confortáveis na beira da mesa do major.

— Por pouco tempo — respondeu Nate. — Acho que vou descobrir mais coisa como tenente Potter do que jamais saberia como major Starbuck.

— E se o senhor Potter de verdade aparecer?

Nathaniel abriu um sorriso.

— Vai ser uma tremenda enrascada, Lúcifer.

Lúcifer fungou.

— Ele não vai bater em mim!

— Vou garantir que não bata. E não vamos ficar muito tempo.

— O senhor é maluco. Eu devia ter continuado indo para o norte. Prefiro ouvir pregações num acampamento de escravos fugidos a viver num lugar assim.

Lúcifer fungou enojado e voltou para a cozinha, deixando Nate examinando o restante dos papéis. Nenhuma lista do batalhão batia exatamente, mas parecia haver cerca de cento e oitenta homens. Havia quatro capitães — Dennison, Cartwright, Peel e Lippincott — e oito sargentos, um dos quais era o beligerante Case, que tinha entrado para o batalhão apenas um mês atrás.

Depois de meia hora, Sally entrou na sala. Fechou a porta e deu uma risada maliciosa.

— Diabos, Nate, isso não é incrível?

Nathaniel se levantou e indicou a bagunça na sala.

— Estou começando a sentir pena do tenente Potter, quem quer que ele seja.

— Você vai ficar aqui?

— Talvez uma noite.

— Nesse caso vou me despedir do meu querido esposo e depois o major vai me levar em sua carruagem de volta à cidade, e sei que ele vai me convidar para jantar. Vou dizer que estou cansada demais. Tem certeza de que quer ficar?

— Eu iria parecer idiota dizendo a ele quem eu sou, agora. Além disso, deve haver alguma coisa para descobrir em toda essa papelada.

— Descubra como o porco está ganhando dinheiro. Isso seria realmente útil. — Sally ficou na ponta dos pés e beijou o rosto dele. — Fique de olho naquele capitão Dennison, Nate, ele é uma cobra.

— É o de cara bonita, não é?

Ela fez uma careta.

— Achei que devia ser sífilis, mas não é, porque ele não está tremendo nem babando feito um doido. Talvez seja só uma doença de pele. Espero que doa.

Nathaniel sorriu.

— Ele pediu um beijo, é?

— Acho que ele quer mais que um beijo. — Ela fez careta, depois tocou o rosto de Nathaniel. — Seja bonzinho, Matthew Potter.

— Você também, Emily Potter.

Poucos minutos depois Nate ouviu o tilintar de arreios enquanto a carruagem do major era trazida à frente da casa. Houve despedidas e depois a carruagem se afastou.

E de repente Nathaniel se sentiu solitário.

Cento e cinquenta quilômetros ao norte de onde Nathaniel estava, num vale onde o milho crescia alto entre bosques densos, um fugitivo se agachava no mato fechado e tentava escutar sons de perseguição. O fugitivo era um rapaz alto e corpulento que agora estava com muita fome. Tinha perdido o cavalo na batalha travada perto de Manassas quatro dias antes, e junto com o animal perdera um alforje com comida. Por isso passara fome nesses quatro dias, a não ser por um pouco de biscoito tirado do cadáver de um rebelde no campo de batalha. Agora, uns vinte quilômetros ao norte do campo de batalha e com a barriga doendo de fome, o fugitivo mastigava relutantemente uma espiga de milho verde e sabia que as tripas iriam castigá-lo pela dieta. Estava cansado da guerra. Queria um hotel decente, um banho quente, uma cama macia, uma boa refeição e uma mulher má. Podia pagar por todas essas coisas porque tinha em volta da barriga um cinto de dinheiro cheio de ouro, e ele só queria se afastar dessa região terrível que os rebeldes vitoriosos reviravam em busca de fugitivos do Exército nortista. O restante dos homens do Norte havia se retirado na direção de Washington, e o rapaz queria se juntar a ele, mas de algum modo se perdera durante o dia de chuva torrencial e imaginava que tinha andado uns oito quilômetros para o oeste então. Agora tentava voltar para o norte.

Usava a casaca azul de soldado nortista, mas desabotoada e sem o cinto para que pudesse descartá-la a qualquer instante e vestir a casaca cinza tirada do cadáver que lhe fornecera o biscoito. A casaca do morto era um pouco pequena para ele, mas o fugitivo sabia que poderia escapar de encrenca jogando conversa fora, caso alguma patrulha rebelde o encontrasse e interrogasse. Estaria mais encrencado se soldados nortistas o encontrassem porque, apesar de ter lutado pelos ianques, falava com o sotaque pesado do sul profundo. Mas no fundo do bolso da calça tinha os documentos que o identificavam como o capitão William Blythe, segundo em comando do Regimento de Cavalaria de Galloway, uma unidade nortista composta de sulistas renegados. Os homens da Cavalaria de Galloway deveriam atuar como batedores que percorreriam as trilhas do sul com a mesma segurança dos confiantes homens de Jeb Stuart. Mas o idiota do Galloway os havia levado direto para a batalha perto de Manassas, onde foram trucidados por um regimento confederado. Billy Blythe sabia que Galloway estava morto e achava que merecia esse destino por ter se metido numa batalha. Também supunha que a maior parte dos homens de Galloway estava morta, e não se importava. Ele só precisava ir para o norte e arranjar outro alojamento confortável onde pudesse se manter vivo até o fim da guerra. Blythe achava que haveria recompensas generosas para os sulistas que tivessem permanecido leais à União e não pretendia perdê-las.

Mas também não pretendia parar numa prisão confederada. Se a captura fosse inevitável, planejava descartar a casaca azul, vestir a cinza e depois escapar da encrenca. Em seguida, encontraria outro jeito de voltar para o norte. Só precisava de astúcia, planejamento, um pouco de informações e uma pitada de sorte, e isso deveria bastar para evitar as numerosas pessoas nos estados do Sul que só queriam uma oportunidade para pôr uma corda em volta de seu pescoço carnudo. Uma dessas cordas quase acabou com ele antes da guerra, e foi só com a ousadia mais ultrajante que Billy escapou da família da jovem e fugiu para o norte. Diabos, pensou, não que fosse um sujeito ruim. Billy Blythe nunca se considerou um sujeito ruim. Era meio turbulento, talvez, e gostava de se divertir, mas não era ruim. Só era mais esperto que a maioria das pessoas, e não havia nada como ser esperto para provocar inveja.

Cravou os dentes na espiga crua e mastigou o milho duro. O gosto era péssimo e ele já conseguia sentir uma fermentação na barriga, mas estava esfomeado e precisava de forças se quisesse continuar andando. Diabos, pensou, tudo em sua vida tinha dado errado nas últimas semanas! Jamais deveria ter se misturado com o major Galloway nem com o Exército ianque. Deveria estar mais ao norte, em Nova York, por exemplo. Em algum lugar onde os canhões não soassem. Em algum lugar onde houvesse dinheiro a ganhar e garotas a impressionar.

Um graveto estalou no bosque e Blythe ficou imóvel. Pelo menos tentou ficar imóvel, mas as suas pernas tremiam incontrolavelmente, a barriga roncava por causa do milho fermentado e ele não parava de piscar enquanto o suor escorria no canto dos olhos. Uma voz soou distante. Que Deus permita que seja um nortista, pensou, depois se perguntou por que diabos os ianques estavam perdendo todas as batalhas. Billy Blythe havia apostado todo o futuro numa vitória nortista, mas sempre que os federalistas se encontravam com os homens de cinza eram derrotados. Isso simplesmente não estava certo! Agora os nortistas tinham levado outra surra, e Billy Blythe estava comendo milho cru e vestindo roupas ainda úmidas da tempestade de dois dias atrás.

Um cavalo relinchou. Era difícil dizer de onde vinha o som; a princípio parecia vir de trás, mas então Billy escutou o som lento de cascos vindo da frente. Assim, confuso e muito cauteloso, levantou a cabeça acima das folhas até conseguir ver além do milharal. O contraste entre luz e sombra era forte no meio das árvores do outro lado, mas de repente, numa faixa de luz do sol que cortava a escuridão, viu os cavalarianos. Nortistas! Casacas azuis. A luz do sol cintilava ao se refletir em bainhas de sabres, fivelas de cintos, correntes de freios, mosquetões, depois um clarão branco quando um cavalo revirou os olhos e espirrou. As orelhas dos outros cavalos se eriçaram para a frente. Os cavalarianos cautelosos pararam na borda do milharal. Eram uns doze soldados, com carabinas a postos, todos olhando por cima da plantação, para a esquerda de Billy, e foi sua postura alerta que manteve Billy imóvel. O que os estava deixando apreensivos? Virou-se muito devagar, mas não viu nada. Haveria rebeldes por perto? Um azulão voou acima do milharal e Billy decidiu que as penas brilhantes eram um bom presságio. Estava prestes a se levantar por completo e gritar para os cavalarianos quando de súbito o líder deles fez um gesto com a mão e os soldados esporearam os cavalos para que entrassem no milharal. Billy permaneceu imóvel. Um dos cavalarianos pôs a carabina no coldre e desembainhou o sabre, o que convenceu Billy de que não era um bom momento para atrair a atenção dos soldados. Poderia receber como resposta um grito e uma saraivada de balas Minié, por isso ficou apenas olhando os cavalos avançarem ruidosos pelos rígidos pés de milho.

Um cavalo relinchou de novo, e desta vez o som definitivamente estava atrás de Billy. Ele se virou devagar, afastou as folhas e espiou através das sombras salpicadas do bosque. Prendia a respiração e se perguntava o que diabo estava acontecendo. De repente viu movimento na outra ponta do milharal, piscou para afastar o suor dos olhos e viu que havia um cavalo lá. Um cavalo sem cavaleiro, solitário. Um cavalo sozinho. Um cavalo que parecia amarrado. Um cavalo com sela e arreios, mas sem cavaleiro. Um cavalo para Billy Blythe, pensou, e se perguntou qual seria o modo mais seguro de atrair a atenção dos nervosos soldados ianques, quando subitamente uma saraivada de tiros de fuzil rasgou a tarde quente.

Billy gritou de medo e se agachou. Ninguém ouviu seu grito porque os cavalos ianques relinchavam terrivelmente. Um barulho confuso agitou o milharal, então mais fuzis dispararam. De repente o odioso grito rebelde soava e uma voz berrava ordens. Fora uma emboscada. Um cavalo sem cavaleiro havia sido a isca, atraindo os ianques pelo milharal comprido e estreito enquanto os rebeldes estavam escondidos no meio das árvores. Agora os cavalarianos estavam mortos, feridos ou tentando desesperadamente galopar para longe. Outros dois fuzis espocaram, e Billy viu um soldado de farda azul arquear as costas, soltar as rédeas e cair do cavalo que galopava. Outros dois cavalos sem cavaleiros galopavam para o norte enquanto um soldado corria desesperadamente, mantendo a bainha do sabre longe das pernas. Dois cavaleiros nortistas pareciam ter chegado à segurança das árvores distantes, mas afora isso não parecia haver sobreviventes da pequena patrulha ianque. Tudo levou menos de um minuto.

— Peguem os cavalos! — gritou uma voz.

Um ianque no milharal gritava por socorro, a voz desesperada de dor. Um cavalo relinchava, e então um tiro seco terminou abruptamente com aquele som patético. Vozes rebeldes gargalharam, então Billy ouviu o chiado de um fuzil sendo recarregado. Evidentemente os rebeldes estavam recolhendo os cavalos; prêmios valiosos para um Exército com poucas montarias boas. Billy esperou que eles se contentassem com esse butim, mas então o oficial gritou outra vez:

— Procurem sobreviventes! Com cuidado agora, mas procurem direito.

Billy xingou. Pensou em fugir, mas supôs que estava fraco demais para correr mais rápido que um homem em forma, e, além disso, o barulho faria um punhado dos filhos da mãe o perseguir. Assim, em vez disso, tirou desesperadamente a casaca azul e vestiu a surrada casaca cinza, depois enfiou a vestimenta azul que o traía embaixo dos arbustos e a cobriu com uma espessa camada de folhas decompostas. Abotoou a casaca cinza e prendeu o cinto na cintura, depois esperou. Malditos, pensou, malditos filhos da puta e malditos de novo, mas agora precisaria bancar o rebelde durante algumas semanas enquanto procurava outra maneira de voltar para o norte.

Passos se aproximaram e Billy decidiu que era hora de representar seu papel.

— Vocês são sulistas? — gritou. Os passos pararam. — O meu nome é Billy Tumlin! Billy Tumlin de Nova Orleans. — Não daria certo se usasse seu nome verdadeiro, não quando havia tantos homens na Confederação ansiosos para testar uma corda no pescoço de Billy Blythe. — Vocês são rebeldes?

— Não estamos vendo você — disse uma voz seca, nem amistosa nem hostil, mas então veio o som inconfundivelmente hostil de um fuzil sendo engatilhado.

— Estou me levantando, rapazes, bem devagar. Estou me levantando bem na frente de vocês. — Billy ficou de pé e ergueu as mãos para mostrar que não estava armado. Diante dele havia um par de rebeldes desmazelados, cada um segurando um fuzil com baioneta na ponta. — Graças ao bom Senhor nas alturas, rapazes, louvado seja Seu santo nome, amém.

Os dois rostos não exibiam nada além de cautela.

— Quem você disse que era? — perguntou um dos homens.

— Capitão Billy Tumlin, rapazes. De Nova Orleans, Louisiana. Estou fugindo há semanas e é mesmo um prazer ver vocês. Será que posso baixar as mãos? — Ele começou a baixar os braços, mas um movimento rápido de um cano de fuzil enegrecido os fez subir de volta num instante.

— Fugindo? — perguntou o segundo homem.

— Fui apanhado em Nova Orleans — explicou Blythe em seu sotaque sulista mais carregado — e desde então era prisioneiro do Norte. Mas fugi, sabem? E estou meio com fome, rapazes. Até um pedaço de biscoito seria bem-vindo. Ou um pouco de tabaco. Não vejo um bom tabaco desde o dia em que fui capturado.

Uma hora depois o capitão Billy Tumlin foi apresentado ao tenente-coronel Ned Maitland, cujos homens tinham descoberto o fugitivo. O regimento de Maitland estava acantonado e a fumaça de centenas de pequenas fogueiras subia esparsamente no ar do início da noite. Maitland, um anfitrião cortês e generoso, dividiu com o prisioneiro recém-fugido uma coxa de frango fibrosa, alguns ovos cozidos e uma garrafinha de conhaque. Parecia abençoadamente desinteressado nas supostas experiências de Blythe como cativo dos nortistas, preferindo falar das famílias de Nova Orleans que poderiam ser conhecidas dos dois. Billy Blythe ficara em Nova Orleans apenas tempo suficiente para passar neste teste, em especial quando descobriu que Maitland sabia menos sobre a sociedade local que ele próprio.

— Acho — disse Maitland depois de um tempo — que seria melhor você se apresentar a uma brigada.

— Não posso ficar aqui? — sugeriu Blythe. Supunha que Maitland era um comandante atencioso, e a legião estava servindo suficientemente perto dos ianques para lhe dar uma chance fácil de atravessar as linhas.

Maitland balançou a cabeça. Gostaria de manter Billy Tumlin na legião porque considerava a maioria de seus oficiais muito abaixo do padrão adequado, mas não tinha autoridade para nomear um novo capitão.

— Eu poderia usá-lo — admitiu Maitland —, poderia mesmo. Parece que não vai demorar para todos seguirmos para o norte, o que significa que haverá bastante luta e não estou exatamente provido de bons oficiais.

— Vocês vão invadir o Norte? — perguntou Billy Blythe, horrorizado com esse pensamento.

— Ao norte daqui não há nada além de solo estrangeiro — observou Maitland com indiferença. — Mas infelizmente não posso mantê-lo na legião. As coisas mudaram desde que você foi capturado, capitão. Não elegemos nem nomeamos mais oficiais. Tudo passa pelo Departamento de Guerra em Richmond, e acho que você terá de se apresentar lá. Pelo menos se quiser receber um soldo.

— Um soldo ajudaria — concordou Blythe. E assim, uma hora depois, viu-se na companhia muito menos agradável do comandante da brigada. As perguntas do coronel Griffin Swynyard sobre sua prisão foram breves, porém muito mais incisivas que as de Maitland.

— Onde você foi mantido? — indagou.

— Em Massachusetts.

— Onde, exatamente? — insistiu Swynyard.

Blythe ficou confuso por um instante.

— Em Union — disse por fim, achando que todos os estados nos Estados Unidos e nos Estados Confederados tinham uma cidade chamada Union. — Perto da cidade, de qualquer modo — acrescentou debilmente.

— Devemos agradecer a Deus pela sua fuga — disse Swynyard.

Blythe logo concordou, então percebeu que o coronel esperava que ele caísse de joelhos para agradecer. Abaixou-se desajeitadamente e fechou os olhos enquanto Swynyard agradecia a Deus Todo-Poderoso pela libertação de seu servo Billy Tumlin do cativeiro. Em seguida, Swynyard disse a Billy que mandaria o major da brigada redigir um passe permitindo que o capitão Tumlin se apresentasse no quartel-general do Exército.

— Em Richmond? — perguntou Blythe, não infeliz com esse pensamento. Que soubesse, não tinha inimigos em Richmond, já que todos eles estavam bem mais ao sul, de modo que Richmond seria um bom local de descanso por um curto tempo. E pelo menos na capital confederada seria poupado do derramamento de sangue que sem dúvida aconteceria caso Robert Lee levasse seu exército miserável de homens maltrapilhos para o outro lado do Potomac, nos campos férteis nortistas.

— Eles podem mandá-lo para Richmond ou postá-lo num batalhão aqui — explicou Swynyard. — A decisão não é minha, capitão.

— Contanto que eu possa ser útil — respondeu com hipocrisia Billy Blythe. — É só para isso que eu rezo, coronel, para ser útil. — Billy Blythe estava fazendo o que Billy Blythe fazia melhor. Sobrevivendo.

3

— Você não fala como sulista, Potter — disse o capitão Dennison, e os outros três capitães que compartilhavam a mesa do jantar lançaram olhares acusatórios para Nathaniel.

— A minha mãe era de Connecticut — explicou ele.

— "Senhor" — corrigiu Dennison. O capitão Dennison estava mais que um pouco bêbado. Na verdade, quase caíra no sono um instante atrás, mas agora havia se sacudido, acordando, e olhava carrancudo para Nate na outra ponta da mesa. — Sou capitão e você é um pedaço de estrume inútil, também conhecido como tenente. Me chame de senhor.

— A minha mãe era de Connecticut, senhor — disse Nathaniel, obediente. Continuava representando seu papel como o desafortunado Potter, mas não estava mais gostando. A impetuosidade, se não a completa idiotice, encurralara-o na mentira, e ele sabia que cada instante que passasse no papel tornaria mais difícil escapar com alguma dignidade. Ainda achava, no entanto, que havia coisas a descobrir, contanto que o verdadeiro tenente Potter não chegasse a Camp Lee.

— Então você pegou o sotaque da sua mãe junto com o leite das tetas, foi, Potter? — perguntou Dennison.

— Acho que devo ter pegado, senhor.

Dennison se recostou na cadeira. As feridas em seu rosto tinham um brilho molhado à luz tremeluzente das velas ruins postas na mesa onde estavam os restos de uma refeição composta de frango frito, arroz frito e feijões. Havia alguns dos amados pêssegos do coronel Holborrow, mas o próprio Holborrow não estava presente. Depois de levar Sally para a cidade, o coronel evidentemente ficara para aproveitar a noite, deixando Nathaniel para compartilhar esse jantar com os quatro capitães. Havia uma boa quantidade de oficiais em Camp Lee, mas eles comiam em outro lugar, porque parecia que ninguém queria ser contaminado por esse punhado de oficiais que permanecia com os Pernas Amarelas.

E não era de espantar, pensou Nathaniel, já que mesmo as poucas horas que havia passado no acampamento foram suficientes para confirmar suas piores expectativas. Os homens do 2º Batalhão Especial estavam entediados e desanimados e só não desertavam por causa da sempre presente polícia do Exército e do medo da execução. Os sargentos se ressentiam de ser postados no batalhão, por isso se entretinham com atos de tirania mesquinhos que os oficiais, como Thomas Dennison e seus companheiros, não faziam nada para aliviar. O sargento Case parecia comandar o batalhão, e os homens favorecidos por ele prosperavam enquanto o restante sofria.

Nate conversara com alguns homens. E estes, achando que ele era um tenente inofensivo e, além disso, o homem que havia ousado tirar o prisioneiro de Case do cavalo, mostravam-se descuidados quanto ao que falavam. Alguns, como Caton Rothwell, que Nathaniel havia resgatado, estavam ávidos para lutar e frustrados porque Holborrow parecia não ter intenção de mandar o batalhão para o norte para se juntar ao exército de Lee. Rothwell não era um dos Pernas Amarelas originais, mas fora postado no Batalhão Especial depois de ser declarado culpado por desertar do próprio regimento.

— Fui ajudar a minha família — explicou a Nathaniel. — Só queria uma semana de licença porque a minha mulher estava com um problema.

— Que problema?

— Só problema, tenente — disse Rothwell, brusco.

Ele era um homem grande e forte que fazia Nathaniel se lembrar do tenente Waggoner. Suspeitou que Caton Rothwell seria um homem bom de se ter ao lado numa luta. Sabia que, com outros cinquenta como ele, o batalhão poderia ficar tão bom quanto qualquer outro no exército de Lee, porém a maioria dos soldados estava à beira de um motim por causa do tédio e por saber que fazia parte da unidade mais desprezada de todo o Exército confederado. Eles eram os Pernas Amarelas, os mais baixos dos baixos, e nada era mais sintomático de seu status que as armas que receberam. Elas ainda estavam no arsenal, mas Nate encontrou a chave pendurada atrás da porta do escritório e destrancou o barracão do arsenal, encontrando-o repleto de caixotes de mosquetes de cano liso. Espanou a poeira do cabo de um mosquete e o segurou. Era desajeitado, e a peça de madeira embaixo do cano havia encolhido com o passar dos anos de modo que os aros de metal estavam frouxos. Olhou a trava e viu a palavra VIRGÍNIA estampada, e atrás do cão estava escrito RICHMOND, 1808. Originalmente deve ter sido de pederneira e em algum momento fora convertido para cápsula de percussão.

Mas, apesar da modernização, ainda era uma arma terrível. Esses mosquetes antigos, feitos para matar ingleses, não tinham sulcos dentro do cano, o que significava que a bala não girava ao sair e por isso não tinha a precisão de um fuzil. A cinquenta passos o mosquete de cano grosso de 1808 podia ser tão mortal quanto um fuzil Enfield, mas a qualquer distância maior era tremendamente impreciso. Nathaniel tinha visto muitos homens carregando essas armas antiquadas para a batalha e sentia pena deles, mas sabia que milhares de fuzis modernos tinham sido capturados do Norte durante a campanha de verão e parecia perverso armar seus homens com essas peças de museu. Essas armas antigas eram sinal de que o Batalhão Especial mamava na última teta do Exército, embora fosse provável que os homens já soubessem disso. Eles eram os soldados que ninguém desejava.

O sargento Case viu a porta do arsenal aberta e foi investigar. Seu corpo alto preencheu o vão da porta e cobriu de sombras o cômodo empoeirado.

— Você — disse em tom seco ao ver Nate.

— Eu — concordou Nathaniel em tom bastante amigável.

— Tem o hábito de enfiar o nariz onde não deve, tenente. — A presença ameaçadora de Case pairava no barracão empoeirado enquanto seus olhos duros e sem vida encaravam Nathaniel como um predador avaliando a presa.

Nate jogou o mosquete para o sargento, com força suficiente para fazer Case recuar um passo enquanto o pegava.

— Você ia querer lutar contra os ianques com um desses, sargento? — perguntou Nathaniel.

Case girou o mosquete em sua manzorra direita como se não pesasse mais que um pé de milho.

— Eles não vão lutar, tenente. Esses homens não têm condições de lutar. E é por isso que você foi mandado para nós. — Case jogou sua cabecinha para trás antes de jogá-la para a frente com um movimento daquele seu pescoço ridículo ao cuspir seus insultos. — Porque você não tem condições de lutar. Você é a porcaria de um bêbado, tenente, portanto não venha me falar em luta. Você não sabe o que é luta. Eu fui fuzileiro real, garoto, um soldado de verdade, garoto, e sei o que é ser soldado e o que é lutar, e sei que você não está à altura disso, caso contrário não estaria aqui. — Case jogou o mosquete de volta com força, fazendo as mãos de Nathaniel arderem com o impacto da arma. O sargento alto deu mais um passo para dentro do arsenal e aproximou de Nathaniel seu rosto de nariz quebrado. — E mais uma coisa, garoto. Se jogar a sua patente em cima de mim mais uma vez eu prego você numa árvore e mijo em cima. Agora ponha esse mosquete de volta onde encontrou, me dê a chave do arsenal e volte para o seu lugar.

Agora não, disse Nate a si mesmo, agora não. Não era hora de dar um jeito em Case, por isso apenas colocou o mosquete na caixa, entregou humildemente a chave e se afastou.

Agora, à mesa de jantar, de novo tentavam intimidá-lo, só que desta vez eram Thomas Dennison e seus colegas que se divertiam às custas de um homem que acreditavam ser fraco. O capitão Lippincott rolou um pêssego para Nathaniel.

— Imagino que você preferiria um conhaque, Potter — disse Lippincott.

— Acho que sim — concordou Nate.

— "Senhor" — reagiu Dennison imediatamente.

— Acho que sim, senhor — disse Nathaniel, humilde. Precisava bancar o idiota enquanto decidisse não revelar a identidade, mas era difícil. Disse a si mesmo que ficasse calmo e bancasse o fracassado por algum tempo.

Lippincott empurrou o copo de conhaque para Nathaniel, desafiando-o a pegá-lo, mas Nate não se mexeu.

— Claro que há uma coisa a favor de ser um bêbado — explicou Lippincott, pegando o copo de volta. — Isso significa que você provavelmente vai passar os dias dormindo aqui. Melhor que ficar sentado sem fazer nada. Não é, Potter?

— Certo — concordou Nate.

— "Senhor" — disse Dennison, então soluçou.

— Senhor — repetiu Nathaniel.

— Não vou dizer que não sou grato por estar aqui — continuou Lippincott, soturno. — Mas, diabos, eles podiam nos dar alguma diversão.

— Há muita em Richmond — observou Dennison alegremente.

— Se você tiver dinheiro — reconheceu Lippincott. — E eu não tenho. Dennison se recostou na cadeira.

— Preferiria estar num regimento que lutasse? — perguntou a Lippincott.

— Eles podem transferi-lo. Se é o que você quer, Dan, eu digo a Holborrow que você está ansioso para ir. — Lippincott, um homem pálido com uma barba que acompanhava a moldura do rosto, não disse nada. A maioria dos oficiais dos Pernas Amarelas tinha sido transferida para o serviço de guarnição ou para a polícia do Exército, mas uns poucos foram postados em batalhões que lutavam, destino que obviamente preocupava a esses capitães restantes. Mas não a Dennison, cuja doença de pele bastava para mantê-lo longe das dificuldades. Ele tocou cautelosamente uma das feridas horrendas no rosto. — Se os médicos pudessem curar isso — disse num tom sugerindo que confiava que a doença era incurável —, eu me ofereceria para ser transferido.

— Você está tomando o remédio, Tom? — perguntou Lippincott.

— Claro que estou — reagiu Dennison rispidamente. — Você não sente o cheiro?

Nathaniel podia mesmo sentir o cheiro de alguma coisa medicinal, e o cheiro era estranhamente familiar; um odor leve e rançoso que o incomodava, mas que ele não conseguia situar.

— Que remédio é, senhor? — perguntou.

Dennison parou enquanto pensava se a pergunta era um atrevimento, depois deu de ombros.

— Querosene — respondeu depois de um tempo.

Nate franziu a testa.

— É tinha? — perguntou, então acrescentou: — Senhor?

Dennison deu um sorriso de desdém.

— Um ano na escola de medicina e já sabe tudo, não é? Cuide da porcaria da sua vida, Potter, e eu procuro o conselho de um médico de verdade.

Lippincott voltou a olhar para as feridas brilhantes e sentiu um calafrio.

— Para você está tudo ótimo, Tom — disse com ressentimento —, mas e se esse tal de Starbuck quiser que a gente lute? Holborrow não pode nos manter aqui para sempre.

— Holborrow é coronel — retrucou Dennison com outro soluço —, e Starbuck é major, de modo que Holborrow terá o que quer e Starbuck pode ir se catar. E, diabos — continuou rancorosamente —, nenhum de nós deveria servir sob o comando de Starbuck. Ele é um maldito nortista, e eu não vou receber ordens de nenhum nortista maldito.

Cartwright, um homem gorducho de rosto petulante e cabelo loiro encaracolado, assentiu concordando.

— Você deveria ter ficado no lugar de Maitland, Tom — disse a Dennison.

— Eu sei disso, você sabe disso, Holborrow sabe disso — concordou Dennison, depois tirou desajeitadamente um charuto do bolso e o acendeu na vela mais próxima. — E o Sr. Starbuck terá de ficar sabendo — terminou quando o charuto estava aceso.

Peel, um rapaz magro que parecia o melhor daquele grupo repulsivo, enxugou sumo de pêssego do queixo barbeado e balançou a cabeça.

— Por que eles mandaram Starbuck para nós? — perguntou a ninguém em particular. — Devem estar querendo que a gente lute. Caso contrário, por que mandá-lo?

— Porque ele é um filho da puta indesejado — retrucou Dennison —, e querem se livrar dele.

— Ele tem reputação — comentou Nate, gostando disso —, senhor.

Os olhos escuros de Dennison inspecionaram Nathaniel através da luz tremeluzente das velas que pingavam.

— Não é preciso muita reputação para impressionar um bêbado — disse, desconsiderando o comentário —, e não me lembro de alguém aqui ter lhe pedido que falasse, tenente.

— Desculpe, senhor — murmurou Nathaniel.

Dennison continuou inspecionando Nathaniel e por fim apontou o charuto para ele.

— Vou dizer uma coisa a seu favor, Potter, você tem uma mulher bonita.

— Admito que sim, senhor — concordou Nate.

— Bonita, bonita, bonita — disse Dennison. — O suficiente para virar uma ou duas cabeças. Bonita demais para um pateta feito você, não concorda?

— Sem dúvida ela é bonita — disse Nathaniel —, senhor.

— E você é um bêbado — observou Dennison. — E bêbados não servem para nada quando se trata de uma dama. Sabe o que eu quero dizer, Potter? Bêbados não estão à altura disso, estão? — Dennison, ele próprio meio bêbado, riu da própria sagacidade. Nathaniel encarou o capitão, mas não disse nada, e Dennison confundiu seu silêncio com medo. — Sabe onde a sua bela esposa está essa noite, Potter?

— Com a prima dela, Alice, senhor.

— Ou talvez jantando com o coronel Holborrow, não é? Sem dúvida o coronel estava com grandes esperanças. Colocou a melhor casaca, lustrou as botas e passou óleo no cabelo. Imagino que achava que a sua Emily apreciaria um pouco de diversão. Talvez cavalgar um pouco, não é? — Os outros capitães riram de sua pilhéria enquanto Dennison dava um trago no charuto. — E talvez a sua Emily esteja tão desesperada depois de se casar com você que até diga sim a Holborrow. Será que ela está servindo de colchão para a colcha de Holborrow, Potter? — Nathaniel não disse nada e Dennison balançou a cabeça com escárnio. — Você é um fracote de merda, Potter, é mesmo. Deus sabe o que aquela garota vê em você, mas acho que ela precisa de um conserto naqueles olhos bonitos. — Ele deu outro trago no charuto enquanto encarava Nate. — Acho que eu também devo fazer uma visita à pequena dama. Você seria contra, tenente Potter, se eu prestasse os respeitos à sua esposa? A minha pele pode se beneficiar do toque curativo de uma dama.

Peel pareceu sem graça, mas os outros dois capitães sorriram. Ambos eram homens fracos e estavam gostando da oportunidade de ver um sujeito aparentemente mais fraco ser intimidado sem dó. Nathaniel se recostou na cadeira, fazendo-a estalar.

— Que chances o senhor acha que tem com ela? — perguntou a Dennison.

Dennison pareceu surpreso com a pergunta, mas fingiu pensar mesmo assim.

— Uma garota bonita como aquela? E um sujeito bonito como eu? Ah, eu diria que as chances são boas, tenente.

— Quantas em cinco? — insistiu Nathaniel. — Duas em cinco? Uma chance? Três?

Dennison franziu a testa, não totalmente seguro de que a conversa era de seu agrado.

— São boas, eu diria — repetiu.

Nate balançou a cabeça, pesaroso.

— Diabos, senhor, eu conheço Emily, e Emily nunca gostou muito de filhos da puta bexiguentos como o senhor, com o seu perdão, senhor, e não acho que o senhor tenha mais que uma chance em cinco. Mas é uma chance boa, vendo como ela é bonita. Mas quanta sorte o senhor tem? Essa é a questão, senhor, não é? — Ele sorriu para Dennison, que não estava sorrindo. Nenhum dos capitães sorria; em vez disso, estavam observando Nathaniel, que, enquanto falava, tinha sacado seu revólver Adams e usado uma unha para tirar quatro das cinco cápsulas de percussão dos cones da arma. Jogou as cápsulas num prato vazio e olhou para Dennison através das chamas das velas. — Quanta sorte o senhor tem? — perguntou, e apontou o cano azulado do revólver para os olhos apavorados de Dennison enquanto puxava o cão até a metade, deixando o tambor livre para girar. Girou o tambor e nenhum dos capitães se mexeu enquanto a arma emitia uma série de leves estalos que só pararam quando o tambor ficou imóvel. Nathaniel soltou o cão. — Uma chance em cinco, senhor capitão — disse. — Então vamos ver até que ponto essa chance é boa. — Ele puxou o gatilho e Dennison deu um pulinho alarmado quando o cão bateu num cone vazio. — Dessa vez não teve sucesso, senhor.

— Potter! — gritou Dennison, depois conteve o protesto quando Nate puxou o cão até a metade e girou o tambor pela segunda vez.

— Claro que um cavalheiro como o senhor não se contentaria com a primeira recusa de uma dama, não é, senhor? — perguntou Nathaniel e pôs o cão de volta pela segunda vez.

O revólver soltou dois estalos baixos quando a lingueta se travou. Dava para ver que o cone embaixo do cão estava vazio, mas nenhum dos outros ao redor da mesa sabia qual câmara tinha a cápsula. Eles podiam ver as balas dentro das câmaras inferiores, mas não os cones na parte de trás do tambor. Nathaniel sorriu.

— Então a minha Emily recusou o senhor uma vez, capitão, mas o senhor certamente pediria uma segunda, não é? Quero dizer, o senhor não tem os modos de um bode, por isso certamente pediria uma segunda vez. — Ele ajeitou os braços como se estivesse se preparando para o coice da arma.

Cartwright tentou pegar o próprio revólver, mas Nate apontou a arma brevemente para o rosto amedrontado e Cartwright cedeu no mesmo instante. Nathaniel apontou a arma outra vez para Dennison.

— A segunda chance está chegando, senhor capitão. Querida Emily, por favor, deite-se e banque o colchão para mim. Vejamos que sorte o senhor terá na segunda vez, capitão. — Ele puxou o gatilho e de novo Dennison estremeceu quando o estalo morto ecoou pela sala. Nathaniel girou imediatamente o tambor pela terceira vez e esticou o braço.

— Você é louco, Potter — disse Dennison, subitamente parecendo muito sóbrio.

— E estou sóbrio — retrucou Nate, em seguida estendeu a mão esquerda para o conhaque de Cartwright, bebendo-o de um só gole. — Vou ficar mais louco ainda quando estiver bêbado. Então quantas chances o senhor acha que tem com a minha mulher, capitão? Vai pedir três vezes o favor de montá-la?

Dennison pensou em pegar o próprio revólver, mas a arma estava abotoada no coldre e ele sabia que não teria chance de soltá-la antes que uma bala atravessasse a chama da vela e despedaçasse seu crânio. Passou a língua nos lábios.

— Acho que não tenho nenhuma chance, tenente — disse.

— Acho que não, capitão — concordou Nate —, e acho que o senhor me deve um pedido de desculpas também.

Dennison fez uma careta ao pensar nisso.

— Pode ir para o inferno, Potter — disse em desafio.

Nathaniel apertou o gatilho, então imediatamente puxou o cão até a metade e girou o tambor pela quarta vez. Quando o tambor parou, ele puxou o cão e desta vez viu a cápsula de percussão esperando embaixo. Sorriu.

— Três vezes sortudo, capitão, mas até que ponto a sua sorte é boa? Estou esperando o pedido de desculpas.

— Peço desculpas, tenente Potter — conseguiu dizer Dennison.

Nate liberou o cão de novo, enfiou o Adams no coldre e se levantou.

— Nunca comece o que não puder terminar, capitão — disse, depois se inclinou e pegou a garrafa de conhaque pela metade. — Acho que posso acabar com isso, mas em privacidade. Agora todos vocês tenham uma boa conversa. — E saiu da sala.

Era uma noite úmida, chuvosa, em Washington, sem vento para afastar o cheiro denso do depósito de lixo que ficava na extremidade sul da rua 17, a apenas alguns metros das tendas hospitalares armadas na elipse. O esgoto na baía Murder acrescentava seu próprio cheiro fétido ao ar acima da capital nortista, que estava mais apinhada de soldados que o normal. Eram homens que deveriam ter marchado no exército de John Pope em direção a Richmond, mas em vez disso foram impelidos de volta por Robert Lee desde as margens do Bull Run e agora enchiam as barracas de acampamentos dentro do anel de fortalezas de Washington e apinhavam as tavernas da capital.

Um jovem oficial de cavalaria andava apressado pela avenida Pennsylvania até a esquina da rua 17, onde tirou o chapéu de aba larga para espiar o alto do poste do lampião. Em toda esquina de Washington os lampiões exibiam o nome da rua pintado em preto no vidro que cobria a cornija, uma coisa inteligente, e, assim que o rapaz se certificou de que estava no lugar certo, foi andando pela 17 até alcançar um prédio de tijolos de três andares cercado por uma densa aglomeração de árvores. Havia lampiões a gás na calçada para onde dava a extremidade estreita do prédio, com alguns degraus que levavam a uma porta protegida por dois guardas de casaca azul. Mas, quando o jovem cavalariano se apresentou diante dessa porta, disseram que desse a volta para a entrada do jardim, na avenida Pennsylvania. Ele refez seus passos e descobriu uma entrada de veículos que seguia por entre árvores escuras até chegar a um pórtico imponente com seis colunas enormes que protegiam e faziam parecer pequena uma porta protegida por um quarteto de soldados de infantaria de casaca azul. Lampiões a gás sibilavam um tom amarelo sob o pórtico, iluminando uma carruagem que esperava o dono.

Um relógio marcou nove horas quando foi permitido ao cavalariano que entrasse no corredor onde mais um guarda perguntou seu nome.

— Faulconer — respondeu o rapaz. — Capitão Adam Faulconer.

O guarda consultou uma lista, marcou o nome de Adam e depois disse a ele que deixasse seu sabre embainhado num porta-guarda-chuvas e depois subisse um lance de escada, em seguida virasse à esquerda e fosse até o fim do corredor, onde encontraria uma porta com o nome do homem que o havia convocado. O guarda deu essas orientações e voltou para seu exemplar do *Evening Star*, que anunciava a renomeação do general George McClellan como comandante do Exército nortista.

Adam Faulconer subiu a escada e seguiu pelo longo corredor escuro. O prédio era o Departamento de Guerra, o centro do esforço militar do Norte, mas havia pouco sentimento de urgência em suas passagens escuras onde os passos de Adam ecoavam solitários como os de alguém que andasse por um sepulcro deserto. A maioria das bandeiras das portas das salas estava escura, mas uma luz surgia na ponta do corredor, e em sua claridade fraca Adam viu o nome CEL. THORNE pintado em letras brancas num dos painéis pretos da porta. Bateu, e disseram que entrasse.

Viu-se numa sala surpreendentemente grande com duas janelas altas fechadas por causa da chuva e das mariposas que batiam nos vidros. As paredes da sala eram cobertas de mapas, uma mesa comprida ficava junto de uma janela e duas escrivaninhas menores ocupavam o restante do cômodo. Todas as mesas estavam cobertas de papéis que se derramaram sobre as cadeiras e o chão de madeira de lei. Dois candelabros a gás de ferro fundido sibilavam sob o teto alto enquanto um carrilhão tiquetaqueava entre as janelas. O único ocupante da sala era um homem alto, fardado, que estava de pé com as costas totalmente empertigadas olhando as poucas janelas iluminadas que surgiam por cima das árvores na Casa Branca.

— Faulconer, não é? — perguntou o homem sem dar as costas para as janelas.

— Sim senhor.

— Meu nome é Thorne, Lyman Thorne. Coronel Lyman Thorne. — Thorne tinha voz rouca, quase raivosa, e muito grave. Quando se virou abruptamente para Adam, revelou um rosto que combinava perfeitamente com a voz, já que Thorne era um homem abatido, de barba branca, com olhos ferozes e rugas profundas entalhadas nas bochechas escurecidas pelo sol. Sua característica mais proeminente era o cabelo branco que crescia denso, comprido e revolto, fazendo-o parecer uma versão barbuda de Andrew Jackson. O coronel se portava com orgulho, de costas retas, mas ao se mover favorecia a perna direita, o que sugeria que a outra devia ter sido ferida. Olhou fixamente para Adam por um instante e depois se virou de volta para a janela.

— Houve comemorações em Washington nesses últimos dois dias — resmungou.

— Sim senhor.

— McClellan está de volta! John Pope foi dispensado e o Jovem Napoleão recebeu de novo o comando do Exército, e por isso Washington comemora. — Thorne cuspiu numa escarradeira de latão, depois olhou irritado para Adam. — Você comemora essa nomeação, jovem Faulconer?

Adam ficou pasmo com a pergunta.

— Não pensei nisso, senhor — acabou admitindo debilmente.

— Eu não comemoro, jovem Faulconer. Meu Deus, não comemoro. Nós demos cem mil homens a McClellan, o mandamos para a península da Virgínia e ordenamos que ele tomasse Richmond. E o que ele fez? Aconselhou-se com seus temores. Hesitou, foi o que ele fez, hesitou! Ficou com medo enquanto os rebeldes reuniam um punhado de soldados patifes e o impeliam de volta para o mar. Mas agora o medroso deve ser nosso comandante-geral outra vez, e sabe por quê, jovem Faulconer? — Essa pergunta, como todas as outras palavras de Thorne, foi dirigida para a janela e não para Adam.

— Não senhor.

— Porque não há mais ninguém. Porque em toda essa grande república não conseguimos encontrar nenhum general melhor que George McClellan. Nenhum! — Thorne cuspiu na escarradeira outra vez. — Admito que ele sabe treinar tropas, mas não sabe fazê-las lutar. Não sabe comandar. O sujeito é uma fraude! — Thorne rosnou a última palavra, então se virou abruptamente e olhou irritado para Adam de novo. — Em algum lugar na república existe um homem capaz de derrotar Robert Lee, mas, pela minha alma, ainda não o encontramos. Mas encontraremos, Faulconer, encontraremos, e, quando isso acontecer, acabaremos com essa suposta Confederação até não sobrar nada dela além de ossos e sangue. Ossos e sangue. Mas, até encontrarmos esse homem, é nosso dever papariçar o Jovem Napoleão. Precisamos lhe dar tapinhas nas costas e tranquilizá-lo, precisamos dizer que não tenha medo de fantasmas e que não imagine inimigos onde não tem. Resumindo, precisamos desmamá-lo de Pinkerton. Conhece Pinkerton?

— Já ouvi falar dele, senhor.

— Quanto menos souber, melhor — resmungou Thorne. — Pinkerton nem soldado é! Porém McClellan confia plenamente nele, e, enquanto eu e você estamos aqui conversando, Pinkerton recebe de novo o comando de todo o serviço de informações do Exército. Ele teve esse mesmo comando na península, e o que fez? Imaginou soldados rebeldes. Disse ao Jovem Napoleão que havia centenas de milhares de homens onde não havia nada além de um punhado de patifes esfomeados. Pinkerton fará a mesma coisa outra vez, Faulconer, marque as minhas palavras. Em uma semana vão nos dizer que Lee tem duzentos mil homens e que o pequenino McClellan não ousa atacar por medo de ser derrotado. Hesitaremos de novo, vacilaremos, e, enquanto mijamos nas calças, Robert Lee vai atacar. Você se pergunta por que a Europa ri de nós?

Confuso com a diatribe, Adam perguntou debilmente:

— Ela ri, senhor?

— Ah, ri, Faulconer, ri. O orgulho americano está sendo humilhado por uma rebelião que parecemos incapazes de derrotar, e a Europa sente prazer nisso. Ela finge que não, mas, se Robert Lee destruir McClellan, ouso dizer que veremos tropas europeias no Sul. Os franceses adorariam se juntar a eles, mas não vão entrar até que a Inglaterra decida, e a Inglaterra não vai se juntar ao jogo até saber que lado está vencendo. Motivo pelo qual Lee vai nos atacar, Faulconer. Veja! — Thorne foi até um mapa do litoral oriental pendurado atrás de sua mesa. — Nós fizemos três tentativas de capturar Richmond. Três! E todas foram derrotadas. Agora Lee controla todo o norte da Virgínia, portanto o que o impede de vir mais para o norte? Aqui, Faulconer, em Maryland e talvez mais para o norte ainda, na Pensilvânia. — O coronel demonstrou essas ameaças passando a mão sobre o mapa. — Ele vai pegar a nossa boa colheita para os seus homens famintos, vai derrotar o pequenino McClellan e assim demonstrar aos europeus que não podemos sequer defender nosso território. Na próxima primavera, Faulconer, cem mil soldados europeus poderão estar marchando ao lado da Confederação, e o que faremos? Um tratado de paz, claro, e assim a República de Washington e Jefferson terá durado meros oitenta anos e a América do Norte, Faulconer, estará fatalmente enfraquecida pelos próximos oitenta anos. — Thorne se inclinou sobre sua mesa e olhou com ferocidade para Adam. — Não podemos permitir que Lee vença, Faulconer. Não podemos — disse o coronel com voz grave, quase como se estivesse dando a Adam a responsabilidade pessoal de salvar a república.

— Não senhor — disse Adam, e sentiu que foi uma resposta débil, mas estava sendo sufocado pela simples força da personalidade de Lyman Thorne. O suor escorria pelo seu rosto. A noite era opressiva e a chuva não tinha diminuído a umidade, enquanto os candelabros a gás só faziam aumentar o calor sufocante da sala.

O coronel indicou uma cadeira para Adam, então se sentou e acendeu um charuto numa chama que ardia num tubo de gás sobre a mesa conectado a uma longa mangueira de borracha que descia do candelabro mais próximo. Assim que o charuto se acendeu, ele empurrou para o lado o tubo de gás e alguns papéis, depois se recostou e esfregou o rosto como se estivesse subitamente cansado.

— Você é um *scalawag*, não é?

— Sim senhor — respondeu Adam. Um *scalawag* era um sulista que lutava pelo norte, o oposto de um cabeça-de-cobre.

— E há três meses — prosseguiu Thorne — você era um rebelde sob o comando de Johnston, estou certo?

— Sim senhor.

— E na época, Faulconer, o nosso Jovem Napoleão marchava contra Richmond. Não, esse é o verbo errado. Ele se arrastava para Richmond, enquanto o detetive Pinkerton — Thorne zombou da descrição com o tom de voz — convencia o pequeno George de que os rebeldes tinham duzentos mil soldados. Você mandou informações que teriam corrigido esse erro, só que a notícia jamais chegou. Algum filho da mãe esperto do outro lado substituiu seu despacho por um escrito por eles, e assim Richmond sobreviveu. Quase consegui parar aquele filho da mãe, Faulconer; na verdade, quebrei uma perna tentando, mas fracassei.

Ele fez uma careta e deu um trago no charuto. A fumaça pairou na sala como se tivesse saído de um tiro de fuzil.

— Na época, Faulconer — continuou Thorne —, eu trabalhava no Departamento do Inspetor-Geral. Fazia serviços que ninguém mais desejava. Agora estou em posição melhor, mas ainda não sou mais popular nesse Exército do que quando inspecionava as malditas latrinas ou me perguntava por que eram necessários tantos escriturários. Mas agora, Faulconer, eu tenho algum poder. Não é meu, mas pertence ao meu patrão e ele mora naquela casa lá. — Ele apontou o charuto para a Casa Branca. — Está me acompanhando?

— Acho que sim, senhor.

— O presidente, Faulconer, acredita como eu que esse Exército é quase totalmente comandado por cretinos. O Exército, claro, acredita que o país é governado por idiotas, e talvez ambos estejam certos, mas no momento, Faulconer, eu apostaria nos idiotas e não nos cretinos. Oficialmente sou um mero oficial de ligação entre os idiotas e os cretinos, mas na realidade, Faulconer, sou o homem do presidente dentro do Exército. Meu trabalho é impedir que os cretinos sejam mais cretinos que o usual. Quero sua ajuda.

Adam não disse nada, não porque relutasse em ajudar, mas porque estava atônito com Thorne e suas palavras. Também se sentia animado por elas. O Norte, apesar de todo o seu poder, parecia estar chafurdando impotente diante da energia da rebelião, e isso não fazia sentido para Adam. Mas aqui, enfim, estava um homem com vigor comparável ao desafio do inimigo.

— Você sabia, Faulconer, que seu pai se tornou subsecretário de Guerra da Confederação?

— Não senhor, não sabia.

— Bom, ele é. Com o tempo talvez isso seja útil, mas não agora. — Thorne puxou uma folha de papel e ao fazer isso derrubou uma pilha que se espalhou perto do tubo de gás. O canto de um papel pegou fogo e Thorne abanou a chama com a mão como alguém que vivia extinguindo incêndios acidentais como esse. — Você deixou a Confederação há três meses e se juntou à Cavalaria de Galloway? — perguntou, lendo os fatos no papel que tinha separado.

— Sim senhor.

— Galloway era um homem bom. Tinha algumas boas ideias, motivo pelo qual, claro, esse Exército o deixou sem homens nem recursos. Mesmo assim foi uma ideia idiota Galloway se meter numa batalha. Vocês deveriam ser batedores, não tropas de choque. Galloway morreu, não é?

— Infelizmente, senhor.

— E o segundo em comando está desaparecido, talvez morto, talvez capturado. Qual era mesmo o nome dele?

— Blythe, senhor — respondeu Adam amargamente. Nunca gostou de Billy Blythe nem confiou nele.

— Então, pelo que posso ver, a Cavalaria de Galloway é um bicho morto. Não há emprego para você por lá, Faulconer. Você é casado?

A pergunta repentina surpreendeu Adam. Ele balançou a cabeça.

— Não senhor.

— E está certo. É um erro casar cedo. — Thorne ficou em silêncio por um instante. — Estou lhe dando o posto de major — disse abruptamente, depois descartou o agradecimento constrangido de Adam, fazendo-o se silenciar. — Não o estou promovendo porque você merece, não sei se merece, mas porque, se você trabalhar para mim, será incomodado constantemente por oficiais imbecis, e, quanto maior for sua patente, menos irritantes serão esses incômodos.

— Sim senhor.

Thorne deu um trago no charuto e encarou Adam. Gostou do que viu. O major Adam Faulconer era um jovem de cabelo e barba claros, com rosto quadrado e confiável. Thorne sabia que ele era um federalista instintivo e um homem honesto, mas talvez, refletiu, essas não fossem as qualidades certas para esse serviço. Talvez precisasse de um patife, mas a escolha não fora dele.

— Então o que você deve fazer, Faulconer? Vou lhe dizer. — Ele se levantou de novo e começou a andar de um lado para o outro atrás da mesa. — Temos centenas de simpatizantes por trás das linhas inimigas, e a maioria deles não presta para nada. Eles veem um regimento rebelde passar e ficam tão atônitos com o comprimento da coluna que informam dez mil homens quando na verdade só viram mil. Mandam suas mensagens e o detetive Pinkerton multiplica os números por três, o pequeno George treme nas botas e implora a Halleck que lhe mande mais uma unidade do Exército. E é assim, Faulconer, que estamos conduzindo a guerra.

— Sim senhor.

Thorne levantou o caixilho de uma janela para deixar parte da fumaça do charuto sair. O fedor de esgoto da cidade entrou junto com um bando de mariposas que voaram suicidas para as chamas azul-amareladas dos tubos de gás. Thorne se virou para Adam outra vez.

— Mas eu tenho um punhado de agentes e um deles *tem* um valor particular. É um homem preguiçoso e duvido que sua aliança com o Norte seja algo mais que um cálculo cínico sobre o resultado da guerra, mas ele tem a possibilidade de nos revelar a estratégia rebelde, tudo! Quantos? Onde? Por quê? O mesmo tipo de coisa que você tentou revelar na península. Mas ele é um sujeito medroso. Seu patriotismo não é forte a ponto de querer uma corda de cânhamo no pescoço num cadafalso rebelde, e por isso é cauteloso. Ele nos mandará despachos, mas não usará nenhum meio a não ser os que ele próprio estabelece. Não vai arriscar o pescoço tentando cavalgar através das linhas, mas disse que eu poderia oferecer um mensageiro capaz de correr esse risco. Porém insistiu em que teria de ser alguém em quem ele confiasse. — Thorne parou para dar um trago no charuto, depois o apontou para Adam. — Ele citou você.

Adam não disse nada. Em vez disso, tentava pensar em alguém que combinasse com a descrição feita por Thorne, alguém que ele obviamente conhecia bem em sua Virgínia natal, mas não conseguiu arrancar nenhum nome ou rosto das lembranças emaranhadas. Durante alguns segundos loucos se perguntou se seria o seu pai, depois descartou o pensamento. Seu pai jamais trairia a Virgínia, como Adam tinha feito.

— Posso perguntar...? — começou.

— Não — interrompeu Thorne. — Não vou dizer o nome dele. Você não precisa saber. Se uma mensagem chegar até você, provavelmente vai perceber quem ele é, mas saber agora não ajudará. Para ser franco, Faulconer, não sei o que vai ajudá-lo. Só sei que um homem fraco na Confederação me disse que vai endereçar os despachos a você, mas para além disso tudo é mistério.

— Thorne abriu os braços num gesto que expressava a insatisfação com os arranjos desajeitados e imprecisos que descrevia. — Não sei como o homem vai chegar a você. Não posso imaginar como você vai chegar a ele. Ele não vai correr riscos, portanto você terá de corrê-los. Só posso dizer o seguinte: há pouco mais de uma semana mandei a esse sujeito uma mensagem exigindo que ele arrumasse uma desculpa, qualquer desculpa, para conseguir um trabalho no quartel-general de Lee, e não tenho motivos para achar que ele vai desobedecer. Ele não vai gostar, mas fará o que peço. Vai ficar perto do quartel-general de Lee e você vai ficar perto do de McClellan. O pequeno George vai considerá-lo um incômodo, mas você terá documentos dizendo que trabalha para o inspetor geral e está preparando um relatório sobre a eficácia dos sistemas de sinalização do Exército. Se o pequeno George tentar criar obstáculos, diga e eu o resgato.

Por um instante, Thorne hesitou, subitamente atingido pela inutilidade do que tentava fazer. Contara a verdade a Adam, mas não revelara como todo o arranjo era precário. Seu homem em Richmond dera o nome de Adam semanas antes, não ligado a esse esquema, mas como um mensageiro que poderia ser confiável. E agora, em desespero absoluto, Thorne estava recrutando Adam na esperança de que, de algum modo, seu relutante agente sulista pudesse descrever a estratégia de Lee e comunicá-la ao rapaz. As chances de sucesso eram pequenas, mas alguma coisa precisava ser feita para neutralizar as informações derrotistas de Pinkerton e afastar a pavorosa perspectiva de uma vitória sulista que convidaria os malditos europeus a vir dançar sobre a carcaça dos Estados Unidos.

— Você tem um bom cavalo? — perguntou Thorne a Adam.

— Muito bom, senhor.

— Você vai precisar de dinheiro. Aqui. — Ele pegou um saco de moedas na gaveta da mesa. — Ouro dos Estados Unidos, Faulconer, o suficiente para subornar rebeldes e talvez tirá-lo de encrenca. Minha suposição, e é apenas uma suposição, é de que o sujeito vai lhe mandar uma mensagem dizendo onde vai deixar os despachos. Esse lugar será atrás das linhas inimigas, Faulconer, de modo que você vai precisar de um bom cavalo e da capacidade de subornar qualquer lixo rebelde que lhe cause problema. Amanhã de manhã você irá ao acampamento na ilha de Analostin se encontrar com um tal capitão Bidwell. Ele vai lhe dizer tudo que precisa saber sobre o sistema de sinalização para que possa conversar de forma inteligente com o pequeno George sobre telégrafos e sinaleiros. Depois disso, acompanhe o pequeno George e espere uma mensagem. Leve o ouro. É só isso.

Dispensado tão sumariamente, Adam hesitou. Tinha dezenas de perguntas, mas os modos bruscos de Thorne o desencorajaram de fazer qualquer uma delas. O coronel havia destampado um tinteiro e começado a escrever, por isso Adam simplesmente foi até a mesa e pegou o saco pesado, e só quando chegou ao corredor do andar de baixo e estava prendendo o cinturão da espada ocorreu-lhe que nenhuma vez Thorne perguntara se ele estava disposto a arriscar a vida cavalgando atrás das linhas rebeldes.

Mas talvez Thorne já soubesse a resposta. Adam era patriota, e por seu país, que ele amava de paixão, valia a pena correr qualquer risco. E assim, a pedido de um espião, cavalgaria em direção à traição e rezaria pela vitória.

Nathaniel levou o conhaque para seu escritório, trancou a porta e se deitou com o Adams totalmente carregado ao lado. Ouviu Holborrow retornar e mais tarde escutou quando os quatro capitães foram dormir, no andar de cima. E algum tempo depois disso dormiu, embora estivesse desconfiado de que o capitão Dennison pudesse querer se vingar, por isso seu sono foi entrecortado, mas estava sonhando quando as cornetas de Camp Lee emitiram um toque de alvorada barulhento para acordá-lo com um susto. A visão da garrafa de conhaque intacta o fez se lembrar do confronto da noite anterior e ele tomou o cuidado de prender o revólver à cintura antes de atravessar a casa para ir ao quintal dos fundos, onde encheu um balde de água com a bomba. Um Lúcifer rebelde o encarou da porta da cozinha.

— Vamos sair daqui a uma hora, mais ou menos — avisou Nate a ele. — Vamos voltar à cidade.

— Que o céu seja louvado.

— Me traga um pouco de café junto com a água para barbear, está bem? E pão.

De volta ao antigo escritório de Maitland, Nathaniel examinou os papéis para tentar descobrir mais alguma informação sobre o batalhão. Havia decidido que esse era o dia em que revelaria sua verdadeira identidade, mas só depois de barganhar o conhecimento que conseguisse em troca de alguma vantagem, e para isso precisava de um negociador. Precisava do advogado Belvedere Delaney, por isso passou as primeiras horas escrevendo uma longa carta para Delaney. A carta lhe permitiu colocar as ideias em ordem. Decidiu que mandaria Lúcifer entregá-la, depois esperaria no apartamento de Sally. Levou quase uma hora, mas enfim a carta ficou pronta e ele gritou chamando Lúcifer. Já havia passado um bom tempo desde o toque da alvorada, porém ninguém mais se mexia no casarão. Pelo jeito nem Holborrow nem os quatro capitães do batalhão eram madrugadores.

A porta se abriu atrás de Nathaniel.

— Podemos ir — disse sem se virar.

— Senhor?

Nathaniel se virou rapidamente. Não era Lúcifer que estava à porta, e sim um rostinho ansioso cercado por cabelos castanhos em cachos compridos e bonitos. Nate encarou a jovem que o encarava com uma espécie de terror nos olhos.

— Me disseram... — começou ela, e hesitou.

— Sim? — perguntou Nathaniel.

— Me disseram que o tenente Potter estava aqui. Um sargento me disse. — A garota hesitou outra vez. Nathaniel pôde ouvir Holborrow gritando escada abaixo para seu escravo trazer água quente para se barbear.

— Entre — disse Nathaniel. — Por favor, entre. Quer deixar o seu casaco comigo?

— Não quero causar nenhum problema — disse a garota. — Não quero mesmo.

— Deixe o seu casaco comigo. Sente-se, por favor. Pode ser nessa cadeira mesmo. Posso saber o seu nome, senhora? — Nathaniel quase a chamou de senhorita, então viu um anel de casamento barato brilhando na mão esquerda.

— Sou Martha Potter — respondeu ela em voz fraca. — Não quero causar problema, de verdade.

— Não está causando, senhora, não está.

Desde que os cachos castanhos surgiram timidamente na fresta da porta Nathaniel havia suspeitado que essa era a verdadeira Sra. Potter e temera que o verdadeiro tenente Potter não estivesse muito atrás. Isso seria um aborrecimento, porque Nate queria revelar a própria identidade à sua maneira e não ter o desenlace forçado pelas circunstâncias. Mas escondeu a consternação enquanto Martha se sentava timidamente na ponta de uma cadeira. Ela usava um vestido feito em casa que tinha sido virado do avesso de modo que a saia de baixo se tornasse a de cima para poupar o desgaste do tecido. O vestido castanho-claro era bem costurado, e o xale, ainda que puído, estava escrupulosamente limpo.

— Estávamos esperando pela senhora — disse Nathaniel.

— Estavam? — Martha pareceu surpresa, como se ninguém tivesse lhe feito a cortesia de mostrar expectativa. — É só... — começou ela, então parou.

— Sim? — Nate tentou instigá-la.

— Ele está aqui? — perguntou ela, ansiosa. — O meu marido?

— Não, senhora, não está — respondeu Nathaniel, e Martha começou a chorar. As lágrimas não eram expressivas nem altas, era apenas um choro impotente e silencioso que deixou Nathaniel sem graça. Ele enfiou a mão no bolso da casaca procurando um lenço, não encontrou, e não conseguiu ver no escritório nada adequado para enxugar lágrimas. — Quer um pouco de café, senhora?

— Não quero causar problema — disse ela em meio às lágrimas silenciosas que tentou estancar com a borda franjada do xale.

Lúcifer chegou, pronto para ir a Richmond. Nathaniel sinalizou para que ele saísse da sala.

— E traga um bule de café, Lúcifer — gritou para as costas do garoto.

— Sim, tenente Potter — disse Lúcifer no corredor.

A garota levantou a cabeça de repente.

— Ele... — começou ela, então parou. — Eu...? — Ela tentou de novo, e conteve as lágrimas.

— Senhora. — Nathaniel se sentou diante dela e se inclinou para a frente. — A senhora sabe onde o seu marido está?

— Não — gemeu ela. — Não!

Aos poucos ele conseguiu arrancar a história da mulher desamparada. Lúcifer trouxe o café, depois se agachou no canto da sala, sua presença servindo de lembrete constante da promessa de Nathaniel, de que iriam sair deste lugar odioso. Martha passou os punhos nos olhos, bebericou o café e contou a história triste de que tinha sido criada em Hamburg, Tennessee, um pequeno povoado ribeirinho alguns quilômetros ao norte da fronteira do Mississippi.

— Sou órfã, senhor, e fui criada pela minha avó, mas ela ficou gagá no inverno passado e morreu perto do Natal. — Depois disso, explicou, fora posta para trabalhar para uma família em Corinth, Mississippi. — Mas nunca fui feliz, senhor. Eles me tratavam mal, muito mal. O patrão, senhor, ele... — Ela hesitou.

— Posso imaginar.

Ela fungou, então contou que em maio as forças rebeldes tinham recuado para a cidade e ela conhecera Matthew Potter.

— Ele falava de um jeito muito gentil, senhor, muito gentil — disse ela.

E a ideia de se casar com Potter parecia um sonho que se tornava realidade, além de uma fuga do patrão maligno. E assim, dias após conhecê-lo, Martha entrou no escritório de um pastor batista e se casou com seu soldado.

Depois descobriu que o novo marido era um bêbado.

— Naqueles primeiros dias ele não bebeu, senhor, mas só porque eles trancavam toda a bebida. Depois ele encontrou um pouco e nem olhou para trás. Não que ele seja um bêbado mau, senhor, como alguns homens. Quero dizer, ele não bate em ninguém quando está bêbado, só não fica sóbrio. O coronel Hardcastle o expulsou do regimento por causa da bebedeira, e não posso culpá-lo, mas na verdade o Matthew é um homem bom.

— Mas onde ele está, senhora?

— É isso, senhor. Eu não sei. — Ela voltou a chorar, mas conseguiu contar que, depois de ser dispensado do 3º Batalhão de Infantaria do Mississippi, Potter usou as poucas economias de Martha para voltarem à casa dele na Geórgia, onde o pai se recusou a receber tanto o filho quanto a nova esposa.

— Ficamos um tempo em Atlanta, senhor, depois o pai dele disse que viéssemos para cá e falássemos com o coronel Holborrow. Ele mandou o dinheiro para virmos, senhor, o que considerei um gesto muito cristão da parte dele. Matthew e eu chegamos aqui há três dias e não o vi em nenhum momento.

— Então ele está bêbado em Richmond? — sugeriu Nathaniel sem rodeios.

— Acho que sim, senhor.

— Mas onde vocês estão hospedados?

— Na casa de uma tal Sra. Miller, senhor, na Charity Street, só que a Sra. Miller diz que os quartos dela não são de caridade, se é que o senhor me entende, e que, se não pagarmos o aluguel hoje de manhã, ela vai me pôr para fora, senhor, por isso vim para cá. Mas não quero causar problema. — Ela pareceu prestes a chorar de novo, mas em vez disso franziu a testa para Nate. — O senhor não é o coronel Holborrow, é?

— Não, não sou, senhora. — Nathaniel fez uma pausa, depois lhe ofereceu o que esperava ser um sorriso reconfortante. Gostava dela, em parte porque parecia tão frágil e tímida e em parte, confessava a si mesmo com um sentimento de culpa, porque havia uma beleza atraente sob a máscara de sofrimento. Suspeitava que também houvesse certa teimosia da qual ela provavelmente precisaria para sobreviver a um casamento com Matthew Potter. — Sou seu amigo, senhora. A senhora precisa acreditar nisso. Eu fingi que era o seu marido e estava fazendo o trabalho dele para que ele não se encrencasse. A senhora consegue entender? Mas agora precisamos encontrá-lo.

— Aleluia — murmurou Lúcifer.

— O senhor esteve fazendo o trabalho dele? — perguntou Martha, sem acreditar que alguém faria uma gentileza dessas por seu marido imprestável.

— Sim — respondeu Nate. — E agora vamos sair daqui e encontrar o seu Matthew. E, se alguém falar conosco, senhora, peço que fique em silêncio. Promete fazer isso por mim?

— Sim, senhor.

— Então vamos, está bem?

Nathaniel devolveu o casaco fino de Martha, pegou os papéis, parou para ter certeza de que não havia ninguém do lado de fora e conduziu Lúcifer e Martha pelo corredor até a varanda. Prometia ser um dia quente e ensolarado. Nate se apressou para chegar às barracas mais próximas, esperando escapar sem ser visto, mas então uma voz gritou da casa para ele:

— Potter! — Martha exclamou e Nathaniel precisou lembrá-la da promessa de não falar nada. — E fiquem aí — continuou —, vocês dois. — Então se virou e voltou para dentro da casa.

Foi o capitão Dennison que chamou e que agora pulava os degraus da varanda. O capitão parecia ter acabado de sair da cama, porque estava em mangas de camisa e puxando os suspensórios vermelhos por cima do ombro enquanto ia até Nathaniel.

— Quero você, Potter — gritou ele.

— Parece que me encontrou — disse Nate ao confrontar o capitão raivoso.

— Você vai me chamar de "senhor". — Dennison estava parado perto de Nathaniel e o cheiro do unguento que o capitão espalhara no rosto doente era quase opressor. Era um cheiro particularmente azedo, não de querosene, e de súbito Nathaniel descobriu o que era, e a lembrança do tempo passado na prisão de Richmond voltou numa onda de náusea. — Você vai me chamar de "senhor"! — repetiu Dennison, cutucando o peito de Nate com um dedo.

— Sim senhor.

Dennison fez careta.

— Você me ameaçou ontem à noite, Potter.

— Foi, senhor?

— Foi, sim. Então ou você entra na casa imediatamente, Potter, e pede desculpas na frente dos outros oficiais, ou então enfrentará as consequências.

Nate fingiu considerar as alternativas, depois deu de ombros.

— Acho que vou enfrentar as consequências, senhor capitão.

Dennison deu um sorriso sinistro.

— Você é um idiota miserável, Potter, um idiota. Muito bem. Você conhece o Bloody Run?

— Posso encontrá-lo, senhor.

— Encontre-o às seis horas desta noite, Potter, e, se tiver dificuldade, basta perguntar a qualquer um onde fica a área de duelos de Richmond. É perto do Bloody Run, embaixo do monte Chimborazo, na outra ponta da cidade. Seis horas. Traga um padrinho, se conseguir encontrar alguém suficientemente idiota para apoiá-lo. O coronel Holborrow será meu padrinho. E mais uma coisa, Potter.

— Senhor?

— Tente estar sóbrio. Não gosto de matar bêbados.

— Seis horas, senhor, sóbrio. Estou ansioso por isso, senhor. Mais alguma coisa, senhor?

Dennison se virou.

— Sim? — perguntou, desconfiado.

— O senhor fez o desafio, de modo que eu posso escolher as armas. Não é assim que se faz?

— Então escolha — respondeu Dennison sem se preocupar.

— Espadas — disse Nate no mesmo instante, e com confiança suficiente para fazer com que Dennison piscasse de surpresa. — Espadas, capitão! — gritou com leveza enquanto se virava e saía andando. O cheiro do remédio havia revelado o segredo de Dennison e de repente Nathaniel estava ansioso pelo resto do dia.

4

O tenente-coronel Swynyard estava parado na beira do rio e agradeceu ao seu Deus por ter sido poupado para testemunhar este momento. Uma brisa fraca ondulava a água provocando uma miríade de fagulhas reluzentes de um sol que queimava num céu de verão sem nuvens. Ao menos três bandas estavam tocando, e neste lugar, neste dia, havia apenas uma música a ser tocada, embora o coronel lamentasse que não tocassem em uníssono, mas competissem alegremente comemorando o importante acontecimento. A mão esquerda de Swynyard, a mutilada, batia na bainha da espada no ritmo da banda mais próxima. Depois, quase sem perceber, ele começou a cantar.

— Minha querida mãe — cantou baixinho — explodiu a corrente do tirano. Maryland! A Virgínia não deveria chamar em vão, Maryland! — Sua voz ficava mais alta conforme era tomado pela emoção. — Ela encontra a irmã na planície; *Sic semper!*, este é o refrão orgulhoso que confunde e expulsa os lacaios, Maryland, minha Maryland.

Aplausos soaram na companhia mais próxima da Legião Faulconer, e Swynyard, sem perceber que tinha erguido a voz o suficiente para ser ouvido, ficou vermelho enquanto se virava e agradecia os aplausos irônicos. Houve uma época, não muito atrás, em que esses homens xingavam à simples visão de Griffin Swynyard, mas foram conquistados pela graça de Cristo, ou melhor, pelas obras dessa graça dentro de Swynyard. Agora o coronel sabia que os homens gostavam dele, e por essa bênção poderia chorar neste dia, só que já estava chorando de puro júbilo.

Pois o Exército sulista de Robert Lee, que tinha lutado de novo e de novo contra os invasores nortistas de seu país, atravessava o Potomac.

Eles estavam indo para o norte.

A Confederação estava levando a guerra aos Estados Unidos da América. Durante um ano os ianques marcharam em solo sulista, roubaram fazendas sulistas e alardearam que tinham saqueado a capital sulista. Mas agora os invadidos se tornavam invasores e uma grande linha escura de homens atravessava o vau sob as bandeiras de batalha do sul.

— Ouço o trovão distante — cantou Swynyard, e desta vez a legião cantou com ele, as vozes crescendo ao lado do rio numa harmonia maravilhosa. — Maryland! A corneta, o pífaro e o tambor da Antiga Linha, Maryland! Ela não está morta, nem surda, nem cega; Hurra! Ela despreza o lixo nortista! Ela respira, ela arde, ela virá, ela virá! Maryland, minha Maryland!

— Eles têm voz boa, Swynyard, têm voz boa! — Quem falava era o coronel Ned Maitland, o novo comandante da legião, que esporeou seu cavalo até o lado de Swynyard. Swynyard estava a pé porque seu cavalo, o único luxo que possuía, estava descansando. Um homem como Maitland podia precisar de três cavalos de montaria e quatro mulas de carga cheias de pertences para garantir seu conforto numa campanha, mas Swynyard tinha abandonado todas essas bugigangas. Possuía um cavalo, porque um comandante de brigada não poderia fazer seu trabalho sem um, e havia herdado uma tenda e um serviçal de Thaddeus Bird, embora a tenda pertencesse ao Exército e o serviçal, um soldado simplório chamado Hiram Ketley, fosse voltar ao serviço de Bird quando este se recuperasse do ferimento recebido no monte Cedar.

— O que você fará, Maitland, quando Bird voltar? — perguntou Swynyard, cutucando o presunçoso Maitland, que cavalgava para a guerra com duas tendas, quatro escravos, uma banheira e um faqueiro de prata para comer seus legumes pálidos.

— Ouvi dizer que ele não vai voltar.

— Ouvi dizer que vai. A mulher dele escreveu para Starbuck dizendo que ele estava se recuperando bem, e quando Bird voltar vou lhe devolver a legião. Ele é o comandante de fato.

Maitland fez pouco caso do problema.

— Haverá muitos outros postos vagos, Swynyard.

— Você acha que eu posso ser morto, é? Acha que vai ser comandante de brigada? Você tem a aparência para esse papel, Maitland, isso devo dizer. Quanto custou essa farda?

— Caro. — Maitland era um homem plácido que raramente caía nas provocações de Swynyard, talvez porque soubesse que suas ligações em Richmond garantiriam uma ascensão tranquila para os postos superiores do Exército. O truque para conseguir essa ascensão, achava Maitland, era ter experiência de batalha apenas suficiente para torná-la plausível; apenas o suficiente e não mais. Pegou um binóculo num alforje e o apontou para a distante margem de Maryland, enquanto Swynyard olhava um esquadrão de cavalarianos de Stuart esporear para dentro do rio. Os soldados enchiam os chapéus de água e a jogavam uns nos outros, como crianças brincando. O exército estava em clima de feriado.

— Eu gostaria que a legião ainda tivesse uma banda — disse Swynyard enquanto os músicos mais próximos começavam a tocar *My Maryland* pela enésima vez. — Já tivemos uma, mas ela se perdeu. Ou pelo menos os instrumentos foram perdidos.

— Muitas coisas parecem ter se perdido na legião — comentou Maitland levianamente.

— Que diabo isso significa? — perguntou Swynyard, tentando disfarçar a irritação com a condescendência de Maitland.

Swynyard não sabia ao certo se Maitland pretendia passar a impressão que dava, mas ele parecia um homem superior observando e desaprovando tudo que encontrava.

— Oficiais, principalmente. A maioria dos oficiais parece ter subido dos postos mais baixos nas últimas semanas.

— Nós estivemos lutando, o que significa que oficiais foram mortos. Não ouviu falar disso em Richmond?

— Um boato sobre isso chegou até lá, sim — respondeu Maitland gentilmente enquanto limpava as lentes do binóculo. — Mesmo assim, Swynyard, acho que preciso de homens melhores.

— Sujeitos que sabem qual garfo e faca usar para comer o biscoito da ração?

Maitland ignorou o sarcasmo.

— Estou falando de sujeitos mais confiantes. A confiança é um grande estímulo para o moral. Como o jovem Moxey. Uma pena ele ter ido embora. — O capitão Moxey fora para Richmond servir ao lado de Washington Faulconer.

— Moxey era um inútil — comentou Swynyard. — Se eu estiver indo para a batalha, Maitland, não quero fracotes como o jovem Moxey, e sim homens como Waggoner e Truslow.

— Mas eles não são inspiradores — observou Maitland com sarcasmo.

— A melhor inspiração é a vitória, e homens como Truslow é que a trazem.

— Talvez — admitiu Maitland —, mas eu gostaria de ter mantido Moxey aqui. Ou aquele tal Tumlin.

Swynyard precisou parar para pensar quem era Tumlin, depois se lembrou do sujeito da Louisiana que dizia ter sido prisioneiro do Norte desde a queda de Nova Orleans.

— Você o queria? — perguntou, surpreso.

— Ele parecia um sujeito decente. Ávido para servir.

— Você acha? Achei que ele estava meio gorducho para alguém que passou seis meses numa prisão ianque, mas talvez os nossos ex-irmãos possam se dar ao luxo de alimentar bem os cativos. E devo dizer que achei o jovem Tumlin meio falastrão.

— Ele tinha confiança, sim. Imagino que você o tenha mandado de volta para Richmond, não é?

— Winchester — respondeu Swynyard. Winchester, no vale do Shenandoah, era a base de suprimentos da companhia, e todos os homens que não estavam ligados a nenhuma unidade eram mandados para lá para ser realocados. — Pelo menos ele não vai ser mandado para o pobre Nate Starbuck — acrescentou Swynyard.

— Starbuck poderia se considerar sortudo se isso acontecesse — comentou Maitland, apontando o binóculo outra vez para a margem distante. Era coberta de árvores, mas para além das árvores Maitland conseguia ver terras agrícolas do inimigo se aquecendo à luz forte do sol.

— Se Starbuck tiver sorte — disse Swynyard —, ele vai retornar para esta brigada. Eu requisitei que o batalhão dele fosse entregue a nós, caso receba a ordem de voltar para o Exército. Ninguém mais vai querê-lo, com certeza.

Maitland estremeceu só de pensar em ver os Pernas Amarelas de novo. Sua nomeação para o comando deles fora o ponto mais baixo de sua carreira, e só o pistolão mais forte o resgatara de lá.

— Duvido que vamos vê-los — disse, incapaz de esconder o alívio. — Eles não estão aptos para marchar e levarão meses até que estejam. — E nunca estarão, se o coronel Holborrow tiver o que deseja, refletiu. — E por que você iria querê-los, afinal?

— Porque somos cristãos, Maitland, e não damos as costas para ninguém.

— A não ser Tumlin — retrucou Maitland, sarcástico. — Parece que eles estão prontos para nós, Swynyard.

Um mensageiro vinha esporeando sua montaria em direção à brigada. Uma ambulância puxada por cavalos tinha acabado de entrar no vau acompanhada por gritos de comemoração das tropas mais próximas. Robert Lee estava dentro do veículo, posto lá por causa dos ferimentos nas mãos de quando tentou acalmar seu cavalo amedrontado. Um comandante ferido não era bom presságio, pensou Swynyard, mas deixou de lado esse pensamento pagão enquanto o mensageiro vinha até Maitland supondo que o elegante tenente-coronel era o comandante da brigada.

— Ele é o sujeito que você quer — disse Maitland, indicando Swynyard.

O mensageiro trazia ordens para a brigada de Swynyard atravessar o rio. E Swynyard, por sua vez, deu à legião a honra de conduzir a brigada para solo nortista. O coronel andou pela coluna de companhias da legião.

— Lembrem-se, rapazes — gritou repetidamente. — Nada de saquear! Nada de patifarias! Paguem por escrito tudo que quiserem! Mostrem a eles que somos um país cristão! Vão agora!

A Companhia A, de Truslow, esperou até que uma bateria de canhões da Carolina do Sul tivesse entrado no vau, depois seguiu pela estrada e desceu a rampa lamacenta até a água. A equipe de bandeiras seguia com o estandarte único da legião erguido pelo jovem tenente Coffman, que estava com dificuldade para segurar a grande bandeira de batalha contra o vento enquanto seu corpo magro era sacudido pela correnteza do Potomac, que formava redemoinhos e passava de sua cintura. Ele prosseguiu corajosamente, quase como se o desfecho da guerra dependesse de manter a seda com franja fora da água. Muitos homens mancavam, não por causa de ferimentos, mas porque os pés calçados com botas ruins estavam cheios de bolhas e para eles a água fria do rio era como o bálsamo de Gileade. Alguns homens, no entanto, recusavam-se a atravessar. Swynyard parou para falar com seis deles, comandados por um jovem cabo magro, da Companhia D. O cabo se chamava Burridge, e ele era bom soldado e fiel frequentador das orações de Swynyard. Mas agora, respeitoso e teimoso como sempre, Burridge insistiu que deveria desobedecer às ordens de Swynyard.

— Nossa tarefa não é ir para o norte, coronel — disse com firmeza.

— Sua tarefa é obedecer a uma ordem legítima, Burridge.

— Não se ela for contrária à consciência do homem, coronel, e o senhor sabe disso. E é legítimo defendermos os nossos lares, mas não atacar o lar dos outros. Se um ianque vier para o sul, eu o mato para o senhor, mas não vou para o norte fazer uma matança — declarou Burridge, e seus companheiros assentiram, concordando.

Swynyard ordenou que os homens voltassem até os policiais do Exército, que recolhiam outros soldados cujas consciências não permitiam levar a guerra para fora de seu solo natal. Lamentou perder os seis sujeitos, porque estavam entre os melhores da brigada, mas ele jamais venceria esse confronto, por isso se despediu deles e acompanhou a legião rio adentro. Alguns homens enfiaram a cabeça na água para lavar brevemente os cabelos, porém a maioria simplesmente prosseguiu até a margem norte, subiu em solo de Maryland e atravessou a ponte sobre o canal Chesapeake e Ohio, que ficava logo depois do rio. E assim entraram em território inimigo.

Era um lugar bonito, com fazendas confortáveis, boas terras cobertas de árvores e colinas suaves; não era diferente da paisagem que deixaram para trás, só que essas colinas, fazendas e bosques eram dominadas por um governo inimigo. Ali uma bandeira diferente tremulava e isso dava um sabor interessante ao terreno pouco notável. Não que a maioria dos homens da brigada de Swynyard considerasse Maryland inimigo; pelo contrário, acreditavam que era um estado escravagista obrigado a permanecer com a União por causa da geografia, e havia grandes expectativas de que essa incursão de um exército confederado atraísse um bando de recrutas para as bandeiras rebeldes. Entretanto, por mais que os moradores de Maryland pudessem ser simpáticos à rebelião, esse ainda era um estado inimigo, e aqui e ali algumas fazendas exibiam desafiadoramente a bandeira dos Estados Unidos, mostrando que aquele era um território ianque.

Mas as bandeiras da União estavam em número muito menor que as rebeldes, em sua maioria feitas em casa com cores desbotadas e desenho incerto, mas estavam penduradas para dar as boas-vindas ao Exército de Lee. E, quando no meio da tarde os homens de Swynyard marcharam passando por Buckeystown, foram recebidos por uma pequena multidão rouca de tanto comemorar a chegada dos rebeldes. Baldes de água ou limonada eram postos ao lado da estrada e mulheres carregavam bandejas de biscoitos ao longo das colunas exaustas. Era verdade que uma ou duas casas de Buckeystown estavam fechadas, porém a maior parte do povoado recebia bem a invasão. Uma banda texana tocava o inevitável *My Maryland* enquanto a coluna passava, a música ficando cada vez mais precária e a harmonia mais cacofônica conforme os músicos recebiam sidra, cerveja e uísque dos moradores.

A brigada seguiu em frente, as botas rasgadas levantando uma nuvem de poeira branca que se desviava para o oeste ao vento. Uma vez, um quilômetro e meio depois de Buckeystown, um matraquear súbito de tiros soou longe, a leste, e alguns homens tocaram no cabo dos fuzis surrados como se estivessem se preparando para a batalha, porém não soaram mais tiros.

Deus estava no céu, tudo parecia certo no mundo, e o Exército rebelde de Lee estava à solta no Norte.

Nate entrou em Richmond, onde deixou Lúcifer, sua pequena bagagem e a carta para Belvedere Delaney na casa de Sally, depois levou Martha Potter num passeio pelos antros de bebedeira de Richmond. Álcool era oficialmente proibido na cidade, mas o governo podia muito bem ter tornado respirar ilegal, tão pequena era a diferença que esses princípios morais haviam feito.

Começou pelas casas mais respeitáveis, perto da estação da ferrovia Richmond e Petersburg, na Byrd Street, onde Martha tinha visto o marido pela última vez. Nathaniel a poupou dos bordéis, achando que nenhuma prostituta suportaria um bêbado por três dias. Em vez disso, ela teria limpado os bolsos de Matthew Potter na primeira noite e depois o jogado na rua para ser levado pela Polícia do Exército. Assim que estivesse sóbrio, o tenente seria mandado para Camp Lee, e o fato de ele não ter chegado lá sugeria que havia descoberto um porto seguro embebido de álcool ou coisa pior.

Nathaniel foi descendo pela hierarquia dos estabelecimentos de bebidas. Os primeiros locais onde procurou tinham alguma pretensão de elegância, talvez um espelho dourado ou um pedaço de tapete encharcado de tabaco, mas aos poucos a mobília, assim como a bebida, foram ficando piores. Bateu a umas seis portas no Locust Alley, mas não encontrou sinal do tenente desaparecido. Tentou na Martin Street, onde as putas se penduravam nas janelas do andar de cima e fizeram Marta ruborizar.

— Ele não tinha dinheiro para passar esses dias todos bebendo, senhor — disse ela a Nate.

— Ele podia ter — insistiu Nathaniel.

— Não havia mais que três dólares na minha bolsa.

— Três dólares levam a pessoa bem longe nessa cidade, senhora. E imagino que ele tivesse uma casaca, não é? Tinha um par de botas? Um revólver?

— Tudo isso, sim.

— Então poderia vender e ficar bêbado por três meses. Inferno. Desculpe meu palavreado, senhora, mas é onde ele está. Nos Infernos. Acho melhor levá-la de volta para a casa da Srta. Sally.

— Eu vou com o senhor — insistiu Martha. Apesar de toda a timidez, ela era uma jovem teimosa, e não havia nada que Nathaniel pudesse fazer para convencê-la a abandonar a busca.

— Senhora, os Infernos não são um lugar seguro.

— Mas ele pode estar ferido.

Pode estar morto, pensou Nate.

— Devo insistir, senhora.

— Pode insistir o quanto quiser, senhor — disse Martha com teimosia —, mas eu vou. Se o senhor não me quiser junto, simplesmente vou atrás.

Nathaniel tirou o revólver e verificou que todos os cinco cones tinham cápsulas de percussão.

— Senhora — disse —, o lugar aonde vamos não se chama Infernos à toa. Fica em Screamersville, perto da Penitenciária Bottom. Nomes feios, senhora, lugar feio. Nem a Polícia do Exército vai lá sem força total.

Martha franziu a testa.

— Há bandidos por lá?

— De certa forma, senhora. Alguns desertores, muitos ladrões e um monte de escravos. Só que esses escravos não obedecem a ordens, senhora, eles são da Metalúrgica Tredegar, mais durões que o metal que produzem.

— Diabos — disse Martha. — Não tenho medo de crioulos.

— Mas deveria ter, senhora.

— Vou com o senhor, major.

Ele a conduziu ladeira abaixo passando pelo estabelecimento com jeito de celeiro de Johnny Worsham, onde havia mesas de jogos apinhadas perto do palco no qual uma trupe de mulheres dançava quando tinha um intervalo do tempo que passava entretendo os clientes no andar de cima. Dois negros de chapéu-coco vigiavam a porta e encararam Nathaniel com frieza no olhar. Ele levou Martha por uma ponte de madeira que atravessava um córrego cheio de esgoto e depois por um beco entre paredes de tijolos úmidas.

— O senhor conhece bem a cidade? — perguntou Martha, levantando as saias ao passar no meio do lixo fétido largado nas pedras do calçamento.

— Servi algumas semanas com a polícia do Exército aqui — respondeu Nate. Foram semanas miseráveis que terminaram com sua prisão por suspeita de espionar para o Norte. Um oficialzinho covarde chamado Gillespie tornou a vida de Nathaniel um inferno naquela prisão, e essa era uma perspectiva de vingança pela qual Nate ansiava.

Passou sobre uma pilha de lixo e entrou numa rua sem nome. O fedor da metalúrgica pairava pesado e as fornalhas rugiam com um barulho que rivalizava com as cascatas de uma corredeira do rio próximo. Havia uns dez escravizados deitados à luz do sol embaçada pela fumaça, com garrafas de pedra cheias de bebida alcoólica que levantaram em saudação irônica quando Nathaniel passou.

— Por que eles não estão trabalhando? — perguntou Martha.

— Eles dão duro, senhora. Não se pode chicotear um homem para que dê duro no trabalho. É preciso dar um pouco de folga, e assim que os escravos são dignos de confiança na metalúrgica eles podem ir e vir praticamente como quiserem. Contanto que fiquem aqui embaixo e não vão para a cidade alta, ninguém se importa. Esse território é deles, não nosso.

— Matthew não viria para cá, não é?

— Muitos soldados vêm. Aqui não existe nenhuma regra e a bebida é bem barata.

Havia um pastor louco com casaco preto indo até os tornozelos numa esquina gritando as Boas-Novas de Cristo para uma cidade que não ouvia. Uma mulher com nanismo, completamente bêbada, girava no calçamento cantando, mas afora isso não havia muitas pessoas nas ruas. O meio-dia era a madrugada nos Infernos, hora em que o sol brilhava mais forte e os moradores de Screamersville dormiam em suas casas enquanto se preparavam para os negócios da noite. Nathaniel escolheu uma taverna ao acaso e entrou. Havia alguns soldados jogados nos bancos, mas nenhum deles era Potter. Um deles ofereceu a Martha um dólar para subir com ele ao andar de cima, e outro olhou para ela, suspirou com luxúria e vomitou.

— Eu lhe disse que este lugar não era para uma dama — observou Nate enquanto a conduzia de volta para a rua.

— Diabos, major — disse Martha, irritada. — Nenhuma dama de verdade casaria com Matthew Potter. Além disso, já ouvi coisas piores.

Ela realmente ouviu coisas piores naquele dia, mas ficou perto de Nathaniel enquanto procuravam nos casebres da beira do canal, onde acontecia a maior parte dos negócios nos Infernos. O cheiro do lugar era nauseabundo; uma mistura de fumaça de carvão, vômito, esgoto e bebida ruim. Foram sumariamente expulsos de uma casa por quatro homens negros que jogavam cartas. Uma mulher branca e magra estava sentada no canto da sala com um hematoma no rosto. Ela cuspiu quando Nate entrou e um dos homens pegou uma espingarda e apontou para o estranho.

— Ela não quer o senhor aqui, moço — disse o sujeito.

Nathaniel aceitou a deixa e recuou para o beco.

— Estou procurando um amigo — explicou depressa.

— Não sou eu, soldado, nem eles. — O sujeito escravizado indicou os companheiros. — Nem ela, nem ninguém aqui. — Ele parou e lançou um olhar longo e especulativo para Martha. — Mas ela pode entrar.

— Hoje não — disse Nathaniel.

— Ele não deveria falar desse jeito impertinente — protestou Martha quando a porta foi batida na cara deles. — E por que ele tem uma arma? Isso não é permitido!

— Senhora — Nathaniel suspirou —, eu disse que aqui não existem regras. Ele adoraria arrumar briga comigo e um minuto depois teria uns dez negros me dando uma surra.

— Isso não está certo.

— É o lado oculto do Sul, senhora. A maravilhosa liberdade. — Ele conduziu Martha gentilmente para a entrada de um beco para mantê-la fora do caminho de uma mulher furiosa que perseguia um homem pela rua e atirava insultos contra ele. — Gravidade social — disse Nate.

— O que isso quer dizer?

— Que vamos todos morro abaixo, até bater no fundo.

— Alguns de nós não começam muito no alto.

— Mas continue subindo, senhora, continue subindo.

Meu Deus, pensou Nathaniel, se não fosse o Exército rebelde, ele provavelmente estaria nesses mesmos pardieiros. Fugiu da Nova Inglaterra por causa de uma mulher, por causa dela se tornou ladrão, e foi só o início da guerra que lhe ofereceu uma chance de escapar. O que teria feito sem a guerra?, pensou. Virado escriturário e buscado o consolo da bebida barata e das mulheres baratas, provavelmente. E o que faria quando a guerra terminasse?

— O senhor é casado? — perguntou Martha de repente.

— Não, senhora.

Nathaniel abriu uma porta e encontrou uma rinha de galos feita de fardos de feno arrumados num círculo. Quando inundou a choupana com raios de sol, três ratos fugiram do piso da rinha, manchado de sangue e penas. Um soldado dormia nos fardos empilhados para os espectadores, mas não era o tenente desaparecido.

— Matthew é bonito de verdade — comentou Martha depois de inspecionar o sujeito adormecido, que não tinha um olho nem a maioria dos dentes.

— Foi por isso que a senhora se casou com ele? — perguntou Nathaniel enquanto voltava para a rua.

— Case-se com pressa e se arrependa devagar, era o que a minha avó sempre dizia.

— Já ouvi esse conselho — disse Nate, e atravessou a rua para abrir outra porta precária. E lá encontraram Matthew Potter.

Ou melhor, Martha reconheceu o homem que dormia na varanda de madeira que estalou sob o peso deles ao pisarem em suas tábuas finas. Ratos saíram correndo de baixo das tábuas e seguiram a margem do canal.

— Matthew! — gritou Martha, então se ajoelhou ao lado do marido, que vestia apenas calças cinza.

Potter não acordou. Gemeu e se mexeu no sono, mas não abriu os olhos.

— Eu estava me perguntando quando alguma alma viria atrás dele. — Uma mulher negra apareceu à porta da varanda.

— Ele está aqui há muito tempo, é? — perguntou Nate.

— Tanto que achei que ia criar raízes. Ele gosta de uma birita, não é?

— Ouvi dizer que gosta.

A mulher limpou o nariz com um canto do avental, depois riu.

— Mas é um bom garoto. Fala bem. Meio que senti pena. Tentei dar comida, até, mas ele não queria comida, só a bebida.

— Vendeu a camisa, foi?

— E a casaca, e os sapatos. Praticamente tudo que tinha.

— E o revólver? — perguntou Nathaniel.

— Ele não teria feito isso, senhor. É contra a lei, não é? — Ela riu para Nate, que também riu. — Ele diz que é da Geórgia — disse a mulher, espiando o tenente prostrado.

— Ele é.

— Filho de pastor, não é? São sempre os piores. — A mulher gargalhou.

— Ele ficou dançando um tempo e até recitou poesia. Poesia linda, eu poderia ouvir a noite toda, só que ele despencou. Essa é a mulher dele?

— É.

— Nasceu para se encrencar. Nunca entendi por que mulheres boas se casam com homens ruins.

— Sorte nossa elas fazerem isso, não é?

Ela sorriu.

— Vão levá-lo embora?

— Acho que sim.

— Bom, ele se divertiu um bocado. Não vai lembrar, mas se divertiu. É triste pensar que ele provavelmente vai morrer com uma bala ianque, um rapaz bom, assim.

— Ele não acorda! — gemeu Martha.

— Ele vai acordar — prometeu Nathaniel, depois a afastou do marido e a fez entrar no casebre. — Espere aí — disse, e assim que a mandou embora da varanda e fechou a porta pôs os braços embaixo das axilas de Potter e o ergueu, primeiro até que ficasse sentado e depois de pé. Não foi difícil, porque, apesar de ser alto, Potter tinha compleição frágil e era magro feito um trilho. Encostou o tenente na parede do casebre.

Finalmente Potter se mexeu.

— Que horas são? — perguntou.

Como Martha dissera, era um homem bonito, de cabelos claros e lisos e barba clara de uma semana. O rosto era comprido, fino e tinha uma delicadeza, quase um ar de sofrimento nobre que, quando Potter estivesse sóbrio, poderia sugerir espiritualidade ou alguma sensibilidade artística. Mas agora, nas garras da ressaca monumental, o tenente parecia apenas um cachorrinho doente que levou uma surra. E um cachorrinho novo, supôs Nathaniel; certamente com não mais de 19 anos. O tenente tentou levantar a cabeça. Piscou preguiçosamente para Nate.

— Como vai? — conseguiu dizer.

Nathaniel deu um soco na barriga dele. Um soco realmente forte, grunhindo com o esforço do golpe que fez Potter arregalar os olhos e se encolher. Ele quase caiu, mas Nate o empurrou de volta contra a parede e deu rapidamente um passo para o lado enquanto Potter vomitava. Nathaniel se afastou mais um pouco para que o jato de vômito não batesse em suas botas.

— Jesus — reclamou Potter e levou o punho à boca. Ele gemeu. — Por que você fez isso?

— De pé, tenente.

— Ai, Jesus. Meu Jesus. Meu Jesus Cristo. — Potter tentou se empertigar. — Ah, pela glória do Senhor — gemeu quando sentiu uma pontada na cabeça. Jogou para trás uma mecha comprida de cabelo que estava no rosto. — Quem é você? — exigiu saber. — Anuncie-se.

— O melhor amigo que você já teve nessa merda de mundo. Ainda tem alguma coisa na sua barriga?

— Dói — disse Potter, esfregando a pele amarelo-esbranquiçada onde Nathaniel tinha dado o soco.

— De pé! — rosnou Nate.

— Soldado! Soldado! — disse Potter enquanto fazia um esforço débil para ficar em posição de sentido. — Jesus quer que eu seja soldado! — E vomitou de novo. — Ai, meu Deus.

Nathaniel o empurrou de volta contra a parede.

— Fique de pé — ordenou.

— Disciplina — disse Potter enquanto tentava se empertigar. — É a cura para tudo que me faz mal.

Nathaniel agarrou um punhado do cabelo loiro e comprido de Potter e o empurrou contra a parede do casebre, obrigando o tenente a olhar em seus olhos.

— O que vai curar você, seu filho da puta, é cuidar da sua mulher.

— Martha? Ela está aqui? — Potter se animou imediatamente e olhou de um lado para o outro. — Não estou vendo.

— Ela está aqui. E estava procurando você. Por que, diabos, você a abandonou?

Potter franziu a testa tentando se lembrar dos últimos dias.

— Eu não a abandonei, exatamente — disse por fim. — Saí andando, verdade, e a perdi por um tempo. Eu precisava de uma bebida, você entende, e encontrei um amigo. Sabe como isso acontece? A gente vai a uma cidade estranha, fica com sede, e a primeira pessoa que a gente encontra é alguém que estudou com a gente. É obra da providência, acho. Será que o senhor se importaria muito em soltar o meu cabelo para eu vomitar de novo? Obrigado. — Ele conseguiu dizer a última palavra antes de se curvar e pôr para fora um último jato patético de vômito. Gemeu, fechou os olhos e se levantou devagar outra vez. — Agora estou limpo — disse em tom tranquilizador enquanto olhava para Nathaniel. — Eu conheço você?

— Major Starbuck.

— Ah, Starbuck! Nome famoso! — disse Potter, e Nate se retesou esperando o ataque usual contra seu pai, inimigo notório do Sul, mas Matthew Potter estava pensando em outro Starbuck. — O primeiro imediato do *Pequod*, certo?

— Pense em mim como o capitão Ahab, tenente.

Potter olhou de relance para as pernas de Nathaniel.

— Está muito bem dotado de canelas para esse papel, não é? Ou uma dessas é de marfim? — Potter deu um risinho, depois se encolheu quando sentiu outra pontada de dor. — Devo sentir prazer em conhecê-lo?

— Deveria, sim. Agora venha, seu filho da puta, vamos travar um duelo.

Potter olhou horrorizado para Nate, então balançou a cabeça.

— Isso não está na minha linha de negócios, senhor. Não está mesmo. Não me importo com batalhas, mas não quero saber de pistolas ao amanhecer.

— São espadas ao entardecer. Agora venha! Não pise aí!

Tarde demais. Potter colocou um pé descalço na poça de vômito, fez uma careta e depois acompanhou Nathaniel, entrando na taverna onde Martha, emotiva, jogou-se nos braços enfraquecidos do esposo. Nate pensou em se oferecer para comprar de volta os sapatos e a camisa do tenente, depois decidiu não desperdiçar dinheiro. Potter poderia se equipar no arsenal minguado de Camp Lee, e até lá poderia andar descalço e sem camisa.

Convenceu o tenente, agora arrependido, a sair à rua. Martha levou Potter pela mão enquanto ele tentava explicar sua conduta.

— Não foi intencional, minha queridíssima, não foi com intenção maliciosa premeditada, como diriam os advogados. Foi meramente uma veneta, uma ideia, um gesto de amizade para com um velho amigo. Thomas Snyder. Esse é o nome dele, e Snyder juraria pela pureza dos meus motivos. Agora ele é da artilharia, pelo que me disse, e ficou meio surdo. Todos aqueles estrondos, sabe? De qualquer modo, eu só fiz companhia a ele. Nós estudamos juntos e juntos dominamos os livros de leitura do McGuffey, juntos somamos, subtraímos e dividimos, juntos ficamos bêbados, e por isso peço desculpa. Não acontecerá de novo até a próxima vez. Ah, meu Deus, eu preciso mesmo andar?

— Precisa — respondeu Nate. — Precisa, sim.

— Não aprecio homens fortes e barulhentos — disse Potter, mas foi cambaleando obedientemente atrás de Nathaniel, subindo a ladeira em direção à Main Street. — O Exército está repleto de homens fortes e barulhentos. A vida deve atraí-los. Imagino que você não tenha trazido nada para comer, não é, minha queridinha? — perguntou a Martha.

— Não, Matthew.

— Ou alguma coisinha para beber?

— Não, Matthew.

— Água, meu amor, apenas água. Um momento, capitão Ahab! — gritou Potter, depois se afastou da mulher e cambaleou pela rua até um cocho de cavalos que já estava ocupado por um pangaré de carroça. Potter parou ao lado do animal e mergulhou o rosto na água, passou-a no cabelo e depois bebeu vorazmente.

— Estou tão envergonhada! — disse Martha a Nate.

— Gosto dele — respondeu Nathaniel, percebendo que falava a verdade. — Gosto mesmo dele.

Potter se levantou e arrotou. Pediu desculpas ao cavalo, deu um tapinha no pescoço dele e voltou para a esposa com passos pouco firmes.

— Meu pai — explicou ele a Nathaniel — sempre diz que o autoconhecimento é o arauto do autoaperfeiçoamento, mas não estou totalmente convencido de que isso seja verdade. Será que eu me aperfeiçoo sabendo que vivo eternamente sedento, que estudei demais e sou lamentavelmente falível? Acho que não. Será que vocês dois me dão licença por mais um momento insignificante? — Ele foi até a parede mais próxima, desabotoou a calça e mijou ruidosamente nos tijolos. — Ah, santo Deus — disse levantando os olhos. — Entra por um lado e sai pelo outro.

— Tão envergonhada — sussurrou Martha.

— Você disse "envergonhada", doce amor da minha vida ignorante? — gritou Potter de perto da parede. — Envergonhada? Poetas não mijam? Um rei ungido não esvazia sua bexiga real? George Washington não urinava? Nosso querido Senhor era poupado da necessidade de tirar água do joelho?

— Matthew! — protestou Martha, chocada. — Ele era perfeito!

— E essa, minha querida, foi uma mijada perfeita. — Potter se virou para os dois outra vez, abotoando a calça, depois acenou imperiosamente para Nate. — Avante, capitão Ahab! Avante, queridas almas!

Como prometera, Sally estava esperando do lado de fora da joalheria Mitchell and Tyler na Main Street, e com ela, como Nathaniel havia esperado, estava Belvedere Delaney. O advogado vestia uma das fardas caras que comprara no Shaffer's, mas não havia alfaiataria no mundo capaz de disfarçar a alma pouco militar de Delaney. Ele era um homem baixo, gorducho, gentil, cujos talentos eram ganhar dinheiro e se divertir com a fraqueza dos outros homens. Oficialmente era capitão no escritório jurídico do Departamento de Guerra confederado, cargo que parecia não exigir deveres a não ser receber o pagamento e se fardar quando fosse conveniente. Hoje usava estrelas de major.

— Foi promovido? — perguntou Nate, cumprimentando animado o velho amigo.

— Achei o posto adequado — respondeu Delaney, imponente. — Ninguém mais parece ter poder para me promover ou rebaixar, por isso assumi o posto como mais adequado à minha dignidade. Com o tempo, como um balão de gás, vou ascender às alturas mais estonteantes. Caro Nate, você está pavoroso! Com cicatrizes, sujo, exaurido. É isso que o trabalho de soldado faz com as pessoas?

— É — respondeu Nathaniel, então apresentou o seminu tenente Potter, que pareceu sentir bastante medo de Delaney. Martha, nervosa, trocou um aperto de mão com o advogado, depois voltou a se agarrar ao infame marido.

— Aqui — disse Sally a Nathaniel quando começaram a seguir para leste pela Main —, você precisa disso. — E estendeu um dos sabres de Patrick Lassan.

Nathaniel prendeu o cinturão da espada na cintura.

— Descobriu alguma coisa? — perguntou a Delaney.

— Claro que não descobri nada — respondeu o advogado com impaciência. — Não sou uma agência de detetives, sou apenas um advogado. — Delaney parou para levantar o quepe para um conhecido que passava. — Mas é bastante óbvio o que Holborrow está fazendo. Está usando o Batalhão Especial como vaca leiteira. Alimenta-o com migalhas e o batalhão lhe dá dinheiro. Ele não quer ir à guerra, porque isso significaria perder os rendimentos.

— O que isso quer dizer? — perguntou Nathaniel.

Delaney suspirou.

— É óbvio, não? O governo manda botas para o Batalhão Especial. Holborrow vende as botas para outro regimento, depois reclama ao governo que as botas vieram defeituosas. Com o tempo vai receber mais botas que também serão vendidas. Isso vale para fuzis, cantis, casacas e tudo mais que ele puder arrancar do sistema. Ele arrumou um esquema bem inteligente, já que o sistema não o descobriu, mas tenho certeza de que esse é o jogo dele. Você vai mesmo travar um duelo?

— O filho da puta me desafiou — respondeu Nathaniel com beligerância, depois, incapaz de esconder o desapontamento, olhou para o advogado. — Então você não pode me ajudar?

Na carta cuidadosa que tinha escrito para Delaney naquela manhã, Nate descrevera as suspeitas de que Holborrow tinha roubado os fuzis destinados ao Batalhão Especial e vendido em seguida. Esperava que, de algum modo, Delaney pudesse descobrir alguma prova no Departamento de Guerra, mas suas esperanças foram frustradas.

— Posso ajudá-lo sendo advogado — disse Delaney.

— Quer dizer que vai ameaçar Holborrow?

Delaney suspirou.

— Você é tão rude, Nate, desesperadamente rude! Como posso ameaçá--lo? Eu não sei de nada. Mas posso fazer algumas sugestões. Posso insinuar.

Posso fingir que sei o que não sei. Posso sugerir que pode ser feita uma investigação formal. E é possível, apenas possível, que ele proponha um acordo em vez de pagar para ver. Quantos homens há no batalhão?

— Cento e oitenta e nove.

— Ah, isso é alguma coisa. Ele está tirando rações e soldos para duzentos e sessenta. — Delaney sorriu, vendo uma vantagem. — Posso dizer mais uma coisa: Holborrow jamais foi ferido por uma bala ianque. A perna ruim se deve a uma queda de cavalo e o dano não é nem de longe tão feio quanto ele finge ser. Ele não quer ir para a guerra, entende? Por isso está fingindo o ferimento. O que ele quer é uma guerra tranquila, segura, lucrativa na opulenta Richmond, e acho que fará de tudo para garantir isso. Mas o que você quer, Nate?

— Você sabe o que eu quero.

— Duzentos fuzis? — Delaney balançou a cabeça. — Os fuzis devem ter sido vendidos muito tempo atrás. Duvido que Holborrow possa pôr as mãos em cinquenta, mas vou fazer o que puder. Mas você quer mesmo ser mandado para o exército de Lee? — Esse era o principal pedido de Nathaniel: que Holborrow afirmasse que o Batalhão Especial estava pronto para o combate, liberando-o para a guerra. — Por quê? — perguntou Delaney com genuína perplexidade. — Por que simplesmente não aproveita o descanso oferecido por Deus, Nate? Você já não lutou o bastante?

Nathaniel não tinha realmente certeza da resposta. Parte dele, uma grande parte, sombria e horrenda, temia o combate como uma criança temia os monstros da noite, mas se sentia compelido a levar seu batalhão à guerra mesmo assim. Duvidava que poderia viver sabendo que estava se esquivando enquanto outros homens lutavam, mas era mais que isso. Agora tudo que possuía no mundo era a reputação de soldado. Não tinha família, nem riqueza nem posição a não ser seu posto confederado, e, se traísse esse posto se esquivando, estaria abandonando o orgulho. Não queria ir para a batalha, só sabia que precisava ir.

— Sou soldado — respondeu inadequadamente.

— Nunca vou entender você — disse Delaney com animação —, mas talvez as próximas semanas me deem uma resposta. Também vou me juntar a Lee.

— Você? — perguntou Nate, atônito. Em seguida parou na calçada e olhou para o amigo. — Você vai para o Exército?

— Meu país chama! — respondeu Delaney, grandiloquente.

— Para fazer o quê?

Delaney deu de ombros e continuou andando.

— A ideia foi minha, na verdade. Ninguém ordenou que eu fosse, Nate, mas pareceu uma boa ideia quando me ocorreu. Lee está invadindo o Norte, sabia? Bom, ele está, e deve haver pontos jurídicos complicados. Se um homem toma uma propriedade do inimigo, isso é roubo? Para você pode parecer uma coisa trivial, até irrelevante, mas, quando essa guerra acabar, haverá todo tipo de acordo legal entre as duas jurisdições, e parece prudente tentar prever os problemas.

— Você vai odiar a campanha.

— Tenho certeza de que sim — disse Delaney com fervor.

Na verdade, o advogado não sentia a menor vontade de se juntar ao exército de Lee, mas as ordens tinham vindo de um homem furioso em Washington, e Delaney, que estava convencido de que o Norte venceria a guerra e não desejava estar ligado ao lado perdedor, avaliara seu futuro e decidira que os desconfortos de uma breve campanha seriam um bom investimento. Ainda se ressentia da exigência peremptória de Thorne de que deveria espionar o quartel-general de Lee. Tinha achado que poderia fazer toda a espionagem nas salas confortáveis de Richmond e não em algum acampamento enlameado e perigoso no campo. E duvidava que descobriria alguma informação útil. Achava que tudo isso era perda de tempo, mas não ousava desobedecer à exigência de Thorne, se quisesse as recompensas que estariam em Washington quando a guerra acabasse. Assim inventara um motivo para se unir ao exército de Lee, e agora, com uma mistura de horror e apreensão, planejava viajar para o norte.

— Amanhã de manhã — anunciou. — George preparou uma bagagem com um pouco de vinho e tabaco, então não ficaremos desconfortáveis. — George era seu escravo doméstico.

— Você vai ser um tremendo idiota se levar vinho caro para a guerra. Ele vai ser roubado.

— Que mente desconfiada você tem!

Delaney estava escondendo seus temores, por isso se sentia satisfeito em ter uma distração de fim de tarde na área de duelos de Richmond. Duelos supostamente eram ilegais, mas a Sociedade Antiduelos de Richmond tinha sede praticamente ao lado do bordel caro de Belvedere Delaney e se mantinha ocupada levantando fundos e processando homens que tivessem travado disputas de honra. Mas nem mesmo todos os devotos esforços de uma centena de sociedades como esta teriam sucesso em eliminar os duelos nos estados confederados. A área de duelos de Richmond ficava logo além dos limites da cidade, no sopé do monte Chimborazo, onde foi construído o enorme hospital militar. Nathaniel subiu pela Elm Street com os companheiros, atravessou uma ponte de tábuas por cima do lixo pelo qual o Bloody Run escorria até o rio James e chegou ao terreno desolado entre a encosta do morro e os trilhos enferrujados da ferrovia York River. Árvores mirradas e escurecidas de fuligem cercavam a área de duelos, que ficava abaixo da fachada alta, esquelética e sem janelas de uma serraria.

A carruagem do coronel Holborrow estava parada no fim de uma trilha que vinha da serraria, e Holborrow e Dennison andavam de um lado para o outro no local onde as lutas aconteciam.

— Potter! — Holborrow se aproximou mancando enquanto Nathaniel entrava nos raios de sol inclinados de fim de tarde. — Você está preso! Ouviu, garoto? Você não vai travar duelo nenhum! Vai voltar a Camp Lee onde vou rebaixá-lo a soldado raso a não ser que consiga se explicar. Onde, diabos, você esteve o dia inteiro? Está bêbado, garoto? Deixe-me sentir o seu bafo!

— Não sou Potter, Holborrow — disse Nate. — Aquele é o Potter. — Ele apontou para o tenente seminu, encostado debilmente na balaustrada da ponte de madeira que atravessava o Bloody Run. — É um filho da puta bêbado, não é? E aquela é a esposa dele. Quer conversar com eles enquanto ensino bons modos a Dennison?

As palavras causaram todo o efeito que poderia ter esperado. O rosto confuso de Holborrow se virava entre Potter e Nate, mas nenhuma palavra saiu, apenas uma indignação gaga. Nathaniel deu um tapinha no ombro do coronel e foi na direção de Dennison.

— Pronto, capitão? — perguntou.

— Quem é você? — gritou Holborrow atrás dele.

Nathaniel olhou nos olhos de Dennison enquanto respondia.

— Major Nathaniel Starbuck, coronel, antes da Legião Faulconer, agora comandante do 2º Batalhão Especial. E, de acordo com o capitão Dennison, um ianque maldito pelo qual não vale a pena lutar. Não foi o que você disse, capitão?

Dennison ficou pálido, mas não respondeu. Nate deu de ombros, desafivelou o cinturão da espada e tirou a casaca. Desembainhou o sabre, jogou a bainha sobre a casaca e depois realizou dois movimentos de corte no ar da tarde, fazendo o sabre sibilar.

95

— Imaginei que você pediria ao coronel que me prendesse, capitão — disse a Dennison —, já que você é covarde. Sabia que você não ia querer lutar comigo, mas agora não tem escolha. — Ele realizou outro movimento de corte, depois sorriu para o rosto marcado de Dennison. — Em Yale havia uma sociedade de esgrima — disse em tom despreocupado — onde nós, os ianques malditos, aprendíamos a lutar. — Nate jamais havia participado da sociedade, mas não precisava deixar isso claro para o oponente. — Ela era cheia de bobagem europeia, claro. *Derobement* do *prise de fer*. — E fez um movimento impressionante girando a espada desembainhada. — Passar de *quarte* para *seconde*. — E fez outro floreio sem sentido com a espada antes de levantá-la num gesto de saudação. — Pronto, Dennison? — perguntou.

— Tenho o que fazer essa noite, portanto vamos acabar logo com isso.

— Aquele é o Potter? — O coronel Holborrow tinha voltado rapidamente para o lado de Nathaniel, esquecendo-se até mesmo de mancar tamanha a pressa. — Está dizendo que aquele ali é o Potter?

— Não grite! — pediu Nate, censurando-o. — O tenente Potter está com uma tremenda ressaca, Holborrow. Encontrei o coitado do filho da puta nos Infernos.

— Inferno! — exclamou Holborrow, ainda completamente confuso. — Então o que, em nome do inferno, você estava fazendo em Camp Lee?

Nathaniel sorriu.

— Dando uma olhada em você, Holborrow, para poder informar ao Departamento de Guerra. Está vendo aquele sujeito baixo e gorducho ali? É o major Belvedere Delaney, do escritório jurídico. Ele é o meu padrinho essa noite, mas também quer trocar uma palavrinha com você. — Nathaniel voltou a encarar Dennison. — Decidi não trazer um médico, capitão. Sei que isso vai contra as regras impressas no *Código de honra* de Wilson, mas não acho que um duelo valha a pena a não ser que termine em morte, não concorda?

— Ele é do escritório jurídico? — Holborrow bateu com a bengala no braço de Nathaniel e fez um gesto indicando Delaney.

— Ele chefia o escritório — respondeu Nate, depois se virou de novo para o atarantado Dennison. — Pronto, capitão?

Mais uma vez Holborrow exigiu a atenção de Nathaniel com uma batida de bengala.

— Você é mesmo Starbuck? — perguntou.

— Sou.

— Então você é um filho da puta mentiroso — disse Holborrow, mas não sem certa admiração.

— É preciso um para reconhecer o outro.

— Dentro da carruagem, coronel? — Delaney tinha se juntado a eles e indicou o veículo. — Acho melhor tratarmos o nosso tipo de negócio em privado. Deixemos Starbuck com a matança dele, está bem? Ele gosta de matança — Delaney sorriu para Dennison —, mas eu acho a visão de sangue incômoda antes do jantar.

Holborrow subiu na carruagem, Delaney foi atrás e a porta do veículo se fechou. O cocheiro negro olhava impassível do alto da boleia enquanto Nate fazia outro movimento com o sabre.

— Está pronto, capitão? — perguntou a Dennison.

— Você é o Starbuck? — perguntou Dennison em voz débil.

Nate franziu a testa, olhou para a esquerda e para a direita como se procurasse inspiração, depois de volta para o rosto de Dennison.

— "Senhor". Eu sou major e você é capitão, portanto isso faz de você um bocado de estrume inútil, também chamado de capitão. Não é?

— Senhor — disse Dennison, arrasado.

— Sim — respondeu Nathaniel à pergunta original —, eu sou Starbuck.

— Não tenho nenhuma pendência com... o senhor.

— Tem, sim, Dennison, tem. Importaria de quem é a esposa que você insultou? Por acaso aquela dama não é minha esposa — ele fez um gesto indicando Sally, que olhava da outra ponta do terreno —, mas é uma amiga querida.

— Eu não pretendi ofender, senhor — disse Dennison, desesperado para escapar da lâmina curva e maligna na mão de Nathaniel.

— A ofensa que você me fez, Dennison — Nathaniel endureceu a voz —, foi achar que podia oprimir um homem de posto inferior. Faça isso de novo no meu batalhão, capitão, e eu arranco sangue das suas costas a chicotadas e o rebaixo a soldado raso. Entendeu?

Dennison olhou nos olhos de Nate por um segundo, depois assentiu.

— Sim senhor — disse.

— Agora vamos falar da sua doença, capitão.

Dennison voltou a olhar nos olhos de Nate, mas não encontrou nada para dizer.

— Com certeza não é tinha e não é psoríase, e nunca vi um caso de eczema tão ruim. Exatamente o que o seu médico está lhe dando?

— Terebentina — respondeu Dennison baixinho.

Nathaniel encostou a parte chata do sabre numa das feridas brilhantes abertas no rosto de Dennison. O capitão se encolheu de dor, mas se submeteu humildemente ao toque da arma.

— Não é terebentina, não é? — Dennison não disse nada. Nathaniel torceu a lâmina, fazendo Dennison se encolher. — É óleo de cróton, capitão, e nenhum médico lhe deu. Você mesmo está esfregando isso, não é? Toda manhã e toda noite você passa essa coisa. Deve doer feito o diabo, mas garante que ninguém possa transferi-lo para um batalhão que luta, não é? Mantém você longe das malvadas balas ianques, não é?

Dennison foi incapaz de encarar Nathaniel, quanto mais de falar, enquanto Nate puxava a lâmina vagarosamente ao longo da ferida. Nathaniel se lembrava do óleo de cróton, o purgativo medonho que o tenente Gillespie enfiara em sua garganta na tentativa de forçar a admissão de que era espião nortista. O óleo que se derramara nas bochechas de Nathaniel formara pústulas que pareciam de varíola, e estava claro que Dennison usava o purgante como um meio de inventar uma doença que iria mantê-lo seguro em Richmond.

— O que vai ser em seguida, capitão? Engolir pólvora para vomitar? Eu conheço todos os truques, seu filho da mãe, cada um deles. Portanto o que você vai fazer agora é jogar fora o óleo de cróton, ouviu?

— Sim senhor.

— Jogue fora e lave o rosto com água boa e limpa, e eu garanto que você vai ficar tão bonito quanto sempre quando enfrentar os ianques em batalha.

Dennison se forçou a olhar para Nate, e o olhar era de ódio absoluto. Ele era um homem orgulhoso e havia sido totalmente humilhado, mas não tinha coragem para tentar recuperar o orgulho lutando com seu novo comandante. Nathaniel pegou a bainha do sabre e a casaca.

— Nós dois começamos mal — disse a Dennison —, mas ninguém além de você e eu sabemos o que aconteceu aqui, e eu não vou contar. Portanto você pode voltar a Camp Lee, capitão, consertar a cara e garantir que sua companhia esteja pronta para lutar. Porque é isso que eu pretendo fazer como batalhão: lutar. — Queria que suas palavras fossem conciliatórias, mas não viu agradecimento nos olhos escuros de Dennison, apenas ressentimento. Ficou tentado a deixar Dennison ir embora e apodrecer em seu sofrimento autoinfligido, mas precisava de cada oficial que pudesse ter. E, além disso, por que Dennison deveria escapar de seu dever? Ele deveria lutar como todos os outros homens que defendiam seu país.

A porta da carruagem se abriu de repente e Delaney desceu desajeitado. O coronel Holborrow veio atrás, porém mais devagar porque estava exagerando a coxeadura.

— O coronel e eu chegamos a um entendimento — disse Delaney. — Ele acredita em seu dever patriótico de poupar a Confederação de um inquérito custoso sobre o modo como ele cuidou do Batalhão Especial. Ainda que, claro, afirme que nada seria descoberto num inquérito desses. E acha que sob sua liderança, Nate, o batalhão poderá se sair com nobreza em batalha.

Nathaniel sentiu uma pontada de terror diante da notícia. Tinha conseguido o que queria.

— Então vamos para o norte?

— Não era isso que você queria? — perguntou Delaney. Ele havia captado um leve sopro do medo de Nathaniel.

— Sim, era.

— Porque vocês vão partir em dois dias — avisou Delaney. — Imagino que Holborrow não queira sua presença um segundo além do necessário.

— Meu Deus! — exclamou Nate. Dois dias! — E os meus fuzis?

— Trinta.

— Trinta! — protestou Nathaniel.

— Nate! Nate! — Delaney levantou a mão pedindo cautela. — Eu disse a você que não tinha munição para forçar o caso. O restante dos fuzis foi vendido, eu sei disso e você também sabe, mas Holborrow jamais vai admitir. Mas ele diz que consegue arranjar trinta fuzis bons, portanto agradeça. Você só vai ter de roubar os outros do inimigo. Você não é bom nisso?

Nathaniel xingou outra vez, mas sua raiva foi sumindo enquanto pensava no acordo que Delaney havia feito. Ele conseguiu o que queria: um comando no campo de batalha. E de algum modo, nos próximos dias, precisava transformar o Batalhão Especial numa unidade capaz de enfrentar os ianques. Iria torná-lo tão tremendamente especial que os outros batalhões confederados desejariam ter unidades de castigo também.

— Obrigado, Delaney — disse, relutante.

— Estou impressionado com a sua gratidão. — O advogado sorriu. — E agora imagino que você queira passar uma noite de indulgência às minhas custas, não é?

— Não — respondeu Nathaniel.

Porque, se os Pernas Amarelas iam mesmo para o norte, ele tinha trabalho a fazer. Tinha homens a treinar, botas a encontrar e um batalhão a sacudir até ficar eficiente, e dispunha de apenas dois dias para realizar esse milagre. Dois dias antes que eles fossem para onde os ianques esperavam. Antes que os Pernas Amarelas voltassem à guerra.

5

Raras vezes Adam Faulconer se sentiu tão inútil ou indesejado como quando, depois de apenas meio dia no quartel-general de McClellan, percebeu que não tinha absolutamente nada para fazer. Por um tempo esse quartel-general permanecera obstinadamente em Washington, onde o Jovem Napoleão insistira que havia arranjos necessários que não poderiam ser feitos montado na sela nem por meio de um telégrafo em campo. E assim o exército de casacas-azuis se deslocou lentamente para o oeste enquanto o comandante dormia na cama de sua confortável casa na rua 15. Um silêncio nervoso baixou sobre Washington quando as tropas partiram; um silêncio tornado irritante por causa dos rumores de atividades rebeldes. Cavaleiros de cinza teriam sido vistos na Pensilvânia, um celeiro fora queimado em Ohio, a milícia estadual estava se reunindo para proteger a Filadélfia, mas em todos os boatos não havia sequer um fato sólido. Ninguém informou ter visto Lee ou o temível Jackson, embora os jornais nortistas estivessem mais que prontos para publicar fantasias elaboradas no vácuo sem fatos. Seria uma força de cento e cinquenta mil rebeldes, eles estavam planejando tomar Baltimore, tinham desígnios em Washington, marchavam contra Nova York, e até Chicago era ameaçada. Os jornais eram lidos avidamente pelo exército azul acampado não muito longe de Washington, nos campos verdes de Maryland, onde esperava McClellan. Enquanto isso, o Jovem Napoleão cavalgava pela capital federal deixando cartões de visita em dezenas de casas elegantes, cada um deles com as iniciais PPC escritas, intrigando os destinatários até que o embaixador francês explicou que as letras significavam *Pour Prendre Congé*, que era o modo educado de indicar que um soldado estava deixando sua casa para entrar em campanha.

— *Pour Prendre Congé!* — rosnou o coronel Lyman Thorne para Adam. — Quem, diabos, ele acha que está impressionando?

Adam não tinha resposta. Preocupava-o ficar sempre tão tímido na presença de Thorne. Gostaria de ter impressionado o coronel, mas em vez disso se pegava preso em respostas monossilábicas ou então sem dizer nada. Desta vez não disse nada, apenas bateu os calcanhares suavemente para instigar mais um pouquinho de velocidade à montaria, depois se inclinou sobre o pescoço da égua enquanto ela saltava uma cerca sinuosa.

O cavalo de Thorne bateu com os cascos no chão um segundo depois da égua de Adam. Os dois estavam indo para o oeste através de uma região aparentemente sem habitantes; uma região de fazendas bonitas, pomares bem-cuidados e campos bem drenados.

— Onde está todo mundo? — perguntou Adam depois de terem passado a meio-galope por outra fazenda imaculada, pintada de branco, com pátio varrido, um depósito de lenha onde as toras cortadas estavam tão bem alinhadas entre os olmos quanto uma das amadas revistas de tropas do Jovem Napoleão e um depósito de comida e água recém-pintado, mas sem nenhum sinal de presença humana.

— Estão dentro de casa — respondeu Thorne. — Não viu as cortinas do andar de cima se mexendo? Essas pessoas não são bobas. Onde você ficaria se houvesse dois exércitos perto? Você coloca as coisas valiosas no porão, enterra o dinheiro na horta, carrega a espingarda, suja o rosto das filhas para não parecerem bonitas, prepara a carroça e espera para ver quem vem.

— Não tem nenhum rebelde vindo para cá — disse Adam, esforçando-se para conversar com o temível Thorne, mas até mesmo essa observação animada recebeu uma resposta repleta de escárnio.

— Que se danem os rebeldes, onde estão as nossas patrulhas de cavalaria? Maldição, Faulconer, Lee está há dois dias no Norte e não sabemos absolutamente nada sobre o que ele está fazendo. E onde estão os nossos batedores? Essa região deveria estar cheia de batedores. Eles deveriam estar tropeçando uns nos outros, mas McClellan não os libera. Não quer que os preciosos cavalos se machuquem. — O desprezo de Thorne era amargo e raivoso. — O Pequeno George vai avançar lentamente, como uma virgem entrando num alojamento masculino. E Lee vai correr feito um louco. Eu lhe mostrei a última obra de ficção de Pinkerton?

— Não senhor.

Os dois cavaleiros tinham parado na crista de uma vertente que oferecia uma visão ampla do oeste. Thorne pegou um binóculo enorme, limpou as lentes com a aba da casaca e espiou por um longo tempo a paisagem distante. Não viu nada que o alarmasse, por isso baixou o binóculo.

— Pinkerton afirma que Lee tem cento e cinquenta mil homens em Maryland e acha que mais sessenta mil estão posicionados logo ao sul do

Potomac, prontos para atacar Washington quando McClellan for cuidar de Lee. — Thorne cuspiu. — Lee não é idiota. Não vai desperdiçar seu exército num ataque contra as fortalezas de Washington! Ele não tem homens suficientes. Se Lee tiver sequer sessenta mil homens em condições de lutar, ficarei surpreso, mas não adianta mostrar os fatos ao amedrontado George, isso só o deixa mais teimoso. O Pequeno George acredita no que quer acreditar, e ele quer acreditar que está em menor número porque assim não haverá desgraça quando não lutar. Diabos, eles deveriam me dar o exército por uma semana. No fim dessa semana não haveria mais rebelião, isso eu garanto.

O coronel ficou em silêncio enquanto desdobrava um mapa. Adam queria saber desesperadamente por que o exército não dava um comando de luta a Thorne, mas não queria fazer a pergunta. Mas então o coronel a respondeu de qualquer jeito.

— Eu não sou um dos eleitos, Faulconer. Não estive no México, não estive em West Point, não passei as noites de paz adulando outros idiotas fardados com histórias imbecis sobre matar comanches. Fui trazido para o Exército em tempos de paz para construir alojamentos, por isso supostamente não sei o que é ser soldado. Não faço parte da irmandade mística. Já viu o Pequeno George falar sobre a vida de soldado? Ele chora! Fica de olhos marejados! — Thorne vaiou com desprezo. — Que se dane o choro, até termos alguma coisa pela qual chorar. Não se pode vencer uma guerra sem sofrer baixas, muitas baixas, sangue de uma ponta do país a outra. Depois disso se pode chorar. Mas não me venha com essa baboseira sobre laços sagrados, irmandade, honra e dever. Nós temos o dever de vencer, só isso.

— Sim senhor — disse Adam, obediente. Não sabia ao certo se gostava do que o coronel estava dizendo, porque tinha a ideia de que, de algum modo, a guerra era mística. Sabia que todas as guerras eram ruins, claro, até mesmo terríveis, mas, quando ela era tocada pela honra e pelo patriotismo, transformava-se sutilmente em nobreza. E Adam não queria pensar nela como mera carnificina fardada.

Pegou o binóculo que o coronel ofereceu e o apontou diligentemente para o oeste. Perguntava-se por que Thorne aparecera tão de súbito no quartel-general do Exército sugerindo essa longa cavalgada até Maryland. Mas Adam, também solitário, não fazia ideia da solidão nem dos temores do coronel. Thorne, vendo seu exército comandado por idiotas, temia que ele fosse desperdiçado antes de conseguir vencer a guerra e que nada que fizesse seria capaz de impedir essa tragédia, mas devia fazer o possível ainda assim

— Um homem — disse de repente.

— Senhor? — Adam baixou o binóculo.

— Um homem pode fazer diferença, Faulconer.

— Sim senhor — concordou Adam, encolhendo-se diante da inadequação da resposta e querendo perguntar mais a Thorne a respeito do estranho espião que dera seu nome ao coronel. Como deveria fazer contato com o sujeito? Ou o sujeito com ele? Adam já havia feito essas perguntas e recebera uma resposta honesta: Thorne não sabia; mas Adam gostaria de investigar mais essa questão em busca de alguma pista que lhe dissesse como poderia ser útil nesta campanha.

Thorne pegou de volta o binóculo.

— Acho que é Damascus — disse, apontando para um pequeno grupo de casas no alto de uma colina baixa a uns sete ou oito quilômetros dali. — E, se os rebeldes estivessem avançando para Washington, coisa que não estão, estariam ali. — Thorne dobrou o mapa rígido e o enfiou num bolso. — Vamos atrás de um almoço tardio em Damascus, Faulconer. Talvez encontremos algum esclarecimento na estrada.

Os cavalos desceram trotando a longa encosta verde onde um rebanho de vacas estava enfiado até a barriga num riacho calmo. À frente de Adam havia agora uma longa extensão de terras valiosas, bem irrigadas, exuberantes, salpicadas de bosques e cortadas por um emaranhado de córregos. Sem dúvida aquela terra já foi um pântano, mas gerações de trabalho pesado drenaram o terreno úmido, domando-o e o tornando útil. Ao ver o resultado desse trabalho honesto, Adam foi quase dominado pelo amor ao seu país. Esse amor era real para Adam, suficientemente real para impeli-lo de sua Virgínia natal para a luta pela entidade maior, os Estados Unidos. Outros países podiam alardear cerimônias mais grandiosas que os Estados Unidos, podiam alardear castelos portentosos e possuir catedrais esplêndidas. Mas Adam acreditava fervorosamente que nenhum lugar mostrava a virtude do trabalho modesto, árduo e honesto como os Estados Unidos da América. Este era o país do homem simples, e Adam não queria que fosse nada mais que isso, pois acreditava que nada era mais importante que feitos simples e meticulosos.

— Sonhando acordado, Faulconer? — resmungou Thorne.

Adam levantou a cabeça e viu que três cavaleiros tinham saído de um bosque a cerca de um quilômetro e meio dali. Três cavaleiros de cinza.

— Estou vendo que os nossos amigos colocaram os seus batedores de cavalaria no campo — disse o coronel com indiferença, contendo seu cavalo.

— Parece que não vamos comer em Damascus, afinal de contas. — Ele pegou o binóculo e inspecionou o trio rebelde. — Maltrapilhos, é certo, mas garanto que as carabinas estão bem-cuidadas.

Ele moveu o binóculo para olhar a colina onde ficava Damascus. Estava se perguntando se estaria errado, se Lee avançava contra Washington, e neste caso esperava ver alguma evidência de baterias de canhões no terreno alto, mas não viu nada.

— É só uma patrulha — comentou sem dar importância. — Nada mais. Lee não vem para cá. — Virou o cavalo. — Não faz sentido sermos capturados, Faulconer, vamos nos retirar.

Mas Adam tinha instigado sua égua à frente. O coronel se virou outra vez.

— Faulconer! — disse rispidamente, mas Adam o ignorou e bateu com os calcanhares de novo na montaria, a égua sacudiu a cabeça e levantou os cascos, partindo a meio-galope.

Os três rebeldes tiraram a carabina do ombro, mas não miraram no cavaleiro solitário que ia na direção deles. O nortista não tinha um sabre desembainhado nem empunhava nenhuma arma, simplesmente cavalgava em linha reta para os inimigos. Durante alguns segundos, Thorne se perguntou se Faulconer estaria desertando de volta para o Sul, então o rapaz desviou o cavalo, saltou um córrego e foi em diagonal na direção dos batedores rebeldes, que de repente entenderam seu objetivo. Gritaram como caçadores vendo a raposa em terreno aberto e instigaram a montaria. Era uma corrida, pura e simplesmente. Adam os estava desafiando, e os três rebeldes aceitaram o desafio partindo para alcançá-lo. Era um jogo campestre tão antigo quanto o tempo, só que neste dia o prêmio era a sobrevivência e a pena, a prisão. Adam conteve a montaria, olhando para trás enquanto os três cavalos em perseguição avançavam a galope. Continha a boa égua para provocá-los, e foi só quando o homem mais próximo estava a uns trinta ou quarenta passos de distância que afrouxou as rédeas e liberou a montaria.

Ela voou. Não era uma montaria qualquer, e sim uma das premiadas do plantel de Faulconer Court House no Condado de Faulconer, Virgínia. Era uma égua de sangue árabe, mas cruzada com uma resistente cepa americana, e Adam confiava muito mais na criação de cavalos do pai do que na avaliação política dele. Também berrou, ecoando os gritos selvagens dos perseguidores. Isso, enfim, era guerra! Um desafio, uma corrida, uma disputa, algo para agitar o sangue e dar tempero aos dias de tédio. A égua saltou um riacho, preparou-se, deu três ou quatro passos, saltou uma cerca e depois partiu num galope retumbante por uma extensão de terreno recém-arado para o trigo de inverno. Os sulcos dificultavam a corrida, mas a égua não parecia notá-los.

Olhando a corrida enquanto seguia para o leste em paralelo aos jovens, Thorne viu por fim alguma qualidade em Adam além da postura fleumática e preocupada que o jovem da Virgínia costumava exibir. Mas não sabia ao certo se gostava do que via. Adam, pensou, buscaria sensações para se testar e não para se divertir, não para sentir o gosto da perversidade, mas apenas para passar pelo cadinho das próprias expectativas. Adam, pensou, poderia muito bem se matar para provar que era um homem bom.

Mas não agora. Agora ele estava humilhando um trio dos louvados cavaleiros de Jeb Stuart. A perseguição pelo campo arado aumentou a distância entre Adam e seus perseguidores, por isso ele diminuiu outra vez a velocidade. E os três rebeldes, vendo a contenção deliberada, ficaram mais decididos ainda em pegar o inimigo que zombava deles. Viam que a montaria de Adam estava cansada e embranquecida de suor e acreditaram que mais um quilômetro certamente iria obrigá-la a parar ofegando, por isso bateram com as esporas afiadas nos cavalos e deram seu grito de caça.

Adam diminuiu a velocidade ainda mais. Depois, escolhendo o caminho, esporeou subitamente a montaria e levou a égua em direção a um riacho mais largo que serpenteava entre margens íngremes. Juncos ladeavam a corrente de água, disfarçando onde as margens terminavam e a água começava, mas Adam, que cavalgava desde o dia em que conseguiu montar pela primeira vez num pônei, não mostrou hesitação. Não foi a toda a velocidade para o riacho, deixando a égua olhar para ele, escolher o próprio ritmo e depois tocou seus flancos para que ela soubesse o que era esperado. Para Thorne, que olhava de longe, parecia que a égua ia devagar demais para passar por cima de um córrego tão largo, mas de repente ela se preparou e saltou sem esforço por cima dele. Adam deixou que ela se recuperasse do salto na outra margem, depois a virou e parou para olhar os perseguidores.

Dois rebeldes se desviaram para não tentar o pulo sobre a água. O terceiro, mais corajoso que os companheiros, esporeou a montaria e tentou saltar a galope. O animal do rebelde partiu do mesmo ponto em que a égua de Adam começara o salto, mas pousou antes do lugar certo, mergulhando num aglomerado rígido de juncos. As patas dianteiras do animal se dobraram e sua espádua bateu com uma força capaz de quebrar ossos na margem escondida. O cavaleiro foi jogado longe, esparramando-se no córrego e xingando enquanto o animal ferido tentava se levantar. O cavalo tropeçou de novo, depois relinchou de dor com a espádua quebrada.

Adam tocou a aba do chapéu numa saudação irônica, então se virou. Nenhum dos dois cavaleiros do outro lado do riacho se deu ao trabalho de pegar a carabina, mas o terceiro, espadanando na confusão de lama e água agitadas pelo cavalo ferido, sacou o revólver e rezou para que o banho recebido não tivesse encharcado a pólvora nas câmaras do tambor. Engatilhou a arma e depois xingou a perda. Os cavalarianos sulistas forneciam os próprios cavalos, e uma boa montaria valia ouro. Agora seu cavalo estava inútil, era uma coisa que sofria, um capão de espádua quebrada, sem utilidade para ninguém. Pegou a rédea e puxou a cabeça do cavalo. Olhou nos olhos aterrorizados do animal por um instante, depois mirou e disparou. O som do tiro único se esvaiu no terreno quente enquanto o cavalo, com uma bala no cérebro, sacudiu-se um pouco e morreu.

— Filho da puta — disse o rebelde, vendo Adam se afastar calmamente.

— Filho de uma puta maldita.

O trem avançava se arrastando, sacudindo os engates num chacoalhar metálico que criou um movimento de sanfona pela longa fileira de vagões, depois parou outra vez.

Era noite. A locomotiva ofegou por alguns instantes antes de ficar em silêncio. Uma risca de fumaça prateada pela lua subiu da chaminé bojuda e pairou nos campos escuros e no bosque enegrecido. Longe na noite, uma luz amarela surgiu onde alguma alma permanecia acordada, mas afora isso a terra estava engolida pelo negrume riscado por sombras lançadas pela lua. Nate esfregou o vidro junto ao cotovelo e olhou para fora, mas não conseguiu enxergar nada do outro lado da janela com o reflexo dourado da luz tremeluzente dos lampiões do vagão. Por isso se levantou e foi por entre os corpos adormecidos até a plataforma nos fundos, de onde podia olhar cauteloso as dezenas de vagões de carga que formavam a cauda do trem e levavam os homens do Batalhão Especial. Se algum de seus homens quisesse desertar, essa jornada noturna e entrecortada lhes daria uma oportunidade especial, mas o terreno dos dois lados do trem imóvel parecia vazio. Voltou a olhar para dentro do vagão e viu que o capitão Dennison estava acordado, jogando paciência. Seu rosto ainda não estava curado, mas as feridas haviam secado e em uma ou duas semanas não haveria traços da devastação causada pelo óleo de cróton.

Fazia três dias desde que Nathaniel enfrentara Dennison na área de duelos, três dias em que o Batalhão Especial havia se esforçado preparando-se para esta jornada para o norte, uma jornada que já os levara até a estação de Catlett. Lá desembarcaram do primeiro trem e marcharam oito quilômetros pelo campo até Gainesville, onde esperaram até que esse trem da ferrovia Manassas Gap apareceu. A marcha pelo campo tinha poupado o batalhão do caos em Manassas, onde engenheiros confederados ainda tentavam consertar o entroncamento recapturado dos ianques no mês anterior.

— Considere-se com sorte porque estão mandando você de trem — dissera Holborrow a Nate.

A verdade, Nathaniel sabia, era que as autoridades não acreditavam que o batalhão iria sobreviver à longa marcha para o norte. Achavam que os homens iriam se atrasar de modo desastroso ou então desertar aos montes, por isso o batalhão estava sendo levado em relativo luxo até onde deveria lutar. Para o norte até Manassas, para o oeste agora através das montanhas Blue Ridge e de manhã enfrentariam uma marcha de dois dias para o norte pelo vale Turnpike até Winchester, que se tornara a base de Lee para a campanha atravessando o Potomac.

Dennison juntou as cartas, bocejou e as embaralhou com dedos treinados. Nate o observava sem ser visto. Tinha descoberto que Dennison fora criado por um tio que havia castigado o menino porque seus pais morreram pobres. O resultado foi um orgulho enorme em Dennison, mas saber disso não aumentou a simpatia de Nathaniel pelo capitão. Dennison era seu inimigo, simples assim. Fora humilhado por ele e escolheria se vingar quando pudesse. Provavelmente numa batalha, refletiu Nate, e a ideia de enfrentar canhões e balas ianques o fez estremecer. A covardia o estava debilitando, minando sua confiança.

A locomotiva rugiu subitamente. A fornalha foi aberta por um instante de modo que sua claridade ardeu através dos campos, então a luz se apagou enquanto o trem fazia barulho e vibrava ao avançar. Matthew Potter veio cambaleando pelo carro apinhado e abriu a porta.

— Acho que não viajamos a mais de quinze quilômetros por hora desde que saímos de Richmond — comentou. — Nenhuma vez.

— São os trilhos — explicou Nathaniel. — Estão velhos, desalinhados, meio soltos. — Ele cuspiu na escuridão. — E pode apostar que os ianques não estão vindo na nossa direção em trilhos quebrados.

Potter gargalhou, depois ofereceu um charuto aceso a Nate.

— Será que estou ouvindo um eco da superioridade nortista?

— Por lá eles sabem construir ferrovias, isso é certo. Nós só precisamos rezar para que eles não comecem a fazer soldados com metade da qualidade dos nossos. — Nathaniel deu uma tragada no charuto. — Achei que você estava dormindo.

— Não consigo. Deve ser o efeito da sobriedade. — Potter deu um sorriso de lado. Fazia três dias que não tomava uma gota de uísque. — Não posso dizer que me sinto melhor, mas acho que já me senti pior.

— Sua esposa está bem?

— Parece que sim, graças ao senhor.

Nathaniel convenceu Delaney a pagar o aluguel atrasado dos Potters, depois conseguiu que Martha Potter ficasse com os pais de Julia Gordon em Richmond. Julia atualmente vivia no Hospital Chimborazo, onde era enfermeira. Nate só a vira por uns instantes, mas esses instantes bastaram para confundi-lo. A inteligência severa de Julia o fazia se sentir superficial, desajeitado e tímido, e se perguntava por que conseguia reunir coragem para atravessar um milharal banhado de sangue até a bocarra dos canhões ianques, mas era incapaz de dizer a Julia que estava apaixonado por ela.

— Você está com uma aparência péssima, major — observou Potter.

— Martha vai ficar bem feliz com os Gordons — disse Nate, ignorando o comentário do rapaz. — A mãe pode ser dominadora, mas o reverendo Gordon é um homem decente.

— Mas, se ela ficar muito tempo naquela casa, vou acabar casado com uma cristã renascida.

— Isso é tão ruim assim?

— Diabos, não é exatamente a qualidade que me atraiu em Martha — respondeu Potter com seu sorriso torto. Ele se apoiou na balaustrada da plataforma e encarou o território que passava. Pequenas fagulhas vermelhas redemoinhavam na trilha de fumaça da locomotiva, algumas batendo no chão e parecendo vaga-lumes caídos que desapareciam atrás do trem, que lutava para subir a face leste das Blue Ridge. — Pobre Martha — disse Potter baixinho.

— Por quê? Ela conseguiu o que queria, não? Conseguiu um marido, conseguiu sair de casa.

— Ela me conseguiu, major, ela me conseguiu. O palitinho mais curto que alguém poderia tirar na vida. — Potter deu de ombros.

Nathaniel descobriu que boa parte do charme do tenente se devia a essas admissões francas de sua falta de valor. A boa aparência e os maus modos atraíam a compaixão das mulheres como mariposas para uma chama de vela, e Nate vira, maravilhado, Sally e Julia fazerem um escândalo por ele. Mas não eram só mulheres que tentavam proteger Potter. Até homens pareciam tocados por ele. O Batalhão Especial era unido por pouca coisa além de ressentimento, mas os soldados tinham se juntado numa extraordinária onda de afeto protetor por Matthew Potter. Eles se divertiam com sua falibilidade, até mesmo invejavam um homem capaz de passar três dias bêbado, e transformaram o rapaz da Geórgia no mascote não oficial do batalhão. Nate pensara que o tenente seria um ponto negativo, mas até agora era a melhor coisa que acontecera com os desprezados Pernas Amarelas, porque a simples existência de Potter divertia.

Mas eles precisariam de mais do que um patife charmoso para uni-los. Nathaniel tinha feito o melhor possível nos dois dias antes do começo desta jornada. Convencera o coronel Holborrow a arrumar botas, munição, cantis e até os soldos do batalhão. Havia feito os homens marchar de um lado para o outro pela estrada Brook e os recompensara com sidra da Taverna do Broome depois de uma marcha particularmente difícil. Mas duvidava que a recompensa ou a experiência significariam grande coisa quando se juntassem às tropas de Jackson, experientes em marcha. Fizera com que pusessem bala e chumbo nos mosquetes antiquados, um tipo de carga antiquada que disparava uma bala de mosquete junto com um punhado de chumbo grosso, depois se apropriou de vinte das piores barracas de Camp Lee para usar como alvo. A primeira saraivada encheu as bordas das barracas de buracos, mas deixou a parte de baixo da lona quase sem marcas, e Nathaniel fez com que os homens as inspecionassem.

— Os ianques não são altos como um morro — disse. — Vocês estão atirando para o alto. Mirem nos bagos deles, até mesmo nos joelhos, mas mirem baixo. — Eles tinham disparado uma segunda saraivada, e esta rasgou a lona surrada na altura certa. Não podia desperdiçar mais munição para esse treino de tiro ao alvo, mas esperava que os Pernas Amarelas se lembrassem da lição quando os homens de azul estivessem avançando.

Tinha falado com os homens, não dizendo que estavam recebendo uma segunda chance, mas, em vez disso, que eram necessários no norte.

— O que aconteceu com vocês no monte Malvern poderia ter acontecido com qualquer um — disse. — Diabos, quase aconteceu comigo na primeira batalha. — No monte Malvern, pelo que ficara sabendo, parte do batalhão se desfez e fugiu quando um obus ianque acertou o cavalo de seu coronel enquanto ele os conduzia à frente. O cavalo se transformou em retalhos sangrentos que voaram no rosto das companhias do centro, e essa introdução chocante à guerra bastou para assustar um punhado de homens fazendo-os partir em retirada total. Os outros, achando que estavam sendo emboscados, foram atrás. Não era o primeiro batalhão a fugir inexplicavelmente, mas seu infortúnio foi fazer isso longe de onde a luta de verdade acontecia e à vista de vinte outros batalhões. — Chegará a hora em que os homens vão se orgulhar de dizer que foram dos Pernas Amarelas.

Nate tinha falado com os oficiais e depois com os sargentos. Os oficiais ficaram carrancudos e os sargentos pouco cooperativos.

— Os homens não estão prontos para a batalha — insistiu o sargento Case.

— Ninguém está pronto — respondeu Nathaniel —, mesmo assim precisamos lutar. Se esperarmos até estarmos prontos, sargento Case, os ianques terão nos conquistado.

— Ainda não conquistaram — disse Case —, e pelo que ouvi dizer, senhor — ele conseguiu investir no termo respeitoso tanto escárnio que chegava a pingar —, nós é que estamos conquistando. Só não é certo levar esses pobres rapazes para uma guerra se eles não estão prontos para lutar.

— Achei que você deveria tê-los preparado — retrucou Nate, deixando-se, tolamente, entrar na discussão.

— Estamos fazendo o nosso serviço, senhor — disse Case, atraindo cuidadosamente os outros sargentos para seu lado —, mas, como qualquer soldado regular pode lhe dizer, senhor, o bom trabalho de um sargento pode ser desfeito num minuto por um garoto em busca de glória. — Ele ofereceu um sorriso feroz a Nathaniel. — Um garoto em busca de glória, senhor. Jovens oficiais querendo ficar famosos e esperando que as damas morram pela sua fama. É uma vergonha, senhor.

— Vamos amanhã. — Nathaniel ignorou Case. — Os homens vão cozinhar ração para três dias e juntar munição esta noite. — Ele se afastou ignorando a fungada de desprezo de Case. Sabia que tinha reagido mal ao confronto. Outro inimigo, pensou, cansado, outro maldito inimigo.

— E o que vai acontecer? — perguntou Potter agora, enquanto o trem balançava subindo a encosta.

— Eu gostaria de saber.

— Mas nós vamos lutar?

— Acho que sim.

— Mas não sabemos onde.

Nathaniel balançou a cabeça.

— Vamos a Winchester pegar novas ordens. Foi o que me disseram.

Potter deu uma tragada no charuto.

— Você acha que os homens estão prontos para lutar?

— Você acha? — devolveu Nathaniel.

— Não.

— Eu também não — admitiu Nate. — Mas, se tivéssemos esperado todo o inverno, eles não estariam mais prontos. Não é o treinamento deles que está errado, é o moral.

— Atire no sargento Case, isso vai animá-los — sugeriu Potter.

— Vamos dar a eles uma batalha. Vamos dar a eles uma vitória. — Mas Nathaniel não sabia como fazer isso com seus oficiais e sargentos atuais. Até mesmo levar os homens para um campo de batalha seria uma espécie de milagre. — Você esteve em Shiloh, não é?

— Estive. Mas devo confessar que na maior parte aquilo foi um borrão. Eu não estava exatamente bêbado, mas também não estava sóbrio. Mas me lembro do júbilo, o que é estranho, não acha? Porém George Washington disse a mesma coisa, lembra? Quando escreveu como ficava empolgado com o som das balas. Você acha que é por isso que nós procuramos essa sensação? Como um apostador?

— Acho que apostei o bastante — disse Nathaniel, sério.

— Ah. — Potter entendeu. — Eu só tive uma batalha.

— Duas vezes em Manassas. Deus sabe quantas vezes na defesa de Richmond, Leesburg, a luta no monte Cedar. Algumas escaramuças na chuva há alguns dias. — Nate deu de ombros. — O bastante.

— Mas outras virão.

— É. — Nathaniel cuspiu um fiapo de tabaco para baixo das rodas do trem. — E ainda tem uns filhos da puta que acham que não sou de confiança porque sou ianque.

— Então por que está lutando pelo Sul?

— Essa, Potter, é uma pergunta que eu não preciso responder.

Os dois ficaram em silêncio enquanto as rodas do trem guinchavam numa curva. O fedor da graxa de uma caixa de eixo azedou o aroma da fumaça de lenha da locomotiva. Agora tinham subido o suficiente para que o terreno a leste se revelasse sob o luar. Luzes minúsculas surgiam espalhadas em povoados ou fazendas distantes, e o brilho lívido de pequenas chamas no capim mostravam o caminho sinuoso do trem pela encosta suave.

— Já fez alguma escaramuça? — perguntou Nathaniel de repente.

— Não.

— Acha que consegue fazer?

Diante da pergunta séria, Potter pareceu desconcertado.

— Por que eu? — indagou por fim.

— Porque o capitão encarregado dos escaramuçadores precisa ser um filho da puta independente que não tenha medo de correr riscos, por isso.

— Capitão?

— Você me ouviu.

Potter deu uma tragada no charuto.

— Claro — respondeu. — Acho que sim.

— Você vai ter sua própria companhia. Quarenta homens. Vai ficar com os trinta fuzis, também. — Ele estivera pensando nisso o dia inteiro e finalmente decidiu se jogar. Nenhum dos quatro capitães existentes lhe pareciam dispostos a assumir a responsabilidade, mas Potter tinha uma natureza insolente que poderia servir para a linha de escaramuça. — Você sabe o que escaramuçadores fazem?

— Mais ou menos.

— Vocês vão à frente do batalhão. Espalham-se, usam cobertura e atiram na porcaria dos escaramuçadores ianques. Lutam com aqueles filhos da puta para impeli-los para trás e começar a matar a linha de batalha principal deles antes que o restante de nós chegue. Vencer a batalha de escaramuça, Potter, é metade do caminho para vencer a batalha de verdade. — Ele parou para tragar. — Não vamos anunciar isso até termos feito um dia de marcha de verdade. Vejamos quais homens conseguem seguir o ritmo e quais não conseguem. Não adianta colocar fracos na linha de escaramuça.

— Presumo que você tenha sido escaramuçador, certo?

— Por um tempo, sim.

— Então vou me sentir honrado.

— Dane-se a honra. Só fique sóbrio e atire bem.

— Sim senhor. — Potter riu. — Martha vai ficar satisfeita em ser esposa de um capitão.

— Então não a decepcione.

— Temo que a minha querida Martha esteja condenada à decepção. Ela acredita que é possível, até mesmo essencial, que sejamos bons como a escola dominical prega. Diz que honestidade é a melhor política, que é melhor prevenir do que remediar, que jamais devemos pedir emprestado nem emprestar, que devemos ser sempre honestos, fazer o bem aos outros e todas aquelas coisas nobres, mas não sei se alguma dessas coisas é possível se a pessoa tiver uma queda por álcool e um pouquinho de imaginação. — Ele jogou a guimba do charuto para fora da plataforma. — O senhor já desejou que a guerra durasse para sempre?

— Não.

— Eu já. Alguém para me alimentar, me vestir, me pegar toda vez que as minhas asas falharem. Sabe do que eu tenho medo, Starbuck? Tenho medo da paz, quando não haverá o Exército para ser o meu refúgio. Só haverá pessoas esperando que eu arrume um ganha-pão. Mas isso é difícil, é difícil, é muito cruel, mesmo. Que diabos vou fazer?

— Trabalhar.

Potter gargalhou.

— E o que você vai fazer, major Starbuck? — perguntou como quem sabe das coisas.

Não faço a mínima ideia, pensou Nate, não faço a mínima ideia.

— Trabalhar — respondeu, carrancudo.

— O sério major Starbuck — disse Potter, mas Nathaniel já tinha voltado para dentro do vagão. Potter balançou a cabeça e observou a noite que passava, pensando em todos os trens que sacolejavam, chacoalhavam e ecoavam através desta noite levando suas cargas de soldados de casaca azul para enfrentar esse trem que sacolejava, chacoalhava e ecoava em seu caminho solitário para o norte.

Todos loucos, pensou, todos loucos. Como moscas nas mãos de meninos maldosos. Ele poderia até chorar.

Se havia uma coisa que aterrorizava Belvedere Delaney era o medo de ser descoberto e capturado, porque sabia muito bem qual seria seu destino. A cela numa prisão em Richmond, as perguntas implacáveis, o julgamento diante de homens desdenhosos e a multidão vingativa olhando inexpressiva para o alto cadafalso onde ele estaria com uma corda no pescoço. Tinha ouvido que homens se mijavam ao ser enforcados, que, se o carrasco fizesse um serviço ruim, e geralmente fazia, a morte era de uma lentidão agonizante. Os espectadores zombariam enquanto ele se mijava e a corda se afundava em seu pescoço. Só de pensar nisso suas tripas se liquefaziam.

Ele não era nenhum herói. Nunca se considerou um herói, era apenas um sujeito esperto, amoral e afável. Divertia-se ganhando dinheiro, assim como divertia-se sendo generoso. Todo homem considerava Delaney um amigo, e Delaney cuidava para manter as coisas assim. Não gostava do rancor, reservando as inimizades aos seus pensamentos íntimos. E, se quisesse ferir alguém, fazia isso em segredo, para que a vítima jamais suspeitasse de que ele engendrara o infortúnio. Foi assim que traiu Nathaniel durante a campanha do Norte na primavera para capturar Richmond, e Nate esteve a um fio de cabelo de morrer num cadafalso nortista. Delaney lamentaria de verdade esse destino, porém jamais se arrependeu do papel em praticamente causá-lo. Ficou satisfeito, até mesmo deliciado, quando Nathaniel retornou, porque gostava dele, mas poderia traí-lo no dia seguinte mesmo assim se achasse que havia lucro na traição. Delaney não se sentia mal com uma contradição dessas; nem a percebia como contradição, e, sim, apenas como destino. Um sujeito inglês escreveu um livro que incomodava todos os pastores porque sugeria que o homem, como todas as outras espécies, não tinha se originado num momento de criação divina, mas que descendia, enlameado, de sabe-se lá que coisas primitivas com caudas, garras e dentes sangrentos. Delaney não lembrava o nome do autor, mas uma frase do livro tinha se alojado em sua mente: a sobrevivência do mais apto. Bom, Delaney sobreviveria.

E a sobrevivência era sua própria responsabilidade, motivo pelo qual tomava um cuidado tão primoroso em não revelar a própria traição. O coronel Thorne sabia que ele era espião do Norte, e talvez Thorne tivesse confidenciado isso a um ou dois outros, ainda que Delaney tivesse pedido a ele que não o fizesse. Mas, além de Thorne, o único ser humano que sabia da verdadeira lealdade de Delaney era seu serviçal, George. Delaney fazia questão de descrever George como serviçal. Jamais o chamava de "escravo", apesar de ser, e tratava George com cortesia. "Nós nos deixamos mutuamente confortáveis", gostava de dizer. E George, ouvindo a descrição, concordava com um sorriso. Quando chegavam visitas ao exótico apartamento de Delaney na Grace Street, em Richmond, o serviçal se comportava como qualquer outro, mas, quando Delaney e George estavam sozinhos, os dois pareciam mais companheiros que senhor e escravo, e algumas pessoas astutas haviam percebido essa proximidade e a consideravam engraçada. Era apenas outra das excentricidades de Delaney, e eles supunham que senhor e escravo envelheceriam juntos e que, se Delaney morresse primeiro, George herdaria

114

boa parte da riqueza do senhor junto com a própria liberdade. George havia até recebido o sobrenome de Delaney.

Nas ocasiões em que Delaney tinha motivos para mandar notícias a Thorne, era sempre George quem corria os riscos. Era George quem levava as notícias ao homem em Richmond que as repassava para o norte, mas agora não podia levar as mensagens. George se sentia tão desconfortável quanto seu senhor por estar junto com o Exército rebelde e não tinha habilidades que pudessem fazê-lo atravessar uma linha de piquete de soldados. George era capaz de temperar uma salada, assar um pato ou preparar um creme requintado. Podia reduzir um molho à perfeição, tinha olfato para bons vinhos e tocava com igual facilidade flauta e violino. Era capaz de pegar um casaco feito nos melhores alfaiates de Richmond e, com poucas horas de trabalho, refazê-lo de modo que uma pessoa juraria que vinha de Paris ou Londres. George tinha excelente olho para porcelanas finas e muitas vezes voltava ao apartamento de Delaney com a notícia de uma bela peça de Meissen ou Limoges posta à venda por uma família empobrecida pela guerra e que preencheria uma lacuna na coleção de seu senhor. Mas George Delaney não era o tipo de homem que se esconderia num matagal como um atirador ou que cavalgaria pelo campo como um dos cavalarianos de Jeb Stuart.

E Delaney sabia que essas eram as habilidades de que precisaria, se quisesse mandar alguma informação útil para Thorne. Semanas antes, quando Thorne perdeu as esperanças na capacidade do Norte em espionar o inimigo e exigiu que Delaney se enfiasse de algum modo no quartel-general de Lee, Delaney previu o problema. Faltavam a George as habilidades de levar as mensagens, e Delaney não tinha capacidade nem coragem, por isso sugeriu que Adam Faulconer fosse o mensageiro. Mas nem mesmo Delaney conseguiu inventar um jeito de contatar Adam. Era tudo muito frustrante.

Enquanto viajava para o norte, Delaney não deixou que o problema o preocupasse. Duvidava que fosse descobrir alguma informação que valesse ser passada a Thorne; na verdade, toda a expedição, tanto para Delaney quanto para George, era uma inconveniência desesperada. Mas Delaney sabia que precisava demonstrar disposição se quisesse obter as recompensas de sua aliança secreta. Assim, o advogado se resignou a algumas semanas de desconforto, depois das quais poderia voltar para casa, afundar num banho quente, bebericar conhaque e fumar um de seus cigarros franceses cuidadosamente acumulados antes de mandar uma mensagem a Thorne do velho modo seguro. Essa mensagem lamentaria o silêncio das últimas semanas e explicaria que não tinha descoberto nada que valesse ser passado adiante.

Só que agora havia descoberto uma coisa. Na verdade, minutos depois de chegar ao quartel-general de Lee, Delaney soube que tinha nas mãos o destino do Norte e do Sul. Maldição, Thorne estivera certo o tempo todo. Havia um lugar para um espião no quartel-general de Lee, e Delaney era esse espião, e agora sabia tudo que Robert Lee planejava. E, com a incapacidade que ele e George possuíam de mandar a informação ao Exército nortista, era como se estivesse do outro lado da lua.

Delaney tinha alcançado os homens de Lee em Frederick, uma bela cidade em meio aos amplos campos de Maryland. Nove ruas corriam de leste a oeste, seis de norte a sul, uma concentração suficiente para convencer os habitantes de que sua cidade deveria ser chamada de Frederick City, nome pintado com orgulho acima da estação do ramal ferroviário que seguia para o norte partindo da ferrovia Baltimore e Ohio. O ramal havia transportado a farta colheita de trigo e aveia para o leste até Baltimore e para o sul até Washington, deixando apenas o milho esperando pela colheita, mas agora boa parte dessa produção fora arrancada por rebeldes famintos.

— Eu preferiria encontrar sapatos a milho — disse o coronel Chilton, ranzinza. Chilton era da Virgínia e, como qualquer oficial superior que estivera postado em Richmond, era conhecido de Delaney. Chilton, um sujeito meticuloso, de quarenta e poucos anos, era agora chefe do Estado-Maior de Lee, cargo que obtivera por meio de sua diligência meticulosa e não de qualquer talento militar. — Então Richmond nos manda um advogado em vez de sapatos — disse, cumprimentando Delaney em sua chegada.

— Ai de mim. — Delaney abriu os braços. — Eu preferia que fosse o contrário. Como vai, senhor?

— Bem o bastante, acho, considerando o calor — respondeu Chilton, relutante. — E você, Delaney? Jamais esperei ver um sujeito como você em campo.

Delaney tirou o chapéu, entrou na barraca de Chilton e aceitou a oferta de uma cadeira. A sombra da lona oferecia um pequeno alívio da onda de calor que tinha tornado sua viagem um inferno de poeira e suor.

— Estou bem — respondeu, e depois, quando foi pedido para explicar sua presença, lançou-se na lenga-lenga bem ensaiada de que o Departamento de Guerra estava preocupado com as repercussões jurídicas de atos que, realizados em solo confederado, poderiam ser considerados criminosos, mas que, feitos ao inimigo, ficavam numa categoria desconhecida. — É *terra incognita*, como nós, advogados, diríamos — terminou debilmente. E abanou o rosto com a aba do chapéu. — O senhor não teria um pouco de limonada?

— Água na jarra — Chilton indicou um velho pote esmaltado —, doce a ponto de poder ser bebida sem ferver. Não é como no México! — Chilton gostava de lembrar às pessoas que tinha servido numa guerra vitoriosa. — E posso garantir, Delaney, que esse quartel-general sabe muito bem como tratar os civis inimigos. Não somos bárbaros, apesar do que aqueles malditos jornais do Norte dizem. Carter! — gritou para uma barraca adjacente. — Traga-me a Ordem 191.

Um escrevente suarento, com mãos sujas de tinta, entrou na barraca com a ordem pedida, que Chilton examinou rapidamente, depois colocou nas mãos de Delaney.

— Aí está, leia você mesmo — disse o chefe do Estado-Maior. — Volto num instante.

Sozinho na barraca, Delaney quase não se deu ao trabalho de ler além do primeiro parágrafo da ordem, que tinha o cabeçalho: "Ordens Especiais, nº 191. Quartel-general. Exército do Norte da Virgínia. 9 de setembro de 1862". A lápis, perto do cabeçalho, um escrevente havia anotado: "Gen. D. H. Hill". O primeiro parágrafo, que Delaney examinou preguiçosamente, era uma proibição de os soldados entrarem na cidade de Frederick sem a permissão escrita de seu comandante de divisão. Um policial do Exército estava postado na cidade para fazer valer a ordem, que se destinava a aplacar os temores dos habitantes de serem saqueados por uma horda predadora de soldados esfomeados e maltrapilhos. O parágrafo atendia completamente às preocupações inventadas que justificavam a presença de Delaney no Exército.

— E está certíssimo — disse Delaney a ninguém em especial, mas na verdade não se importaria se os soldados desmantelassem Frederick City tábua por tábua.

Serviu-se de uma caneca de água morna, bebeu, fez uma careta diante do gosto. Depois, por falta de qualquer outra coisa para ler, voltou à ordem. O segundo parágrafo determinava que os veículos das fazendas locais seriam confiscados para transportar os feridos do Exército para Winchester.

— Pobres coitados — disse Delaney, tentando imaginar os rigores de uma viagem assolada pela febre numa carroça de fazenda fedendo a esterco. Abanou-se com a ordem, perguntando-se para onde, diabos, Chilton teria ido. Inclinou-se para a frente, olhando para fora da barraca, e viu George parado rigidamente ao lado dos cavalos, mas nenhum sinal de Chilton.

Recostou-se de novo e leu o terceiro parágrafo. "O Exército retomará sua marcha amanhã", começava o texto, e de repente Delaney ficou gelado enquanto seu olhar examinava o restante da folha. A ordem podia ter começado com arranjos cotidianos para policiar o Exército e fornecer transporte para os feridos, mas terminava com uma descrição completa de tudo que Robert Lee planejava fazer nos próximos dias. Tudo. Cada destino de cada divisão de todo o Exército.

— Santo Deus — disse Delaney, e foi dominado por uma onda de terror enquanto pensava no que viria depois de sua captura. Parte dele queria pôr a ordem longe e fingir que não a tinha visto e outra ansiava pela glória que certamente seria sua se conseguisse mandar esse papel para o outro lado das linhas.

O general Jackson vai atravessar o rio outra vez na sexta-feira de manhã, dominar a ferrovia Baltimore e Ohio. Ocuparia Martinsburg e cortaria a estrada pela qual a guarnição federal em Harper's Ferry poderia recuar.

O general Longstreet recebeu a ordem de avançar para Boonsborough, onde quer que isso ficasse. O general McLaws seguiria Longstreet, mas depois se separaria para ajudar a capturar Harper's Ferry. O general Walker deveria cooperar com Jackson e McLaws cortando outra estrada que levava a Harper's Ferry. E, assim que essa guarnição nortista fosse tomada, os três generais deveriam se juntar ao restante do exército em Boonsborough ou Hagerstown. Hagerstown? O conhecimento de geografia de Delaney era precário, mas ele tinha quase certeza de que Hagerstown era uma cidade de Maryland perto da fronteira com a Pensilvânia, e Harper's Ferry ficava na Virgínia! O que sem dúvida significava que parte do exército de Lee ia para o norte e parte para o sul, assim deixando as duas partes vulneráveis a ataques separados.

As mãos de Delaney pareciam não ter força. O papel tremia. Ele fechou os olhos. Talvez não entendesse essas coisas, disse a si mesmo. Não era soldado. Talvez fizesse sentido dividir um exército. Mas não era sua responsabilidade decidir se isso fazia sentido, e sim apenas mandar essa notícia ao Exército nortista. Copie, seu idiota, disse a si mesmo, mas justo quando abriu os olhos para procurar um lápis na mesa de Chilton ouviu passos do lado de fora da barraca.

— Delaney! — gritou uma voz animada.

Delaney saiu da barraca e viu que Chilton voltara com o próprio general Lee. Por um instante o agradável Delaney ficou perdido em confusão. Ainda estava segurando a ordem, e isso o deixou sem graça, depois se lembrou de que Chilton a havia entregado a ele, portanto nenhuma culpa podia ser atribuída a sua posse.

— Que bom vê-lo, general — conseguiu dizer finalmente a Lee.

— Desculpe-me se não trocamos um aperto de mão? — perguntou Lee, levantando as mãos com talas e bandagens. — Tive uma altercação com Traveller. Estou me recuperando. E a outra boa notícia é que McClellan voltou a comandar os federais.

— Foi o que ouvi dizer — concordou Delaney.

— O que significa que os nossos inimigos vão procrastinar — disse Lee, satisfeito. — McClellan é um homem de virtudes inegáveis, mas tomar decisões não é uma delas. Chilton me disse que você veio aqui para garantir que vamos nos comportar. É isso?

Delaney sorriu.

— Na verdade, general, estou aqui porque queria ver um pouco de ação. — Ele contou a mentira sem a menor dificuldade. — Caso contrário — continuou, espanando a casaca cinza —, me pareceria que esta farda não é merecida.

Lee retribuiu o sorriso.

— Testemunhe um pouco de ação, Delaney, sem dúvida, mas não chegue muito perto dos homens de McClellan, porque eu lamentaria perdê-lo. Vai jantar essa noite? — Ele se virou enquanto o escrevente que tinha trazido a cópia da Ordem 191 à barraca de Chilton reaparecia com um maço de envelopes que, hesitante, estendeu para o coronel Chilton. — Essa é a ordem? — perguntou Lee a Chilton.

— Sete cópias — confirmou o escrevente —, e o original do coronel Chilton, que está com esse cavalheiro. — Ele indicou Delaney, que, com ar de culpa, fez um floreio com o original.

— Oito cópias no total? — Lee franziu a testa, pegou os envelopes com o escrevente e, com o máximo de velocidade que suas bandagens desajeitadas permitiam, folheou-as para ler o nome dos destinatários. — Precisamos de uma para Daniel Hill? — perguntou, balançando o envelope vazio endereçado ao general D. H. Hill, que evidentemente esperava a cópia original da ordem, que estava na mão de Delaney. — Sem dúvida Jackson vai copiar para Hill as partes relevantes, não é?

— É melhor garantir, general — disse Chilton em tom tranquilizador, pegando os envelopes com o general e o original que estava com Delaney. Em seguida, dobrou a ordem e a enfiou no envelope.

— Você é que sabe — declarou Lee. — E então, Delaney, quais são as novidades em Richmond?

Delaney repassou algumas fofocas do governo enquanto Chilton enfiava a última cópia da Ordem 191 no envelope endereçado ao general Hill, colocando-o junto com os outros na beira de uma mesa perto da entrada da tenda. Lee, em clima afável, contava a Delaney suas esperanças para os próximos dias.

— Eu gostaria de marchar para o norte entrando na Pensilvânia, mas por algum motivo os federais deixaram uma guarnição em Harper's Ferry. Isso é um estorvo. Significa que precisamos abocanhá-la antes de marcharmos para o norte, mas não podemos adiar muito e duvido que McClellan terá coragem de interferir. E, assim que tivermos liberado Harper's Ferry, estaremos livres para nós sermos o estorvo. Vamos cortar algumas ferrovias da Pensilvânia, Delaney, enquanto McClellan tenta decidir o que fazer conosco. No fim ele terá de lutar, e quando fizer isso rezo para que possamos aleijá-lo o suficiente para Lincoln pedir paz. Não há outro motivo para ir para o norte, a não ser para fazer a paz. — O general fez esta última declaração com seriedade, já que, como muitos sulistas, estava preocupado com a legitimidade de uma invasão aos Estados Unidos. A legitimidade da guerra da Confederação dependia de ser a parte prejudicada. Proclamava-se que apenas se defendia sua terra contra um agressor externo, e muitos homens questionavam o direito de levar essa defesa para fora da fronteira.

Lee ficou mais um tempo com Delaney, depois se virou.

— Coronel Chilton? Uma palavrinha?

Chilton estivera chamando os cavaleiros que levariam os despachos, mas agora seguia Lee até a barraca do general. Delaney ficou sozinho outra vez e o terror que afrouxava as tripas quase o dominou enquanto olhava a pilha de ordens esperando para serem despachadas. O envelope do general Hill era o do alto da pilha. Santo Deus, pensou, será que ousava fazer isso? E, se fizesse, como mandaria a ordem roubada para o outro lado das linhas? Sua mão tremia, então teve uma ideia. Entrou na barraca de Chilton e folheou as pilhas de papéis na mesa com cavalete. Encontrou uma cópia da proclamação de Lee ao povo de Maryland e achou que isso serviria ao seu propósito. Dobrou a proclamação duas vezes, hesitou, olhou a luz inocente do sol, depois pegou o envelope com o nome de Hill. Ainda não estava lacrado. Tirou a ordem, enfiou a proclamação, depois colocou o papel roubado num bolso da casaca. Seu coração martelava terrivelmente no peito enquanto colocava o envelope ainda aberto de volta na pilha e depois saía à luz do sol.

— Você parece febril, Delaney — comentou Chilton, voltando à barraca.

— Vai passar, tenho certeza. — Delaney parecia fraco. Estava impressionado por sequer conseguir ficar de pé. Pensou nas traves de pinho rústicas do cadafalso pingando terebentina e na corda de cânhamo áspera com um nó corrediço. — O calor da viagem provocou uma febre estomacal, é só isso — explicou.

— Diga ao seu homem que junte sua bagagem à nossa. Vou lhe dar uma barraca, depois descanse um pouco. Vou lhe mandar um pouco de vitríolo para o estômago, se ainda estiver incomodando. Vai jantar conosco esta noite? — Chilton falava desses arranjos triviais enquanto colocava um lacre de cera sobre a aba do envelope ainda aberto. Não tinha olhado dentro, por isso não detectou a substituição feita por Delaney. — Assinaturas, senhores — lembrou aos oficiais subalternos que levariam as ordens aos destinos. — Certifiquem-se de que todas estejam assinadas. Agora vão!

Os oficiais partiram. Delaney se perguntou se Hill acharia estranho receber a proclamação de Lee, uma vez que certamente já teria recebido sua cópia do documento que tentava justificar a invasão do Norte pelo Sul. "Nosso Exército está entre vocês", dizia a proclamação, "pronto para ajudá-los com o poder de suas armas a recuperar os direitos que lhes foram roubados." Mas Delaney, se não fosse apanhado e se pudesse pensar num modo de contatar Thorne ou Adam Faulconer, despojaria do Sul a vitória. Não haveria paz, nem trégua, nem triunfo sulista; apenas a vitória do Norte, completa, esmagadora e implacável.

Se ao menos Delaney soubesse como conseguir isso.

6

Nathaniel nunca descobriu o nome do coronel. Era um homem alto, de cabelos ralos, à beira dos 60 anos, nitidamente esmagado pelas responsabilidades que lhe foram impostas.

— A cidade não tem condições de ser um depósito — disse ele a Nate.

— Não tem condições, ouviu? Os ianques estiveram aqui mais de uma vez. E o que eles não roubaram os nossos próprios vagabundos pegaram. Você precisa de botas?

— Não.

— Você não terá nenhuma. O general Lee exige botas. Que botas? — Ele fez um gesto indicando a sala atulhada que já fora um armazém de secos, como se demonstrasse a óbvia ausência de qualquer calçado. — Não precisa de nenhuma? — De repente, o coronel entendeu a resposta dele.

— Não senhor.

— Você tem alguma sobrando? — perguntou o coronel avidamente.

— Nem um par, senhor. Mas preciso de machados, barracas, carroças. Especialmente uma carroça. — O único transporte do batalhão era um carrinho de mão que tinha se mostrado um estorvo nas marchas curtas que os Pernas Amarelas haviam feito até então. O carrinho levava os preciosos fuzis e o máximo de munição que pudesse ser empilhada em cima, mas Nathaniel duvidava que o veículo precário durasse mais quinze quilômetros.

— Nem adianta pedir carroças — disse o coronel. — Pode tentar confiscar nas fazendas da área, mas duvido que tenha alguma sorte. Tropas demais passaram por aqui. Elas acabaram com tudo.

O coronel era encarregado da cidade de Winchester, na extremidade norte do vale do Shenandoah, que agora era a base de suprimentos do exército de Lee do outro lado do Potomac. O batalhão de Nate tinha abandonado seu trem em Strasburg e marchado para o norte através de um glorioso alvorecer de verão. Agora, enquanto o calor do sol ficava sufocante, os homens exaustos esperavam na rua principal de Winchester enquanto Nathaniel se apresentava para pegar suas ordens.

— Não tenho nenhuma ordem — disse o coronel enquanto terminava de procurar entre seus papéis desorganizados. — Pelo menos nenhuma para você. Quem você disse que é?

— Starbuck, senhor, Batalhão Especial.

— Especial? — O coronel, que tinha se apresentado, mas tão depressa que Nate não lembrava o nome, pareceu surpreso. — Especial — repetiu de novo, intrigado, então se lembrou. — Vocês são os Pernas Amarelas! — E estremeceu ligeiramente, como se Nathaniel fosse contagioso. — Então tenho ordens para você, tenho, sim. Mas você não se chama Maitland?

— Starbuck, senhor.

— As ordens são destinadas a Maitland — disse o coronel, procurando febrilmente de novo entre os papéis na bancada. Todas as portas e janelas estavam abertas, mas a ventilação não aliviava o calor opressivo. O coronel suava enquanto procurava. — Maitland vem?

— Eu substituí Maitland — respondeu Nate pacientemente.

— Alguém tem de pegar o palitinho mais curto, acho — disse o coronel. — Não posso dizer que o invejo. Já é suficientemente ruim levar para a guerra homens dispostos, então o que dizer de um punhado de covardes? Quantos você perdeu entre Strasburg e aqui?

— Nenhum.

— Não? — O coronel alongou a palavra para demonstrar a incredulidade.

— Eu marchei na retaguarda — disse Nate, e tocou o revólver Adams à cintura.

— Certo, certo. — O coronel voltou à sua busca.

Nathaniel escondeu a verdade. Alguns homens abandonaram a marcha, e ele os recolheu e obrigou a voltar para a estrada, embora, quando terminaram a marcha curta, os retardatários estivessem quase mortos e com pés cheios de bolhas tão feias que escorria sangue dos sapatos mal costurados que eles receberam em Camp Lee. Nate imaginava que a maioria dos sapatos não duraria uma semana, o que significava que precisariam tirar alguns dos ianques. Outros homens saíram da coluna com diarreia, mas, apesar da doença e dos pés frágeis, todos estavam presentes agora em Winchester. Mas ainda assim a marcha foi um mau presságio. O batalhão simplesmente não estava em condições.

— Sabe o que está acontecendo aqui? — perguntou o coronel.

— Não senhor.

— Vamos arrancar os ianques de Harper's Ferry. Depois disso só Deus sabe. Precisa de munição?

— Sim senhor.

— Isso nós temos, mas nada de carroça. — O coronel escreveu num recibo de papel que entregou a Nathaniel. — Autorização para pegar cartuchos. Você vai encontrá-los num celeiro no alto da Main Street, mas, se não tem uma carroça, major, não vai conseguir carregar um suprimento adequado, e não posso lhe arranjar uma carroça. — Ele entregou outro papel. — É um formulário do Departamento de Guerra permitindo que um civil seja pago por qualquer carroça que você confisque, embora duvide que encontre alguma. Muitos regimentos passaram por essa cidade. Ah, e você deveria ir ao Hotel Taylor, major.

— Hotel Taylor?

— Mais adiante na rua, pertinho. Um lugar com uma varanda grande e não muita pintura. Também não resta muita coisa para comer lá, mas ainda é o lugar mais confortável da cidade. Seu colega está esperando lá.

Nathaniel, completamente confuso, balançou a cabeça.

— Colega?

— Oficial! Não sabia? Um sujeito chamado capitão Tumlin. Bom sujeito! De primeira classe. Foi capturado em Nova Orleans e desde então ficou nas cadeias ianques, mas conseguiu escapar e chegar às nossas linhas. Sujeito fantástico! Richmond o designou para o seu batalhão enquanto durar a campanha, por isso o mantive aqui. Não parecia fazer sentido mandá-lo para Richmond quando vocês estavam vindo para cá. Ele inclusive tem alguns homens para você! Covardes e beberrões, claro, absolutamente todos, mas você deve estar acostumado com esse tipo de lixo. Lamentarei a perda de Billy Tumlin. É um sujeito divertido, uma companhia fantástica. Aqui está. — Ele encontrou as ordens para Nate e as jogou sobre o balcão. — Espero por Deus que você não fique na cidade — acrescentou, ansioso. — Já estou com dificuldade para dar de comer aos homens que tenho, sem ter de alimentar mais.

Nathaniel abriu o envelope com as ordens e as leu. Sorriu, rachando a poeira grudada com suor no rosto.

— Bom — disse. Depois, em resposta à sobrancelha erguida do coronel, explicou seu deleite. — Fomos designados para a Brigada Swynyard.

O nome não significava nada para o coronel, que perguntou ansioso:

— Vocês vão embora hoje, não é?

— Devemos esperar mais ordens aqui ou em Charlestown, o que for mais conveniente.

— Então vocês vão querer ficar em Charlestown — disse o coronel, enfático. — É uma cidade muito agradável. Fica a um longo dia de marcha daqui, mas vocês terão de ir para lá cedo ou tarde.

— Teremos?

— Terão, se forem para o norte. Charlestown fica perto de Harper's Ferry. Chegue lá cedo, major, e poderá escolher os bivaques antes que o restante do Exército apareça. E serão os primeiros a escolher as mulheres. Se restar alguma mulher, claro, porque pode não restar. O lugar foi revirado pelos dois lados, mas ainda é muito bom, muito bom.

— Tem algum ianque por lá?

O coronel franziu os lábios e deu de ombros.

— Talvez alguns. Sem dúvida a guarnição de Harper's Ferry anda pegando milho nos arredores.

Em outras palavras, pensou Nathaniel, a agradável Charlestown estava assombrada pelos ianques, desprovida de suprimentos e meio abandonada.

— Vamos marchar esta manhã — disse, para alívio do coronel. — Pode nos dar alguém para mostrar o caminho para fora da cidade?

— Não precisa, meu caro amigo. É só seguir direto pela estrada. Direto. Não vai errar.

Nate enfiou as ordens no bolso, foi para a calçada e chamou Potter.

— Você é um patife, Potter.

— Sim senhor.

— Então seja um patife agora e encontre uma carroça. Qualquer carroça. Você tem permissão para confiscar veículos civis, mas deve assinar um recibo para que o dono possa receber um reembolso de Richmond, entendeu?

— Sim senhor.

— Depois pegue munição e nos siga para o norte. Leve doze dos seus homens para carregar. — Ele entregou os dois pedaços de papel a Potter.

— Lúcifer!

— Major? — O garoto correu até Nathaniel.

— O capitão Potter vai partir numa expedição de saque e você é bom nisso, portanto pode ajudá-lo. Quero uma carroça, qualquer coisa com rodas que possamos encher com cartuchos. Se as pessoas da cidade virem soldados passando pente-fino nas ruas, vão esconder qualquer coisa valiosa, mas não vão prestar atenção em você, então vá e as espione.

— Sim, major. — Lúcifer abriu um sorriso largo e saiu correndo.

125

— Dennison! — gritou Nathaniel. Dennison era o capitão mais antigo. E assim, Nate gostando ou não, era o segundo em comando do batalhão. — Ponha todo mundo de pé, ponha-os em movimento. Direto pela estrada. Vão andando e eu alcanço vocês. — Não havia sentido em esperar. Os homens podiam estar cansados, mas, quanto mais marchassem, em melhores condições ficariam, e, quanto mais descansassem em Winchester, mais relutariam em deixar os confortos dúbios da cidade.

— Vai ficar para desfrutar da cidade, major? — perguntou Dennison com despeito.

— Vou ficar para pegar mais alguns homens. Estarei dez minutos atrás de você. Agora ande.

Os homens se levantaram com relutância. Prometia ser mais um dia de calor terrível, não era um dia para marchar, mas Nathaniel não tinha intenção de viajar o dia inteiro. Planejava percorrer alguns quilômetros e encontrar um campo onde o batalhão pudesse ter uma tarde de descanso, depois terminar a jornada no alvorecer fresco do dia seguinte.

Foi pela calçada e encontrou o Hotel Taylor, um edifício de três andares imponentes com colunas nas sacadas dominando a rua. O quarto do capitão Tumlin ficava no terceiro andar e, como o capitão não estava em nenhuma das salas públicas, Nate subiu a escada de madeira e bateu à porta.

— Vá embora — disse uma voz. Nathaniel girou a maçaneta e descobriu que a porta estava trancada. — E não volte! — acrescentou a voz.

— Tumlin!

— Vá embora — gritou o sujeito. — Estou rezando.

Uma mulher deu uma risadinha.

— Tumlin! — gritou Nathaniel de novo.

— Encontro você lá embaixo. Me dê meia hora! — respondeu Tumlin.

A fechadura da porta se estilhaçou com um simples empurrão. Nate entrou e viu um homem gordo e suado rolar para fora de uma cama desarrumada e estender a mão para o revólver no coldre. O homem parou ao ver a farda de Nathaniel.

— Quem, diabos, é você? — perguntou Tumlin.

— Seu novo oficial comandante, Billy — respondeu Nate, depois inclinou o chapéu para a garota que estava puxando o lençol sujo para cobrir os seios. Era uma mulher negra bonita com uma bela cabeleira encaracolada e olhos tristes e escuros. — Bom dia, senhora. Sem dúvida é um dia quente.

— Você é quem? — perguntou Billy Blythe enquanto se acomodava de novo embaixo do lençol.

126

— Seu novo oficial comandante, Billy — repetiu Nathaniel. Foi até a porta dupla com veneziana que dava para a sacada de cima do hotel e a abriu. Da sacada podia ver o batalhão formando fileiras, pronto para marchar, mas o trabalho era feito com uma lentidão patética. Dezenas de homens descansavam à sombra de varandas e os sargentos não faziam nada para levantá-los. — Sargento Case! — gritou. — Mostre como um soldado de verdade faz um batalhão se mover. Rápido! Meu nome é Starbuck — gritou para Tumlin por cima do ombro. — Major Nathaniel Starbuck.

— Meu Deus — disse Billy Blythe. — Você é filho do reverendo Starbuck?

— Sou. Isso preocupa você?

— Diabos, não. Só é estranho você ser um ianque e coisa e tal.

— Não é mais estranho que um homem na cama numa bela manhã quando há ianques a serem mortos — disse Nathaniel, animado. A rua abaixo estava enfim mostrando alguns sinais de vigor, por isso ele se virou de volta para o quarto. — Agora levante-se, Billy. Ouvi dizer que você tem alguns homens para mim. Onde eles estão?

Billy Blythe balançou a mão.

— No acampamento, major.

— Então calce as suas botas, Billy, e vá buscá-los. Sabe onde posso arranjar uma carroça nessa cidade?

— O senhor teria sorte se encontrasse um carrinho de mão. Diabos, não há nada aqui além de soldados ruins e mulheres boas. — Ele deu um tapa na bunda da jovem negra.

Nate viu alguns charutos no lavatório e pegou um.

— Você não se importa?

— Diabos, não, sirva-se. Há uma pederneira e aço no console. — Ele esperou até Nathaniel estar de costas e depois saiu de baixo do lençol amarelado.

Nate se virou.

— Billy — disse em tom de reprovação —, você vai para a cama vestido? — O rosado e despido Tumlin tinha uma bolsa presa por um cinto em volta da barriga. — Não são modos de tratar uma dama.

— Só estou mantendo isso em segurança, major. — Tumlin vestiu uma ceroula comprida. Ficou vermelho, tateou a bolsa e tirou duas moedas de prata. — Me dê licença, major? — perguntou e jogou as moedas na cama. — Desculpe a interrupção, querida.

A garota pegou o dinheiro enquanto Nathaniel se sentava numa poltrona de vime e apoiava as botas sujas no lavatório.

— Ouvi dizer que você esteve numa cadeia ianque, foi isso? — perguntou a Tumlin.

— Na maior parte desse ano.

— Eles o alimentaram bem — comentou Nathaniel enquanto Tumlin abotoava uma camisa em volta da barriga gorda, distendida pela bolsa de dinheiro.

— Eu tinha quatro vezes esse tamanho quando fui apanhado.

— Onde mantiveram você?

— Union, Massachusetts.

— Union? Onde, diabos, fica Union?

— No oeste. — Blythe conheceu o pai de Nathaniel e sabia que a família dele vinha de Boston, por isso colocar a mítica cidade de Union no oeste do estado parecia uma aposta segura.

— Nos Berkshires?

— Acho que sim — respondeu Blythe, sentado na cama para calçar as botas. — O que eles são? Montes? Não que víssemos qualquer monte, major. Só muros grandes.

— E quantos homens você tem para mim, Billy?

— Uma dúzia.

— Desgarrados?

— Ovelhas perdidas, major — Blythe ofereceu a Nate um sorriso preguiçoso —, apenas ovelhinhas perdidas procurando um pastor. Diabos, estou procurando um pente.

— Aqui. — Nathaniel viu o pente no lavatório e o jogou para o outro lado do quarto. — Então você escapou?

Blythe se encolheu quando o pente se prendeu no cabelo comprido embaraçado.

— Fui andando para o sul, major.

— Então deve ter pés bons e rijos, Billy, prontos para uma marcha.

— E para onde, diabos, vamos marchar, major?

— Suponho que seja para Harper's Ferry. E, assim que tivermos chutado os ianques de lá, vamos cruzar o rio e continuar para o norte até os ianques implorarem que a gente pare.

Billy vestiu sua casaca cinza.

— Diabos, major — resmungou ele —, o senhor tem um jeito infernal de conhecer seus oficiais.

— A casaca é pequena demais para você, Billy — comentou Nathaniel, rindo. — Quando você foi promovido a capitão?

Blythe parou para pensar enquanto afivelava o cinto do revólver.

— Ano passado, major. Acho que em novembro. Por quê?

— Porque isso o torna mais antigo que os meus outros capitães, o que significa que você é o meu segundo em comando. Se eu for morto, Billy, os meus heróis serão todos seus. Está pronto?

Blythe pegou seus poucos pertences e enfiou numa sacola.

— O bastante — respondeu.

Nathaniel se levantou, foi até a porta e inclinou o chapéu de novo para a jovem.

— Desculpe tê-la incomodado, senhora. Venha, Billy. Vamos.

Alcançaram o batalhão cinco quilômetros ao norte da cidade. Nathaniel fez com que os homens marchassem outros três quilômetros, depois com que virassem para uma extensão de pasto perto de um bosque e de um riacho que obviamente fora usada muitas vezes como bivaque. O capim estava amassado nos pontos em que barracas passaram muito tempo montadas, havia manchas de queimado onde fogueiras foram acesas, e nas margens do bosque só se encontravam cepos depois de as tropas cortarem lenha. A ferrovia que levava para o norte partindo de Winchester ficava a pouco menos de um quilômetro e seus trilhos foram arrancados e levados por homens dos dois lados da guerra. A estrada que corria paralela à linha arruinada tinha sulcos profundos das marchas e contramarchas dos exércitos que lutaram pela posse do vale do Shenandoah desde o início da guerra. O pasto era um lugar maltratado, mas, mesmo assim, suficientemente agradável, e ficava longe o bastante de Winchester para impedir que algum homem se sentisse tentado a voltar para as tavernas da cidade.

O capitão Potter não precisava de tavernas. Ele trouxera a munição para o acampamento, mas depois disso encontrou uma garrafa de uísque e no fim da tarde estava completamente bêbado. Nathaniel listava as novas companhias, que agora eram cinco. Começara a escolher homens para a companhia de escaramuça de Potter e escrevia o nome deles quando ouviu gargalhadas roucas. A princípio achou que era um bom presságio, talvez uma elevação dos ânimos entre os homens que descansavam, mas então o capitão Dennison entrou embaixo do toldo rústico de algodão que servia de tenda para Nate. Dennison estava palitando os dentes com uma lasca de madeira.

— Bela mesa, major — comentou.

— Funciona. — Nathaniel usava um toco de árvore como mesa precária.

— Talvez o senhor queira refazer essas listas — Dennison parecia estar se divertindo —, porque acho que o senhor perdeu um capitão.

— Como assim?

— O garoto Potter está bêbado. Bêbado feito um gambá. Diabos, bêbado feito dez gambás. — Dennison cuspiu um fiapo de comida. — Parece que, afinal de contas, ele não é de confiança.

Nate xingou, pegou a casaca e o cinto e saiu.

Potter estava bancando o idiota. Um grupo de homens que ainda tinha alguma energia depois da marcha havia começado uma partida de beisebol e Potter insistira em participar. Agora, cambaleando ligeiramente, virou para o arremessador e ficou exigindo que ele lançasse a bola numa altura perfeita para ser rebatida.

— Altura da virilha! — gritou, e os jogadores ficaram instigando-o, fingindo não saber o que ele queria dizer. Potter desabotoou a calça para se expor. — Isso é a virilha! Aqui! Está vendo?

O arremessador, praticamente incapaz de atirar a bola de tanto que ria, fez um arremesso baixo que passou longe. Potter girou o bastão feito louco, cambaleou e se recuperou.

— Tente mais perto, mais perto. — Ele fez uma pausa, curvou-se para pegar a garrafa de cerâmica e tomou um gole. Viu Nathaniel enquanto baixava a garrafa. — Capitão Ahab, senhor!

— Você está bêbado? — perguntou Nate quando chegou perto de Potter.

Potter sorriu, deu de ombros e pensou na pergunta, mas não encontrou nenhuma resposta inteligente.

— Acho que sim — respondeu.

— Abotoe a calça, capitão.

Potter balançou a cabeça, não recusando, mas perplexo.

— É só uma brincadeira, capitão Ahab.

— Abotoe a calça — disse Nate, baixinho.

— Vai ficar todo sério comigo, é? Igual ao meu pai... — Potter parou abruptamente quando Nathaniel lhe deu um soco na barriga. O rapaz se encolheu, com ânsia de vômito, exatamente como quando Nathaniel o encontrou nos Infernos.

— Fique de pé — disse Nathaniel, chutando a garrafa de cerâmica — e abotoe a calça.

— Deixe-o jogar! — gritou uma voz carrancuda. Era o sargento Case.

— Não há nada de errado num jogo — insistiu o sargento. — Deixe-o jogar.

— Alguns homens murmuraram, apoiando. Achavam que Nathaniel estava estragando o pequeno momento de diversão no dia.

— Meu bom sargento Case — disse Potter, limpando cuspe do queixo.

— Meu fornecedor de uísque. — Ele se curvou para pegar a garrafa caída, mas Nate a chutou para longe antes de se aproximar de Case.

— Você deu o uísque a Potter?

Case hesitou, depois assentiu.

— Não é contra a lei, major.

— É contra a minha lei, e você sabia disso.

Case balançou para trás e para a frente nos calcanhares. Também tinha bebido um pouco do uísque, e talvez isso lhe desse coragem para converter a hostilidade direcionada a Nathaniel num desafio explícito. Cuspiu perto das botas de Nate.

— Sua lei? — zombou. — Que lei é essa, major?

— As regras desse batalhão, Case.

— Esse batalhão, major — Case explodiu em fúria —, é a mais lamentável reunião de filhos da mãe desgraçados que já foi posta sob uma bandeira. Isso não é um batalhão, major, é uma ralé de covardes que não foram admitidos em nenhum regimento de verdade. Isso não é um batalhão, major! Isso não é nada! Não temos nada. Nem carroças, nem machados, nem médico, nem nada! Não fomos mandados aqui para lutar, major, mas para sermos mortos!

Houve murmúrios de concordância mais altos. Homens que estavam descansando tinham vindo assistir ao confronto, de modo que quase todo o batalhão estava agrupado em volta do campo de beisebol improvisado.

— Há um mês — Nathaniel levantou a voz — eu estava num batalhão que foi atacado pelos ianques. Eles mataram metade dos nossos oficiais, queimaram as nossas carroças, destruíram toda a nossa munição de reserva, mas, ainda assim, lutamos uma semana depois e vencemos. Este batalhão pode fazer o mesmo.

— O diabo que pode — retrucou Case. Seus colegas sargentos vieram apoiá-lo, uma falange de homens durões, de rosto sério, que encaravam Nate com ódio vazio. — O diabo que pode — repetiu Case. — Ele pode ser bom para vigiar prisioneiros ou carregar suprimentos, mas não serve para lutar.

Nate se virou lentamente, olhando para o rosto preocupado dos homens.

— Acho que eles são capazes de lutar, sargento. — Em seguida, completou a volta até se virar para Case de novo. — Mas você é?

— Eu já estive lá — respondeu Case peremptoriamente. — E sei o que é necessário para os homens lutarem. Não é isso! — Ele balançou a mão indicando o batalhão com escárnio. — Nenhum oficial de verdade levaria essa ralé para a guerra.

Nathaniel se aproximou mais de Case.

— Devo concluir que você não lideraria esses homens numa batalha, sargento?

Case sentiu que talvez tivesse ido longe demais, porém não queria recuar diante dos que o apoiavam.

— Liderá-los numa batalha? — Ele zombou de Nathaniel imitando seu sotaque de Boston. — Parece uma bela frase ianque para mim, major.

— Eu fiz uma pergunta, Case.

— Não tenho medo de lutar! — reagiu Case, vangloriando-se e, ao se recusar a responder à pergunta, implicitamente recuando do confronto.

Nathaniel poderia ter tirado Case do aperto, mas optou por não fazer isso.

— Eu fiz uma pergunta — repetiu.

— Diabos — disse Case, acuado —, esses homens não estão em condições de lutar!

— Eles estão em condição suficiente, você é que não está. — Poderia ter parado por aí, mas a pura malícia o fez aumentar a tensão. — Tire as suas divisas.

Diante da perda da patente, Case abraçou o confronto.

— O senhor pode tirá-las, major — disse —, se for capaz. — Seus colegas sargentos receberam o desafio com palmas.

Nate se virou e foi até a posição do arremessador, que estava vazia. Desde o início havia ficado preocupado com a necessidade de ter de impor sua autoridade a esse batalhão desprezado e jamais o havia feito. Presumira que, se os liderasse, eles o seguiriam, não porque os inspiraria, mas porque em geral homens fazem o que é esperado deles. Tinha esperado que, com o tempo, a batalha apagaria a história do regimento e iria uni-lo num propósito, mas em vez disso a crise havia chegado, o que significava que a solução não poderia esperar pela batalha, teria de ser imposta agora. Primeiro iria exaurir a rota formal, mas sabia que essa hipótese estava condenada enquanto se virava de volta para o grupo de sargentos que lentamente paravam de bater palmas.

— Sargento Webber? Cowper? — disse. — Prendam Case.

Os dois sargentos cuspiram, mas nenhum deles fez outro movimento.

— Capitão Dennison? — Nathaniel se virou.

— Não é da minha conta — disse Dennison. — Termine o que começou, Starbuck. Não foi o que você me disse uma vez?

Nathaniel assentiu.

— Quando eu terminar aqui — ele levantou a voz —, cada companhia vai eleger novos sargentos. Case! — chamou rispidamente. — Traga a sua casaca.

Levado ao motim, Case ficou ousado.

— Venha pegá-la, major.

Houve um momento de silêncio enquanto os homens olhavam para Nathaniel; então ele tirou a casaca e o revólver. Estava apreensivo, mas tomou cuidado para não demonstrar. Case era um homem alto, provavelmente mais forte que ele e provavelmente não estranho à violência — qualquer homem que tivesse sobrevivido quatorze anos num Exército europeu devia ser durão — ao passo que ele fora criado pelo mundo manso da respeitável Boston, que abominava a violência como modo de resolver uma questão. A respeitável Boston acreditava na razão sustentada pelo temor a Deus, ao passo que agora a carreira de Nathaniel dependia de espancar um patife valentão que provavelmente não perdia uma briga havia doze anos. Mas o patife estava mais que ligeiramente bêbado, e Nate achava que isso poderia ajudá-lo.

— O seu problema, Case — disse enquanto andava lentamente até o sujeito mais alto —, é que você passou tempo demais usando uma casaca vermelha. Agora você não é um fuzileiro inglês, é um rebelde, e, se não gosta de como fazemos as coisas, deveria dar o fora daqui e voltar para os corpetes da rainha Vitória. Você provavelmente não é homem suficiente para lutar contra os ianques. — Ele esperava provocar Case e levá-lo a fazer um ataque apressado, mas o sujeito teve o bom senso de se manter firme e deixar que Nate se aproximasse. Nathaniel começou a correr, depois mirou um chute selvagem no meio das pernas de Case, mas um instante depois levou o pé esquerdo à frente para interromper o ímpeto.

Case meio se virou para não levar o chute e girou a mão esquerda para desferir um soco violento, mas Nathaniel não correu na direção do soco; em vez disso, golpeou com a bota direita o joelho de Case. Foi um chute brutal, e Nathaniel recuou, em segurança fora do alcance de Case. Tinha esperado causar mais dano, porém a mão esquerda rápida do grandalhão o havia contido.

O sargento cambaleou quando a dor fez sua perna se dobrar. Exibiu uma careta de dor, mas se forçou a ficar de pé.

— Ianque — cuspiu para Nathaniel.

Nate sabia que precisava ser rápido. Se a luta se arrastasse, sua autoridade seria arranhada por cada soco trocado. A vitória precisava ser rápida e completa, e isso significava sofrer algum castigo. A tática de Case era óbvia. Ele pretendia ficar parado feito uma rocha e deixar Nathaniel vir, e, cada vez que este estivesse ao alcance, infligiria dor até que Nathaniel não suportasse mais. Portanto receba a dor, disse Nate a si mesmo, e derrube o filho da puta.

Avançou com o olhar fixo nos olhos duros de Case. Viu a mão direita vindo e levantou um pouco a esquerda para bloquear o soco, mas sua cabeça ainda ressoou quando o punho alcançou a lateral do crânio. Continuou avançando, forçando-se a alcançar o fedor da farda de lã suja e o bafo de tabaco e uísque do grandalhão. Case sentiu o cheiro da vitória quando estendeu a mão para agarrar o cabelo de Nathaniel e baixar sua cabeça de encontro ao punho esquerdo.

Então Case engasgou, sufocou, e seus olhos se arregalaram enquanto ele tentava respirar.

Nathaniel acertara o pomo de adão do sargento. Tinha mandado a mão direita para cima e para a frente, os nós dos dedos para fora, e, tanto por sorte quanto por avaliação, dera a pancada por baixo da barba pontuda do sargento, acertando o alvo convidativo que era aquele pescoço grande demais. Foi um golpe maligno, ensinado muito tempo atrás pelo capitão Truslow, que conhecia cada truque perverso do manual do diabo.

Agora Case estava cambaleando, as mãos no pescoço, onde uma dor terrível ameaçava cortar suas vias aéreas. Nate, com a mão ardendo por causa do soco do sargento, recuou vendo o grandalhão vacilar, depois avançou outra vez e desferiu mais um chute violento no joelho de Case. O sargento se encolheu. Nathaniel esperou de novo. Esperou até Case estar meio abaixado, depois levou o joelho ao rosto dele. Espirrava sangue do nariz quebrado enquanto Nathaniel agarrava o cabelo de Case e batia com a cabeça dele no seu joelho. Soltou o cabelo ensebado, e desta vez Case caiu de quatro e Nathaniel lhe deu um chute na barriga, depois apoiou o pé nas costas de Case e o empurrou contra o capim. A respiração fazia um som áspero ao passar pela garganta de Case. Ele estremeceu enquanto tentava refrear a dor sufocante, mas nada pôde impedir o gemido digno de pena que soava entre cada tentativa desesperada de respirar. Nate cuspiu nele, depois olhou para os outros sargentos.

— Todos vocês — disse —, tirem as divisas Agora!

Ninguém ousou se opor, não com Case sofrendo ânsias de vômito no capim. Seu rosto tinha ficado vermelho, a respiração estava rouca na garganta comprimida, e seus olhos estavam arregalados de terror. Nate virou as costas.

— Capitão Dennison!

— Senhor? — Dennison estava com o rosto pálido, horrorizado.

— Pegue uma faca, capitão — disse Nathaniel calmamente —, e corte as divisas de Case.

Dennison obedeceu enquanto Nate pegava de volta sua casaca e seu revólver.

— Mais alguém aqui acha que sabe melhor que eu como comandar esse batalhão? — gritou para os homens.

Alguém começou a bater palmas. Era Caton Rothwell, e seus aplausos se espalharam entre os muitos homens que odiavam os sargentos. Nathaniel fez um gesto silenciando os aplausos, depois olhou para o capitão Potter.

— Venha me procurar quando estiver sóbrio, Potter — disse, e se afastou. Sentiu que devia estar tremendo, mas, quando olhou a mão direita machucada, ela pareceu bastante imóvel. Entrou em sua tenda improvisada e de repente a tensão o abandonou e ele estremeceu como se tivesse febre.

Sem que fosse pedido, Lúcifer trouxe uma caneca de café.

— Tem um pouco do uísque do capitão Potter dentro — disse o garoto. — Eu resgatei da garrafa. — Ele olhou para a orelha esquerda de Nathaniel, que latejava dolorosamente. — Ele acertou o senhor com força.

— Eu o acertei com mais força ainda.

— Com isso o sujeito não vai gostar do senhor.

— Ele já não gostava de mim.

Lúcifer olhou cauteloso para Nathaniel.

— Ele vai ficar de olho no senhor.

— O que você quer dizer com isso?

Lúcifer deu de ombros e tocou seu revólver Colt, que Nate tinha devolvido.

— Quero dizer que o senhor deveria cuidar direito dele.

— Deixe os ianques fazerem isso.

— Diabos, eles não sabem fazer nada direito! Quer que eu faça?

— Quero que você me traga um jantar leve.

A orelha de Nathaniel estava doendo e ele tinha trabalho a fazer; mais trabalho ainda, agora que as listas de sua nova companhia precisavam ser reescritas para acomodar o nome dos sargentos recém-escolhidos. Alguns dos antigos sargentos reapareceram, e Nate suspeitou que foram usadas ameaças para garantir essas escolhas, mas o nome de Case não estava lá. A última companhia a informar foi a E, a companhia de escaramuçadores, ainda incompleta, e Caton Rothwell trouxe a lista escrita em letras desajeitadas no verso de uma embalagem de tabaco. O nome do próprio Rothwell estava no topo. Nathaniel estava sentado fora da tenda, suficientemente perto da fogueira para que as chamas iluminassem a folha que ele primeiro leu e depois entregou a Billy Tumlin, que tinha vindo compartilhar uma caneca de café noturna.

— Bom — disse Nathaniel a Rothwell quando viu o nome dele na lista —, não cometa o mesmo erro que eu.

— E qual foi? — perguntou Rothwell.

— Ser muito mole com os homens.

Rothwell pareceu surpreso.

— Diabos, não acho que o senhor seja mole. Case também não.

— Como ele está?

— Vai poder andar de manhã.

— Certifique-se de que o filho da puta ande.

— Para onde vamos amanhã?

— Para o norte, depois de Charlestown.

— Depois de Charlestown? — perguntou Billy Blythe, enfatizando o *depois*. — Eu meio que esperava que fôssemos acantonar lá.

— Vamos nos juntar aos homens do Velho Jack para atacar Harper's Ferry — avisou Nathaniel —, e eles não vão vagabundear em Charlestown, por isso nós também não. Quer café? — perguntou a Rothwell.

Rothwell hesitou, depois assentiu com a cabeça.

— É gentileza sua, major.

Nathaniel gritou para Lúcifer, depois sinalizou para Rothwell se sentar.

— Quando o conheci, sargento — disse, usando pela primeira vez a nova patente de Rothwell —, você me disse que a sua mulher estava com problemas e por isso você tinha se afastado do antigo regimento. Qual era o problema?

Foi uma pergunta direta e Rothwell a recebeu com olhar hostil.

— Não é da sua conta, major — disse por fim.

— É da minha conta se acontecer de novo — respondeu Nate de modo igualmente peremptório. Sua curiosidade não era instigada pela lascívia, e sim porque suspeitava que Rothwell poderia ser um líder no batalhão e precisava se convencer da confiabilidade dele. — E é da minha conta se eu precisar de novos oficiais, e as balas ianques têm uma queda por criar vagas.

136

Rothwell refletiu sobre as palavras de Nate e deu de ombros.

— Não vai acontecer de novo — disse, sério, e pareceu contente em deixar a coisa assim, mas um instante depois cuspiu na fogueira. — A não ser que os ianques a estuprem de novo — acrescentou com amargura.

Sentado ao lado de Nathaniel, Tumlin sibilou em evidente desaprovação.

Nate, desconcertado com a resposta, não soube o que dizer, por isso não falou nada.

— Foi um sulista que fez isso — explicou Rothwell. — Mas estava com a cavalaria nortista.

Agora que tinha se lançado na história, sua relutância em contá-la havia desaparecido. Procurou dentro do bolso da camisa e pegou um pedaço de tecido impermeável amarrado com barbante. Desamarrou cuidadosamente o barbante, depois, com igual cuidado, desenrolou o tecido à prova de água para revelar mais um pedaço de papel. Manuseou o papel como se fosse uma relíquia, o que para ele era.

— Um punhado de cavaleiros ianques apareceu na fazenda, major, e deixou isso para ela. Naquele dia o sulista levou a minha Becky para o celeiro, mas foi impedido. Mas queimou o celeiro, e na semana seguinte voltou, queimou a casa e levou a minha Becky para o pomar. Tirou sangue de tanto espancá-la. — Havia brilho no canto dos olhos de Rothwell. Ele fungou e estendeu o papel para Nathaniel. — Esse homem — disse em tom desesperançado.

O papel era um formulário oficial do governo dos Estados Unidos, impresso em Washington, que prometia pagamento por suprimentos tomados de lares sulistas pelas forças da União. O pagamento, que seria feito ao fim da guerra, dependia de a família conseguir provar que nenhum de seus membros carregou armas contra o governo dos Estados Unidos. Resumindo, o papel era uma licença para os nortistas roubarem o que quisessem, e o formulário tinha uma assinatura a lápis que Nate leu em voz alta.

— William Blythe, capitão, Exército dos Estados Unidos.

Tumlin não se mexeu, não falou, nem pareceu respirar.

Nate dobrou cuidadosamente o formulário e o devolveu a Rothwell.

— Sei sobre Blythe — disse.

— Sabe, major? — perguntou Rothwell, surpreso.

— Eu estava com a Legião Faulconer quando uma cavalaria nos atacou. Blythe encurralou alguns oficiais nossos numa taverna e atirou neles como se fossem cães. Em mulheres também. Você disse que ele é sulista?

— Fala como um.

Tumlin soltou um longo suspiro.

— Acho que existem maçãs ruins em todo cesto — disse, e sua voz estava tão abalada que Nathaniel o olhou com surpresa. De algum modo, Tumlin não parecera um homem que se abalasse facilmente com histórias de dificuldades, e Nate achou que o fato de ter recebido a narrativa de Rothwell de modo tão intenso pesava a favor de Tumlin. — Acho que eu não ia querer ser o Sr. Blythe se você pusesse as mãos nele, sargento.

— Acho que não — concordou Rothwell. — A fazenda era do meu pai, mas ele não estava lá quando isso aconteceu. Ele diz que vai reconstruir, mas não sei como. — O sargento ficou encarando a fogueira que soltava um redemoinho de fagulhas no ar. — Agora não resta nada lá, apenas cinzas. E a minha Becky está machucada de verdade. E as crianças têm medo de isso acontecer de novo. — Ele amarrou de novo o barbante, cuidadosamente, depois recolocou o embrulho no bolso. — É meio difícil — disse a si mesmo.

— E você foi preso porque tentou ir vê-la? — perguntou Nathaniel.

Rothwell assentiu.

— O meu major não quis me dar licença. Disse que ninguém recebe licença antes de os ianques serem derrotados. Mas, diabos, nós tínhamos acabado de expulsar os desgraçados de Manassas, por isso pensei em pegar a minha própria licença. E não me arrependo. — Ele engoliu o café morno e olhou para Nathaniel. — O senhor vai prender Case?

— Ele já está num batalhão de castigo. O que mais podem fazer com ele?

— Podem atirar no filho da puta — respondeu Rothwell.

— Vamos deixar que os ianques façam isso e poupar ao governo o preço de uma bala.

Rothwell não ficou satisfeito.

— Acho que não é seguro mantê-lo por perto, major.

Nate concordou, mas não sabia o que fazer. Se quisesse que Case fosse preso, precisaria mandá-lo sob escolta até Winchester, e não podia abrir mão de um oficial para comandar esse grupo, nem tinha tempo para escrever a papelada para uma corte marcial. Não poderia mandar matar Case por sua própria autoridade, porque ele havia provocado a luta. Assim, o melhor caminho parecia ser deixar as coisas como estavam, mas pisar em ovos.

— Vou ficar de olho nele — prometeu Tumlin.

Rothwell se levantou.

— Obrigado pelo café, major.

Nathaniel olhou-o se afastar, depois balançou a cabeça.

— Coitado.

— Coitada da mulher — disse Blythe, depois soltou um longo suspiro.

— Suspeito que o Sr. Blythe já esteja longe há muito tempo — acrescentou.

— Talvez. Mas eu gostava de uma das garotas que morreu naquela taverna, e, quando essa guerra acabar, Billy, eu posso sair procurando o Sr. Blythe. Isso vai me dar alguma coisa para fazer no sereno tempo de paz. Mas, por enquanto, que diabos eu faço com Potter?

— Nada — respondeu Blythe.

— Nada? Diabos, eu o promovo a capitão e ele me recompensa enchendo a cara.

Blythe esticou uma perna com cãibra. Depois se inclinou para a frente, pegou um graveto aceso na fogueira e o usou para acender dois charutos. Entregou um a Nate.

— Acho que terei de lhe contar a verdade, major.

— Que verdade?

Blythe balançou o charuto na direção das fogueiras que tremeluziam no acampamento.

— Esses homens aqui não são um batalhão comum, tanto quanto o senhor não é um major comum. Eles não sabem muito sobre o senhor, mas gostam do que sabem. Não dizem que gostam do senhor porque nem o conhecem, mas sem dúvida estão intrigados. Para começo de conversa, o senhor é ianque e não é inclinado a seguir as regras. Faz as suas próprias regras e trava as suas próprias lutas. Eles gostam disso. Não querem que o senhor seja comum.

— Que diabos isso tem a ver com Potter? — interrompeu Nathaniel.

— Homens que vão para a batalha — continuou Blythe como se Nathaniel nem tivesse falado — não querem que os seus líderes sejam comuns. Eles precisam acreditar em alguma coisa, major, e, quando Deus opta por ficar no céu, eles são obrigados a acreditar nos oficiais. No senhor — ele apontou o charuto para Nate —, e, se o senhor mostrar que é apenas um oficial comum, eles vão perder a fé.

— Tumlin, você está falando bobagem.

— Não estou não, senhor. Estou dizendo que um oficial comum recuaria para os regulamentos do Exército. Um oficial comum humilharia Potter. E isso, senhor, seria um erro. Diabos, dê um susto no Potter, coloque o temor de Deus no filho da mãe, mas não o rebaixe a tenente. Os homens gostam dele.

— Deixá-lo sem castigo? — perguntou Nathaniel, incerto. — Isso é fraqueza.

— Diabos, major, ninguém acha que o senhor é fraco depois do que fez com Case. Além disso, Potter o deixou orgulhoso de verdade com a carroça.

— Ele fez isso mesmo. — Ou melhor, Lúcifer dera orgulho ao batalhão. Ao explorar as ruas secundárias de Winchester, o garoto viu um magnífico carro fúnebre dentro de um barracão. Quando a equipe de Potter chegou, o barracão estava trancado e o dono jurou que não havia nada dentro além de fardos de feno, mas Potter forçou a fechadura e revelou o veículo pintado de preto com janelas de vidro gravado, cortinas de veludo e plumas pretas altas nos suportes de prata. Encheu o carro fúnebre com munição e, não tendo cavalos, os homens puxaram para o norte o veículo exótico. — Sem dúvida ele nos deixou orgulhosos — admitiu outra vez, depois deu um trago no charuto. Na verdade, não queria castigar Potter, mas temia dar algum sinal de leniência ao batalhão. — Vou acabar com ele — disse depois de um tempo. — Mas, se o desgraçado fizer isso de novo, eu o rebaixo a cozinheiro. Quer encontrar o filho da puta e mandá-lo para mim?

— Vou fazer isso — respondeu Tumlin, e bamboleou noite adentro.

Nathaniel se preparou para a bronca em Potter. Na verdade, pensou, não tinha sido um dia ruim. Não tinha sido bom, mas também não tinha sido ruim. O batalhão não havia perdido ninguém desgarrado, ele confrontou os inimigos, mas não os transformou em amigos. Talvez isso jamais acontecesse. Mas, se acontecesse, seria no cadinho feroz da batalha. E quanto antes, melhor, pensou, depois se lembrou do milharal em Chantilly e do medo atroz. Ai, meu Deus, pensou, não deixe que eu seja um covarde.

Mais tarde, naquela noite, Nate percorreu a linha de piquete que não estava posicionada por causa da incursão de inimigos, e sim pela possibilidade de seus próprios homens desertarem. Depois, enrolado em seu cobertor sujo, dormiu.

Lúcifer ficou ali perto. O garoto estava exausto, mas decidido a não dormir. Em vez disso, ficou sentado fora da claridade da fogueira agonizante, vigiando a tenda improvisada onde Nathaniel dormia e observando o campo salpicado de fogueiras onde o batalhão descansava. De vez em quando acariciava o cano longo do revólver Colt atravessado sobre os joelhos. Lúcifer gostava de Nate, e, se este não queria tomar precauções, Lúcifer iria protegê-lo contra os demônios. Pois Lúcifer sabia que era isso que eles eram: demônios brancos, tremendamente maus, só esperando para se vingar.

7

Era provavelmente o pior dia da vida de Delaney. Esperava a qualquer momento ouvir que uma das preciosas cópias da Ordem Especial 191 tinha sumido, e então precisaria enfrentar os rigores de um inquérito em escala total. Mas, para sua perplexidade, ninguém pareceu notar que uma cópia fora roubada. O exército descansava numa ignorância bendita, cega. Boa parte das tropas tinha deixado Frederick City na manhã depois de Delaney roubar a ordem. Elas marcharam no início da manhã para cercar a guarnição federal encurralada em Harper's Ferry, enquanto o restante dos homens de Lee se preparava para partir no dia seguinte. Patrulhas de cavalaria iam para o leste e informavam que o exército nortista estava a apenas um dia de marcha de Frederick City, mas que não demonstrava a menor vontade de avançar. George McClellan se comportava como sempre se comportou, esgueirando-se timidamente e temendo cada ameaça imaginária enquanto não fazia ameaça nenhuma.

— Embora ele não seja um homem que eu faça questão de atacar, ao menos não se ele souber que estou a caminho — disse Lee generosamente durante o almoço. As mãos quebradas do general tinham bandagens novas com talas mais leves e ele ficava flexionando os dedos o tempo todo com uma expressão de gratidão atônita por seu uso estar parcialmente restaurado. — McClellan seria um bom general defensivo — disse, levando desajeitadamente o feijão à boca.

— Existe alguma diferença? — perguntou Delaney.

— Ah, existe. — Lee limpou o feijão derramado na barba. — Um atacante precisa correr mais riscos. Imagine-se jogando xadrez, Delaney, onde não é preciso fazer nenhum movimento antes que o oponente tenha desenvolvido o ataque. Deve-se vencer todas as vezes.

— Deve-se?

— Um bom atacante disfarça os seus golpes.

— Como o senhor está fazendo agora, general?

Lee sorriu.

— O pobre do McClellan vai receber informes daqui, dali e de toda parte. Não saberá onde estamos nem o que estamos fazendo. Saberá que estamos sitiando Harper's Ferry, claro, porque ouvirá os canhões, mas duvido que McClellan levante um dedo para ajudar aqueles pobres coitados. Ah, Chilton! Você parece nervoso.

Delaney sentiu uma onda de medo, mas o nervosismo do coronel Chilton se devia à falta de verniz, e não à perda da Ordem Especial 191.

— Verniz? — perguntou Lee, enfim abandonando a tentativa de manipular garfo e colher com dedos obstruídos. — Estamos tentando enfeitar esse exército? Uma tarefa inútil, eu diria.

— Notícias do Norte, senhor. Canhões Parrott. — Chilton se deixou cair numa cadeira de campanha e abanou o rosto com a aba do chapéu.

— Não estou entendendo, Chilton. Verniz? Canhões Parrott?

— O tubo dos canhões de vinte libras pode explodir, senhor. Um dos nossos rapazes no Norte conhece um inspetor da fábrica e eles acham que é por causa da fricção dentro do projétil provocada pela aceleração súbita durante o disparo. Essa fricção acende o projétil e faz com que ele exploda dentro do tubo. A solução da fábrica é esvaziar o explosivo do canhão e envernizar as paredes internas antes de encher de novo. Acho que vale a pena tentar, só que não conseguimos arranjar verniz nenhum.

— Graxa? — sugeriu Delaney. — Ou cera?

— Poderíamos tentar isso — concordou Chilton, relutante. — Mas a cera não iria derreter?

— Experimente graxa — disse Lee. — Mas primeiro coma. O feijão está excelente. — O general enxugou o suor da testa. O calor estava mais uma vez espantoso.

Delaney poderia ter sugerido uma solução para os canhões Parrott que explodiam, mas ainda não tinha pensado num método de passar a ordem roubada para o exército de McClellan. Durante a noite, enquanto se revirava insone no chão duro, tinha se imaginado cavalgando em desespero para o leste até encontrar uma patrulha de cavalaria ianque, mas sabia que sua capacidade de cavaleiro não estava à altura de uma corrida assim pelo campo. Além do mais, qualquer cavalaria rebelde que o visse ficaria curiosa, e essa curiosidade poderia levar aos degraus do cadafalso. Agora, desesperado para se livrar do documento incriminador, teve uma última ideia patética.

— Eu achei, se o senhor não se importar — disse a Lee —, que poderia dar uma olhada na cidade antes de partirmos.

— Tudo bem — respondeu Lee. — Chilton vai lhe escrever um passe.

— Não há perigo de os ianques chegarem hoje? — perguntou Delaney, ansioso.

— Meu caro Delaney! — Lee gargalhou. — Absolutamente nenhum, não com McClellan no comando. Vamos partir amanhã, mas duvido que ele esteja aqui antes de pelo menos três dias.

— Não há nada para ver na cidade — observou Chilton amargamente, ressentindo-se de ter de escrever um passe para Delaney.

— Um primo da minha mãe foi pastor lá durante um tempo — disse Delaney, inventando um motivo para a curiosidade — e imagino que ele esteja enterrado lá.

— Um primo da sua mãe? — perguntou Lee, franzindo a testa enquanto tentava se lembrar da árvore genealógica da família de Delaney. — Então ele era um Mattingley?

— Charles Mattingley — respondeu Delaney. E de fato houve um reverendo Charles Mattingley primo da sua mãe, embora, pelo que Delaney sabia, o reverendo Charles ainda era vivo e ministrava a tribos pagãs na África. — O segundo filho de Thomas — acrescentou.

— Não conheci esse ramo da família — disse Lee. — Eles se mudaram para Maryland, não foi?

— Creagerstown, general. Thomas foi médico lá durante muitos anos.

— E o filho dele morreu, é? Coitado, não devia ser muito velho. Mas é estranho, Delaney, pensar que você é parente de um pastor.

— Charles era episcopal, general — observou Delaney, reprovando. — Não conta.

Lee, que também era episcopal, riu, depois abriu a tampa do relógio de bolso.

— Preciso trabalhar — anunciou. — Aproveite a tarde, Delaney.

— Obrigado, senhor.

Uma hora depois, equipado com o documento que iria permiti-lo passar pelos policiais do Exército que vigiavam os estabelecimentos em Frederick, Delaney entrou na cidade. Em seu bolso estava a cópia da Ordem Especial 191 e ele tinha certeza de que os policiais iriam pará-lo, revistá-lo e depois levá-lo na ponta das armas pela viagem que terminaria no cadafalso em Richmond, mas os homens que guardavam a cidade meramente tocaram nos chapéus quando ele mostrou o passe de Chilton.

A cidade parecia deserta. A presença do Exército rebelde havia interrompido todo o tráfego no ramal ferroviário e inibido as pessoas do campo de vir vender seus produtos na cidade. Os estabelecimentos, protegidos pelo cordão da Polícia do Exército, estavam abertos, mas havia poucas pessoas nas ruas. Uma ou duas casas exibiam a bandeira rebelde, mas esse gesto parecia sem propósito, mera formalidade, e Delaney supôs que, quando o exército de McClellan chegasse, a cidade ficaria subitamente espalhafatosa com a bandeira dos Estados Unidos. O povo de Maryland não parecia muito agradecido por ser libertado pelos soldados do Sul. Alguns pareciam entusiasmados, mas apenas um punhado de rapazes tinha se oferecido a se juntar ao Exército de Lee.

Delaney passou por uma carpintaria espremida entre duas igrejas. Um homem barbudo estava fazendo pernas de cadeira e olhou quando o oficial rebelde passou, mas não retribuiu o cumprimento de Delaney. Um aleijado, provavelmente ferido numa das primeiras batalhas da guerra, estava sentado numa varanda pegando sol. Ele ignorou Delaney, o que sugeria que tinha lutado pelo Norte. Uma mulher negra, provavelmente escravizada, foi na direção de Delaney com uma trouxa de roupa na cabeça, mas entrou num beco para não confrontá-lo. Uma menininha solene o olhou de trás de uma janela, mas se escondeu quando ele sorriu para ela. Duas vacas estavam sendo levadas pela rua, provavelmente para dar leite que seria vendido ao Exército rebelde. Delaney cumprimentou animado a jovem que as guiava, mas ela se limitou a assentir brevemente e continuou andando depressa, provavelmente temendo que ele tentasse tirar suas vacas. O calor sufocante parecia condensar o aroma de feno doce e esterco animal num fedor rançoso que ofendia as narinas de Delaney. Ele deu a volta em um pouco de estrume de vaca fresco e lhe ocorreu, com a perplexidade resultante de um momento de revelação, que o motivo para estar traindo seu país era simplesmente para escapar da pressão de cidadezinhas assombradas por igrejas como Frederick City, com sua população desconfiada e a glorificação de virtudes simples e trabalho honesto. Richmond estava um degrau acima de lugares assim, mas fedia a tabaco. Washington estava um degrau mais acima, porém fedia a ambição, ao passo que Nova York e Boston eram mais elevadas ainda, porém uma fedia a dinheiro vulgar e a outra a virtude protestante, e Delaney não queria nenhuma delas. Sua recompensa pela traição, decidiu, seria um cargo de embaixador: um posto permanente e assalariado em Roma, Paris ou Atenas, cidades que fediam a gostos enfastiados e noites lânguidas. Tocou o bolso onde escondera a Ordem Especial. Era seu passaporte para o paraíso.

Encontrou a agência dos correios na Main Street. A ideia de usar o correio dos Estados Unidos para mandar a ordem roubada divertia Delaney.

Havia nela algo de óbvio, mas também quixotesco, que atraía seu senso de malícia. Duvidava que Thorne aprovaria, considerando que as notícias vitais que estavam na ordem já eram de um dia atrás e provavelmente estariam mais dois ou três dias atrasadas quando chegassem ao Exército dos Estados Unidos, mas Delaney não tinha outra ideia de como mandar a mensagem.

O chefe dos correios tinha um cubículo nos fundos do prédio, com o balcão de madeira usual, uma parede de escaninhos para cartas que esperavam ser apanhadas e duas mesas compridas onde a correspondência era separada.

— De novo, não — gemeu o chefe dos correios ao ver Delaney.

— De novo? — perguntou Delaney, intrigado.

— Um tal capitão Gage veio aqui de manhã — protestou o chefe dos correios —, e outro sujeito veio ontem. Qual era o nome dele, Lucy? — O homem gritou para uma das mulheres sentadas a uma das mesas de separação.

— Pearce! — gritou ela em resposta.

— Um tal major Pearce — disse o chefe dos correios em tom acusador para Delaney. Era um homem barrigudo, truculento, de barba ruiva. Além disso, era simpatizante dos nortistas, ou pelo menos tinha mantido, em desafio, uma bandeira dos Estados Unidos pendurada na parede do cubículo. — Mas estão todas ali — acrescentou, indicando uma pilha de correspondência num cesto sobre sua mesa —, portanto pode se servir. Mas não chegou nada desde que o capitão Gage verificou.

Delaney pegou a correspondência no cesto e de repente entendeu o que o chefe dos correios estava dizendo. Todas as cartas eram endereçadas a lugares no Norte, todas de soldados confederados. Alguém, ele supôs serem os policiais do Exército, estava se certificando de que ninguém tentasse mandar informações aos ianques, por isso tinham aberto e lido as cartas antes de rubricar os envelopes para mostrar que o conteúdo fora verificado.

— Não vim ler a correspondência — disse Delaney, mas abriu uma carta mesmo assim. Era de um tal sargento Malone, endereçada à irmã dele em Nova Jersey. Dizia que Betty tinha tido mais um filho, mas a criança havia morrido com um mês. Mamãe estava bem, dentro das possibilidades. O primo John tinha sido ferido em Manassas, mas não seriamente. — "São tempos difíceis" — leu Delaney em voz alta —, "mas nós nos lembramos de você nas orações." — Ele deu de ombros, enfiou a carta de volta no envelope e depois largou a pilha de volta no cesto. — Será que o senhor teria um envelope que pudesse doar ao Exército?

O chefe dos correios hesitou, depois decidiu que não havia muito sentido em criar caso. Abriu uma gaveta e entregou um envelope a Delaney que, sem tentar esconder o que fazia, pegou no bolso a cópia da Ordem Especial 191 e a enfiou no envelope, depois dobrou a aba para dentro.

— Posso? — perguntou, e estendeu a mão por cima da mesa para pegar a pena do chefe dos correios. Mergulhou-a no tinteiro, tirou o excesso de tinta da ponta e escreveu em letras de forma: Capitão Adam Faulconer, Exército dos Estados Unidos, Q.G. do Gen. McClellan. — Não é nada que deva incomodar o capitão Gage ou o major Pearce — disse ao chefe dos correios, depois pegou um lápis emprestado e, muito cuidadosamente, copiou as iniciais de Gage. — Pronto — disse, tendo terminado o serviço. — Imagino que o senhor vá me cobrar um selo agora, não é?

O chefe dos correios olhou o nome do destinatário, depois a rubrica falsificada e por fim o rosto de Delaney. Não disse nada.

— É um velho amigo — explicou Delaney despreocupadamente. — E essa pode ser a minha última chance de escrever para ele. — Havia o risco de o chefe dos correios não apoiar o Norte, afinal de contas, mas esse era um risco que Delaney precisava correr, assim como precisava correr o risco de os policiais do Exército não verificarem a caixa de correspondência pela terceira vez.

— Vocês vão todos embora, então? — perguntou o chefe dos correios.

— O exército parte amanhã.

— Para onde?

— Para longe, por sobre as colinas — respondeu Delaney com tranquilidade. O suor escorria pelas suas bochechas. — Mas imagino que os federais chegarão logo aqui, não é?

— É bem provável — disse o chefe dos correios, dando de ombros. Ele sopesou a carta, depois ostensivamente a colocou na gaveta, e não junto com as outras correspondências do Exército confederado. — Ela será entregue — prometeu —, mas não sei quando.

— Muito obrigado.

Assim que saiu do correio, Delaney precisou se encostar na parede. Tremia como se tivesse febre. Santo Deus, pensou, não tinha estômago para esse tipo de coisa. Sentiu uma necessidade súbita de vomitar, mas conseguiu contê-la. O suor escorria intenso. Fora idiota! Não pudera resistir a se mostrar. Havia tentado deliberadamente impressionar um homem que ele achava ser simpatizante do Norte, mas sabia que o risco fora idiota, e o pensamento na corda do carrasco o fez engasgar de novo.

— Está passando mal, major?

Delaney levantou os olhos e viu um pastor idoso, com voltas clericais, olhando-o com expressão simpática, mas cautelosa. Sem dúvida temia que Delaney estivesse bêbado.

— É o calor — respondeu Delaney. — É só o calor.

— Está quente mesmo — concordou o pastor, parecendo aliviado por não ser álcool a causa da perturbação de Delaney. — O senhor precisa de ajuda? Um copo de água, talvez?

— Não, obrigado. Vou ficar bem. — De repente, Delaney levantou os olhos quando um trovão ribombou ao longe. Não havia nuvens ameaçadoras à vista, mas o som da tempestade era inconfundível. — Talvez a chuva diminua o calor — disse ao pastor.

— Chuva? — O pastor franziu a testa. — Isso não é trovão — explicou, percebendo o que Delaney quisera dizer. — São canhões, major, são canhões. — Ele olhou para o oeste ao longo da Main Street, para onde se viam os campos verdes, as árvores densas e as fileiras de barracas rebeldes.

— Harper's Ferry — explicou o pastor —, deve ser em Harper's Ferry. Que Deus ajude aqueles pobres homens.

— Amém — disse Delaney —, amém. — Porque a luta havia começado.

Os canhões escoicearam nas conteiras, cuspindo fumaça vinte metros à frente dos canos e espalhando pedaços de bucha acesos no capim, onde pequenas chamas ardiam provocadas pelos disparos anteriores. O som dos canhões era muito alto, tão alto que era mais que um som: era uma sensação física, como se a Terra estivesse sendo esmurrada no espaço. Os obuses assobiavam sobre o vale deixando pequenas trilhas de fumaça dos pavios acesos, depois explodiam em nuvens de fumaça suja, branco-acinzentada, acima da encosta mais distante. As trilhas de fumaça se retorciam ao vento, ficavam esgarçadas e tênues. Então mais uma bateria disparou, e o capim em frente aos canos se achatou de novo quando outro conjunto de trilhas de fumaça partiu pelo céu. Canos de canhão chiavam enquanto os esfregões molhados eram enfiados pela boca. Na encosta distante uma bateria ianque retribuía os disparos, mas os canhões nortistas estavam em menor número e as peças rebeldes estavam bem posicionadas e seus pavios cortados para o tempo certo. Assim, os artilheiros do Norte morriam um a um enquanto os fragmentos dos obuses chiavam no meio deles.

Os canhões nortistas recuaram para o outro lado da crista do morro, deixando a defesa somente com a infantaria. A artilharia do Sul mudou a mira, espalhando obuses entre as árvores, os arbustos e as pedras da colina.

Alguns canhões disparavam obuses com pavios de percussão que mergulhavam no chão, levantando montes de terra e folhas; outros usavam metralha, que se despedaçava no ar e cuspia balas de mosquete nos defensores ianques.

— Escaramuçadores? — O tenente-coronel Griffin Swynyard galopou até Nathaniel. — Escaramuçadores? — perguntou de novo.

— Estão lá, coronel.

Os Pernas Amarelas estavam na extremidade do flanco direito da brigada de Swynyard e imediatamente à esquerda da legião. E Nathaniel tinha garantido que sua companhia de escaramuças tivesse avançado antes que Maitland mandasse os escaramuçadores da legião para o sopé do vale. Nate escolhera cuidadosamente seus escaramuçadores entre os homens que se sustentaram melhor na marcha para o norte partindo da ferrovia. A maioria dos soldados havia sofrido bastante com a marcha, mancando cada vez mais vagarosos, com os pés sangrentos e cheios de bolhas, enquanto o batalhão se arrastava dolorosamente para chegar a esse vale ao norte de Charlestown. No mesmo instante, os primeiros homens da infantaria de Jackson chegavam de sua longa marcha que os levara para o oeste a partir de Frederick City, dando a volta em Harper's Ferry até esse terreno que ficava ao sul da sitiada guarnição federal.

Essa guarnição estava tentando defender o terreno elevado perto da cidade ribeirinha, mas até agora suas defesas estavam meio desanimadas. Os canhões ianques desistiram rapidamente da luta; agora era a vez de testar a infantaria. A companhia de escaramuçadores de Nate já estava em ação, a fumaça de seus fuzis subindo em sopros cinzentos do outro lado do vale. Os sopros em resposta estavam bem acima na colina, e Nathaniel instigava Potter mentalmente a avançar. Se bem que, para ser justo, seus escaramuçadores vinham se saindo bem. Estavam bem à frente dos escaramuçadores da legião. O som dessa batalha era uma série de estalos intermitentes só audíveis nos intervalos entre os tiros de canhão. Swynyard usava uma luneta para olhar os obuses rebeldes caírem na encosta distante. Tudo que Nate conseguia ver era um cordão errático e entrecortado de infantaria de casacas-azuis sob suas bandeiras resplandecentes. A linha não era contínua. Era interrompida pelas lacunas entre os regimentos ou onde arbustos ou pedras interferiam com seu alinhamento, e às vezes a linha defensiva sumia totalmente quando os ianques se abrigavam em depressões no terreno ou atrás de rochas.

— Não estou vendo nenhuma trincheira para fuzis, Nate — disse Swynyard.

— Graças a Deus pelas pequenas misericórdias.

Swynyard fez uma careta, mas não protestou contra a blasfêmia de Nathaniel. Em vez disso, apontou para a extremidade esquerda da linha ianque.

— Será que você pode tomar aquele terreno? — perguntou. — Digamos: tudo desde o fim da crista até onde os canhões estão.

— Acho que sim.

Na verdade, Nathaniel não tinha ideia de como os Pernas Amarelas se comportariam em batalha. Também não sabia como ele próprio iria se comportar nesta primeira batalha desde que o terror o dominara na luta sob a chuva perto da mansão de Chantilly. Conseguia sentir o terror pairando perto outra vez. Isso lhe dava uma sensação curiosamente incorpórea, como se seu espírito estivesse apenas observando o corpo e se maravilhando por ele ser capaz de reagir com tanta calma às ordens de Swynyard.

— Espere a linha avançar — disse Swynyard, depois virou o cavalo e foi na direção do tenente-coronel Maitland, que estava montado atrás da companhia central da legião.

Nathaniel foi até o centro de sua própria linha, onde o capitão Billy Tumlin estava com a equipe da bandeira. A bandeira tinha meio metro quadrado, dada pelo Arsenal do Estado, e parecia uma coisa lamentável comparada aos mais de três metros quadrados de seda colorida que tremulava acima da legião. Nate disse a Tumlin quais eram as ordens e depois saiu andando à frente do batalhão.

O serviço de Nathaniel era tranquilizar seus homens. Eles foram considerados um fracasso pelo Exército, receberam armas antigas e agora ele precisava convencê-los a ser vitoriosos.

— Eles não têm canhões! — gritou. — Só mosquetes. — Era quase certo que todos os ianques estavam armados com fuzis, mas este não era o momento de verdades literais. — Estão morrendo de medo — continuou. — Provavelmente vão debandar assim que vocês chegarem à distância de um grito. Mas, se vocês hesitarem, eles vão resistir. Nenhum de vocês será morto ao atravessar o vale. Lembrem-se disso! Eles não têm canhões! Vamos atravessar, e, quando eu der a ordem, vocês atacam os filhos da mãe! Até lá, não atirem. Não adianta desperdiçar uma bala de mosquete de longe. Não atirem, esperem a ordem de atacar, depois gritem com eles! Quanto mais rápido eles correrem, mais equipamentos vão deixar para trás, e, quanto mais vocês matarem, mais botas vamos conseguir. Agora calar baionetas!

Ele se virou para olhar por onde avançariam. O terreno descia íngreme à esquerda, onde um riacho corria em direção ao Potomac. Harper's Ferry

149

ficava onde esse rio recebia o Shenandoah, que era menor, e a confluência era cercada por três altos afloramentos de terra acima da pequena cidade. Agora as tropas de Jackson dominavam os arredores dos três afloramentos, e os três estavam sob pressão. Bastava forçar os ianques a sair do terreno elevado que a guarnição na cidade, que aumentara com a chegada de outras tropas nortistas impelidas para o abrigo pelo avanço de Jackson, seria dominada pela artilharia rebelde. Os moradores locais tinham ultrapassado as linhas nortistas para contar aos rebeldes que perto de vinte mil ianques estavam encurralados lá. E, mesmo admitindo o exagero, isso significava que a cidade estava atulhada de comida, armas e suprimentos — tudo que faltava ao Batalhão Especial.

Nathaniel se virou para trás, para olhar o batalhão que agora estava parado com as baionetas caladas. Era um batalhão minúsculo, porém não menor que muitos outros que tinham sido encolhidos pela guerra. A legião era maior, mas ainda assim Nate achava que ela devia ter metade dos homens que marcharam até Manassas para a primeira batalha da guerra. O capitão Truslow veio andando da legião com um fuzil no ombro, que, como o de Nate, não tinha divisas de posto.

— Seus rapazes, é? — perguntou Truslow, assentindo para o batalhão.

— Meus rapazes.

— Prestam?

— Prestes a descobrir.

— Maitland não serve para nada — disse Truslow, cuspindo um jato de sumo de tabaco. — E também não gosta de mim.

— Não consigo imaginar por quê.

Truslow sorriu.

— Ele acha que eu não nasci para isso. Como Richmond estava?

— Quente — respondeu Nathaniel, sabendo que essa não era a resposta que Truslow queria. — E eu vi Sally — acrescentou.

— Achei que veria. Como ela está? — A pergunta saiu rude.

— Vivendo no luxo. Ganhando dinheiro, aprendendo a falar francês, com o mundo na palma das mãos.

Truslow fez careta.

— Nunca entendi a Sally. Sempre achei que devia ter tido um filho, e não uma filha.

— Sally não é tão diferente de você, só muito mais bonita. Ela mandou lembranças.

Truslow resmungou, depois olhou de relance para a orelha esquerda de Nathaniel.

150

— Alguém acertou você?

— O cara alto, terceiro da direita para a esquerda, última fila — disse Nate, virando a cabeça para a Companhia A, do capitão Dennison, que estava à direita de sua linha. — Ele achou que deveria comandar o batalhão, e não eu.

Truslow abriu um sorriso largo.

— Você o derrubou?

— Pensei no que você faria com ele e fiz.

— O diabo que fez! Ele ainda está vivo, não é?

Nathaniel gargalhou.

— E provavelmente rezando pela chance de colocar uma bala nas minhas costas.

— Capitão Truslow! — O coronel Maitland, montado em seu cavalo e com uma espada desembainhada pousada no ombro, saiu trotando das fileiras da legião. — Vá para a sua companhia, por favor.

Truslow cuspiu.

— Nunca achei que falaria isso — disse a Nathaniel —, mas sem dúvida você vai ser bem-vindo, se retornar.

— Estou trabalhando nisso.

Truslow voltou bamboleando para a legião, ignorando Maitland, que passou trotando por ele e levantou uma das mãos cumprimentando Nathaniel.

— Então você conseguiu trazê-los para cá? — perguntou Maitland, indicando o Batalhão Especial.

— Pensou que eu não traria?

Maitland ignorou a pergunta. Em vez disso, virou-se e olhou os escaramuçadores trabalhando.

— Nenhum problema aqui? — perguntou.

A pergunta foi feita em tom despreocupado, mas Nathaniel sentiu o nervosismo por trás das palavras do coronel elegante. Esta era a primeira batalha de verdade de Maitland, ainda que para Nathaniel nem contasse exatamente como batalha. Os canhões inimigos tinham ido embora, a infantaria ianque que esperava estava provavelmente tensa como a mola de um revólver engatilhado, e toda esta ação só prometia ser um simples avanço com umas poucas baixas como preço pelo terreno ganho. O que estava além da crista era outra história, mas aqui não deveria haver problema.

— Deve ser fácil — disse Nate. Uma bala passou assobiando por cima e Maitland se encolheu involuntariamente e esperou que Nathaniel não tivesse notado. — Sabe em que ele estava mirando, coronel?

— Presumo que em nós.

— Em você. Um homem num cavalo com uma espada. Tem um filho da mãe no alto daquele morro com um fuzil de elite, de cano longo. Nesse momento está enfiando o carregador de volta no cano e achando que vai se sair melhor da próxima vez.

Maitland abriu um sorriso lívido, mas não se mexeu. Em vez disso, olhou para Billy Tumlin, depois de volta para Nathaniel.

— Que bom que você pegou o Tumlin.

— Você o conhece?

— Meus rapazes o resgataram. Eu gostaria de mantê-lo na legião, mas Swynyard insistiu em que fizéssemos as coisas de acordo com o manual.

— Eu gosto bastante dele — comentou Nathaniel. — E a minha necessidade de bons oficiais é maior que a sua, coronel.

— Você acha mesmo? — perguntou Maitland incisivamente.

— Aquele atirador de elite, coronel, está colocando a bala através do carregador. Tem uma culatra carregada com pólvora muito boa, uma bela quantidade, e está pensando em dar um metro de correção por causa do vento e atirar um pouquinho mais baixo desta vez. Portanto diga, você quer ser enterrado aqui ou há um lote da família Maitland em algum cemitério?

— Acho que o Cemitério Hollywood seria mais adequado — respondeu Maitland despreocupadamente, apesar de parecer desconfortável. — Você está aconselhando que discrição é a maior parte do valor?

— Parece funcionar assim.

— Então lhe desejo um bom dia, Starbuck. — O coronel tocou no chapéu. — Não quero expô-lo aos atiradores de elite! — E virou o cavalo para longe.

Nathaniel soltou seu fuzil, do qual finalmente conseguira tirar toda a pólvora úmida passando um arame pelo bocal e fazendo escorrer uma quantidade minúscula de pólvora seca na carga grudada que enfim, com relutância, explodiu quando ele disparou a arma. Carregou-a e depois colocou uma cápsula de percussão no cone, esperando que não fosse uma das cápsulas ruins que subitamente começaram a vir das fábricas de Richmond. Segundo boatos, trabalhadores negros estavam deliberadamente sabotando o Exército, e certamente houvera um bom número de cápsulas ruins cheias de qualquer coisa menos fulminato de mercúrio. Baixou o cão sobre a cápsula, pendurou o fuzil de novo e voltou para o batalhão.

O tenente Coffman, que tinha sido nomeado ajudante de Swynyard, correu por trás da linha da brigada. Suas bolsas e a bainha do sabre balançavam enquanto corria. Ele segurava o chapéu com uma das mãos e um fuzil com a outra.

— Nós devemos avançar! — gritou para o coronel Maitland, depois foi na direção de Nathaniel.

Nate acenou para mostrar que tinha escutado.

— Batalhão! Em frente! Faça com que eles se mexam! — gritou. Com a legião, ele provavelmente teria ido à frente das companhias, mas hoje planejava seguir seus homens para a luta, não por medo, mas para garantir que avançassem. — Em frente! — gritou de novo, e ouviu Dennison, Peel e Cartwright ecoarem a ordem. Billy Tumlin, com o revólver na mão, andava atrás das companhias da direita. Tumlin não tinha uma companhia própria, mas Nathaniel lhe dera a supervisão das duas companhias da direita, além de pedir que ele cuidasse das responsabilidades de ajudante, para as quais Potter era nitidamente inepto. — Faça com que eles andem, Billy! — gritou Nate, depois foi para seu lugar atrás das companhias de Lippincott e de Peel.

— Avançar agora! Alinhados!

As companhias com quatro linhas avançaram com bastante disposição. A artilharia rebelde disparava por cima da cabeça deles, os projéteis parecendo grandes barris que rolavam pelo céu. Alguns homens estavam nervosos com aquele som e com os estrondos percussivos dos canhões, mas Nathaniel gritou para se apressarem quando eles se agacharam instintivamente sob o estrondo.

— Eles estão do lado de vocês! — gritou. — Agora continuem avançando! Sargentos! Cuidem da linha! Cuidem da linha! — Alguns homens estavam se apressando, fosse por ansiedade ou por um desejo de acabar logo com o avanço, e na pressa acabavam com a ordem do batalhão.

A legião ainda não havia começado a avançar, ou melhor, algumas companhias avançaram quando os homens de Nate começaram a andar. Porém Maitland havia feito com que voltassem para as fileiras e agora as arrumava meticulosamente, enquanto dos dois lados de seu regimento os outros batalhões da brigada de Swynyard desciam a encosta suave. As bandeiras de batalha tremulavam na brisa fraca. O dia era rasgado por explosões, perfurado por disparos de canhões, lascado por fuzis e agora preenchido pelo som de centenas de pés atravessando o capim. Um escaramuçador voltou mancando para o Batalhão Especial, outro estava morto com uma bala no cérebro e os braços abertos como se estivesse crucificado. Alguém, provavelmente um dos escaramuçadores armados com um velho mosquete Richmond, já tirara o fuzil dele.

Finalmente a legião começou a avançar. A companhia da direita de Nathaniel, sob o comando de Dennison, estava se retardando, talvez com a esperança de que a legião a alcançasse e apoiasse.

— Faça com que eles andem, Billy! — gritou Nate. — Pressione-os!

Billy Blythe foi bamboleando até a companhia de Dennison e balançou os braços enfaticamente. A ação desta manhã não era de seu agrado. Estava feliz em se abrigar no Batalhão Especial até que a maré da guerra o levasse perto o bastante das linhas ianques, mas não tinha vontade de lutar. E não tinha a menor vontade de lutar como soldado de infantaria, mas sabia que precisava manter o fingimento por um bom tempo ainda. Não fazia sentido pular para os ianques em Harper's Ferry porque eles estavam cercados e condenados. Precisava esperar até que o batalhão estivesse do outro lado do rio e bem mais perto da força principal de McClellan. Até lá decidira que faria o que fosse necessário e nada mais.

— Mantenha-os em movimento, Tom! — gritou para Dennison, mas não pressionou os homens pessoalmente.

Dennison gritou para a companhia acelerar, mas sem nenhuma convicção na voz. E, apesar de a companhia realmente apressar o passo, alguns homens, liderados por Case, demoravam-se. O próprio Nathaniel correu até lá.

— Andem! Depressa!

Case diminuiu ainda mais o passo.

Nate pegou o revólver e disparou uma bala no chão atrás dos calcanhares de Case.

— Andem! — gritou. — Andem! — Disparou uma segunda bala, esta para bem longe de qualquer pessoa. Não havia olhado para Case nem para qualquer outro homem enquanto atirava, porque não queria mais um confronto, queria apenas manter a companhia em movimento. E os dois tiros de revólver tiveram o efeito feliz de fazer os retardatários se moverem como coelhos espantados. — Mantenha-os em movimento, Billy! — rosnou. — Capitão Dennison! Faça-os andar!

Billy Blythe estava chocado demais para responder. Avançou aos tropeços, empurrando a companhia de Dennison com os braços, subitamente com mais medo de Nathaniel que dos ianques que aguardavam na encosta. A pura força da raiva de Nathaniel o espantara, mas ele a reconhecera como poder genuíno. Nathaniel era uma daquelas pessoas capazes de mover batalhões inteiros com a personalidade, e sua raiva e sua determinação mantinham o avanço dos Pernas Amarelas pelo vale sob o trovão ondulante das balas de canhão rebeldes que passavam em arco acima das cabeças. Nathaniel, refletiu

154

Billy Blythe, era o tipo de homem que fazia com que outros homens fossem mortos. Ou com que ele próprio fosse morto.

— Qual é o seu nome, Case? — Billy andou ao lado de Case que, para demonstrar independência, tinha de novo começado a ficar alguns passos atrás da Companhia A.

— Parece que o senhor já sabe, capitão — respondeu Case numa voz ainda rouca por causa do golpe terrível que Nathaniel dera em seu pescoço.

— Estou falando do seu nome de batismo, sargento — disse Blythe, deliberadamente restaurando a patente perdida de Case.

Case hesitou, depois decidiu que o tom amistoso do tenente Tumlin merecia uma resposta.

— Robert — admitiu.

— Diabos, eu tenho um irmão chamado Bobby — mentiu Blythe. — Um sujeito ótimo. Talvez um pouquinho afeiçoado demais ao álcool, mas, por Deus, Bobby sabe contar histórias. — Ele notou o olhar de ódio ressentido que Case lançou para Nathaniel. — Se atirar nele agora, sargento — disse baixinho —, haverá uma centena de testemunhas, e, antes que você possa cuspir na cova dele, vai estar parado diante das armas de um pelotão de fuzilamento. Não é a coisa mais sensata a fazer, Bobby. Além disso, acha que ele não está de olho em você? Só fique em movimento, sargento, seja rápido. Faça parecer que estamos tentando vencer a guerra, está bem? Desse jeito ele esquece você. — Case não disse nada, mas apressou o passo um pouquinho. Uma bala de canhão rebelde que fora disparada baixa demais passou assobiando pouco acima das cabeças, o que fez o capitão Potter correr para alguns arbustos. O batalhão gargalhou. — O palhaço de estimação de Starbuck — comentou Billy Blythe baixinho.

Case lançou um olhar longo e duro para Blythe quando percebeu que o segundo em comando do batalhão podia ser de fato um aliado.

— Se Starbuck morrer — Case rompeu o silêncio —, o senhor fica no comando, capitão.

— Muito obrigado por me fazer ver isso, Bobby. E, se isso algum dia acontecer, eu procuraria homens experientes para serem meus oficiais. Nada de garotos em busca de glória, não é essa a expressão? Apenas bons homens experientes. Soldados de verdade. Sabe o que eu quero dizer? Meu Deus! — Esta última exclamação foi arrancada de Blythe pelo repentino trovão de canhões ianques. Balas inimigas assobiavam em direção ao vale e explodiam em meio à infantaria que avançava, causando erupções de terra, fumaça, chamas e carne.

Os ianques mantiveram algumas peças de artilharia escondidas na crista do morro, e agora os artilheiros haviam retirado as coberturas feitas de galhos que mascaravam os canhões e abriam fogo contra a artilharia que avançava. A primeira salva foi de obuses, mas eles recarregaram com metralha, portanto agora cada tiro era como um enorme disparo de espingarda se espalhando em leque a partir do cano. A metralha se despedaçava na boca do canhão, espalhando sua carga de balas de mosquete. Blythe, horrorizado, viu o capim à frente da brigada se mover como se uma gigantesca vassoura invisível estivesse varrendo na direção dos atacantes. Houve um barulho parecido com chuva forte, então o vento assobiou enquanto a nuvem de balas de mosquete golpeava as fileiras. Homens caíram, giraram, tiveram ânsia de vômito ou cambalearam. Um sujeito perto de Blythe estava com uma costela atravessando o pano da casaca castanha. O soldado encarou o osso branco e lascado com expressão de completa incompreensão, então um sangue pálido subiu por sua garganta, ele caiu de joelhos, tentou falar e desmoronou de cara no chão.

Blythe e Case encontraram abrigo atrás de uma pedra, onde compartilharam um charuto enquanto a metralha matraqueava, chiava e parecia dar tapas no ar ao redor. A companhia de Dennison tinha se espalhado em confusão. Alguns homens continuavam avançando, outros estavam deitados, mas a maioria corria em pânico para a esquerda, onde as companhias restantes do batalhão ofereciam uma ilusão de abrigo. Case se agachou ao lado de Blythe.

— Isso não é nada comparado a Sebastopol — disse. — Os malditos russos atiravam contra nós dia e noite. Não paravam um minuto.

— Homens experientes, é o que vou procurar — respondeu Blythe, devolvendo o charuto ao companheiro.

Case fez careta.

— Então o que fazemos com Starbuck?

— Só vamos esperar o bom Senhor, Bobby, vamos esperar e o bom Senhor proverá. A Bíblia não diz isso?

— É o que o senhor está fazendo?

— Estou esperando, Bobby, mas a hora vai chegar. Não vejo sentido em ser ávido demais em batalha. Diabos, nós precisamos de heróis, mas alguns precisam viver para voltar para casa no fim da guerra. Caso contrário, os ianques vão comer as nossas mulheres e nós estaremos apodrecendo nas sepulturas.

Case espiou pelo lado da pedra, olhando para a figura distante de Nathaniel.

— Não posso fazer muita coisa sem um fuzil.

— Fuzis serão encontrados. Diabos, não quero comandar um batalhão sem fuzis. — Blythe gargalhou. Estava enfileirando os aliados e fazendo o que amava. Sobrevivendo e prosperando, e se considerava bom nisso porque tinha uma visão de longo prazo da vida, e morrer em batalha não fazia parte dela. Iria sobreviver.

O estrondo dos canhões inimigos deixou Nate em silêncio. Prometera aos seus homens que não haveria canhões e que eles poderiam atravessar o vale sem medo da matança, mas agora os artilheiros inimigos estavam enfiando esfregões, recarregando e socando outra carga de metralha. O medo rugia dentro dele, enfraquecendo as pernas e ameaçando fazê-lo gemer como uma criança açoitada. Continuou avançando, não por coragem, mas porque parecia incapaz de mudar de direção ou de ritmo. Queria gritar para Potter levar seus escaramuçadores encosta acima em direção aos artilheiros, mas nenhum som saía. Assim, prosseguiu às cegas, a mente procurando uma oração que ele não conseguia articular. O terror o estava castrando. Este pensamento o sacudiu e ele se perguntou se algum dia seria capaz de enfrentar um terror como este outra vez. Escorregou o pé numa bosta de vaca com crosta seca e vômito subiu pela garganta. Lutou contra ele, ofegando, e teve certeza de que os homens do Batalhão Especial, que ele conduzia para um fogo de canhão assassino assim como levara a legião para uma armadilha de artilharia em Chantilly, desprezavam-no. Olhou para a direita e ficou atônito ao notar um enorme vão na linha da brigada. Não se via a legião, mas do outro lado do vão avistava a linha irregular dos atacantes se espalhando no pasto sujo de fumaça sob as bandeiras vermelhas e azuis. A companhia de Dennison tinha sumido e metade da de Cartwright havia desaparecido, mas o restante do batalhão continuava avançando, embora não mais em fileiras bem organizadas. Os homens tinham se espalhado no espaço deixado pela companhia de Dennison, e parte dos pensamentos de Nate reconheciam que a dispersão iria protegê-los da metralha.

Outra tempestade de projéteis salpicou o chão e lançou homens para trás como marionetes em fios sacudidos. Os artilheiros ianques estavam trabalhando bem, mirando a metralha para pouco antes das linhas rebeldes que avançavam, de modo que as balas de mosquete ricocheteavam para a altura dos rostos. O gosto de vômito era azedo na garganta de Nathaniel, mas de algum modo ele estava conseguindo recitar para si mesmo o salmo 23. A percepção de que estava recaindo na fé do pai o surpreendeu e ao mesmo tempo lhe deu um momento de firmeza. Viu que o batalhão tinha atravessado a base do vale e começava a subir a encosta do outro lado. A infantaria nortista havia quase desaparecido, não em retirada, mas buscando cobertura no meio das pedras e dos arbustos na crista do morro. Abaixo deles os escaramuçadores ianques voltavam correndo encosta acima em meio às nuvens de fumaça das balas de canhão rebeldes. E subitamente a própria crista foi coroada por fumaça quando a infantaria defensiva abriu fogo. O som ondulou pelo vale, um estalo de romper os tímpanos que chegou um instante depois do surgimento da fumaça. As balas passaram assobiando acima, embora umas poucas tenham acertado corpos com um som seco como de um cutelo de açougueiro. Formou-se uma névoa de sangue conforme os homens eram derrubados para trás.

— Continuem andando! — gritou alguém atrás de Nate. — Continuem andando! Vão! Vão! — Agora Nathaniel estava no meio das fileiras partidas, avançando, o corpo se comportando como o de um líder ainda que sua mente continuasse dando voltas entre o terror e a necessidade de manter as companhias da esquerda subindo a encosta.

Finalmente a artilharia confederada mirou nos canhões ianques e explosões de balas ressoaram no ar quente acima dos artilheiros suados.

— Venham! — gritou Nathaniel, pasmo por ser capaz de falar. — Venham!

Cada nervo de seu corpo gritava para ele dar meia-volta e fugir, encontrar um buraco e se abrigar pelo resto da vida enquanto o mundo enlouquecia ao redor, mas os fiapos de orgulho e teimosia o mantinham avançando e até o faziam ir mais depressa. Virou-se para gritar um encorajamento aos homens de rosto pálido e desajeitados, atrapalhados por cobertores enrolados, mochilas, bolsas e bainhas de baionetas, para que avançassem atabalhoadamente de boca aberta.

— Venham! — gritou com raiva na voz, embora a raiva fosse direcionada somente a si mesmo.

O batalhão ainda estava a duzentos metros da crista do morro, longe demais para ele ordenar carga, mas Nathaniel sentia que, se não o mantivesse em movimento agora, o batalhão iria se jogar no chão e se recusar a avançar outra vez. Os Pernas Amarelas já haviam realizado muito mais que em sua primeira batalha, mas, para limpar a mancha da reputação, eles precisavam continuar em direção à vitória. Balas de canhão rebeldes passavam assobiando por cima, próximas, as explosões martelando os tímpanos e levantando jatos de terra e fumaça ao longo da crista. Os tiros de fuzis ianques tinham ficado entrecortados à medida que os homens disparavam quando conseguiam recarregar. E Nate, vendo como os sopros de fumaça eram esporádicos, percebeu que restava pouco mais que uma linha pesada de escaramuça no morro. Os ianques não lutariam por aquela crista, apenas infligiriam algumas baixas antes de ir embora, e esse pensamento lhe deu coragem. Talvez não fosse morrer neste pasto cheio de bosta de vaca, mas talvez desse ao batalhão desprezado a vitória de que tanto precisava. E gritou de novo para os homens avançarem, só que desta vez a ordem se transformou num grito rebelde. E de repente os atacantes que restavam gritaram junto com ele, começando uma corrida desajeitada.

Os disparos de metralha haviam parado. Nathaniel só ouvia os sons que ele próprio fazia. As pancadas das botas, a respiração áspera, o guincho desesperado do grito de guerra, as batidas da caneca de estanho na caixa de cartuchos, os tapas do coldre do revólver na parte de trás da coxa. Alguma coisa estava queimando na crista, soltando uma fumaça densa no ar. Outra bala de canhão rebelde explodiu, dobrando de lado um arbusto e espalhando folhas na fumaça. Agora os homens de Potter estavam no meio das fileiras e o próprio Potter corria perto de Nathaniel, gritando feito um selvagem. Nate atravessou desajeitadamente um trecho de terreno queimado e cheio de fumaça onde uma bala de canhão explodira. Havia um escaramuçador ianque caído do outro lado, a cabeça inclinada para trás, as mãos encrespadas e as tripas derramadas na terra revolvida. Finalmente era possível ver homens no alto do morro. Eles se levantaram, miraram, dispararam e depois se abaixaram para recarregar. Uma bala Minié passou assobiando perto de Nathaniel e ele começou a gritar como Potter, um som feroz, terrível, que vinha da mistura de terror e júbilo da batalha. Agora só queria castigar os malditos que praticamente o haviam castrado. Queria matar e matar.

— Venham! — gritou, alongando a palavra enquanto os atacantes finalmente chegavam à suave crista do morro.

O coronel Swynyard estava errado: havia trincheiras para fuzis ao longo da crista; mas os ianques já as estavam abandonando, voltando para a próxima linha de defesa, numa colina mais distante. Os canhões ianques eram arrastados por cavalos até aquela encosta, onde mais canhões e mais soldados de infantaria esperavam. Mas Nate não tinha ordens de atacar a encosta distante. Seu serviço era expulsar as forças nortistas desta, e isso estava feito. Ele correu para o ar limpo, abençoado, intocado por balas de fuzis ou de canhões, mas sabia que só iriam se passar alguns segundos antes que os canhões distantes abrissem fogo.

— Matem-nos! — gritou, depois pulou numa trincheira vazia e apoiou o fuzil no monte de terra atrás dela. Mirou em um ianque que se retirava e puxou o gatilho. O cão bateu numa cápsula de percussão inútil e ele xingou, quebrou uma unha tirando a cápsula, colocou outra no lugar e tentou outra vez. O fuzil escoiceou em seu ombro e a nuvem de fumaça escondeu o alvo. Potter estava ao seu lado, rindo. O restante do batalhão, os homens que mantiveram o rumo, estavam nas outras trincheiras abandonadas disparando contra a infantaria ianque em fuga.

Os canhões ianques distantes abriram fogo. As balas passavam por cima e caíam atrás deles enquanto a brigada de Swynyard se jogava no chão da colina capturada. Nate recarregou o fuzil e se virou para ver onde seus homens estavam. Conseguia ver a bandeira se projetando de uma trincheira, conseguia ver alguns homens feridos se arrastando devagar na encosta atrás dele e conseguia ver a legião ainda subindo o morro. Virou-se para olhar o norte e ficou admirado ao ver o terreno baixar até onde, entre duas colinas, era possível vislumbrar um rio prateado correndo para o leste. Para além do rio, em Maryland, havia fumaça nas colinas onde outras tropas confederadas apertavam o cerco em torno de Harper's Ferry.

— Santo Deus, gostei disso! — exclamou Potter.

Nathaniel pretendia dizer a ele que deveria ter levado seus escaramuçadores para os artilheiros, mas em vez disso vomitou. Esvaziou o estômago no fundo da trincheira.

— Meu Deus — disse quando terminou de vomitar. — Meu Deus.

— Aqui. — Potter lhe entregou um cantil. — É só água.

Nathaniel lavou a boca, cuspiu e depois bebeu.

— Desculpe — disse a Potter.

— Foi alguma coisa que você comeu — sugeriu Potter diplomaticamente.

— Foi medo — disse Nate rispidamente.

Uma bala de canhão caiu a poucos metros do buraco onde os dois estavam. Não explodiu; em vez disso, rolou e se cravou na terra abandonada pelos cavadores ianques.

— Acho que deveríamos procurar outro lugar — observou Potter, olhando a bala. O ar acima do metal tremeluzia por causa do calor da passagem do projétil.

— Vá. Eu encontro você depois.

Assim que se viu sozinho, Nate se agachou no buraco, as calças arriadas até os tornozelos, e esvaziou o corpo. Suava e tremia. O chão ressoou baixinho com a queda do cagalhão. O céu acima do buraco estava cheio de fumaça, mas de repente o medo se esvaiu, Nathaniel se levantou, puxou desajeitadamente a calça, apertou o cinto, depois abotoou a casaca esgarçada, prendeu o cinturão do revólver e ajeitou o rolo do cobertor. Escalou o buraco e, com o fuzil no ombro, andou por entre as outras trincheiras parabenizando seus homens. Disse que tinham se saído bem, que sentia orgulho deles, depois desceu de novo a encosta para observar seus retardatários subindo sem graça para a crista do morro. O capitão Dennison fingia estar ocupado enquanto instigava os preguiçosos, mas teve o cuidado de evitar Nathaniel, porém o capitão Tumlin andou animado pela encosta com a mão estendida.

— Diabos, Starbuck, se você não for o homem mais corajoso que já vi, meu nome não é Tumlin — disse Blythe.

Nathaniel ignorou a mão estendida e o elogio.

— O que aconteceu com as suas companhias? — perguntou friamente.

Tumlin pareceu não se preocupar com os modos rudes de Nathaniel.

— Consegui manter a maioria dos rapazes de Cartwright em movimento, mas a Companhia A? — Ele cuspiu. — São mulas, Starbuck, mulas. Eu me levantei aqui uma vez, voltei para pegar os desgraçados e eles ainda não estavam se mexendo. Fiz o máximo que pude. Diabos, Starbuck, sei que você está desapontado, mas fiz o melhor que pude, por Deus.

— Tenho certeza de que sim. — Nate estava convencido da sinceridade de Tumlin. — Desculpe, Billy.

— Você parece meio descorado, Starbuck.

— Foi alguma coisa que eu comi, Billy, só isso. — Nathaniel achou um charuto partido em sua bolsa e acendeu o pedaço maior. — Quer me fazer uma lista de baixas, Billy? — perguntou, depois voltou para a crista do morro enquanto a intensidade dos tiros de canhão ianques aumentava. Mas as balas não eram mais dirigidas para o topo da colina capturada, e sim para um segundo ataque rebelde que vinha do flanco esquerdo. Os homens de Swynyard tinham liberado a colina para impedir que os defensores ianques flanqueassem esse segundo ataque, que era o verdadeiro, destinado a tomar o terreno elevado que formava o horizonte sul de Harper's Ferry. O som da batalha ribombava e estalava, enchendo o ar de fumaça branco-acinzentada.

Nate tirou a baioneta do fuzil enquanto olhava a legião subir pelos últimos metros. Maitland tinha deliberadamente segurado seus homens por causa dos tiros de metralha, e eles sabiam disso. E, ainda que sem dúvida se sentissem gratos por serem poupados do fim hesitante da resistência ianque, também pareciam envergonhados. Os desprezados Pernas Amarelas haviam se saído melhor que eles, e os homens de Nathaniel gritaram cumprimentos zombeteiros para a legião que chegava. Nate não tentou impedi-los, mas sabia que a companhia de Dennison não merecia a recompensa de um pouquinho de orgulho.

— Capitão Dennison! — gritou.

Dennison foi andando encurvado pela crista do morro enquanto seus homens se espalhavam por trincheiras vazias. Dennison esperava uma repreensão, mas em vez disso Nathaniel apontou para o outro lado da crista, para a trincheira de fuzil que ele tinha abandonado.

— Seus homens podem formar a linha de piquete — disse. — Ordem de escaramuça cem passos morro abaixo. Você pode ficar aqui em cima. — Apontou para o buraco que ele e Potter tinham abandonado. — Faça daquela trincheira de fuzil o seu quartel-general.

— Sim senhor.

— Não se preocupe com a bala de canhão. Ela está morta. Ande, depressa. Pule dentro antes que algum atirador de elite comece a treinar mirando em você.

— Sim senhor — disse Dennison, depois gritou para seus homens o seguirem até a encosta do outro lado do morro. Nathaniel ficou olhando Dennison pular no buraco, depois se virou.

— Do que você está rindo, Nate? — O coronel Swynyard, depois de abandonar o cavalo para a batalha, veio andando pelo morro.

— Foi só uma vingancinha, senhor. — Agora ele estava envergonhado pelo que fez, mas não poderia desfazer a travessura juvenil. — Nada com que se preocupar.

— Seus rapazes se saíram bem — comentou Swynyard —, muito bem, e acho que vão se mostrar igualmente bons quando tivermos de travar uma batalha de verdade. Muito bem, Nate, muito bem. — Ele fez uma pausa. — Sabe por que a legião foi vagarosa?

— Não senhor.

— Então é melhor eu descobrir — disse ele, carrancudo, e foi andando para Maitland.

Nathaniel colocou o chapéu um pouco para trás e enxugou o suor do rosto. Seu batalhão tivera a primeira luta de verdade. Os Pernas Amarelas não tinham fugido e a vida parecia repentinamente doce.

8

Tempos atrás, Adam Faulconer se opunha à guerra. Antes que ela começasse, quando os debates haviam atravessado os Estados Unidos como fogo na pradaria, ele fora passional na busca da paz, mas essa paixão fora suplantada pela amargura da divisão de seu país. Então Adam voltara para casa para lutar por seu estado natal, mas não conseguia sentir lealdade àquele lugar. Seu amor permanecia com os Estados *Unidos*, e assim, arriscando-se a magoar a família, atravessou as linhas e trocou a casaca cinza por uma azul.

Não tinha recuperado sua paixão no Norte. Em vez disso, encontrou uma raiva desinteressada que servia como substituto para o que agora percebia como um fervor juvenil tocado por ignorância juvenil. Um homem pode fazer diferença, disse Lyman Thorne a Adam, e Adam queria ser esse homem. Queria que a guerra terminasse, mas que terminasse com a vitória completa do Norte. O homem que um dia se opusera à guerra agora a abraçava como um amante, porque a guerra seria o castigo de Deus para o Sul. E os sulistas, acreditava Adam, precisavam ser castigados, não porque estavam no coração da escravização americana, mas porque tinham rompido a União, assim profanado o que Adam sabia ser o país de Deus. O Sul era o inimigo de Deus, e Adam Seu defensor autonomeado.

Mas era um defensor que se sentia inútil. Certo, o coronel Thorne havia lhe dado uma tarefa, e era uma tarefa que poderia fazer a diferença ansiada por Adam, mas Thorne não pudera lhe dar nenhuma orientação quanto ao modo como essa tarefa poderia ser realizada. Ele estava vivendo de esperança, e não de planos, e sentia apenas frustração.

A frustração piorava com a lentidão do general McClellan. Na tarde de quinta-feira chegaram notícias de que o exército rebelde havia finalmente abandonado Frederick City para marchar em direção ao oeste, porém McClellan se limitou a redigir um relatório falando da necessidade de preservar Washington. Afirmou que a retirada de Frederick poderia ser um ardil destinado a atrair os cem mil homens do exército federal para longe de Washington enquanto um segundo exército de rebeldes se lançava pelo baixo Potomac para engolir a capital. Ou então, temia McClellan, a retirada rebelde poderia ser apenas uma isca para atrair o exército nortista para fora de seus acampamentos, indo até um campo de batalha escolhido por Lee. E agora McClellan acreditava que Lee possuía duzentos mil soldados; duzentos mil demônios cor de lobo que atacavam com gritos agudos e temíveis e com uma ferocidade desesperada. McClellan não se arriscaria a essa ferocidade para deixar Washington descoberta. Permaneceria firme.

E assim, enquanto os rebeldes desapareciam atrás da barreira de montanhas a oeste de Frederick City, o exército de McClellan se arrastava centímetro a centímetro. Não havia perseguição aos rebeldes. E nem mesmo a notícia de que os quinze mil homens em Harper's Ferry estavam sob cerco instigou o Jovem Napoleão a se apressar. Harper's Ferry deveria cuidar de si mesma enquanto McClellan, temendo cada boato, tentava proteger seu exército de todas as eventualidades. Decretou que o exército avançaria numa frente ampla, mas não deveria haver pressa indevida. A cautela regia.

Adam não tinha nenhuma influência nessa questão. Ele era um major indesejado, posto no quartel-general de McClellan, e sua opinião não interessava a ninguém, muito menos a Allan Pinkerton, que comandava o serviço secreto de McClellan. Adam tentou influenciar Pinkerton e, por meio de Pinkerton, McClellan, argumentando com o chefe do Estado-Maior de Pinkerton, que era amigo de Adam e irmão mais velho de seu ex-amigo Nate Starbuck. James Starbuck era totalmente diferente de Nate. Era um advogado de Boston, honesto, cuidadoso e consciencioso, e sua natureza cautelosa só reforçava as estimativas infladas de Pinkerton sobre os números dos rebeldes. Argumentando com James no jantar na tarde de quinta-feira, quando ficaram sabendo que os rebeldes estavam saindo de Frederick City, Adam protestou dizendo que Lee não teria como juntar duzentos mil homens, nem mesmo cem mil.

— Talvez sessenta ou setenta mil — disse Adam. — Mas provavelmente não mais de cinquenta.

James riu desse número.

— Nós somos meticulosos, Adam, meticulosos. Dê-nos crédito por isso. Temos centenas de informes! Eu sei, eu os confiro. Eu os comparo.

— Informes de quem?

— Você sabe que não posso dizer — respondeu James em tom reprovador. Em seguida parou para tirar uma lasca de osso de frango do meio dos dentes e colocou a lasca com cuidado na beira do prato. — Mas os contrabandos contam a mesma história, exatamente a mesma. Eu interroguei outros dois hoje. — Contrabandos eram escravizados fugidos trazidos às barracas de Pinkerton e interrogados a respeito das forças rebeldes. Todos contavam a mesma história: milhares e milhares de rebeldes, colunas intermináveis marchando e enormes canhões esmagando as estradas poeirentas sob suas rodas com aros de ferro. — Mesmo admitindo algum pequeno exagero — disse James com um floreio do garfo —, ainda devemos creditar cento e setenta mil homens a Lee. E isso é muito mais do que nós temos!

Adam suspirou. Tinha cavalgado com o exército rebelde até a campanha de primavera e sabia que jamais poderia haver cento e setenta mil homens de casaca cinza.

— Quantos estavam acantonados em Frederick City? — perguntou. James pareceu sabiamente solene.

— Pelo menos cem mil. Temos informes diretos vindos da cidade. Adam suspeitava que os relatos dos habitantes da cidade eram tão úteis quanto os boatos impressos nos jornais.

— O que a nossa cavalaria diz? — perguntou.

James franziu a testa e cutucou a boca com o dedo indicador antes de extrair outra lasca de osso.

— Muito esquelética, essa galinha — disse, desaprovando.

— Talvez seja coelho — respondeu Adam. — E então, o que a cavalaria disse?

James olhou para sua comida à luz das velas.

— Não acho que seja coelho. Coelhos não têm o ossinho da sorte, têm? Tenho certeza de que não. E não creio que a nossa cavalaria tenha recebido ordem de ir até Frederick City hoje. Na verdade, tenho certeza de que não recebeu. Talvez o problema seja que os nossos cozinheiros não saibam destrinchar galinhas direito, não é? Encontrei um sujeito da cozinha atacando uma carcaça com um cutelo! Dá para acreditar? Com um cutelo! Sem fazer a menor tentativa de cortar nas juntas, simplesmente despedaçando. Nunca vi um comportamento assim. E ela nem estava bem depenada. Eu disse a ele: faça como a sua mãe, passe a pele em cima da chama de uma vela para se livrar das penugens; mas acho que ele não ouviu.

— Então por que você e eu não vamos até Frederick City amanhã de manhã? — Adam ignorou os problemas culinários. — De manhã cedo.

James piscou.

— Com que objetivo?

— Se cem mil homens estavam acampados em Frederick City, vão ter deixado traços. Marcas de fogueiras. Digamos que dez homens para cada fogueira. Então, se contarmos as marcas de queimado nos campos teremos uma boa ideia dos números de Lee.

James riu gentilmente.

— Meu caro Adam, você tem ideia de quanto tempo dois homens levariam para contar dez mil áreas de capim queimado? — Ele balançou a cabeça. — Aprecio o seu interesse, aprecio mesmo. Mas, se é que você perdoa a minha grosseria, não creio que precisemos da ajuda de amadores no serviço secreto. Veja bem, se puder nos ajudar com alguns problemas de sinalização, agradeceríamos. Você é de certa forma um especialista em telegrafia, não é? Nossos colegas parecem incapazes de entender aquele equipamento. Provavelmente vão mandar as mensagens com cutelos! — Ele fungou, divertindo-se com a ideia.

Mas Adam não tinha tempo para telegrafistas de mão pesada, apenas para ceder à raiva contra a lentidão do exército nortista e a obtusidade laboriosa de seu serviço secreto. Decidiu que iria a Frederick City de manhã, não para contar fogueiras, e sim para falar com as pessoas da cidade que poderiam lhe dar alguma indicação dos números de Lee. Sabia que em geral civis superestimavam o número de soldados, mas talvez houvesse alguém na cidade que pudesse lhe dar alguns fatos que a cavalaria dos Estados Unidos não tivera tempo de procurar.

Selou a égua antes do alvorecer e já havia atravessado a linha de piquete quando o sol brilhou às suas costas, lançando a sombra longa de animal e cavaleiro por cima da borda da estrada poeirenta. Tomou o desjejum cavalgando, pão, mel e chá frio enquanto o caminho serpenteava para noroeste paralelo ao leito inacabado da ferrovia Metropolitana. Sentia-se redundante e inútil. Na verdade, tinha pouco objetivo em visitar Frederick, porque sabia que, o que quer que descobrisse, se é que descobriria alguma coisa, seria desconsiderado pelo pessoal de Pinkerton, que trabalhava para construir sua própria imagem elaborada do Exército rebelde. Mas Adam estava ocupando o tempo porque qualquer atividade era melhor que mais um dia indolente no acampamento de McClellan.

O campo estava curiosamente silencioso. O estranho era a ausência de galos cantando. Mas Adam sabia que isso se devia aos forrageiros rebeldes, que provavelmente passaram pente-fino naquelas fazendas amenas em busca de suprimentos. Seria um inverno faminto em Maryland.

Deixou a égua beber água em Middlebrook, depois passou pela região baixa onde galopara mais rápido que a patrulha rebelde. Seu ânimo, que estivera deprimido com a futilidade de sua atribuição, começou a se elevar junto com o sol enquanto ele cavalgava pelo terreno bom. Montes de feno se enfileiravam em campos bem-cuidados, e as pilhas de lenha eram altas, mas sem dúvida o exército que avançava esgotaria logo todo aquele resultado do trabalho duro. Era uma imagem de paz que aquecia a alma de Adam, agora voando num ensolarado devaneio sobre o fim da guerra. Duvidava que fosse voltar à Virgínia e duvidava que sequer fosse desejar retornar. Em vez disso, pensou, iria para a Nova Inglaterra estudar para ser pastor. Tinha uma visão de uma cidade com telhas de madeira construída em volta de uma igreja branca com torre alta em meio a um bosque denso; um lugar de honestidade e trabalho duro, um lugar onde um homem poderia estudar, pregar, ministrar e escrever. Via um escritório cheio de livros e talvez com o sabre de cabo de marfim do pai, que Adam tinha capturado e agora usava à cintura, pendurado sobre a lareira. O sabre fora presente de Lafayette ao seu bisavô, e a lâmina tinha uma bela inscrição em francês: "Ao meu amigo Cornelius Faulconer, que se juntou a mim na luta pela liberdade, Lafayette." Adam imaginou seus próprios bisnetos guardando a arma como um tesouro, uma lembrança de duas guerras em que a virtude havia triunfado sobre o mal. Visualizou uma cozinha com um grande fogão preto, panela fumegando, ervas secando e tigelas de frutas colhidas em seu próprio quintal. Pensou em Julia Gordon em Richmond e se perguntou se no fim da guerra ela reconheceria os pecados do Sul e iria para o norte, compartilhar o porto seguro de Adam no silêncio profundo e devoto dos bosques da Nova Inglaterra.

Esses pensamentos o levaram através de Clarkstown, Hyattstown e Urbana, até que finalmente atravessou a ferrovia Baltimore e Ohio. Os rebeldes tinham arrancado os trilhos e os dormentes, deixando uma cicatriz na terra boa. Mas Adam sabia que os engenheiros do Norte logo repariam a estrada e permitiriam que os vagões corressem de novo para leste e oeste. À sua frente estava Frederick City, mas a toda a volta não havia nada além de campos desertos, salpicados de marcas claras onde foram montadas barracas e manchas escuras onde fogueiras arderam. Os rebeldes tinham desaparecido.

Era fim da manhã quando entrou na cidade.

— Ei! Soldado! — gritou uma mulher, vendo a casaca azul de Adam. — Onde está o resto de vocês?

— Está vindo, senhora — respondeu Adam, tocando cortês a aba do chapéu.

— Os rapazes do Lee foram embora, todos — disse ela, depois esfregou a roupa na tábua de lavar. — Achei que vocês viriam mais cedo.

As pessoas receberam Adam com alegria. Havia mais simpatizantes do Norte que dos rebeldes na cidade, e o surgimento de um único soldado ianque bastou para instigar que exibissem a bandeira dos Estados Unidos. Elas eram penduradas em janelas do segundo andar ou hasteadas em mastros improvisados. Homens vieram trocar um aperto de mão com Adam e alguns lhe deram presentes: charutos ou garrafinhas de uísque. Adam tentou recusar, mas ficou sem graça com a própria aparente ingratidão, por isso fingiu beber de uma garrafinha, depois enfiou um punhado de charutos num bolso da casaca. Apeou na Main Street. Umas dez pessoas falavam com ele ao mesmo tempo, dizendo que os rebeldes tinham ido embora, que o exército deles era grande, mas admitindo que as forças sulistas não tinham arrasado a cidade. A população havia esperado pilhagens, mas os rebeldes se comportaram, apesar de terem insistido em pagar pelos suprimentos com dinheiro confederado, que praticamente não tinha valor. As pessoas queriam saber quando o exército de McClellan chegaria e quando a invasão rebelde seria expulsa do restante de Maryland. Enquanto tentava enfrentar essa tempestade de palavras, Adam notou que algumas pessoas atravessavam a rua para evitá-lo e que outras até cuspiam quando ele passava. Apesar da exibição de bandeiras nortistas, as lealdades de Frederick eram obviamente confusas.

Adam queria encontrar o prefeito ou um membro do conselho municipal, mas em vez disso foi convidado a ir para uma taverna próxima e comemorar a libertação da cidade por um único homem. Balançou a cabeça. Estava perto do correio e decidiu que o chefe dos correios, sendo autoridade federal, podia ser fonte de alguma informação autorizada. Por isso prendeu as rédeas do animal num poste, pegou o ouro de Thorne no alforje para protegê-lo de ladrões e, livrando-se da multidão inoportuna, entrou na agência.

— Santo Deus — disse uma mulher ao vê-lo. — Então vocês chegaram.

— Temo que só eu — respondeu Adam, e perguntou se o chefe dos correios estava.

— Jack! — gritou a mulher, depois indicou as mesas vazias. — Não tivemos negócios nessa última semana — explicou. — Acho que daqui a pouco estaremos compensando o tempo perdido.

— Acho que sim — concordou Adam, depois cumprimentou o chefe dos correios, um homem grande, de barba ruiva, que saiu de uma saleta nos fundos do prédio. Algumas pessoas da cidade tinham apinhado a agência ao entrar atrás de Adam e, para se afastar daquela companhia animada, Adam seguiu o chefe dos correios até o escritório minúsculo.

O homem se mostrou pouco solícito.

— Posso lhe dizer que havia um enorme número dos patifes — disse a Adam. — Mas quantos? — Ele deu de ombros. — Milhares. Milhares e milhares. Como o senhor disse mesmo que era o seu nome?

— Major Adam Faulconer.

O carteiro olhou para Adam com uma expressão quase de suspeita.

— O senhor é major? Não é capitão?

Era uma pergunta estranha, mas Adam confirmou a patente.

— Fui promovido há uma semana — explicou. Havia pendurado a sacola de ouro de Thorne no cinto e o tilintar fraco das moedas o deixava sem graça. O chefe dos correios pareceu não notar o som do dinheiro.

— Onde o senhor está postado, major? — perguntou.

— No quartel-general do general McClellan.

— Então acho que o senhor fez bem em vir aqui, major — disse o chefe dos correios misteriosamente. Em seguida, destrancou uma gaveta da escrivaninha, da qual tirou um envelope pardo e rígido que, para perplexidade de Adam, tinha seu nome escrito. A letra era de fôrma e desconhecida, mas Adam sentiu um tremor de empolgação ao abrir o envelope e desdobrar a folha única.

A empolgação virou perplexidade, quase incredulidade, enquanto lia a Ordem Especial. A princípio, examinando os dois primeiros parágrafos, perguntou-se por que alguém se incomodaria em lhe mandar algo que não parecia mais que um conjunto de instruções de rotina. Mas então chegou ao terceiro parágrafo e, praticamente incapaz de conter a empolgação, viu que recebera todas as disposições dos rebeldes. Tinha em mãos toda a estratégia do Exército rebelde, a posição de cada divisão nas forças de Lee. Aquele papel era ouro, ouro puro, porque Robert Lee havia espalhado seu exército. Parte estava em Harper's Ferry, partes se moviam para o norte em direção à Pensilvânia e outras presumivelmente guardavam a estrada entre os dois lugares. Adam leu a ordem duas vezes e de repente soube que não estava servindo ao seu país em vão. Mesmo McClellan, ao receber este papel, perceberia a oportunidade. O Jovem Napoleão poderia lutar separadamente contra cada parte do exército de Lee, derrotando-as uma após a outra até que a rebelião, pelo menos na Virgínia e nos estados vizinhos, fosse completamente destruída.

— Quem lhe deu isso? — perguntou.

— O sujeito não disse o nome.

— Mas era um oficial rebelde?

— Era. — O chefe dos correios fez uma pausa. — Achei que era importante porque o sujeito agiu de um jeito meio estranho. Por isso mantive a carta separada das outras.

E se fosse uma armadilha? Adam olhou a assinatura. R. H. Chilton. Conhecia Chilton, mas não muito bem. Seria um ardil? Mas essa decisão não era sua.

— Como era a aparência dele? — perguntou ao chefe dos correios.

O homem deu de ombros.

— Pequeno. Meio gorducho. Um pouco... como diria? Delicado? Como se não devesse ser soldado.

— Tinha barba?

— Nenhuma.

Delaney?, pensou Adam. Belvedere Delaney? Não que a identidade do espião de Thorne interessasse agora. Só importava que esse papel precioso devia retornar em segurança para McClellan.

— Obrigado — disse Adam fervorosamente, depois pegou o envelope, mas na pressa o rasgou enquanto tentava colocar de volta a ordem dentro.

— Use isso. — O carteiro lhe deu um envelope maior, que Adam usou para esconder a ordem. Tentou pôr o envelope no bolso, mas o encontrou cheio de charutos. — Fique com isso, por favor. — E derramou os charutos na mesa.

— Todos, não! — O chefe dos correios protestou contra a generosidade de Adam.

— Tenho mais que o suficiente. — Adam não fumava, mas Lyman Thorne gostava de charutos, por isso Adam colocou os últimos três no envelope antes de apertar a mão do chefe dos correios. — Obrigado de novo — disse com fervor.

Voltou rapidamente para a rua, onde tirou do caminho os curiosos e montou. Transferiu o ouro de volta para o alforje e fez a égua atravessar a multidão até finalmente se livrar das pessoas e poder esporear a montaria, partindo pela rua em direção à estação ferroviária. Um açougueiro com avental coberto de sangue saiu de um barracão enquanto Adam passava trotando.

— É melhor tomar cuidado, soldado! — gritou o açougueiro. — Havia alguns guerrilheiros a oeste da cidade, não faz muito tempo.

Adam puxou as rédeas.

— Rebeldes?

— Não estavam de azul.

— Achei que os rebeldes tinham ido embora.

— Esses são uns filhos da mãe que vieram do outro lado do rio. Provavelmente vieram saquear. Estavam bem a oeste quando eu vi, mas devem estar circulando para o sul para dar uma olhada na estação ferroviária. Vá por aquela estrada — o homem apontou para o leste — e vai ficar longe deles. Depois de uns quinze ou vinte quilômetros vai chegar a Ridgeville e lá pode virar para o sul.

— Obrigado — disse Adam, depois virou a égua e bateu os calcanhares, instigando o animal a trote. Tinha uma longa jornada pela frente e precisava poupar as forças da montaria, por isso conteve o instinto de esporeá-la a meio-galope. Tocou o bolso, mal ousando acreditar no que estava escondido ali. Delaney? Seria Delaney o traidor? E ficou chocado consigo mesmo por ter usado a palavra "traidor", mesmo em pensamento, porque quem havia mandado a ordem não era traidor dos Estados Unidos. Mas seria Delaney? De algum modo Adam não conseguia imaginar o advogado janota e inteligente como espião, mas não conseguia pensar em ninguém que se encaixasse na descrição do oficial rebelde dada pelo chefe dos correios e no retrato do agente relutante feito pelo coronel Thorne. Delaney, o astuto advogado de Richmond com língua loquaz, sorriso superficial e olhos observadores.

A perplexidade de Adam o levou para além de uma escola, depois por um estábulo vazio e uma capela de negros. Atravessou um vau e subiu esporeando a outra margem pegando um trecho longo de estrada que deixava a cidade para trás passando por campos manchados pelas cicatrizes deixadas pelos acampamentos rebeldes. Passou por um pequeno pomar que fora despido por soldados, e foi logo depois desse pomar, onde a estrada virava para a esquerda e começava a descer suavemente em direção ao Linganore Run, que viu os cavaleiros rebeldes.

Puxou as rédeas. Os cinco homens estavam a pouco menos de um quilômetro, imóveis e olhando-o quase como se o esperassem. Havia dois cavaleiros na estrada, um bem mais ao norte e os outros no pasto ao sul. Durante uns cinco segundos todos os seis se entreolharam imóveis, então Adam virou a cabeça de sua égua e a esporeou para que voltasse à cidade.

Pensara em tentar ultrapassar o punhado de rebeldes, mas a égua tinha percorrido muitos quilômetros num dia quente para ser capaz de um galope que forçaria os pulmões por quilômetros de terreno. Uma cautela estilo McClellan era o melhor plano, por isso bateu os calcanhares para instigar o animal, passando de volta pelo pomar saqueado.

Sentiu um tremor atravessar a égua, então ela tropeçou e ele precisou se inclinar à direita para ajudá-la a se equilibrar. Por um segundo pensou que ela enfiara uma pata num buraco, mas então o som do tiro chegou. Bateu os calcanhares de novo e a égua tentou reagir, mas uma bala tinha cortado o tendão de uma pata traseira e ela não podia fazer mais nada por ele. Tentou dar um último passo galante, depois se dobrou e relinchou alto de dor. Seu sangue esguichou brilhante na estrada poeirenta.

Adam soltou os pés dos estribos. O som agonizante do único disparo de carabina ecoou no território quente, sumindo na névoa de calor que encobria o dia. Olhou para trás e viu os cinco rebeldes esporeando os cavalos na sua direção. Correu para as árvores e sacou o revólver. O suor ardia nos olhos. A égua estava relinchando de dar pena, os cascos se debatendo na estrada enquanto ela lutava contra a dor na pata.

Adam se apoiou no tronco de uma macieira e apontou o revólver. O inimigo ainda estava a duzentos metros, seria um disparo longo demais para um revólver, mas ele podia ter tanta sorte quanto eles tiveram com seu único tiro fatídico. Por isso esvaziou o tambor, bala por bala, mirando nos dois homens mais próximos, que avançavam pela estrada. Sua visão do inimigo ficou bloqueada pela fumaça dos tiros e ele não fazia ideia de para onde as balas iam. Disparou a última, depois correu para dentro do pomar, onde se agachou, ofegando, enquanto recarregava a arma. Estava com pressa, por isso manuseou os cartuchos desajeitadamente antes de se forçar a ser metódico. O medo martelava, mas ele o manteve longe lembrando-se da ordem roubada que estava no bolso. Precisava sobreviver.

Pressionou as cápsulas de percussão nos cones do revólver, depois olhou para o leste. Os dois cavaleiros na estrada tinham parado, relutantes em cavalgar para mais perto de seus disparos, mas os outros três haviam sumido e de repente Adam percebeu que deviam estar indo para o norte e para o sul com o objetivo de flanqueá-lo. Ficaria preso no pomar e seria caçado como uma raposa acuada.

Correu para a borda oeste do pomar. A cidade não parecia muito distante e havia bosques, uma cerca viva entrecortada e os restos de um monte de feno para lhe dar cobertura. Olhou para a esquerda e para a direita e não viu inimigos. Assim, entregando a segurança a Deus, correu para a luz do sol.

Foi em direção ao monte de feno, que tinha sido desfeito pelos rebeldes em busca de forragem, mas restava feno suficiente para oferecer esconderijo enquanto ele recuperava o fôlego para a próxima corrida voltando para Frederick. Será que alguém da cidade ouviria os tiros e viria ajudá-lo? Correu, esperando ouvir o assobio de uma bala a qualquer segundo, depois se jogou no feno quente e perfumado, onde inalou grandes haustos de ar úmido.

Dois cavaleiros rebeldes apareceram ao sul, um ou dois segundos depois de Adam ter se escondido. Os dois pararam, olhando para o pomar, e Adam se sentiu tentado a continuar correndo, mas sabia que eles iriam vê-lo assim que saísse do monte meio desfeito. Revirou-se no ninho de feno para olhar o norte, mas não viu nenhum inimigo lá. Então um trovejar de cascos o fez olhar de novo para o sul e ver toda uma tropa de cavaleiros inimigos vindo para o pomar. O som dos tiros não trouxera as pessoas da cidade, e sim todo um bando de soldados rebeldes.

Não eram da cavalaria de Jeb Stuart. Esses homens, como o açougueiro disse, eram guerrilheiros. Eram dos condados do norte da Virgínia, fazendeiros durante o dia e guerreiros à noite, só que neste dia tinham deixado de trabalhar para vir ao norte e ver o que poderia ser obtido nos acampamentos rebeldes abandonados e emboscar qualquer patrulha de cavalaria nortista que estivesse sondando o oeste, na direção do exército de Lee. Suas fardas eram as casacas que usavam ao lidar com um arado ou quando capavam um bezerro, as armas eram fuzis de caça ou pistolas para matar bois, e seu ódio aos ianques tinha sido intensificado pelas frequentes invasões de suas terras pelos federais. Eles foram roubados, eles foram insultados, eles foram empobrecidos, e agora, com o fervor de cães famintos buscando carniça, procuravam vingança.

Adam verificou as cápsulas de percussão do revólver, depois ergueu os olhos e viu a tropa recém-chegada trotando para o pomar. A poeira do feno se grudava no óleo da arma e o cheiro de capim seco o lembrava das brincadeiras de criança com a irmã Anna. Depois, com uma pontada vergonhosa, uma lembrança indesejada lhe ocorreu, de quando viu o pai sair de um monte de feno carregando as roupas num braço e depois se virar e estender a mão para Bessie. Na época ela era uma escrava doméstica. Um ano depois seu pai libertou todas as pessoas escravizadas, tornando-as empregadas, mas por anos Adam sentiu medo de Bessie por causa do que tinha visto. Na ocasião ficara confuso, mas depois passou a ser atormentado pelas lembranças do corpo ágil, negro e lustroso e do som brilhante da risada dela quando pulou do monte de feno para o lado de seu pai e enfiou o vestido azul-claro pela cabeça. Adam odiava a escravização.

Mas sabia que os homens que o caçavam agora não eram donos de pessoas escravizadas. Mal teriam dinheiro suficiente para possuir um cavalo, quanto mais um negro, e não lutavam para preservar a escravização, e sim para defender suas terras. E nessa defesa eram sérios e implacáveis. Enfiou-se mais no feno, puxando grandes punhados para cima do corpo, mas mantendo aberto um buraco por onde podia olhar os perseguidores.

Os rebeldes tinham cercado o pomar e agora a maior parte deles apeou, amarrou os cavalos em troncos de árvores e entrou no pomar de maçãs com os fuzis preparados. A égua de Adam ainda relinchava de dor, mas um tiro súbito provocou silêncio. Nenhum dos rebeldes montados, que ficaram fora do pomar, olhava para o monte de feno, e essa falta de vigilância convenceu Adam a se retorcer para o outro lado e procurar uma rota de fuga. Havia uma depressão que escondia o terreno, a cem passos dali, e depois, num campo de capim alto, uma cerca oferecia uma leve cobertura que poderia lhe permitir voltar à cidade, onde estaria muito mais seguro do que nesse refúgio quente e traiçoeiro. Quando os rebeldes descobrissem que ele havia escapado do pomar, provavelmente procurariam no monte de feno, e Adam não queria ser encontrado escondido feito uma criança, por isso se arrastou até a borda do monte de feno, olhou para trás uma vez, verificando se não estava sendo observado, depois saiu do feno e correu agachado em direção à depressão no terreno.

A bainha do sabre se embolou em suas pernas, fazendo-o se esparramar ruidosamente no capim. Desafivelou o cinto do sabre, deixou-o cair e continuou correndo. Ouviu o tiro quase imediatamente e correu o mais depressa que pôde. Poderia ter ziguezagueado como um animal tentando escapar de cães perseguidores, mas correu direto para o terreno baixo, por isso se tornou um alvo fácil para o rebelde que o tinha visto primeiro.

O rebelde disparou e a bala acertou a nádega direita de Adam. A enorme potência do tiro o fez girar e o lançou à frente, de modo que ele escorregou de costas no vale raso onde ficou escondido por um instante. Havia sangue no capim, dor no quadril e lágrimas nos olhos. Ele trincou os dentes e se forçou a se levantar. A dor era terrível, como uma névoa envenenada que nublava os pensamentos, mas ele manteve senso suficiente para saber que deveria salvar a ordem roubada. Foi mancando para o norte, decidido a chegar à cerca mesmo sabendo que agora ela não iria lhe oferecer salvação. Mas estava convencido de que, se pudesse chegar à cerca, de algum modo sobreviveria. Obrigou-se a continuar, mas toda vez que apoiava o peso na perna direita soltava um grito de agonia involuntário. Atrás podia ouvir os gritos animados e os cascos dos rebeldes galopando.

Estava encurralado. Largou a sacola de ouro do cinto, esperando que a perda desse peso lhe desse velocidade, mas a dor piorava, e num instante de clareza soube que não havia chance de escapar. Os cascos estavam ficando mais altos. Tinha segundos, apenas alguns segundos, para decidir o que fazer, mas tudo que restava era o puro desespero, por isso cambaleou subindo a borda oposta da depressão, onde tirou do bolso o envelope com os charutos e a Ordem Especial, depois o enfiou no capim alto. Uma bala cortou o ar perto enquanto ele se virava de volta para o terreno mais baixo. O envelope havia caído no capim alto da campina e Adam só podia rezar para que os rebeldes não o tivessem visto se livrar dele e não o encontrassem. O exército de McClellan devia chegar a esses campos a tempo e talvez a ordem fosse descoberta. Ou talvez não, mas Adam tinha feito o possível e agora sabia que precisava sofrer a captura.

Esforçou-se para dar mais uns dez passos para o leste e desmoronou. A perna direita da calça estava encharcada de sangue. Levantou o revólver, esperando que os inimigos aparecessem, e sentiu um pesar terrível por tudo que deixou de fazer na vida. Nunca levou uma garota para um monte de feno. Foi obediente, obediente demais, e agora era capaz de chorar por todos os pecados não cometidos, e esse pensamento o fez fechar os olhos e rezar pedindo perdão.

Seus olhos ainda estavam fechados quando os rebeldes se juntaram ao seu redor. Eram homens magros, de rosto duro, que cheiravam a tabaco, esterco, cavalos e couro. Desceram das selas e um homem tirou o revólver de seus dedos sem forças. A arma tinha sido de seu pai, era um Adams inglês, uma arma lindamente produzida, com cabo de marfim, e o rebelde que a havia pegado deu um grito de triunfo ao reconhecer sua qualidade.

— Pegamos um major ianque — disse um segundo sujeito, olhando as divisas de Adam. — Um major de verdade.

Alguém deu um chute na perna direita de Adam para ver se ele estava consciente. Adam gritou de dor e abriu os olhos, vendo um círculo de rostos barbudos e queimados de sol. Um dos homens se curvou e começou a revistar seus bolsos, puxando sua casaca rudemente e provocando dor a cada puxão.

— Um médico, por favor — conseguiu dizer Adam.

— É um filho da puta digno de pena, hein? — comentou um sujeito, e gargalhou.

Outro homem havia encontrado o ouro, que provocou novos gritos de empolgação, e então um terceiro sujeito trouxe o maravilhoso sabre do campo onde Adam o descartara. O líder dos rebeldes, um sujeito magro e barbeado, pegou o sabre e o desembainhou. Leu a inscrição e, mesmo não sabendo nada de francês, reconheceu os nomes.

— Faulconer — disse em voz alta. Depois, com espanto na voz: — Lafayette! Filho da puta. — Ele usava à cintura um sabre preto e velho, uma arma tão grosseira quanto uma faca de açougueiro, e agora o substituiu pelo cinturão e pela bainha de Adam antes de olhar de novo a inscrição na lâmina francesa. — Faulconer. É um nome da Virgínia.

— O nome dele é Faulconer — disse o homem que tinha revistado Adam. Encontrara a carta do Departamento do Inspetor-Geral em Washington, nomeando Adam para o Exército de McClellan. A carta dizia que ele estava inspecionando arranjos de sinalização, era o papel redigido pelo coronel Thorne para explicar a presença de Adam no quartel-general dos federais. Agora só servia para piorar as coisas.

— Que diabos um inspetor de sinalização está fazendo em Frederick? — perguntou o líder rebelde.

— E carregando ouro — acrescentou outro homem.

O líder se agachou aos pés de Adam e enfiou a ponta do sabre embaixo do queixo dele.

— Você é da Virgínia, major?

Adam olhou para o céu azul.

— Eu fiz uma pergunta, garoto — disse o líder, cutucando com o sabre.

— Sou americano — respondeu Adam. Estava se sentindo fraco. Sentia o sangue escorrendo do ferimento, molhando o chão e o fazendo delirar, mas a dor estava diminuindo como por magia. Estava quente, quase confortável.

— Sou americano — conseguiu dizer.

— Diabos, somos todos americanos — reagiu o líder rebelde. — Mas você é da Virgínia?

Adam não disse nada. Estava pensando em Bessie, que parecera tão negra, esguia e linda enquanto enfiava o vestido por cima do rosto sorridente. Pensou em Julia Gordon em Richmond. Pensou no sonho na Nova Inglaterra; a casa do pastor, os livros, a cozinha, o som de crianças rindo no quintal coberto pela sombra das árvores.

— O filho da puta está chorando — grasnou um dos rebeldes.

— Você também choraria se tivesse levado um tiro na bunda — disse outro homem, provocando gargalhadas.

— Um tremendo tiro, Sam — observou outro homem, admirado. — Devem ter sido uns quarenta metros, no mínimo.

— Pelo menos cinquenta — disse Sam.

O sabre furou o queixo de Adam.

— O que você estava fazendo aqui, major?

— Nada de bom — respondeu um dos rebeldes por Adam e gargalhou.

— Filho da puta — disse o líder rebelde, depois se levantou e embainhou o belo sabre. Em seguida sacou o revólver e apontou para a cabeça de Adam. — Não tenho o dia todo, major, nem você, e não tenho paciência para esperar até que você tenha tino. Então fale agora, seu filho da puta. O que estava fazendo aqui?

Adam fechou os olhos. No céu não haveria lágrimas, disse a si mesmo, nem dor, nem arrependimentos. Nenhuma confusão de alianças entrecruzadas. Nem guerra. Nem escravização. Só haveria júbilo, paz e uma felicidade calma e interminável. Sorriu. Seria uma felicidade enorme no céu, pensou, uma felicidade quente e sonhadora.

— Ele não vai falar — disse um dos homens.

— Ele é filho do Faulconer — interveio uma voz nova. — Você lembra? O filho da puta desertou na primavera.

— A família Faulconer nunca prestou para nada — resmungou uma voz. — São ricos filhos da mãe amantes dos crioulos.

O líder rebelde atirou. O som do disparo ecoou na depressão e foi sumindo enquanto a bala batia com uma força terrível na terra ao lado da cabeça de Adam.

— Qual é o seu nome? — perguntou ele.

Adam abriu os olhos.

— Faulconer — respondeu com orgulho. — E sou da Virgínia.

— Então o que estava fazendo aqui, seu desgraçado?

— Sonhando com o Paraíso — respondeu Adam, e não disse mais nada.

— Você é um traidor, seu filho da puta — disse o líder ao perceber que Adam estava decidido a permanecer em silêncio. Disparou uma segunda bala, e esta acertou a cabeça de Adam, fazendo-a se sacudir para cima uma vez quando arrancou um naco do tamanho de um punho de sua nuca. A cabeça tombou de volta, com sangue no cabelo loiro e de olhos abertos, depois ficou imóvel.

O rebelde pôs o revólver no coldre.

— Deixe o filho da puta onde está.

Uma mosca pousou num globo ocular de Adam, depois voou até o ferimento na boca aberta. Os rebeldes se afastaram. Tinham conseguido um bom lucro: ouro, uma ótima sela com arreios, um sabre e um revólver. Não encontraram o envelope.

Quando os cavaleiros da Virgínia voltaram para o sul, um grupo de homens veio da cidade investigar o que tinham sido os tiros. Encontraram o corpo de Adam. Um deles mandou trazer dois escravizados e um carrinho de mão em que o corpo foi levado à cidade, onde houve uma discussão quanto ao que fazer com ele. Alguns queriam esperar até que o exército de McClellan chegasse a Frederick City e então entregar o corpo, mas o pastor episcopal

177

insistiu que ninguém sabia se o exército nortista sequer viria à cidade. E que, quando alguém chegasse, o cadáver sem dúvida estaria fedendo. Assim foi cavada uma cova no cemitério, onde Adam, sem caixão, mas com a farda do país que amava, foi enterrado com orações. O chefe dos correios se lembrou do nome do oficial morto, mas não de como se escrevia, e "Adam Falconer" foi gravado a fogo na cruz de madeira que marcava o monte de terra.

Enquanto isso, no pasto, perto da depressão e de algumas marcas de antigas fogueiras rebeldes, o envelope ficou no capim, sem ser visto.

Billy Blythe estava perto do capitão Thomas Dennison, olhando para Nate. Nenhum dos dois dizia uma palavra, e não precisavam. Ambos experimentavam uma mistura de inveja e aversão, embora em Dennison a aversão fosse mais próxima do ódio.

Nathaniel não percebia o escrutínio dos dois. Estava sem camisa, coberto de suor e puxando um canhão Parrott de dez libras que precisava ser levado à última crista de morro acima de Harper's Ferry. O caminho morro acima era íngreme demais para cavalos ou bois, por isso o canhão precisava ser levado por mãos humanas até o cume, e os Pernas Amarelas receberam a tarefa. Mais de dez canhões estavam sendo arrastados morro acima do mesmo modo, e até agora o Batalhão Especial tinha feito o melhor tempo. Mas, mesmo com cinquenta homens puxando cordas e outros seis empurrando as rodas dos canhões, agora seus esforços eram bloqueados por uma fenda profunda nas rochas e por um trecho do terreno de mato baixo e duro.

— Filho da puta. — O sargento Rothwell xingou a arma pesada, depois prendeu as rodas com pedras de modo que o canhão não rolasse de volta pelos poucos metros preciosos que tinham sido percorridos. Só restavam cinquenta passos para chegar, mas esses passos poderiam ser os mais difíceis da subida e lhe custar o primeiro lugar na corrida não oficial para chegar à crista.

Nathaniel limpou o suor dos olhos, soltou a baioneta e tentou cortar a base de um dos arbustos embolados.

— Corte-os — explicou aos homens em volta — e encham a fenda. — Indicou a fissura na rocha logo depois dos arbustos, mas, quando se curvou de volta para o arbusto, descobriu que a baioneta não serviria. O tronco forte e fibroso recebeu um corte inicial limpo, depois resistiu com teimosia ao aço.

— Precisamos de serras e machados — disse Rothwell.

O capitão Potter, que estivera oferecendo mais encorajamento que músculos, virou a cabeça para o norte.

— Uns rapazes da Geórgia têm serrotes lá — disse.

Nathaniel se empertigou, encolheu-se com uma dor súbita nas costas e limpou a baioneta na calça. Embainhou a arma.

— Lúcifer! — O garoto subiu correndo a encosta. — O Sr. Potter sabe onde há alguns serrotes que precisam ser roubados.

— Isso é que é obedecer ao Sexto Mandamento — comentou Potter, provocando uma risada entre os homens exaustos.

— Vão — ordenou Nate. — Vocês dois.

Potter e Lúcifer se afastaram rapidamente em sua expedição desonesta enquanto Nathaniel descia de novo a encosta para ajudar os homens que puxavam o armão do canhão. Na metade do caminho encontrou o capitão Peel, subindo com uns vinte cantis cheios de água para os homens que puxavam o canhão.

— Achei que vocês estariam com sede — ofegou Peel.

— Muito bem. Obrigado — disse Nathaniel, agradavelmente surpreso.

Dos quatro capitães originais, Peel estava se mostrando o mais útil. Tinha transferido a lealdade de Dennison para Nathaniel, e, apesar de ser um aliado fraco, era bem-vindo. Cartwright e Lippincott cumpriam com seus deveres, mas sem entusiasmo, e Dennison era totalmente carrancudo. Apenas Billy Tumlin parecia capaz de pôr bom senso em Dennison, e Nate agradecia isso.

Agora Billy Blythe estava conversando com Dennison. Os dois tinham encontrado uma depressão discreta logo abaixo da crista e se acomodaram para fumar charutos.

— Perdi a minha mãe e o meu pai, como você — disse Billy Blythe a Dennison. Na verdade, seu pai não tinha sido perdido. O mais correto era dizer que nunca fora achado depois de engravidar sua mãe, que ainda estava muito viva, porém muito longe dos pensamentos do filho. — É difícil ser órfão.

Grato pela simpatia, mas ainda carrancudo, Dennison deu de ombros.

— Acho que foi mais difícil para você, Tom, que para mim — disse Blythe generosamente.

Dennison assentiu e depois deu uma tragada no charuto. De longe veio o som abafado de grandes canhões ferindo o ar. Supôs que fosse uma bateria federal disparando contra os rebeldes nas colinas ao norte da guarnição encurralada.

— Eu sobrevivi — disse ele, sério.

— Ah, claro, a gente sobrevive — concordou Blythe energicamente —, porém é mais que isso, Tom. O que gente como Starbuck nunca vê é que nós, órfãos, somos mais durões que a maioria das pessoas. Mais fortes.

Precisamos ser. Quero dizer, você e eu não tivemos lares de verdade, não é? Não como Starbuck. Ou talvez ele veja. Talvez ele entenda que somos mais fortes, motivo pelo qual sente ciúme.

— Ciúme? — perguntou Dennison. Nunca havia pensado que Nathaniel poderia sentir ciúme dele. Talvez desprezo, mas jamais ciúme.

— Dá para ver de longe — disse Blythe, sério. — É por isso que ele pisa em você, Tom. — Blythe parou para tirar um fiapo de tabaco da boca. — Diabos, ele sabe que você deveria ser o comandante do batalhão. O negócio desses homens — e Blythe apontou o charuto para os soldados apinhados em volta do canhão imóvel — é que eles precisam de disciplina. Disciplina dura e verdadeira. Starbuck os fica paparicando, quer que sejam como ele. É mole com eles. Diabos, você ou eu teríamos arrancado a patente do Potter assim que ele se embebedou, mas não Starbuck. Ele foi leniente. Foi mole. Mas ser mole com esse tipo de batalhão não vai funcionar, não em batalha. Você sabe disso, eu sei disso.

Dennison assentiu, concordando.

— Starbuck deixou Rothwell sair do cavalo. No dia em que chegou a Camp Lee. É mole, você está certo.

— Rothwell! — disse Blythe. — Esse é um homem perigoso. — Ele ficou em silêncio, aparentemente pensando. — Não ajuda ser mole com homens como Rothwell. Não que eu seja o sujeito certo para trazer disciplina. Sei disso. Sou muito afável. Consigo ver o que há de errado, mas não tenho a natureza para fazer alguma coisa a respeito, mas afinal de contas não pretendo ficar aqui, de qualquer modo.

— Não? — perguntou Dennison um pouco ávido demais.

— Diabos, não. Estou decidido a voltar para a Louisiana. Aquele é o meu lugar, Tom, e não a Virgínia. Não pedi para ser posto aqui, queria ir para casa, que é o meu lugar, e assim que essa campanha acabar pretendo ir para o sul. Cinco semanas? Seis, talvez? Então Billy Tumlin vai para casa. Prefiro lutar contra os ianques na Louisiana do que aqui, e, além disso, um regimento da Virgínia deve ser comandado por um homem da Virgínia, não acha?

— Acho — respondeu com fervor Dennison, que era da Virgínia.

— E Starbuck não é de lá — continuou Blythe. — Diabos, ele nem é do Sul. Qual é o sentido de uma guerra para se livrar dos nortistas se você tem um nortista lhe dando ordens? — Blythe balançou a cabeça. — Não faz sentido, pelo menos nenhum que eu possa enxergar.

— Achei que você gostava do Starbuck — disse Dennison com ressentimento.

— Diabos, Tom, não há lucro em ser inimigo explícito de ninguém! Além do mais, não é da minha natureza agir com insatisfação, mas isso não me impede de ver o que é evidente como um furúnculo na bunda de uma puta. Se eu fosse Swynyard, e graças ao santo Deus não sou, tiraria Starbuck do batalhão dele e colocaria você no comando. — Na verdade, Blythe desprezava Dennison por considerá-lo um covarde espalhafatoso e achava difícil até mesmo se sentar ao lado do sujeito cujo rosto era um punhado de retalhos escabrosos que restavam das feridas. Mas a covardia, como Blythe sabia muito bem, não era barreira para as ambições de um homem, e ele via o desespero da ambição em Dennison. — Você deveria estar no comando, com Bobby Case como seu segundo. Depois todos vocês deveriam voltar para Camp Lee e fazer um treinamento de verdade. É assim que se pode transformar esse batalhão num regimento bom de luta, e não do jeito do Starbuck. — Blythe balançou a cabeça como se estivesse desesperado.

— Case é um bom homem — comentou Dennison. Na verdade, ele morria de medo de Case e tinha ficado meio atônito quando Tumlin o chamou de Bobby, mas Dennison entendia que agora Case era um aliado natural na guerra particular contra Nathaniel.

— Você não vai encontrar um homem melhor que Case — concordou Blythe vigorosamente. — É sal da terra. E respeita você, Tom. Ele me disse. — Blythe fungou como se estivesse profundamente comovido com a confidência de Case. — E vou lhe dizer outra coisa. Nós não deveríamos estar aqui. — Ele balançou o charuto num gesto que pretendia abarcar todo o cerco de Harper's Ferry. — O batalhão não está pronto para lutar. Não está equipado nem treinado adequadamente. — Ele era enfático, e Dennison assentiu com avidez. — O que esse batalhão precisa é de uns bons meses de treinamento. O mais responsável a se fazer, Tom, é sobreviver a essa campanha. Não fazer mais que o necessário, depois pegar o batalhão pela mão para um inverno de treinamento. Eu não estarei aqui para ajudá-lo, porque terei ido para o sul, mas você e o Bobby Case podem fazer o serviço. Mas para isso, Tom, você precisa sobreviver, e Starbuck é tremendamente descuidado com a vida dos homens em batalha. Você viu isso ontem. Maitland e você tiveram o bom senso de ficar para trás, tiveram o senso de poupar os seus homens, mas não Starbuck. Ele saiu valsando por aquele morro como um pastor farejando uma noite grátis num bordel! Ele faz com que homens sejam mortos, e não é assim que se vence uma guerra. Você sabe disso, eu sei disso.

— E o que você está sugerindo? — perguntou Dennison, coçando uma casca de ferida que estava se soltando no rosto.

Santo Deus, pensou Blythe, o que ele deveria fazer? Pintar um alvo nas costas de Nathaniel e colocar uma arma nas mãos de Dennison?

— Diabos, não estou sugerindo nada, só que talvez você e o Bobby Case deveriam estar comandando esse batalhão. Assim que eu tiver ido para o sul, Tom, não vai fazer diferença para mim, mas dói, dói muito ver talentos sendo contidos. Não é da minha natureza ficar sem dizer nada quando vejo isso, e você e o Bobby estão sendo contidos.

Uma comemoração barulhenta fez os dois se virarem e verem que o capitão Potter e Lúcifer tinham voltado com um par de serrotes que foram usados rapidamente. Um esquadrão de homens da Geórgia ultrajados vinha seguindo os ladrões, decididos a recuperar os serrotes, e os homens de Nate estavam trabalhando rápido para tirar os arbustos antes do confronto.

— Aquele maldito escravo do Starbuck — disse Dennison baixinho. — Ele fica vigiando o tempo todo. Fica acordado à noite, vigiando.

— Diabos, lá no sul nós sabemos lidar com crioulos metidos a besta — observou Blythe com desprezo. — Especialmente crioulos com armas. Ele não duraria um dia lá no sul.

Uma gargalhada soou. Potter, com uma expressão de inocência absoluta, estava dizendo que achava que os serrotes tinham sido jogados fora. Começou uma história elaborada de que simplesmente havia deparado com os dois serrotes, e, enquanto falava, os Pernas Amarelas os usavam e jogavam os arbustos serrados na pequena ravina.

O capitão da Geórgia exigiu a devolução imediata dos serrotes. Nate, com suor e sujeira no peito, apresentou-se. Concordou que roubo era uma coisa séria.

— O senhor pode identificar os serrotes? — perguntou ao soldado da Geórgia.

— Diabos, nós vimos o crioulo pegar!

— Lúcifer! — gritou Nathaniel. — Você pegou os serrotes desse cavalheiro?

Lúcifer balançou a cabeça.

— O capitão Potter disse que os serrotes tinham sido perdidos, senhor. Disse que eu deveria cuidar deles. — Outros dois arbustos foram cortados, então os homens foram até o próximo emaranhado de arbustos e recomeçaram o trabalho.

— Os serrotes estavam em cima das nossas casacas! — protestou o sujeito da Geórgia.

— Acho que o procedimento certo seria um inquérito completo — disse Nathaniel. — Se você puder fazer um informe ao comandante da sua brigada, eu vou alertar ao meu de que a papelada está indo. Capitão Potter? Pode escrever um relato detalhado sobre as circunstâncias em que encontrou os serrotes?

— Quantas cópias, senhor? — perguntou Potter.

— Pelo menos três.

O soldado da Geórgia balançou a cabeça.

— Diabos, senhor — disse a Nathaniel —, os meus rapazes podem levar os serrotes agora. Para poupar a sua tinta. Venham, rapazes. — Ele levou seus doze homens na direção dos serrotes, mas uns vinte soldados de Nate se ofereceram para defendê-los, e os georgianos pararam ao ver os números.

Potter deu um tapinha no canhão parado.

— Devemos carregar com metralha, senhor? — perguntou a Nate.

Nathaniel riu, depois se virou e viu que os últimos arbustos estavam sendo cortados. Esperou até os serrotes terem terminado o trabalho e os recolheu.

— Obrigado pelo empréstimo — disse ao capitão da Geórgia, estendendo-os. — Foi um prazer.

O sujeito riu, pegou os serrotes e se afastou enquanto os homens de Nathaniel se curvavam para os tirantes do canhão e começavam a puxar. O canhão pesado rangeu e se sacudiu ao se mover, depois chacoalhou por cima dos cotos serrados e passou ruidoso sobre a ponte improvisada que enchia a ravina. Nathaniel correu ao lado, instigando os homens. Os artilheiros corriam com ele, ansiosos para posicionar a arma e começar o bombardeio que logo destruiria a guarnição em Harper's Ferry. Gritos de comemoração anunciaram a chegada da peça, a primeira a ser posta acima da cidade condenada. O armão ainda não tinha chegado, mas os homens de Nate venceram a corrida. E em dois dias, Nathaniel achava, eles deveriam estar dentro da cidade, e com sorte haveria um bom número de machados, pás, botas, serras, munição, fuzis — tudo de que seu Batalhão Especial precisava. Depois disso iriam para o norte, e então Nate sabia que precisaria enfrentar os ianques em batalha. E ousava esperar que talvez fosse a última batalha, já que esta era a esperança desta campanha rebelde. Ir para o norte, mostrar aos ianques que o Sul não podia ser derrotado, e depois selar a paz. Esse era o sonho, o motivo para atravessar o Potomac; a esperança de que a matança terminaria.

9

O exército do Norte penetrou cautelosamente nas fazendas desertas de Maryland, onde o general McClellan não deixou nada ao acaso. Garantiu a segurança dos flancos, estabeleceu as comunicações e avançou suas unidades de frente no ritmo patético de quinze quilômetros por dia. Pinkerton, chefe do serviço secreto do Exército, garantiu a McClellan que ele enfrentaria pelo menos duzentos mil rebeldes bem armados, e McClellan imaginava essa horda terrível esperando para emboscá-lo como os apaches caindo sobre um comboio de suprimentos. A Casa Branca instigava McClellan enquanto o Departamento de Guerra lhe enviava despachos contrários, declarando que, quanto mais ele se afastasse da capital, mais era provável que os rebeldes atravessassem o rio em bando para atacar a cidade. McClellan avançava lentamente, sempre pronto para correr de volta caso surgisse algum perigo.

O coronel Thorne havia abandonado seu escritório em Washington. Não suportava o calor opressivo da capital, onde as únicas notícias do Exército eram relutantes ao passo que cada boato sobre as aparentes ambições de Lee era imediatamente informado pela imprensa. A Filadélfia estava esperando um cerco; os governantes de Baltimore tinham proibido a venda de álcool para proteger os nervos de seus cidadãos temerosos. E o embaixador britânico, um aristocrata afável, supostamente estava arrumando as malas, preparando-se para uma declaração de guerra aos Estados Unidos.

— Tudo isso é absurdo, Thorne — disse lorde Lyons ao coronel numa recepção na Casa Branca. — Não há sentido em fazer guerra contra vocês — acrescentou com leveza. — Pelo menos não até Bobby Lee vencer a coisa por nós. Então nós poderíamos vir, claro, para juntar os cacos e conseguir alguma vingança por Yorktown.

— A coisa pode chegar a esse ponto, embaixador — reagiu Thorne, soturno.

Lyons, ouvindo o desânimo do coronel, deu-lhe um tapinha no braço.

— Não vai chegar, Thorne, e você sabe disso. Não enquanto vocês tiverem aquele homem. — Ele assentiu para o presidente do outro lado da sala apinhada, por quem Lyons reconhecidamente tinha afeição. — Admito que algumas pessoas na Inglaterra não estão infelizes em vê-los embaraçados, Thorne, mas não creio que queiramos nos arriscar a ficarmos embaraçados também. Acredite, não estou arrumando nenhuma valise. Faça-nos uma visita e veja você mesmo.

Mas Thorne não tinha paciência para as gentilezas diplomáticas de Washington, pelo menos enquanto o destino da República estava sendo decidido em Maryland. E assim, com a permissão do presidente, pegou seus alforjes e cavalgou para o oeste para se juntar ao quartel-general de McClellan onde, ao procurar Adam, descobriu que seu protegido havia desaparecido. O chefe do Estado-Maior de Allen Pinkerton, James Starbuck, que Thorne encontrara no início da guerra, declarou que Adam tinha cavalgado para Frederick City dois dias antes.

McClellan, que estava visitando Pinkerton, entreouvira o comentário e disse:

— Se ele foi até lá, então fez por merecer.

— O quê? — perguntou Thorne.

— A captura, imagino. O sujeito não tinha o que fazer em Frederick City. Achei que ele estava aqui para orientar o nosso pessoal de sinalização.

— Estava — mentiu Thorne, sabendo que McClellan sabia que ele estava mentindo.

— Então ele deveria estar trabalhando com os telegrafistas, e não exercitando o cavalo. A não ser, é claro, que estivesse aqui com outro objetivo, não é?

Thorne encarou o rosto jovem e saudável do general, que exibia a carranca perpétua de um homem que sempre tentava parecer mais velho e mais severo que seus temores internos o faziam se sentir.

— Que objetivo seria esse, general? — perguntou Thorne maliciosamente.

— Você saberia, Thorne, você saberia — reagiu McClellan rispidamente. Ele sabia muito bem que Thorne tinha a confiança do presidente e temia, com razão, que o coronel de cabelos brancos estivesse repassando a Lincoln um fluxo constante de notícias não oficiais. Não era de espantar que aquele idiota na Casa Branca não tivesse ideia de como vencer a guerra! Se aquele símio o deixasse ser lento e sistemático, a União seria salva, mas não, ele vivia cutucando e instigando-o a ir mais rápido. E o que Lincoln sabia de guerra? Meu Deus, o sujeito era advogado de ferrovia, não soldado. McClellan deixou esses ressentimentos ruminando na mente enquanto ouvia os resmungos distantes dos canhões pesados em Harper's Ferry.

185

Uma agitação no ar denso e quente fez com que esse resmungo aumentasse num *staccato* súbito. Thorne se perguntou por que McClellan não lançava uma unidade do exército para a guarnição sitiada para resgatar os milhares de soldados nortistas e suas toneladas de preciosos suprimentos das mãos dos rebeldes, mas um salto ambicioso como esse estava além do pensamento do Jovem Napoleão.

— Imagino que o senhor não se incomodaria se eu fosse até Frederick City — disse Thorne.

— A escolha é sua, coronel, é sua, mas não posso abrir mão de homens para protegê-lo. Além disso, espero acampar lá esta noite, mas, se quiser ir na frente, o risco é seu. Agora, se me der licença, tenho uma guerra para travar.

Thorne cavalgou à frente do exército que avançava, mas acabou chegando muito depois da vanguarda de McClellan. O cavalo do coronel perdeu uma ferradura e, no tempo que levou para encontrar um ferreiro e estar com a ferradura de novo pregada no casco, o exército federal já se movia para os campos cheios de cicatrizes onde o exército rebelde estivera apenas alguns dias antes. Machados soavam nos bosques enquanto os homens cortavam lenha, e em todo o lugar as tendas monótonas se desdobravam em longas fileiras. Latrinas eram escavadas, cavalos eram levados para beber água, e piquetes eram postos para vigiar os campos vazios.

Thorne entrou na cidade cheia de curiosos soldados nortistas desapontados por não ouvir histórias de rapina e pilhagem por parte dos rebeldes. Bandeiras dos Estados Unidos estavam penduradas em janelas, telhados e sacadas, mas Thorne suspeitava, cinicamente, que um número igual de bandeiras rebeldes tivesse recebido a chegada do Exército de Lee. Barris de água e limonada eram postos na calçada para aplacar a sede dos soldados, e mulheres entregavam bandejas com biscoitos. Um lojista empreendedor estava fazendo um bom dinheiro com bandeiras confederadas; coisas grosseiras que Thorne supunha que tivessem sido feitas às pressas numa máquina de costura, mas os soldados estavam ansiosos para comprar as lembranças que seriam sujas, levariam tiros e depois seriam mandadas para casa como troféus de batalha. Até o desprezado papel-moeda da Confederação, que não tinha valor verdadeiro fora do Sul, era comprado como lembrança. Quatro mulheres jovens, com saias amplas e xales franjados, carregando sombrinhas de papel, andavam ousadas pelo centro da Main Street. Não eram jovens locais, isso era óbvio, já que sua sofisticação artificial era espalhafatosa demais para o gosto de Frederick City. Thorne supôs que fossem quatro das centenas de prostitutas de Washington que seguiram o exército para o oeste e que diziam ter seus próprios meios de transporte, tendas e cozinhas.

Um pastor alto, de cabelos brancos, franziu a testa ao ver as jovens. E Thorne, decidindo que o pastor parecia um homem de bom senso, aproximou-se, apresentou-se e, sem nenhuma esperança de descobrir alguma coisa útil, perguntou sobre Adam.

O pastor demorou apenas alguns instantes e menos de dez perguntas para identificar o oficial desaparecido. Tirou o chapéu de aba larga e deu a notícia terrível.

— Está enterrado no cemitério da minha igreja, coronel.

O pastor levou Thorne até o cemitério e ao monte de terra recém-revirada, com a cruz de madeira precária onde o nome de Adam estava escrito errado. Thorne ficou satisfeito ao ver que alguém tinha posto flores no túmulo.

— Seu desgraçado filho da mãe — disse, baixo demais para o pastor ouvir. — Seu desgraçado inocente filho da mãe.

Então era isso, pensou com desânimo, e cavalgou triste de volta ao acampamento federal. A estratégia desesperada fracassou. Thorne sempre soube que era uma chance imprudente e frágil, mas tinha se iludido para acreditar que, de algum modo, ela poderia dar certo. Mas como Adam chegaria a Delaney? Foi um desperdício de um homem bom e, quando Thorne chegou ao acampamento e descobriu onde seu serviçal havia montado a barraca, obrigou-se a suportar a penitência de escrever ao pai de Adam. Não sabia se a mãe de Adam ainda vivia, por isso endereçou a carta ao general Washington Faulconer, garantindo que seu filho morrera como herói. "Sem dúvida o senhor lamentará por ele ter perecido enquanto lutava por seu país, e não por seu estado natal, mas Deus Todo-Poderoso achou justo repousar esse patriotismo em seu coração, e os caminhos de Deus são sempre inescrutáveis." As palavras formais eram tremendamente inadequadas, mas que palavras bastariam para contar a um pai sobre a morte do filho? Thorne avisou ao general onde o corpo de Adam estava, depois terminou a carta com seu sincero pesar. Uma gota de suor manchou a assinatura, mas ele a secou, lacrou a carta e a colocou para o lado. Maldição, pensou. A única chance de atiçar McClellan a agir com uma aparência de militar enérgico havia passado. Thorne havia jogado e perdido.

Só que não havia perdido. Dois soldados de Indiana, um sargento e um cabo, terminaram de montar suas barracas e foram para o norte, saindo das fileiras do acampamento e atravessando uma depressão no pasto até uma extensão de capim mais limpo, que não tinha lixo rebelde. Planejavam fazer uma fogueira e ferver um pouco de café longe do olhar predatório dos colegas, por isso foram em direção a uma cerca de madeira que permanecera milagrosamente intacta durante a estadia dos rebeldes. A madeira da cerca era boa para ser usada como lenha, e o café ajudaria a passar a tarde longa e quente. Mas pouco antes de chegarem à cerca o cabo Barton Mitchell viu um envelope caído no capim. O envelope parecia curiosamente volumoso, por isso ele o pegou e sacudiu o conteúdo.

— Nossa, Johnny — disse quando os três charutos apareceram. Cheirou um deles. — E estão bons. Quer um?

O sargento Bloss pegou o charuto oferecido, e com ele o pedaço de papel que servira para embrulhar o achado precioso. Enquanto cortava a ponta do charuto com os dentes, olhou o papel, e depois de alguns segundos franziu a testa. Havia nomes que ele reconhecia — Jackson, Longstreet e Stuart — e embaixo o papel estava assinado "por ordem do general R. E. Lee".

O café foi esquecido. Em vez disso, os dois homens levaram o papel ao comandante de sua companhia, que o passou pela cadeia de comando até que finalmente um colega do coronel Chilton, de antes da guerra, reconheceu a letra. A ordem parecia ser genuína, e ela foi levada rapidamente à barraca do general McClellan.

Thorne ouviu a agitação e, enquanto vestia sua casaca azul, saiu da barraca e foi até um grupo de gente reunida em volta do quartel-general dos federais. Muitos eram civis que vieram olhar boquiabertos o general federal que, convencido de que a ordem era genuína, estava exultante. McClellan viu Thorne e brandiu o papel com triunfo.

— Aqui está um papel com o qual posso açoitar Lee, Thorne! E, se não puder, eu vou para casa amanhã!

Perplexo diante deste súbito entusiasmo por parte de McClellan, Thorne só pôde ficar boquiaberto.

— Amanhã vamos penetrar no centro das forças dele — alardeou McClellan —, e em dois dias ele estará encurralado!

Thorne conseguiu pegar a ordem. Sua perplexidade cresceu à medida que a lia, porque ali estavam escritas todas as disposições de Lee, e essas disposições revelavam que o comandante inimigo era um jogador consumado. Lee devia saber que o exército de McClellan estava marchando para o oeste, mas tamanho era seu desprezo pelo inimigo que havia dividido sua própria força em cinco e a espalhado pelo oeste de Maryland e pelo norte da Virgínia.

A maior parte do exército confederado estava sitiando Harper's Ferry; outra tinha ido para o norte, preparando-se para invadir a Pensilvânia; e forças menores barravam as colinas diante das tropas de McClellan. Era verdade que a ordem já tinha quatro dias, mas o murmúrio dos canhões distantes confirmava que os rebeldes continuavam em bandos ao redor de Harper's Ferry, e esse som sugeria que as disposições detalhadas na ordem ainda valiam. Isso significava que, se McClellan marchasse rapidamente, havia uma chance genuína de o exército nortista se colocar entre as unidades espalhadas do exército de Lee. Então elas seriam destruídas, uma por uma, matança por matança, rendição por rendição, página por página de história sendo feita.

— É o fim da rebelião, Thorne — disse McClellan pegando o papel de volta.

— De fato, senhor — concordou Thorne, e sentiu uma pontada de aversão pelo general baixo de cabelo tão cuidadosamente ondulado e bigode lustroso de tão escovado. Um frango castrado, pensou, e sentiu vergonha por se ressentir tanto desse presente da vitória completa sendo dado a uma criatura dessas.

— Não duvida de que a ordem seja genuína? — perguntou McClellan, incapaz de esconder a ansiedade incômoda de que a ordem poderia ser um ardil, mas as circunstâncias em que ela fora encontrada sugeriam um descuido grosseiro, e não um desígnio astuto. — Pittman garante que conhece a letra — continuou o general. — É de Chilton, sem dúvida, ou pelo menos é o que Pittman diz.

— Confio na memória do coronel Pittman com relação a isso, senhor — admitiu Thorne.

— Então vencemos! — grasnou McClellan. O símio da Casa Branca podia receber o crédito por preservar a União, mas George Brinton McClellan estava contente porque os eleitores na próxima eleição presidencial saberiam a quem realmente agradecer. McClellan em 64! E em 68, por Deus, e talvez para sempre, assim que os eleitores percebessem que apenas um homem no país teve a coragem, a prudência e a sabedoria para guiar os Estados Unidos! McClellan se refestelou nesta visão por um instante, depois bateu palmas. — Ordens de marcha! — anunciou, depois mandou os visitantes embora para trabalhar em paz.

Thorne encontrou o coronel Pittman, e com ele rastreou a descoberta da ordem ao sargento Bloss e ao cabo Mitchell. Com eles ficou sabendo onde o envelope fora encontrado, e depois disso cavalgou até Frederick City e encontrou um homem que tinha ajudado a recuperar o corpo de Adam. Para seu deleite, ficou sabendo que o corpo fora encontrado a apenas alguns metros de onde o envelope estava. E essa circunstância o convenceu de que a cópia da Ordem Especial 191 era genuína, e não uma armadilha sutil deixada por um inimigo em menor número.

— Então não foi em vão — disse a Adam em sua sepultura. — Você se saiu bem, Faulconer, você se saiu bem. — Prestou continência solenemente para a sepultura e depois fez uma oração agradecendo. Parecia que Deus não havia abandonado seu país. E muito bem, Delaney, acrescentou em silêncio. O advogado de Richmond merecia uma recompensa.

Porque as primeiras tropas federais se preparavam para marchar com nova pressa e súbita objetividade; preparavam-se para marchar para o oeste, onde o exército traído de Lee estava espalhado sem o menor cuidado por aquela terra aquecida pelo verão. Fora oferecida ao Jovem Napoleão a vitória, e agora, com verve pouco característica, ele saltava para pegá-la.

No alvorecer, Harper's Ferry estava amortalhada numa névoa que fluía como dois rios brancos a partir dos vales do Shenandoah e do Potomac, fundindo-se suavemente sobre a cidade. A névoa fluía em silêncio absoluto, mas era um silêncio agourento, porque agora as tropas rebeldes ocupavam todo o terreno elevado perto da cidade ribeirinha e seus grandes canhões foram arrastados para o alto dos morros, de modo que seus canos frios, molhados de orvalho, apontavam para baixo, para o que estava escondido pelo vapor branco e suave. Os artilheiros haviam carregado e socado as peças, e a mais distante estava a menos de um quilômetro e meio das defesas federais escondidas pela névoa. Seriam meros seis segundos e meio de voo para as balas de dezenove libras aninhadas dentro dos canhões encostadas nas cargas de duas libras de pólvora que explodiriam assim que Jackson desse o sinal. Havia canhões ao norte, ao sul e a oeste de Harper's Ferry. Um anel de canhões, todos em silêncio, todos esperando que a mortalha de névoa se esvaísse da cidade condenada.

O general Thomas Jackson andava de um lado para o outro na crista rochosa do Bolivar Heights, a oeste da cidade, onde fazia cara feia para a cidade como se ela fosse um instrumento diabólico plantado ali para atrapalhar sua vitória. Seu quepe de cadete estava baixado sobre os olhos pensativos, mas esses olhos não deixavam de perceber nada enquanto ele andava para lá e para cá, para lá e para cá, às vezes tirando um relógio barato do bolso e olhando os ponteiros vagarosos. Os artilheiros tentavam não atrair seu olhar. Em vez disso, ocupavam-se com tarefas desnecessárias como engraxar parafusos de elevação já lubrificados ou ajeitar os detonadores de fricção que vinham tortos da fábrica, de modo a não se acenderem por acidente e causarem uma explosão. Os soldados de infantaria, em mangas de camisa, carregavam munição pelas trilhas do morro e empilhavam as cargas ao lado dos canhões que esperavam.

A maior parte da infantaria rebelde seria espectadora dessa batalha, e as colinas estavam apinhadas com fileiras de fardas cinza e marrons esperando o show de fogos de artifício do Velho Jack. O batalhão de Nathaniel estava perto de uma bateria mista de canhões Parrott de dez e vinte libras, cujas conteiras tinham as iniciais USA gravadas a fogo, prova de que Jackson equipara suas baterias com canhões tirados dos ianques. O capitão Billy Blythe segurava uma caneca de café quando se juntou a Nate.

— Aquele é o Velho Jack? — perguntou, assentindo para a figura malvestida e barbuda que andava para cima e para baixo com suas enormes botas de bico quadrado, ao lado dos canhões.

— Aquele é o Jackson — confirmou Nathaniel.

— Sujeito esquisito.

— É de dar medo.

— Especialmente aos ianques, não é? — disse Billy, depois tomou um gole do café que estava tremendamente amargo. Mal podia esperar para voltar ao Norte, onde o café era intenso e perfumado, e não esse lixo adulterado que os rebeldes bebiam. — Você o conheceu?

— Conheci. — Nate nunca era particularmente comunicativo de manhã, e falou de modo sumário.

Blythe não se incomodou.

— Você acha que ele me cumprimentaria?

— Não.

— Diabos, Starbuck, eu gostaria de apertar a mão do sujeito.

— Aperte a minha, em vez disso. — No entanto, em vez de oferecer a mão, Nathaniel roubou o café de Tumlin e tomou um gole. — E, se você falar um palavrão na frente dele, Tumlin, vai desejar nunca tê-lo conhecido.

— Fique com o café, Starbuck — disse Blythe, magnânimo. — De qualquer modo, não passa de uma bosta de amendoim em pó. Bom dia, general! — gritou enquanto a caminhada de Jackson o fazia se aproximar dos homens de Nathaniel. — Belo dia para uma vitória, senhor!

Jackson pareceu atônito por alguém se dirigir a ele e encarou Blythe como se estivesse surpreso ao ver um soldado na colina, mas não disse nada. Sem se abalar com a reação fria, Blythe avançou como se o general fosse seu amigo mais antigo.

— As orações estão sendo atendidas, senhor — disse vigorosamente —, e o inimigo será esmagado no próprio ninho onde John Brown desafiou as nossas aspirações legítimas.

— Amém — respondeu Jackson. — Amém. E o senhor é...?

— Tumlin, general. Capitão Billy Tumlin, e estou orgulhoso em conhecê--lo, senhor. Rezei pelo senhor nesses muitos meses e agradeço a Deus por me ouvir.

— "A vingança é minha, diz o Senhor" — declarou Jackson, virando-se para olhar a névoa através da qual a parte superior da cidade e o pináculo de uma igreja na parte mais baixa apareciam agora. O vapor rareava, prometendo deixar à mostra as defesas ianques. — Você é salvo no Senhor, capitão? — perguntou Jackson a Blythe.

— Louvado seja o Seu nome, sim — mentiu Blythe com facilidade.

— Não ouvi — disse Jackson rispidamente e pôs a mão em concha em volta da orelha. Anos de trabalho de artilharia tinham embotado a audição do general.

— Louvado seja o Seu nome, sim! — gritou Blythe.

— Somos uma nação de Deus, capitão, e um exército justo — rosnou Jackson. — Não podemos ser derrotados. Lute com essa certeza no coração.

— Lutarei, senhor, amém — respondeu Blythe, então estendeu a mão, que o general, com alguma surpresa diante do gesto, finalmente apertou. — Deus o abençoe, senhor — disse Blythe apertando a mão de Jackson. Depois se virou e voltou para perto de Nathaniel. — Está vendo? — Deu um risinho. — Fácil como dar migalhas a um pássaro.

— E o que você disse a ele?

— Que eu era um dos ungidos de Deus, que rezei por ele diariamente e ofereci as bênçãos de Deus.

— Você não é um cristão salvo, Billy Tumlin — disse Nate com amargura. — Não passa de um pecador miserável.

— Todos nós já pecamos, Starbuck — reagiu Billy, sério. — E nos afastamos da glória de Deus.

— Não me faça sermão, pelo amor de Jesus Cristo. Já estou por aqui de sermões.

Blythe gargalhou. Estava satisfeito consigo mesmo por ter trocado um aperto de mão com o grande Jackson, e seria uma boa história para alardear nos dias confortáveis depois de ter atravessado as linhas. Também estava satisfeito por ter enganado Jackson, fazendo-o pensar que estava com um colega cristão. Seja todas as coisas para todos os homens, era a crença de Billy Blythe, mas certifique-se de lucrar com as mentiras.

— E o que acontece agora? — perguntou a Nate.

— O que você acha? Nós enchemos aqueles pobres filhos da puta de balas, eles se rendem, em seguida nós vamos e enchemos o restante dos desgraçados de balas.

Nate parou de repente, atraído pelo som distante de tiros. Era muito distante, abafado demais para serem os canhões do lado oposto de Harper's Ferry. Os mesmos barulhos distantes ecoaram no céu na tarde anterior, pouco antes de o sol se pôr num clarão escarlate no oeste, e Nathaniel havia subido ao topo da colina para ver um pequeno tufo branco no longínquo horizonte nordeste. Aquela brancura distante, tocada de rosa pelo fim do dia, podia ser um fiapo de nuvem desgarrada, só que o som revelara o que era de fato: tiros de canhão. Uma escaramuça ou uma batalha era travada no interior de Maryland. Nate estremeceu e ficou satisfeito por estar ali, e não lá.

O restante de névoa se esgarçou nos vales revelando a pequena cidade de Harper's Ferry encolhida no ponto entre os rios que se juntavam. De algum modo a fama do lugar convencera Nathaniel de que seria uma cidade grande, quase do tamanho de Richmond, talvez, mas na verdade era um local minúsculo. Deve ter sido um povoado agradável, coberto pela sombra das árvores, construído numa pequena colina que descia até as margens dos rios Potomac e Shenandoah, mas agora muitas das construções eram ruínas queimadas de onde chaminés de tijolos se erguiam macilentas. Numa igreja incólume havia uma bandeira que, quando Nathaniel pegou um binóculo emprestado com um artilheiro, viu que era inglesa.

— Achei que aqueles desgraçados estavam do nosso lado — disse ao oficial artilheiro.

— Quem se importa? Vamos matá-los de qualquer modo. — O artilheiro riu, adorando a quantidade de alvos que a névoa se dissipando revelava. Havia fortificações de terra federais na beira da cidade e baterias nuas esperando para serem atingidas por obuses. Os dois rios eram ladeados por construções industriais onde antes funcionavam o arsenal federal e uma fábrica de fuzis, mas que agora não passavam de paredes queimadas e sem tetos, ao passo que a enorme ponte que um dia carregara os trilhos da Ohio e Baltimore por cima do Potomac tinha sido reduzida a uma série de pilares de pedra que pareciam as alpondras de um gigante. Agora a única passagem atravessando o largo Potomac era uma ponte flutuante montada por engenheiros nortistas, mas, enquanto Nathaniel olhava, um grande repuxo de água explodiu no rio ao lado da ponte, fazendo os barcos que a formavam puxar as correntes. Alguns segundos depois veio o som do canhão rebelde que havia disparado a bala das colinas ao longe.

Jackson pareceu surpreso, porque ainda não tinha ordenado que seus sinaleiros enviassem a ordem de começar o bombardeio, mas alguém nas linhas rebeldes ao norte do Potomac se cansou de esperar. E, de repente, todos os canhões em todos os morros em volta da cidade saltaram para trás nas conteiras e sopraram fumaça e balas na guarnição encurralada. A infantaria que assistia aplaudiu enquanto as finas trilhas de fumaça dos pavios das balas voavam em arco até a sofrida cidade onde os ianques esperavam.

E onde agora eles morriam. Os artilheiros rebeldes trabalhavam como demônios para limpar os canos e recarregar e socar os projéteis, e uma bala após a outra voava assobiando encosta abaixo até explodir em nuvens de fumaça, chamas e terra. As fortificações de terra dos ianques, do lado de fora da cidade, pareciam desaparecer em explosões de fumaça, e, quando a fumaça se dissipava, os rebeldes que assistiam podiam ver os inimigos correndo de volta para as construções da cidade marcadas pela guerra. Uns poucos canhões ianques tentavam responder à torrente destrutiva, mas as baterias nortistas foram rapidamente silenciadas pela artilharia rebelde. Para os espectadores nos morros parecia que a cidade ribeirinha estava sendo transformada num buraco do inferno. Chamas saltavam de armões pegando fogo, a fumaça subia densa, e árvores enormes estremeciam como arbustos quando as explosões arrancavam folhas. Suor escorria do rosto e do peito nu dos artilheiros. Cada coice lançava os canhões violentamente para trás, de modo que as conteiras abriam sulcos profundos no chão. As esponjas molhadas que apagavam qualquer traço de explosivo incandescente que restasse no cano depois de cada disparo chiavam e soltavam vapor enquanto eram enfiadas até o fim. Então, no segundo em que a esponja era retirada para ser enfiada num balde de água suja, o carregador colocava a carga seguinte no cano para ser socada com força enquanto o restante da equipe manobrava o canhão de volta para a mira correta.

— Pronto! — gritava o artilheiro, e a equipe se esquivava para o lado tapando os ouvidos enquanto a ordem de disparo era gritada. O artilheiro puxava o cordel que raspava o detonador de fricção no tubo incendiário, e um instante depois o canhão saltava recuando atrás de seu sopro de fumaça, e outra bala com o pavio soltando fumaça voava assobiando na direção da cidade.

— Eu já estive lá — disse Billy Blythe a Nathaniel.

— Esteve?

— Vi o Sr. Brown ser enforcado — respondeu Billy, contente. — Filho da puta metido a besta.

— O que você estava fazendo lá?

— Comprando cavalos. Era a minha profissão, sabe? E de vez em quando a gente vinha para o norte, encontrar um ou dois pangarés. Fiquei no Hotel do Wager. — Ele olhou para a cidade e balançou a cabeça. — Foi totalmente queimado, pelo jeito. Uma pena. Eu esperava reencontrar uma garota lá. Era doce como mel, só que muito mais barata. — Ele gargalhou. — Diabos, ela e eu estávamos olhando pela janela de um quarto quando enforcaram aquele filho da puta metido a besta. Penduraram o sujeito mais alto que um anjo. Ele se debateu feito uma mula, e o tempo todo eu fazia aquele mel docinho gemer de prazer.

Nathaniel sentiu um tremor de aversão por seu segundo em comando.

— Eu conheci John Brown — disse.

— Conheceu?

— Ele foi a Boston querendo verbas, mas não conseguiu nada com a gente.

Na época, Nate ficou intrigado por que o pai tinha se recusado a ajudar o famoso abolicionista, mas agora, olhando em retrospecto, perguntava-se se o reverendo Elial Starbuck sentira inveja do sisudo Brown com seu rosto devastado. Os dois eram muito parecidos. Será que seu pai havia temido um rival tão formidável no movimento pela abolição? Mas agora Brown estava morto, e na esteira de sua rebelião sem esperança havia uma praga de morte atravessando os Estados Unidos.

— Ele me disse que eu seria um guerreiro contra a escravocracia. — Nathaniel se lembrou da reunião na sala do pai. — Acho que errou.

— Você está lutando para manter os escravos, não é?

— Diabos, não. Estou lutando porque não tenho nada melhor para fazer.

— De qualquer modo, os escravos não vão ser libertos — declarou Blythe com confiança.

— Não?

— Não deste lado do céu. E, se Deus tiver algum tino, lá também não. Diabos, quem vai pagar salários para aqueles filhos da puta preguiçosos?

— Talvez eles só sejam preguiçosos porque não recebem salários — argumentou Nate.

— Está falando como o seu pai, major.

Nate engoliu uma resposta raivosa. Ficou surpreso com a suspeita repentina que sentiu de Billy Tumlin e se perguntou se estava sendo injusto com o sujeito. Mas sentiu que a loquacidade de Tumlin escondia uma desonestidade astuta. Billy Tumlin mentia com facilidade demais, e Nathaniel viu prova disso quando Tumlin falou com Jackson, e agora se perguntava quantas outras mentiras ele teria contado. Havia algo que não soava verdadeiro no capitão, e Nathaniel se pegou imaginando por que um homem que havia ostensivamente escapado de uma prisão ianque estava tão bem alimentado e elegantemente equipado com um cinto de dinheiro.

— Vou arranjar um mapa em Harper's Ferry — disse logo depois que o canhão mais próximo escoiceou na conteira.

— Um mapa?

— Quero ver onde fica Union, em Massachusetts, Tumlin. Você meio que instigou o meu interesse. Achei que eu conhecia metade das cidades pequenas de Massachusetts, das viagens com o meu pai quando ele pregava no norte do estado, mas certamente não me lembro de nenhuma chamada Union. Ficava perto de onde?

— Diabos, não ficava perto de lugar nenhum! — De repente Blythe ficou na defensiva. — Era uma prisão, lembre-se. Talvez os ianques tenham inventado o nome, não é?

— Acho que deve ser isso — disse Nate, contente por ter inquietado seu segundo em comando, mas, enquanto Tumlin se afastava para encontrar uma companhia mais afável, Nathaniel se pegou se perguntando quantos inimigos podia se dar ao luxo de fazer no Batalhão Especial. Case poderia matá-lo com a mesma facilidade com que diria que horas eram, e Nathaniel suspeitava que Dennison faria o mesmo se pudesse reunir coragem. Não podia contar com Cartwright ou Lippincott, que cumpriam com o dever, mas com singular falta de entusiasmo. Potter era amigo, Caton Rothwell também, mas seus inimigos estavam em número muito maior. Tinha experimentado a mesma divisão de lealdades na legião, e, refletindo sobre esses cismas, temia que se devessem à sua personalidade. Invejava homens como o coronel Elijah Hudson, o militar da Carolina do Norte cujo batalhão tinha lutado ao lado da legião em Manassas e cujos homens pareciam unidos pelo afeto por ele. Ou Pica-Pau Bird, ainda se recuperando do ferimento, que durante o tempo como comandante da legião só inspirava lealdade. Então notou o Velho Jack Maluco andando para cima e para baixo ao lado dos canhões que atiravam. Como acontecia com frequência, o general estava com a mão esquerda erguida como se testemunhasse a bondade de Deus, mas na verdade só a mantinha naquela posição estranha porque acreditava que, caso contrário, o sangue empoçaria em volta de um ferimento antigo. Nathaniel observou o general e pensou que aquele era um homem que fazia tanto inimigos quanto amigos.

Jackson escolheu este momento para levantar os olhos e ver Nathaniel. Por um instante os dois se encararam com a sensação desconfortável do reconhecimento, mas sem ter nada para dizer um ao outro, Jackson resmungou, baixando a mão esquerda.

— Já encontrou seu Salvador, Sr. Starbuck? — gritou, evidentemente se lembrando da última conversa com Nate.

— Não, general.

Jackson veio na sua direção, arrastando um bando de oficiais do Estado-Maior.

— Mas está procurando? — perguntou, sério.

— No momento estou pensando em outra coisa, general. Estava me perguntando por que um soldado faz inimigos do seu próprio lado só por cumprir com o dever.

Jackson piscou, depois franziu a testa olhando a terra ao lado das botas desajeitadas. Estava obviamente refletindo sobre a pergunta, refletindo intensamente, porque continuou olhando para o chão pelo que pareceu um minuto inteiro. Um de seus ajudantes o chamou, mas o general sacudiu a mão, irritado, mostrando que não queria ser incomodado. Por fim seus olhos ferozes se viraram para Nate.

— A maioria dos homens é fraca, major, e a reação dos fracos aos fortes costuma ser a inveja. O seu trabalho é torná-los fortes, mas não pode fazer isso sozinho. Você tem um capelão no seu batalhão?

Nathaniel se perguntou se o general presumia que ele ainda comandava a legião.

— Não senhor.

— Senhor! — gritou o ajudante, perto dos canhões.

De novo Jackson ignorou o sujeito.

— Ovelhas precisam de pastores, major — disse a Nathaniel. — E uma força maior vem da fé do homem que dos seus tendões. Deus sabe que eu sou o mais fraco dos mortais! — Isso foi proclamado na voz enérgica de um homem seguro da própria alma. — Mas Deus me deu tarefas e me concedeu a força para realizá-las.

— Senhor! Por favor! — O ajudante chegou mais perto de Jackson.

Num gesto surpreendente, Jackson tocou no braço de Nathaniel.

— Lembre-se, major: "Aqueles que esperam no Senhor renovarão as suas forças. Eles se elevarão com asas como águias; eles correrão e não estarão cansados, e eles caminharão e não desfalecerão." Isaías.

— Capítulo 40 — disse Nate. — Versículo 31.

Jackson sorriu.

— Vou rezar por você, major. — Em seguida, o general se virou para o ajudante e seu sorriso desapareceu. — O que foi?

O ajudante estava segurando um binóculo que ofereceu ao general.

— O inimigo, senhor — disse ele, apontando para a cidade sitiada —, está se rendendo.

— Cessar fogo! Cessar fogo! — Era o comandante da bateria mais próxima que, não tendo recebido nenhuma ordem, tinha decidido acabar com o bombardeio por autoridade própria.

Jackson pegou o binóculo, mas mesmo sem ele era possível ver dois ianques andando com uma bandeira branca entre os retalhos de fumaça que pairavam acima dos projéteis explodidos. Os ianques estavam segurando uma bandeira branca suja presa num pedaço de pau.

— Foi uma defesa lamentável — resmungou Jackson, com raiva. — Eles deveriam se envergonhar. — O general se afastou rapidamente, gritando para trazerem seu cavalo.

— Cessar fogo! — gritou outro comandante de artilharia.

Os canhões rebeldes nas colinas distantes ainda não tinham visto a bandeira branca e continuaram disparando até que os sinaleiros conseguiram balançar suas bandeiras com a mensagem da rendição dos inimigos. Assim, um silêncio baixou gradualmente no vale coberto de fumaça e revirado pelas explosões. Mas não era um silêncio total, já que do norte distante, oculto pela névoa de calor, do outro lado do rio e dos morros longínquos, vinha o som de outros canhões. Alguém estava lutando com intensidade. Mas quem, onde ou por que, ninguém em Harper's Ferry sabia.

* * *

Belvedere Delaney estava vendo sua primeira batalha e achando-a muito mais aterrorizante do que qualquer coisa que pudesse ter imaginado ou temido. Cavalgara até os morros que barravam a aproximação dos ianques vindos do leste e chegara a tempo de testemunhar o ataque de McClellan ao desfiladeiro mais ao sul dos dois canais que foram guardados por um número lamentavelmente pequeno de tropas rebeldes. A prudência ditaria que os desfiladeiros estavam muito bem guardados, mas Lee havia jogado com a imobilidade usual de McClellan e por isso deixara os defensores em número mínimo para ajudar os homens que atacavam Harper's Ferry.

Porém McClellan não estava mais imóvel. McClellan conhecia a mente do oponente e agora investia para romper o exército rebelde.

Para Delaney, que olhava de um ponto elevado ao norte do desfiladeiro, parecia que as ondas de tropas de azul varriam o vale amplo como ondas do oceano correndo para uma praia. A espuma era a tira de fumaça provocada pelos projéteis ianques que explodiam e lançavam chamas ao longo das defesas rebeldes, enquanto atrás da fumaça as longas linhas de infantaria azul avançavam sem remorso. Delaney estava longe demais para sentir o cheiro de sangue ou ver os novelos pesados de tripas se esparramando no capim de verão, mas apenas o som já transmitia uma violência quase insuportável. O estrondo dos canhões era percussivo, ensurdecedor, desorientador e, pior que tudo, interminável. Delaney era incapaz de compreender como alguém poderia sobreviver a uma torrente de tiros daquela. Mas sobreviviam, e os estalos ocasionais das saraivadas de fuzis lhe diziam que algumas unidades rebeldes ainda lutavam contra o avanço dos ianques.

Para Delaney, a maré ianque não avançava com fluidez. Na verdade, parecia frequentemente vagarosa. Ele via uma linha de infantaria avançar sob suas bandeiras e depois, sem motivo aparente, ela parava e os homens se acomodavam. Outra linha se lançava adiante enquanto cavaleiros agitados galopavam no que pareciam tarefas sem objetivo entre as linhas que avançavam. Só os grandes canhões jamais paravam, preenchendo o desfiladeiro raso com fumaça, barulho e terror.

Atrás do desfiladeiro, estendendo-se em direção às terras agrícolas mais suaves do leste de Maryland, uma massa de tropas federais se reunia. O exército de McClellan estava se apinhando atrás do ataque, pronto para escorrer pelo desfiladeiro e disparar seus canhões e fuzis entre as tropas espalhadas de Lee. A oeste, atrás das linhas rebeldes, não havia a mesma demonstração de força, apenas estradas rurais com carroças carregando feridos de volta para o Potomac, fora das vistas.

— Acho que a nossa mensagem chegou ao destino — disse Delaney a George.

George, um homem negro bonito e de pele clara, assentiu.

— Algo os agitou — concordou num tom de diversão.

Lembrando seu terror com a possibilidade de ser descoberto, Delaney sentiu um alívio imenso. Destampou uma frasqueira de prata e bebeu dela, então a passou para George.

— Um brinde à vitória do Norte, George.

— À vitória — disse George, e levou a frasqueira aos lábios. Saboreou o vinho e sorriu. — O senhor trouxe um pouco do hock de 49.

— Só uma garrafa.

— Uma pena não estar gelado — reprovou George.

— Quando Richmond cair, vamos tomar banho de hock gelado.

— O senhor pode fazer isso, eu não.

Delaney gargalhou. Estava pensando em Roma. Roma era para onde deveria ir. Ou se ir para Roma fosse querer demais, talvez Atenas ou Nápoles. Seria embaixador da liberdade num lugar com uma beleza banhada pelo sol e de luxo decadente. Faria George usar uma peruca encaracolada e usar uma casaca bordada a ouro e jantaria ao som de um quarteto de cordas tocando sob flores perfumadas. De dia ensinaria aos nativos as artes de governar e à noite seria ensinado por eles nas artes da decadência.

Abaixo, lutando para tornar esse sonho real, as linhas azuis avançaram subitamente. As linhas rebeldes estavam se partindo. Homens que lutaram e derrotaram ianques em campos por toda a Virgínia sentiam o gosto da derrota. Suas defesas estavam se esgarçando e se partindo. Pequenos grupos corriam para o oeste, alguns abandonando equipamentos para correr mais depressa, enquanto outros eram deixados mortos ou feridos no chão revirado pelas balas de canhão enquanto os ianques vitoriosos passavam pelas posições capturadas. Os canhões rebeldes sobreviventes estavam sendo presos aos armões e levados para longe, os acampamentos estavam sendo abandonados e em todo lugar as bandeiras dos Estados Unidos avançavam.

— É hora de ir, George — disse Delaney, olhando a debandada.

— Mas para onde? Richmond?

— De volta para Lee, acho. Eu gostaria de testemunhar o amargo fim.

— Delaney achava que poderia haver um livro a ser escrito. Uma tragédia, provavelmente, porque, apesar de Lee ser inimigo de seu país, era um homem bom. Mas Delaney duvidava que a bondade fosse a qualidade que vencia guerras. Apenas o poder, a intensa determinação e a baixa traição eram capazes disso.

Virou seu cavalo e partiu para o oeste a meio-galope. Tinha traído a Confederação entregando-a a McClellan, e agora rezava para testemunhar a destruição dela.

O general federal que se rendeu formalmente em Harper's Ferry usava uma esplêndida farda azul com galões dourados e uma bainha reluzente pendendo do cinto, ao passo que Jackson, ao aceitar o grande prêmio, usava uma casaca imunda feita em casa, botas precárias e seu velho quepe de cadete enfiado sobre o cabelo comprido e sujo. Mesmo na vitória, Jackson estava sério, mas se permitiu um sorriso quando o carro fúnebre de Nathaniel surgiu. O veículo estava sendo puxado pelos escaramuçadores da companhia de Potter, e o próprio Potter estava montado na boleia, de onde estalava um chicote imaginário. O general ianque, ainda ao lado de Jackson, perguntou-se pela centésima vez por que McClellan não tinha vindo resgatar a guarnição. E então, ao ver a carruagem fúnebre, ficou completamente mortificado ao perceber a vergonha absoluta de ser derrotado por tropas tão maltrapilhas. Nenhum dos rebeldes vitoriosos estava mais bem-vestido que seu general, e a maioria se encontrava em condições piores; de fato, alguns dos homens de Jackson entraram na cidade mancando de pés descalços, enquanto os derrotados ianques vestiam os melhores produtos do Norte industrial.

O coronel Swynyard veio rapidamente pela coluna procurando Nate.

— Pode abandonar a sua carruagem da morte, Nate! — gritou o coronel. — A cidade está atulhada de carroças. Carroças novas, boas. Deixei o jovem Coffman vigiando duas para você. Mandei que ele atirasse em qualquer patife que ousasse pôr um dedo nelas. E comida. É como se tivéssemos voltado ao entroncamento de Manassas!

Mais uma vez Jackson tinha capturado uma grande base de suprimentos dos federais. E mais uma vez suas tropas famintas, de pés machucados e malvestidas tomavam posse da fartura nortista. Gritos de alegria recebiam cada caixote aberto. Carne enlatada era aberta com baionetas e café de verdade era posto para ferver em fogueiras feitas de caixotes quebrados que tinham carregado fuzis novos em folha. Os oficiais do comissariado de Jackson se esforçavam ao máximo para garantir que as unidades mais necessitadas recebessem a melhor parte do saque, mas o caos era grande demais e os primeiros a chegar pegavam a maioria das coisas boas. Os homens de Nate chegaram suficientemente cedo para encontrar fuzis, botas, comida e munição, mas não o suficiente para todos. No entanto, Nathaniel pôde dar fuzis Springfield novos em folha a duas de suas companhias que carregavam mosquetes. Os fuzis ainda estavam cobertos com a graxa de fábrica. Nos fechos estava gravado "1862", uma bela águia americana e US SPRINGFIELD. A carruagem fúnebre e as duas carroças foram enchidas com cartuchos para os fuzis novos.

Swynyard franziu o cenho para a carruagem fúnebre.

— Tem certeza de que quer ficar com ela? — perguntou.

— Os homens gostam. Ela faz com que se sintam especiais.

— Imagino que sim. — Então Swynyard levantou a cabeça para ouvir o som de tiros distantes. — Vamos marchar de manhã — disse, sério. — Não há descanso para os iníquos.

— O que está acontecendo?

— Os ianques estão atacando — respondeu Swynyard vagamente, depois deu de ombros, como se dissesse que não sabia mais nada. — Lee quer todos juntos de novo. Vai ser uma marcha difícil, Nate. Diga aos seus rapazes que eles terão de sofrer com as bolhas e continuar em frente. Simplesmente continuar em frente. — O coronel tinha um mapa que ele desdobrou para mostrar a rota que fariam. — Vamos seguir pela margem sul do Potomac — disse, acompanhando a estrada para o leste com um dedo cuja unha estava roída — até um vau aqui, perto de Shepherdstown, depois vamos marchar para o leste até aqui. — Ele deu um tapinha no mapa.

Nathaniel olhou para o ponto de encontro, uma cidade situada num entroncamento de estrada poucos quilômetros dentro de Maryland.

— Sharpsburg — disse. O mapa mostrava uma cidadezinha posicionada numa ampla faixa de terra formada pelo rio Potomac e um de seus afluentes, o córrego Antietam. — Sharpsburg — repetiu. — Nunca ouvi falar.

— Você vai dormir lá amanhã à noite — avisou Swynyard —, se Deus permitir.

— Se os pés dos meus homens permitirem, mais provavelmente. — Nate acendeu um charuto capturado que Lúcifer encontrou junto com roupas de baixo novas, camisas, açúcar e café. — Temos algum cavalo para as carroças?

— Alguns, nenhum em bom estado. — O coronel dobrou o mapa. — Vamos partir cedo, Nate. Durma um pouco.

Era mais fácil falar do que fazer, já que os homens não queriam dormir. Eles obtiveram uma vitória, e a facilidade dela era motivo de comemoração. Os suprimentos dos ianques haviam rendido uísque suficiente para tornar espalhafatosa essa comemoração. Outros, como Nathaniel, queriam dar uma olhada no local. Maravilhavam-se com os canhões capturados, enfileirados roda a roda no pátio do arsenal, que agora ocupariam seu lugar na linha de batalha confederada. Depois exploraram a sede do corpo de bombeiros onde John Brown estivera cercado com seus reféns. O pequeno prédio tinha uma bela cúpula, lembrando a Nate as sacadas altas das casas junto ao mar em Massachusetts. Mas essa cúpula, como os tijolos da sede dos bombeiros, estava repleta de cicatrizes causadas pelas balas dos fuzileiros dos Estados Unidos que, sob o comando do coronel Robert Lee, forçaram a rendição de John Brown. Alguns rebeldes eram favoráveis a derrubar o prédio para não se tornar um local de peregrinação para os ianques, mas ninguém tinha energia para a demolição, por isso o prédio permaneceu intacto. Nate subiu até a igreja onde estava a bandeira britânica e descobriu que era uma construção católica que tinha abrigado seus paroquianos sob um estandarte neutro. Uma igreja ali perto fora destruída por balas de canhão, mas a congregação católica escapara do bombardeio.

Os prisioneiros ianques marcharam desconsolados para fora da cidade, indo até os morros onde acampariam antes de serem mandados para os campos de prisioneiros ao sul. Harper's Ferry foi deixada com os novos donos. À medida que a noite caía, estes acenderam fogueiras para cozinhar que continuaram tremulando enquanto os homens se enrolavam em cobertores e dormiam no chão ainda cheio de fragmentos de carcaças de projéteis. Nathaniel tinha feito seu alojamento num vagão de cargas abandonado, mas não conseguiu dormir. Por isso calçou as botas e, com cuidado para não acordar Lúcifer — que, depois de noites vigiando-o, havia enfim caído no sono —, saiu do vagão e andou entre seus homens adormecidos em direção à margem do Shenandoah.

Estava exausto, mas não conseguia dormir, pois os mesmos temores que instigaram sua conversa matinal com Jackson o incomodavam agora. Sentia que fracassaria, e suspeitava que esse sentimento brotava de si mesmo. Havia fracassado em unir o Batalhão Especial, assim como havia fracassado com a legião. Dizia a si mesmo que nenhum batalhão poderia lutar bem se estivesse tomado por ciúmes e ódio, mas discernir o problema não o ajudava a encontrar uma saída. Era verdade que tinha feito alguns aliados no batalhão, mas esses eram menos da metade do total, e muitos outros eram inimigos implacáveis. Pensou em Elijah Hudson, Pica-Pau Bird e Robert Lee e decidiu que a popularidade deles era resultado do caráter. E, se faltava caráter, censurou-se, a liderança era uma ambição impossível. Griffin Swynyard mudou o caráter por meio da graça do Senhor, e isso havia feito toda a diferença — um major antes odiado se tornara um coronel admirado. Nate pegou um pedaço de entulho e o jogou no rio, que ali corria rápido e branco sobre afloramentos de rocha até se juntar ao Potomac.

Então Deus era a resposta? Não haveria nada que ele pudesse fazer por si mesmo? Mais soturno que nunca, Nate suspeitou que a ambição que havia em sua alma era a falha que se revelava aos seus homens. Isso e a covardia que ele enxergava em si mesmo. Ou talvez Maitland estivesse certo e alguns homens nascessem para liderar. Xingou baixinho. Tinha a visão de um batalhão perfeito, que atuava tão bem quanto o mecanismo recém-lubrificado dos fuzis Springfield capturados. Uma máquina que funcionava.

Jackson disse que apenas Deus podia dar força a um homem e apenas a força podia fazer com que um batalhão trabalhasse junto. Um batalhão era composto de homens com diferentes temores, suspeitas e ambições, e o truque era suplantar esses desejos com um desejo maior: o de trabalhar juntos pela vitória. Em um ou dois dias, supunha Nathaniel, os Pernas Amarelas iriam enfrentar um verdadeiro exército ianque — o exército que deixou o horizonte norte vago com fumaça nos últimos dois dias —, e como lutariam? Dos oficiais, apenas Potter era leal, e Deus sabia que Potter era fraco. Nate fechou os olhos. Parte dele ansiava que a graça de Deus o imbuísse de força, mas, sempre que se sentia tentado a ceder à vontade do criador, outra tentação intervinha. E era uma tentação muito mais atraente. Consistia em lembranças de corpos iluminados pelo fogo, não mortos, retorcidos, cheios de piolhos e cicatrizes e imundos, e sim corpos em lençóis. Sally afastando o cabelo da frente do rosto. A garota que tinha morrido sob as balas de Blythe na taverna. Lembrou-se dela agachada perto do fogo, o cabelo ruivo caindo pelas costas nuas, rindo enquanto torrava um pedaço de pão onde havia derretido uma fatia de queijo tirado de uma ratoeira. Gostava de pensar que o Paraíso estava nesses momentos e não conseguia chamá-los de inferno. Seu pai sempre disse que ser cristão não era fácil, mas Nate havia levado esses últimos dois anos para ver como isso era desesperadoramente difícil.

Não queria abandonar o pecado, mas temia fracassar como militar se não o abandonasse. Perguntou-se se deveria rezar. Talvez uma oração junto a esse rio apressado atravessasse o ar cheio de fumaça e chegasse aos ouvidos de Deus, o único capaz de dar a um homem a força para superar a tentação.

Uma pedra escorregou sobre pedra à direita de Nate. Ele abriu os olhos e viu uma sombra passar rapidamente entre o entulho e as árvores mirradas na margem do rio.

— Quem está aí? — gritou.

Ninguém respondeu. Ele concluiu que devia ter sido um rato, ou então um dos gatos magérrimos que levavam uma vida selvagem no arsenal arruinado. As luzes da cidade apareciam entre as árvores, mas não revelavam nada nessa margem de rio onde juncos cresciam densos entre pedras caídas. Virou-se de novo para a água. Talvez devesse rezar, pensou. Talvez devesse se arrastar gadanhando de volta para Deus, mas onde essa jornada terminaria? Do lado ianque? De joelhos diante do pai?

Houve um estalo, e ele soube que era uma arma sendo engatilhada. Por um segundo ficou imóvel, mal ousando acreditar no que suspeitava, então se jogou para trás no instante em que uma arma lançou uma chama e espocou à direita. O tiro passou assobiando por cima de sua cabeça e uma rajada de fumaça atravessou a água. Nathaniel engatinhou para uma vala meio entupida, cheia de água espumosa, e tirou o revólver Adams do coldre. Ouviu passos, mas não viu ninguém. Uma sentinela estava gritando, exigindo saber quem havia atirado e por quê. Neste momento, Nate viu uma silhueta contra as luzes da cidade meio encobertas pelas árvores e apontou o revólver. Então um segundo homem saltou e ele mudou a mira, mas ambos estavam fugindo para longe, meio encurvados, irreconhecíveis, correndo para os trilhos enferrujados da Baltimore e Ohio. Disparou uma vez, mas por cima das cabeças, porque, se tivesse mirado e errado, a bala poderia acertar algum soldado acampado. Outros homens vinham correndo para o rio, gritando advertências e perguntas.

Nathaniel saiu da água imunda. Uma sentinela o viu e se abaixou sobre um dos joelhos com o fuzil apontado.

— Quem é você? — gritou ela.

— Major Starbuck. Brigada de Swynyard. — Nate enfiou o revólver no coldre e espanou a água fedorenta da calça. — Baixe a arma, garoto.

Um oficial chegou, exigindo saber quem havia disparado e por quê. Nathaniel fez um gesto na direção do rio.

— Achei ter visto um homem nadando. Imaginei que fosse um ianque fugindo.

O oficial encarou o rio brilhante de luar que formava espuma entre as pedras.

— Não estou vendo ninguém.

— Então eu estava sonhando — disse Nate. — Agora vou para a cama.

Foi andando. Ouviu a palavra "bêbado", mas não se importou. Sabia o que tinha visto, porém não sabia quem tinha visto. Dois homens, homens seus, supôs, e em algum lugar do batalhão eles ainda estavam à solta, esperando uma oportunidade.

Eles e cem mil ianques. Do outro lado do rio. Marchando para uma cidade da qual ninguém tinha ouvido falar chamada Sharpsburg.

Parte 2

10

O córrego brotava de uma fonte cheia de musgo num desfiladeiro baixo nas montanhas South, depois corria para o sudoeste através de uma paisagem rochosa de solo fino e árvores velhas. Pouca coisa atrapalhava o fluxo do riacho nos primeiros quilômetros, pois não havia povoados nesta parte da Pensilvânia, mas logo a leste de Waynesborough o córrego entrava em terras agrícolas e ficava lamacento com as patas do gado. Ainda não havia pontes, já que era suficientemente raso para ser atravessado mesmo durante as cheias de inverno. E assim continuava correndo e atravessava o limite para Maryland onde, mais fundo e alargado por outros cursos de água, chegava à primeira ponte em Hagerstown. Peixes ficavam à sombra da ponte, e no verão crianças brincavam na água que ia até a cintura.

Depois de Hagerstown o córrego seguia para o sul, correndo mais fundo e mais forte à medida que outros afluentes se juntavam a ele, mas ainda era pouco mais que um riacho. Em alguns lugares corria raso sobre pedras, formando espuma e redemoinhos através das sombras tremeluzentes dos bosques antes de ficar sinuoso com grandes curvas como uma serpente entre campos luxuriantes e verdes. Cervos bebiam no córrego, homens pescavam nele, e o gado entrava em seus poços naturais que apareciam no verão para se refrescar.

O córrego Beaver se juntava à corrente oito quilômetros ao sul de Hagerstown, e agora o córrego era quase um rio. Ainda podia ser atravessado por cavaleiros, mas a população local construíra belas pontes de madeira para manter os pés secos. O córrego prosseguia, ainda sinuoso, mas agora se apressando para a confluência com o rio Potomac, onde era engolido pelo enorme fluxo de água que corria para o mar ao leste.

Cerca de seis quilômetros ao norte de onde o córrego se juntava ao rio Potomac havia uma ribanceira de seixos à beira da água sob um bosque de grandes olmos. Era um lugar bonito, fresco no verão e o local preferido das crianças que gostavam de correr para o rio descendo pela margem de seixos ou então de se balançar numa corda pendurada num olmo acima da água. Mas em certas manhãs de domingo em cada verão não havia brincadeiras lá, já que nesses dias uma procissão vinha pela estrada de Smoketown, ladeava o Bosque do Leste e seguia por uma trilha na Fazenda Miller que dava para a encosta íngreme, coberta de árvores, junto ao rio. Chegava a ter cinquenta pessoas na procissão, raramente mais que isso, e elas andavam num silêncio solene que só era quebrado quando alguém começava um hino. Então todos cantavam juntos, as vozes fortes enquanto serpenteavam entre milharais e bosques indo em direção à água. Os homens usavam terno, todos malcortados de um tecido escuro e grosso, mas o desconforto das roupas formais era um tributo ao dia. As mulheres usavam xale e touca enquanto as crianças eram seguras com firmeza pelas mãos para que nenhum mau comportamento estragasse a ocasião. Na frente da procissão ia um pastor com chapéu preto de aba larga.

Assim que chegavam ao rio, o pastor entrava na água e rezava ao Deus de Abraão, Isaque e Jacó pedindo que abençoasse este dia e estas pessoas boas. E, uma por uma, as almas que vieram para ser batizadas na presença dos vizinhos entravam na água. O pastor as fazia cruzar as mãos diante do peito, colocava a mão nas costas delas e, com um jubiloso grito de bênção, porque uma alma estava sendo recebida pela hoste celestial, empurrava a pessoa de costas no riacho, de modo que a água passasse sobre a cabeça. Mantinha-a debaixo da água por um segundo, depois a puxava de pé enquanto a congregação na margem gritava louvores à misericórdia de Deus para os pecadores miseráveis. Quase sempre os homens e as mulheres recém-batizados choravam de felicidade enquanto saíam do riacho para se juntar à congregação vestida de preto que cantava por eles.

Cantavam em alemão. Muitos colonos do local tinham vindo da Alemanha e cultuavam numa pequena igreja pintada de branco que não tinha torre, nem varanda, nem púlpito, nem nenhum tipo de adereço, mas em tributo aos invernos árduos havia um fogão de ferro entre os bancos bem-feitos. De fora a igreja mais parecia uma casa humilde que um templo, mas por dentro era surpreendentemente espaçosa e se enchia de luz nos dias ensolarados. Os alemães eram batistas, mas seus vizinhos falantes de língua inglesa os descreviam afavelmente como "*dunkers*" por causa do costume de batizar com imersão completa. No domingo os alemães podiam fazer o culto num lugar e os falantes de língua inglesa em outro, mas durante a semana os Poffen-bergers e os Millers, os Kennedys e os Hoffmans, os Middlekaufs e os Pipers eram bons vizinhos e fazendeiros que trabalhavam pesado. E todos concordavam que compartilhavam uma terra boa. O calcário podia romper os campos ricos aqui e ali, mas era possível ganhar uma vida abençoada nessas fazendas desde que a família trabalhasse com afinco, confiasse em Deus e tivesse paciência. Era por isso que tinham vindo para os Estados Unidos da América, para prosperar e viver em paz ao lado de um córrego em Maryland que corria desde um desfiladeiro baixo nas montanhas South até o rio Potomac.

O córrego se chamava Antietam, e a igreja *dunker* ficava logo ao norte de um povoado chamado Sharpsburg, e praticamente ninguém nos Estados Unidos fora do Condado de Washington, Maryland, ouvira falar de nenhum dos dois.

Mas então vieram os exércitos.

Os rebeldes vieram primeiro. Homens sujos, cansados, maltrapilhos, com pés sangrando, furúnculos na pele e piolho na barba. Marchavam para o sul pela estrada de Hagerstown levantando uma nuvem de poeira atrás das rodas dos canhões e das botas ruins. Alguns não tinham botas e andavam descalços. Mais rebeldes vinham mancando do leste, atravessando o córrego pelas belas pontes de madeira. Esses rebeldes do leste usavam bandagens e tinham olhos vermelhos e rostos manchados de pólvora preta. Tinham lutado para atrasar os ianques nos desfiladeiros e montes e haviam perdido, e agora vinham se juntar ao exército de Robert Lee em Sharpsburg.

Era um exército minúsculo. Dezessete mil homens se espalharam nos pastos e nos bosques ao norte do povoado, e tudo que os fazendeiros podiam fazer era ficar olhando suas preciosas cercas serem desmanteladas para fazer fogueiras ou abrigos. Os canhões do Exército, com seus canos enegrecidos e suas rodas sujas de terra, foram alinhados no terreno alto acima do córrego. Estavam virados para o leste.

Os ianques vieram em seguida; sessenta mil soldados de azul que atravessaram a colina Red na margem leste do córrego e pararam. Simplesmente pararam.

Os canhões rebeldes abriram fogo, fazendo suas balas maciças ricochetear nas terras agrícolas e passar acima das primeiras tropas nortistas que apareceram na margem oposta do rio. O general McClellan, ao saber que o inimigo tinha formado uma linha de luta na outra margem do córrego, ordenou a parada. Sabia que era preciso pensar, fazer planos e entender os temores. E assim as tropas nortistas se espalharam em acampamentos. E os canhões rebeldes, ao verem que o inimigo não estava tentando atravessar o córrego, cessaram os tiros.

A fumaça dos canhões pairou sobre o vale do riacho e foi tocada de cor-de-rosa pelo sol poente. O general Robert Lee olhou o inimigo parado do outro lado do rio, depois se virou para andar de volta para a estrada de Hagerstown, onde uma ambulância esperava para levá-lo ao quartel-general do Exército a oeste de Sharpsburg. As mãos do general ainda estavam com bandagens, e isso tornava difícil cavalgar, por isso ele andou enquanto um de seus ajudantes levava Traveller pelas rédeas. Lee parecia curiosamente diminuído fora da sela. A cavalo parecia um homem alto, mas a pé revelava-se apenas de altura mediana. A ambulância esperava ao lado da igreja *dunker* pintada de branco, que parecia luminosa contra o bosque escuro atrás dela. Os bancos da igreja estavam sendo despedaçados para fazer lenha por um batalhão de homens da Geórgia acantonados em volta da pequena casa de culto.

O general mal havia falado enquanto voltava da linha dos canhões, mas agora viu o major Delaney sentado com o corpo jogado ao lado da estrada que passava diante da igreja. Lee sorriu.

— Então você está vivo, major?

— Felizmente, senhor. — Delaney se esforçou para ficar de pé.

— E viu o que veio ver?

— Luta — respondeu Delaney, sério.

— Muito mais do que eu esperava que você visse — comentou Lee, pesaroso. — Parece que McClellan tem mais energia do que eu imaginava. — Lee indicou a ambulância. — Não é exatamente a carruagem de um general conquistador, major, mas o senhor é bem-vindo para compartilhá-la de volta ao quartel-general. Presumo que vá acampar conosco de novo.

— Se eu puder, general.

— A não ser que prefira ir para casa — sugeriu Lee, caridosamente. Ele podia precisar de cada homem que pudesse reunir para lutar contra McClellan, mas não conseguia imaginar esse advogado pálido e cansado sendo de grande ajuda.

— Nós vamos lutar? — perguntou Delaney ao subir na ambulância, deixando George levar os dois cavalos atrás do veículo vagaroso.

— Ah, creio que sim — respondeu Lee afavelmente. — Acho que devemos. — Ele se recostou na lateral da ambulância e pareceu momentaneamente cansado, depois franziu o cenho para as mãos envolvidas com as bandagens, como se frustrado pelas limitações que elas impunham. — Pelo menos isso me impede de roer as unhas — disse, pesaroso. A ambulância balançava e se sacudia na estrada seca. Era um veículo ianque capturado em Manassas e

212

tinha molas altas para aliviar a dor dos ocupantes feridos. Mas nem mesmo as melhores molas podiam aliviar os buracos da estrada de Hagerstown descendo até Sharpsburg. — Sabe o que Frederico, o Grande, disse uma vez? — perguntou Lee de repente, com os pensamentos se revertendo para a dificuldade adiante. — Que o crime imperdoável na guerra não é tomar uma decisão errada, e sim não tomar uma decisão. E acho que precisamos lutar aqui.

— Por quê? — perguntou Delaney, e, para o caso de o general achar que ele estava questionando sua decisão, logo acrescentou: — Estou curioso, senhor.

Lee deu de ombros.

— Nós invadimos o Norte, Delaney. Vamos recuar com o rabo entre as pernas sem conseguir nada?

— Nós capturamos Harper's Ferry, senhor.

— Sim, capturamos, mas partimos para fazer muito mais. Viemos para o Norte, Delaney, para infligir danos ao inimigo, e ainda precisamos fazer isso. Eu tinha planejado infligir essa dor bem ao norte daqui, mas confesso que o general McClellan me surpreendeu, de modo que agora preciso feri-lo aqui, e não no Susquehanna. Mas lá ou aqui, o que importa é feri-lo tanto que o Norte não possa nos invadir de novo, e a Europa verá que podemos nos defender, e, portanto, somos dignos do apoio de lá. Basta feri-los uma vez, Delaney, e haverá uma chance de não termos de infligir dor de novo. Mas, se simplesmente formos embora, McClellan irá atrás e teremos de lutar contra ele no nosso próprio solo. E a pobre Virgínia já sofreu demais, Deus sabe. — O general falava baixinho, ensaiando seus argumentos em voz alta e sempre consciente de que Belvedere Delaney tinha peso nos círculos políticos de Richmond. Se as coisas corressem mal nas próximas horas, seria bom ter um homem como Delaney narrando os motivos do general para os líderes da Confederação.

— McClellan tem mais homens que nós — disse Delaney, incapaz de esconder o nervosismo.

— Tem, sim, mas ele sempre tem — respondeu Lee friamente. — Mas desta vez confesso que sua preponderância é significativa. Achamos que ele tem oitenta mil homens. Nós temos menos de vinte mil. — Ele fez uma pausa, sorrindo do desequilíbrio ultrajante. — Mas os homens de Jackson estão marchando para cá. Podemos enfileirar trinta mil contra ele.

— Trinta? — Delaney estava pasmo com a disparidade.

Lee deu uma risadinha.

— Pobre Delaney. Você realmente estaria mais feliz em Richmond, não é? Não seria desonra nos deixar. Seu trabalho aqui certamente acabou. Mais do que você imagina, pensou Delaney, mas, em vez disso, respondeu com uma citação de Shakespeare.

— "Quanto menos homens, maior a honra."

Lee sorriu, reconhecendo a fala de *Henrique V*.

— Uns poucos homens derrotam um grande exército em batalha — disse. — E eu sei uma coisa sobre esses homens. — Ele fez um gesto com a mão coberta pela bandagem, indicando suas tropas maltrapilhas nos acampamentos. — São os melhores lutadores que esse pobre mundo já viu, Delaney. Eles fazem com que eu me sinta humilde. Guerras podem ser vencidas por estratégia, mas batalhas são vencidas com o moral, e, se você e eu chegarmos aos cem anos, meu amigo, jamais veremos tropas tão boas como essas. McClellan tem medo delas, muito medo, e amanhã ele precisa atacá-las, e fará isso com cautela. E, se ele é tão cauteloso quanto imagino, teremos a chance de despedaçar seu exército.

Delaney estremeceu ao pensar numa batalha.

— Ele não tem sido cauteloso nesses últimos dias, senhor.

Lee assentiu com a cabeça.

— Ele ouviu falar das nossas disposições. Não sabemos como, mas alguns simpatizantes em Frederick mandaram uma mensagem dizendo que McClellan estava alardeando que nos tinha numa bandeja. Bom, tinha mesmo, mas uma coisa é ter uma bandeja e outra muito diferente é nos servir numa bandeja. Acredite, Delaney, a cautela dele vai retornar. Já retornou! Se eu estivesse do outro lado daquele rio, não estaria acampando agora. Estaria impelindo brigadas pelo vale, avançando, lutando, porém McClellan está esperando, e cada hora que ele espera traz os homens de Jackson para mais perto de nós.

Mas, mesmo quando os homens de Jackson chegassem, pensou Delaney, o exército de Lee teria menos da metade do tamanho do de McClellan. A rebelião certamente estava condenada, e Delaney, regozijando-se com esse pensamento e com o papel que tinha representado na destruição, ainda sentia um pesar por Lee. O general Lee era um homem bom, um homem muito bom e honrado, mas não tinha embaixadas no bolso, por isso Delaney rezava para, de manhã, ver a Confederação morrer nos campos maduros junto ao córrego Antietam.

* * *

A terça-feira, 17 de setembro, amanheceu quente e opressiva. Os piquetes confederados, alertados contra um ataque inimigo, olhavam para o lado oposto do rio através de uma névoa densa que foi se dissipando aos poucos à medida que o sol subia sobre a colina Red. Os piquetes temiam os tiros de canhão carregados com metralha e o espadanar de homens carregando baionetas e fuzis através dos vaus do rio, mas esse ataque não veio. McClellan, mesmo que não soubesse, conseguira aquilo que todo general em guerra deseja: havia encurralado um exército inimigo dividido em dois. E, se tivesse atravessado o riacho, poderia destruir o pequeno exército de Lee, depois marchar contra os homens dispersos de Jackson que seguiam apressados de Harper's Ferry para o norte.

Porém McClellan não se moveu. Ele esperou.

O sol dissipou o resto da névoa do córrego e nervosos piquetes rebeldes olhavam por cima da água para as folhas verdes de onde a fumaça das fogueiras de acampamento se erguia suavemente. A cavalaria confederada fez reconhecimento nas margens do Antietam ao norte e ao sul da posição de Lee, mas nenhuma tropa nortista tentava fazer a travessia. E, espantosamente, nenhuma cavalaria nortista fazia patrulhas similares no campo sonolento e pesado. Havia tropas ianques marchando, mas esses homens formavam a retaguarda do enorme exército de McClellan que atravessava as colinas em direção à margem leste do Antietam. Os sessenta mil ianques se tornaram setenta e cinco mil, e mesmo assim McClellan não avançou. Ele esperou.

Ele esperou apenas quatro quilômetros a leste da igreja *dunker*, na margem ianque do Antietam, na fazenda da família Pry. A fazenda tinha uma casa enorme, amplos celeiros e campos bem drenados que desciam pela colina Red e chegavam às margens do córrego. Agora, a maior parte dos campos era de restolho, mas alguns estavam com milho alto, quase pronto para ser colhido. Uma campina tinha pilhas de feno, uma segunda uma bela plantação de trevo, e os campos mais altos tinham acabado de ser arados para o plantio do trigo de inverno. Ianques estavam acampados em todas as campinas e haviam destruído os montes de feno para fazer seus colchões. Uns jogavam beisebol, uns escreviam para casa, outros estavam deitados lendo em qualquer sombra que encontrassem neste dia quente e úmido. De vez em quando um homem espiava por entre as árvores a linha distante de canhões rebeldes que coroavam o horizonte a leste, mas até receberem ordem de atacar estavam contentes com o descanso. O Pequeno Mac cuidaria bem deles. Os jornais podiam chamar McClellan de Jovem Napoleão, mas para os soldados nortistas era sempre o Pequeno Mac, e a única coisa que eles sabiam e amavam no Pequeno Mac era que ele jamais arriscaria a vida deles sem necessidade. Os soldados confiavam nele, por isso estavam contentes em esperar.

O coronel Thorne não se sentia contente. Ao amanhecer estava cavalgando junto ao Antietam, em direção ao Potomac, e, quando a névoa se dissipou, ele havia marcado seis pontos de travessia em seu mapa. Tentara cruzar um vau e fora repelido por um grito alarmado de um piquete de cinza, que rapidamente engatilhou o fuzil e disparou um tiro frenético que passou sobre sua cabeça. Mais acima no rio viu uma ponte de pedra e tentou contar o número de rebeldes enfiados em suas trincheiras de fuzis do lado oposto. Viu-os descer até o riacho para encher os cantis, observou-os se lavar e ouviu seus risos.

Agora, à medida que a manhã se arrastava sonolenta, descobriu o general McClellan confortavelmente abrigado na casa da família Pry. Telegrafistas estendiam fios até um posto de sinalização no alto da colina Red, de onde as mensagens seriam repassadas através de sinalizações até que outra estação de telégrafo pudesse mandar as notícias de McClellan para Washington. Uma mensagem já esperava para ser mandada, e Thorne, descobrindo os telegrafistas que montavam seus equipamentos na sala da família Pry, pegou-a. "Nesta manhã uma névoa forte nos impediu até agora de fazer mais que garantir que alguns inimigos ainda estão lá", dizia a mensagem. "Não sabemos o tamanho da força. Vamos atacar assim que a situação do inimigo ficar clara." Thorne fungou enquanto largava a mensagem. Não se espera o inimigo, pensou. Meu Deus, Adam Faulconer morreu para colocar o exército nortista neste local, e McClellan só precisava ordenar que suas tropas avançassem. Essas tropas estavam com ânimo bem elevado. Haviam expulsado os rebeldes dos desfiladeiros da montanha e corriam boatos entre as fileiras nortistas de que Lee estava ferido, talvez morto, assim como Jackson e Longstreet. As tropas estavam bastante dispostas a lutar, porém McClellan esperava que a situação do inimigo ficasse clara, o que quer que isso significasse. Thorne saiu da sala e encontrou o general sentado numa das muitas poltronas estofadas que foram postas no gramado para dar uma visão do terreno do outro lado do rio. Havia uma luneta num tripé ao lado dele, e, em frente às poltronas, no gramado que descia íngreme a colina, fora erguida uma barricada com madeira tirada das cercas e galhos de árvores. A barricada sugeria que McClellan acreditava que poderia ter de fazer sua última defesa aqui no gramado da fazenda, disparando seu revólver do conforto de uma poltrona enquanto as tropas derrotadas passavam dos dois lados.

— Estive no sul — disse Thorne de repente. McClellan, conversando com Pinkerton, que ocupava a poltrona ao lado, tinha explicitamente ignorado a chegada do coronel, por isso Thorne simplesmente começou a falar.

— No sul onde? — perguntou McClellan por fim.

— No sul ao longo do rio, senhor. Existem vaus lá, e nenhum deles está bem vigiado pelos rebeldes. Um tinha um piquete, mas era apenas um punhado de homens. A melhor travessia fica no vau de Snaveley. — Thorne estendeu seu caderno, onde desenhara um mapa grosseiro. — Atravesse lá, senhor, e em menos de um quilômetro e meio teremos cortado a retirada de Lee.

McClellan assentiu, mas afora isso não pareceu absorver as palavras de Thorne.

— Pelo amor de Deus, senhor — disse Thorne —, ataque agora! Lee não pode ter vinte mil homens armados.

— Bobagem — foi obrigado a responder McClellan. — Acredite nisso, coronel, e o senhor vai acreditar em qualquer coisa. — Ele riu, e seus ajudantes deram risinhos obedientes.

— Senhor. — Thorne deliberadamente fez a voz soar respeitosa. — Nós sabemos quando Harper's Ferry se rendeu, senhor, e sabemos que as tropas de Jackson não podem ter chegado a Sharpsburg por enquanto. Nenhuma tropa pode cobrir essa distância tão depressa. Mas, se esperarmos até essa tarde, senhor, eles estarão lá. Então Lee terá quarenta ou cinquenta mil homens esperando por nós.

— O general Lee — disse McClellan em tom gélido — já tem oitenta mil homens. Oitenta mil! — O volume de sua voz aumentou de indignação. — E, se esse governo ignorante achasse adequado me fornecer os homens necessários para travar uma guerra bem-sucedida, eu já teria atacado, mas não posso atacar até saber, com certeza absoluta, a disposição do inimigo!

— A disposição do inimigo é desesperada! — insistiu Thorne. — Eles estão cansados, estão com fome, estão em menor número, e em três horas o senhor pode ter a vitória mais completa da história.

McClellan balançou a cabeça com raiva, depois olhou para Allan Pinkerton, que estava jogado em sua poltrona estampada de flores. Usava um paletó mal ajustado e tinha um chapéu duro e redondo na cabeça rombuda.

— O coronel Thorne acredita que estamos em maior número que o inimigo, major Pinkerton. — McClellan tratou o chefe do serviço secreto pelo posto honorário. — É o que o senhor acha?

— Eu gostaria que sim, chefe! — Pinkerton tirou um cachimbo curto da boca e continuou falando com seu forte sotaque escocês e num tom de confiança absoluta: — Há um número muito maior deles do que de nós, isso eu aposto. Ontem mandamos um rapaz cavalgar pela margem do córrego. Como era o nome dele? Custer! É o sujeito. Ele disse que há hordas deles, hordas! É um bom rapaz, o jovem Custer.

— Está vendo, Thorne? — perguntou McClellan, cheio de certeza.

Thorne apontou para sudoeste, onde uma mancha de brancura nevoenta se espalhava no céu do meio-dia.

— Senhor — apelou ele —, está vendo aquela nuvem branca? É poeira, senhor, poeira, e marca o local onde os primeiros homens de Jackson estão correndo para reforçar Lee, mas ainda estão a uns quinze quilômetros. Por isso eu imploro, senhor, imploro, vá agora! Ataque!

— A guerra é sempre uma coisa simples para os amadores — disse McClellan, com a voz pingando escárnio. — Lee não iria nos enfrentar com vinte mil homens, coronel, mas não tenho dúvida de que ele gostaria que pensássemos que são tão poucos. Isso se chama montar uma armadilha, coronel Thorne, mas sou macaco velho, não vou colocar a mão nessa cumbuca. — Os oficiais do Estado-Maior de McClellan riram da evidente tirada de humor. O general sorriu. — Você ouviu a avaliação do major Pinkerton, coronel. Duvida dele?

A opinião de Thorne sobre Pinkerton era impronunciável, mas ele fez mais um esforço para martelar bom senso nos oponentes.

— Esse homem que cavalgou junto às linhas ontem atravessou o rio? — perguntou a Pinkerton.

— Ora, como ele poderia fazer isso? — perguntou Pinkerton, apertando o tabaco em seu cachimbo. — Há oitenta mil rebeldes do outro lado desse rio, coronel, e o jovem Custer é um garoto esperto demais para cometer suicídio. — O escocês gargalhou.

— Oitenta mil. — McClellan repetiu o número, depois apontou para a nuvem de poeira —, e aquela poeira nos diz que há mais chegando. — Ele esticou as pernas apoiando as botas na estranha barricada que parecia uma fortaleza, e por um tempo, com a cabeça afundada no peito, franziu a testa para o platô distante coberto pela fileira de canhões rebeldes. — Amanhã, senhores — anunciou depois de um longo silêncio —, sem dúvida vamos enfrentar cem mil inimigos, mas cumpriremos com o nosso dever. Os Estados Unidos só esperam isso de nós.

Eles esperam mais, pensou Thorne com selvageria. Os Estados Unidos esperam a vitória. Eles esperam que seus filhos sejam poupados de um massacre nos próximos anos, esperam uma União não dividida e lavar as sarjetas de Washington com cerveja enquanto passa o desfile da vitória. Mas McClellan só rezava pela sobrevivência. E Thorne, pasmo com a teimosia do sujeito, não podia fazer mais nada. Ele tentou, e Adam Faulconer morreu pela causa que ele defendia, porém McClellan comandava o exército, e a batalha seria travada quando o Jovem Napoleão quisesse. E assim os ianques esperaram.

Nada podia impedir que soldados se desgarrassem. Durante um tempo, Nathaniel rosnou com seus homens que mancavam, sangravam e se esforçavam, mas um a um eles iam ficando para trás, impotentes de tão fracos. A beira da estrada estava cheia de outros desgarrados que tinham saído dos batalhões mais adiante, enquanto aqui e ali uma alma corajosa mancava, usando o fuzil como muleta e com os pés deixando pegadas sangrentas na poeira.

O batalhão de Nate pelo menos tinha botas, mas eram malfeitas e se desfaziam nas costuras. Seu verdadeiro problema era a simples fraqueza. Não estavam em forma, e o punhado de marchas que tinham feito nas últimas semanas não servia como preparativo para essa estrada quente e dura onde os oficiais do Estado-Maior de Jackson instigavam as tropas. A maioria dos outros batalhões sofria por falta de comida. O exército tinha exaurido os suprimentos, e, apesar de os homens terem se refestelado com as iguarias ianques capturadas em Harper's Ferry, essa comida rica só fizera com que passassem mal. Agora tinham voltado a uma dieta de maçãs e milho roubado dos campos onde a colheita não havia sido feita, e até os homens que mantinham o ritmo insuportável eram assolados pela diarreia. A coluna prosseguia entre fileiras de soldados exaustos e doentes e o fedor constante de fezes.

Finalmente o coronel Swynyard desistiu de tentar impedir que houvesse desgarrados em sua brigada.

— Não adianta, Nate — disse ele —, deixe-os. — Swynyard estava puxando seu cavalo. Podia estar montado, como o tenente-coronel Maitland, mas preferia descansar as costas do animal e dar exemplo aos homens.

Relutando, Nathaniel deixou os mais doentes ficarem para trás, mas não permitiu que nenhum oficial abandonasse a coluna. Billy Blythe era o mais afetado. Ele suava em sua casaca justa e tropeçava com os olhos entorpecidos, mas sempre que se virava para o capim na beira da estrada Nathaniel o empurrava para a frente.

— Você é oficial, Billy — disse —, portanto dê o exemplo. — Blythe deu uma cusparada violenta desconsiderando o que Nate disse, porém tinha mais medo dele que de sua fraqueza, por isso continuou mancando. — Achei que você tinha andado desde Massachusetts até o sul — acrescentou Nathaniel.

— Andei.

— Diabos, isso aqui é um passeio em comparação. Continue.

O sargento Case não demonstrava fraqueza. Marchava firme, incansável, com o cobertor de Billy Blythe em cima do seu. Quando, a cada hora, a coluna parava por dez minutos, o sargento Case encontrava água e trazia para Blythe. Nathaniel olhava os dois e se perguntava se foram eles que tentaram matá-lo na noite em Harper's Ferry. Mas agora, sob o sol implacável, essa tentativa de assassinato parecia apenas um pesadelo. Perguntou-se se teria se enganado. Talvez o tiro tivesse sido apenas a tentativa de algum homem de limpar a pólvora suja do mosquete, ou talvez um bêbado tivesse disparado uma bala na noite. Ele tinha visto dois homens correndo para longe, mas isso não provava nada.

A companhia de Potter ia à frente do batalhão. Eles não perderam ninguém desgarrado, nem deveriam, porque eram a nata do Batalhão Especial. Potter marchava bem satisfeito, cantando com seus homens, contando histórias e piadas e às vezes ajudando a puxar a carruagem fúnebre com sua preciosa carga de munição. Mais munição ia na carroça, mas os cavalos apanhados em Harper's Ferry eram terrivelmente fracos. A carroça foi ficando cada vez mais para trás, provocando caos enquanto as equipes dos canhões tentavam passar por ela na estrada.

— Presumo — perguntou Potter a Nate — que exista um objetivo nesse esforço, não é?

— Se o Velho Jack marcha assim, pode ter certeza de que haverá uma batalha.

— Você gosta dele, não é? — observou Potter, achando divertido.

— Do Velho Jack? Gosto. — Nathaniel ficou levemente surpreso com a admissão.

— Você o imita.

— Eu? — Nathaniel ficou surpreso. — Nunca — disse, rejeitando a ideia.

— Não na questão de Deus — admitiu Potter —, nem, talvez, nas excentricidades, mas afora isso? Sim, imita. O Starbuck determinado, que não cede um centímetro, mais duro que couro de bota. Você despreza a fraqueza.

— Esses não são tempos para os fracos.

220

— Não consigo pensar em tempos melhores — disse Potter com indiferença. — Os fracos podem ficar para trás e ser poupados da matança. São vocês, os fortes, que vão marchar galantes contra os canhões ianques. Não se preocupe, Starbuck, eu estarei com você, mas devo dizer que há uma jarra de uísque na minha mochila para o caso de as coisas ficarem ruins demais.

Nathaniel sorriu.

— Só uma?

— Infelizmente só uma, mas é maravilhoso o que uma garrafa pode fazer.

— Guarde um pouco para mim.

— Um gole, talvez. — Potter continuou andando, seguindo a carruagem fúnebre com suas plumas empoeiradas. — Estou abismado com a minha abstenção — disse depois de um tempo. — Tenho uma garrafa inteira e não destampei.

— Então você é forte.

— Temporariamente, talvez.

— Jackson diz que essa força vem de Deus.

— Ele diria isso, não é? — Potter lançou um olhar de esguelha para seu major. — Será que estou detectando uma alma atribulada?

Nate olhou de relance para o lado e viu um trecho do Potomac que aparecia entre árvores densas. A marcha estava levando-os para o norte ao longo da margem sul do rio, mas ele sabia que logo deveriam atravessá-lo, passando para o Norte.

— Ontem à noite estive pensando em Deus — disse evasivamente. Perguntou-se se deveria mencionar o atentado contra sua vida, mas decidiu que tudo aquilo pareceria fantasioso demais. — Diabos — continuou depois de um tempo —, quando se vai para a batalha acaba-se pensando em Deus, não é?

Potter sorriu.

— Alguém determinou se os cristãos sobrevivem às batalhas em maior número que os que não creem? Eu gostaria de saber. Diabos, se ser salvo é a minha passagem para a sobrevivência, você pode me levar ao trono do senhor agora mesmo.

— Não é uma questão de viver ou morrer — disse Nate, tentando ignorar a dor ardente nos músculos da perna, dos furúnculos nas costas e o gosto áspero da poeira na garganta. — É o que acontece depois da morte.

— Isso não é motivo para se converter. Eu fiquei tempo suficiente na igreja do meu pai para não querer passar a eternidade com aquelas pessoas.

— Ele sentiu um calafrio. — São gente boa, sim, mas desaprovam tudo! Acho que vou me arriscar no outro destino. — Ele riu, depois conteve a diversão enquanto um barulho retumbante feria o céu. — Começaram os procedimentos sem nós? — sugeriu num tom de censura.

— Isso não é tiro de canhão, é apenas trovoada. Trovoada de verão. — Havia nuvens a leste e talvez à tarde chegasse uma chuva forte que diminuiria a umidade sufocante que tornava a marcha tão difícil.

Meia hora depois se viraram e atravessaram um vau no rio Potomac. Uma forte bateria de artilharia confederada guardava a margem do lado da Virgínia, prova de que essa era única rota de fuga de Lee, caso o desastre atingisse o exército confederado. A água chegava à cintura, de modo que os homens precisavam levantar as bolsas de cartuchos e as caixas de cápsulas. Assim que chegaram à outra margem, enfim em território ianque, atravessaram a ponte sobre o canal Chesapeake e Ohio e começaram a andar em direção a um pequeno povoado apenas seis quilômetros a leste.

— Sharpsburg — disse Swynyard a Nate. — E essa é a nossa única linha de recuo. — Ele indicou a estrada por onde tinham vindo. — Se os ianques nos derem uma surra, Nate, vamos fugir para salvar a vida por essa estrada, e, se eles cortarem o nosso caminho até o vau, estaremos fritos.

— Eles não vão nos dar uma surra — reagiu Nathaniel, carrancudo.

Acampamentos rebeldes se estendiam irregulares dos dois lados da estrada; prova de que a coluna estava finalmente chegando ao destino. Esta era a área da retaguarda do exército, o lugar onde ficavam as carroças de transporte e os parques de artilharia, onde os hospitais de campanha preparavam os bisturis, as sondas e as bandagens. O povoado de Sharpsburg em si era uma pequena grade de boas casas de madeira com varandas caiadas e quintais bem-cuidados que foram despidos de vegetais e frutas. Alguns civis haviam posto barris de água para a coluna em marcha, mas diziam que não tinham comida para dar.

— Nós também estamos passando fome, garotos — explicou uma mulher grávida.

— Peguem as suas provisões com os ianques, rapazes — gritou um velho, que evidentemente apoiava o Sul —, e que Deus os abençoe.

Viraram à esquerda saindo da rua principal do povoado para a estrada de Hagerstown, que subia íngreme em direção ao terreno mais elevado. Um oficial do Estado-Maior veio galopando pela coluna, encontrou Swynyard e o direcionou para o norte, ao longo da estrada que seguia reta entre campos cobertos de trevos. Passaram pela igreja *dunker*, achando que era uma casa na beira da trilha, e lá viraram à direita para a estrada de Smoketown, caminhando o último quilômetro e meio até chegar a um bosque de olmos altos e carvalhos densos. O bosque se estendia para o norte, e ao sul da estrada havia um campo arado, recém-semeado com trigo de inverno. Havia um cemitério familiar no centro do campo, e foi ali que Swynyard estabeleceu seu quartel-general. Sua brigada, reduzida pelos desgarrados e exaurida por uma campanha de verão, desmoronou no campo arado e em dois campos de restolho que ficavam a leste. Ali o terreno descia suave em direção ao córrego, e Nate, jogando seu cobertor enrolado na sombra das árvores do lado da estrada oposto ao campo arado, podia ver canhões ianques nos pastos distantes do outro lado do rio.

Mas não havia tempo para fazer reconhecimento do terreno. Tinham de mostrar ao que restava do batalhão onde acampar, depois uma equipe de trabalho precisaria ir à fonte da fazenda próxima para pegar água. Alguns retardatários chegaram mancando e um punhado de outros veio em carroças que tinham sido mandadas para recolher os cansados. Nathaniel ordenou que o carrancudo capitão Dennison fosse à cidade encontrar outros retardatários e orientá-los para irem ao terreno elevado.

Swynyard chamou os comandantes de seu batalhão para o pequeno cemitério. Mostrou onde estava sendo posta a pequena reserva de munição da brigada, depois levou os oficiais para o leste até a linha de canhões rebeldes, acima do profundo vale do riacho coberto de árvores. Evidentemente Lee tinha decidido não defender a margem do córrego. Em vez disso, deixaria o exército nortista atravessar a água e depois subir a encosta íngreme até seus canhões, fuzis e mosquetes.

— Com a ajuda de Deus, senhores — disse Swynyard —, vamos atirar neles daqui de cima.

Era um trecho de campos abertos, um lugar onde homens ficariam no meio da fumaça trocando saraivadas com uma horda de ianques subindo do bosque. Maitland estava com seu binóculo caro apontado para o outro lado do vale, na direção de um campo arado onde uma bateria de canhões nortistas estava se posicionando.

— Canhões Parrott, pelo jeito — disse —, e apontados direto para nós.

— A uns três quilômetros daqui — opinou John Miles, comandante do pequeno 13º Regimento da Flórida. — Talvez os filhos da puta não nos vejam no meio da fumaça.

— Diabos, eles vão atirar contra a fumaça — observou Haxall, o sujeito do Arkansas.

— Os nossos canhões vão cuidar deles — disse Swynyard, cortando o pessimismo.

Maitland tinha voltado a atenção para o grupo de construções de fazenda que ficava abaixo do cemitério, na encosta ocupada pelos rebeldes.

— Podemos transformar aquela fazenda numa fortaleza? — perguntou a Swynyard. — Nossa Hougoumont — acrescentou.

— Nossa o quê? — perguntou Haxall.

— O Castelo de Hougoumont — respondeu Maitland, com seu insuportável ar de superioridade. — Uma fazenda fortificada que Wellington sustentou o dia inteiro contra os homens de Napoleão. Em Waterloo — acrescentou, condescendente.

— Ele também fortificou a fazenda no Mont St. Jean — disse Swynyard, inesperadamente suplantando o conhecimento de Maitland sobre história militar — e a perdeu porque os franceses a cercaram e os pobres homens que estavam dentro ficaram sem munição. E amanhã os ianques vão estar em volta daquela fazenda. Ela fica muito à frente.

— Então vamos simplesmente ignorá-la? — perguntou Maitland, relutante em desistir da ideia de uma sólida parede de pedra entre ele e os fuzis ianques.

— Os ianques não vão ignorá-la — interveio Nate. — Vão encher o lugar com atiradores de elite.

— Então vamos queimá-la — decidiu Swynyard. — Miles? Seus homens podem incendiar as construções esta noite?

— Acho que vão gostar disso, coronel.

— Então faça isso — disse Swynyard, então esboçou rapidamente o posicionamento da brigada. O grande regimento da Virgínia sustentaria a direita da linha da brigada, depois viriam as unidades menores, da Flórida e do Arkansas, com os homens da Legião Faulconer sob o comando de Maitland na esquerda. Você fica na reserva, Nate. Mantenha os seus homens no bosque. Isso pode lhes dar alguma cobertura contra os canhões ianques.

— Achei que os nossos canhões iriam silenciar os deles — observou Maitland, com despeito.

Swynyard ignorou o comentário.

— Vai ser uma luta de infantaria feia, senhores — disse, sério. — Mas teremos bastante artilharia e o inimigo virá morro acima. O lado que se sustentar por mais tempo e atirar melhor vai vencer, e seremos nós. — Ele dispensou os oficiais, mas passou um braço pelo de Nathaniel e o levou para o norte, em direção ao bosque. — A legião tem homens bons — disse —, mas não confio no Maitland. Ele é covarde. Pensa que sua pele branca é preciosa demais para ser perfurada por uma bala. Por isso os seus homens estão atrás de nós. Se Maitland começar a recuar, Nate, intervenha.

— Intervir? A patente dele é maior que a minha.

— Só intervenha. Sustente a legião para mim até que eu possa me livrar do Maitland. Isso pode não acontecer, Nate. Ou talvez o bom Senhor decida me levar para casa amanhã, caso em que Maitland assume o comando de toda a brigada, e que Deus ajude esses homens se isso acontecer. — Swynyard parou e olhou para baixo da longa encosta. — Só precisamos acabar com eles, Nate, só precisamos acabar com eles. — Swynyard disse isso com tristeza, imaginando as massas azuis que subiriam a colina aos bandos na manhã seguinte.

Mas Swynyard estava errado. Os ianques podiam muito bem estar planejando atravessar o rio e subir o morro, mas primeiro pretendiam fazer um ataque de flanco, e, no fim daquela tarde, enquanto os homens de Nathaniel mutilavam as árvores e atacavam os restos das cercas para fazer fogueiras, uma massa de tropas nortistas atravessou o córrego por uma ponte que ficava bem ao norte das posições rebeldes. Os ianques subiram ao terreno mais elevado e continuaram marchando para o oeste até chegarem à estrada de Hagerstown, e lá acamparam. Piquetes rebeldes atiraram contra os ianques, e de vez em quando o som de fuzis espocava raivoso e alto enquanto escaramuçadores nortistas tentavam expulsar os confederados, mas nenhum lado fez nenhuma tentativa de atacar o corpo principal do inimigo. O general Lee viu as tropas acampando ao seu norte e a presença delas lhe disse o que esperar de manhã. Os ianques marchariam para o sul no que prometia ser um ataque maciço que vinha direto pela estrada de Hagerstown.

Mas Lee sabia que esse seria apenas um dos ataques. Outros viriam através do riacho, e talvez outros ianques tentassem dar a volta em seu flanco sul. Que fosse. Ele não tinha homens para guardar cada travessia do rio, apenas para sustentar o terreno alto em volta do povoado e da igreja *dunker*. Mas pelo menos seu exército estava crescendo. Dois terços dos homens de Jackson tinham vindo de Harper's Ferry, e o terço restante, assim que tivesse terminado de mandar os prisioneiros federais para os campos ao sul, viria rapidamente no dia seguinte. Ele começaria a batalha com menos de trinta mil homens e sabia que um número mais de duas vezes maior estava se preparando para atacá-lo. Entretanto, se McClellan não fosse enfrentado aqui, teria de ser enfrentado na Virgínia. Era melhor aqui, decidiu Lee, onde os ianques precisariam subir os morros partindo do córrego e enfrentar seus canhões.

Mas os ianques acampados ao norte não teriam colinas para subir, porque já estavam em terreno elevado. Esses homens atacariam pela linha da estrada de Hagerstown, onde duas longas áreas arborizadas, o Bosque do Oeste e o Bosque do Leste, formavam um afunilamento natural com cerca de seiscentos ou setecentos metros de largura. O funil era um trecho de terras agrícolas que levava para o coração da posição de Lee. Não que já fosse possível ver os ianques desse coração, porque, apesar de estarem acampados no bosque que crescia na borda norte do funil, um milharal de doze hectares ficava entre eles e a linha rebelde. O milharal se estendia pelo funil e estava perto da época da colheita, por isso era alto como um regimento em formação de revista. Os pés de milho sussurravam juntos na brisa fraca da tarde; era uma tela que escondia um inimigo do outro, e de manhã, supôs Lee, seria um lugar onde os federais que atacavam encontrariam suas tropas obstinadas.

— Então, afinal de contas, você não é a minha reserva, Nate — disse Swynyard quando chegou a notícia da marcha de flanco dos ianques. Os Pernas Amarelas estavam acampados na base do Bosque do Leste, e isso significava que guardavam uma borda do funil, de modo que poderiam lutar contra os ianques no alvorecer. — Posso mudar você de lugar — ofereceu Swynyard.

— Eles vão lutar — respondeu Nate. Além disso, o sol já estava se pondo, e mudar a posição agora implicaria confusão entre homens cansados demais para trocar de acampamento. — O senhor não está esperando um ataque subindo a encosta agora? — perguntou, indicando a fazenda onde os comandantes dos batalhões tinham se reunido e onde agora as construções pegavam fogo, obra dos incendiários de Miles.

— Talvez eles venham das duas direções — disse Swynyard. — Se Mc-Clellan tiver algum tino, é o que eles farão. E isso vai significar trabalho pesado, Nate. Mas esses rapazes — ele balançou a mão em direção ao norte, indicando os ianques acampados mais acima, na estrada — estão mais perto, portanto preocupe-se com eles primeiro. — Ele passou a mão com dedos faltando pela barba embolada. — Você vai fazer por merecer o seu soldo amanhã, isso é certo. Seus rapazes estão bem?

— Eles vão lutar — respondeu Nathaniel, ignorando as dúvidas com relação a Tumlin e Dennison.

— Diga a eles que vou orar daqui a meia hora. Convido você, mesmo sabendo que não vem.

— Talvez eu vá — disse Nate inesperadamente.

Swynyard ficou tentado a fazer uma piada com a resposta, depois viu que talvez suas preces pela alma de Nathaniel estivessem sendo atendidas, por isso conteve a brincadeira.

— Eu gostaria, Nate.

Mas Nathaniel não foi à reunião de orações do coronel. Em vez disso, foi até a extremidade direita de sua curta linha, onde a Companhia A do capitão Dennison estava acampada. Nate temia que o gesto que estava prestes a fazer fosse considerado fraqueza, mas o sangue ruim dentro do Batalhão Especial precisava ser lancetado, por isso procurou o soldado Case e, ao encontrá-lo, balançou a cabeça na direção das árvores.

— Quero você — disse.

Case olhou para os companheiros, deu de ombros e ostensivamente pegou o fuzil e verificou se estava escorvado. Seguiu Nathaniel para as árvores, tomando o cuidado de se manter alguns passos atrás dele. Nate se lembrou do tiro na noite de Harper's Ferry, mas não era por isso que tinha chamado Case, porque Case jamais admitiria ser um dos dois homens. Em vez disso, na véspera da batalha, queria fazer as pazes.

Nathaniel parou quando estavam longe o suficiente para que o restante do batalhão não os ouvisse.

— E o que os Fuzileiros Reais fariam diferente? — perguntou.

Case pareceu perplexo com a pergunta e não respondeu. Nate olhou para o rosto feio e mais uma vez ficou pasmo com a brutalidade nos olhos de Case.

— Nem mesmo nos Fuzileiros Reais os sargentos se livram quando desafiam seus oficiais — disse Nathaniel. — Que diabos você esperava que eu fizesse? Que deixasse você manter as divisas?

De novo Case não respondeu. Apenas virou a cabeça e cuspiu um fino jato de tabaco numa pedra de calcário.

— Amanhã nós vamos lutar — continuou Nathaniel, sentindo que estava andando num lago de melaço —, e, se a Companhia A lutar tão mal quanto no outro dia, todos vocês vão morrer. — Isso atraiu a atenção de Case. O olhar feroz mudou de algum ponto distante entre as árvores para encarar Nathaniel. — Você sabe lutar, Case, então garanta que o restante da companhia lute como você. Faça isso e você recupera as suas divisas. Entendeu?

Case fez uma pausa, então assentiu. Mudou o tabaco de uma bochecha para a outra, cuspiu de novo, mas continuou sem falar. Nathaniel estava prestes a se lançar numa arenga séria sobre homens não poderem servir a dois senhores, sobre a necessidade de disciplina, sobre o valor de homens experientes como Case num batalhão como o dos Pernas Amarelas, mas conseguiu conter as palavras antes de sequer começar. Dissera tudo que precisava dizer e Case tinha ouvido tudo que precisava ouvir. O resto era com o próprio Case, mas, pelo menos, pensou Nate, tinha dado ao sujeito algo para desejar além da mera vingança.

— Quando o dia de amanhã acabar, Case — disse —, você pode ir para outro regimento, se quiser isso, e pode ir como sargento. Mas amanhã você luta conosco. Entendeu?

Case fez uma pausa.

— Acabou? — perguntou por fim.

— Acabei.

Case se virou e foi andando. Nathaniel ficou olhando-o se afastar, depois foi para o leste até chegar à borda do bosque e poder olhar por cima do vale. Fogueiras distantes tremulavam no bosque ao longe. Em algum lugar atrás dele, no platô, um canhão disparou. Houve uma pausa, depois um canhão ianque respondeu. Uma bateria de artilharia rebelde, posicionada numa colina a oeste da estrada de Hagerstown, tinha visto os artilheiros nortistas posicionando uma bateria, por isso abriu fogo. Os dois lados duelaram enquanto a noite caía e continuaram lutando no escuro, de modo que os clarões das armas iluminavam o terreno agrícola com explosões de uma luz não natural, cuspindo sua claridade granulosa sobre os campos verdes e lançando sombras pretas entre as árvores densas. A leste, na encosta que descia até o córrego, as construções pegando fogo lançavam fumaça densa e fagulhas brilhantes no ar noturno. Os tiros de canhão foram morrendo lentamente até parar por completo. Mas então, no silêncio cheio de ecos, começou a chover. Nate, finalmente enrolado em seu cobertor embaixo das árvores, ouvia as gotas batendo nas folhas verdes e tentava dormir, mas o sono não vinha. Marchara até Sharpsburg e estava mais amedrontado do que jamais esteve em toda a sua vida. Porque no dia seguinte precisaria lutar.

11

— É café de verdade — avisou Lúcifer, sacudindo Nathaniel para acordá--lo. — De Harper's Ferry.

Nate xingou, tentou não acreditar no que estava acontecendo, depois xingou de novo quando percebeu que estava, sim. Ainda não havia amanhecido. A névoa nas árvores se misturava com a fumaça acre das fogueiras meio mortas. As folhas pingavam. Os ianques vinham hoje.

— O senhor está tremendo — disse Lúcifer. — Está com febre.

— Não estou.

— Igual um neném. Tremendo. — Lúcifer cutucou as brasas mais próximas com um graveto, tentando reavivar os restos da fogueira. — Os ianques não fizeram fogueiras — disse, depois riu. — Estão se escondendo de nós. Acho que estão com mais medo de nós que nós deles.

— Eles estão do seu lado — disse Nathaniel, insolente.

— Eu estou do meu lado — insistiu Lúcifer, com raiva — e mais ninguém.

— A não ser eu. — Nate tentou aplacar o garoto. Tomou um gole do café. — Você passou a noite toda acordado?

— Passei, até ter certeza de que eles estavam dormindo.

Nathaniel não perguntou quem eram "eles".

— Não há com que se preocupar — disse em vez disso. Esperava que fosse verdade. Esperava que tivesse diminuído a raiva incandescente de Case. Esperava sobreviver a este dia.

— O senhor não se preocupa porque eu me preocupo. Eu ouvi o capitão Tumlin dizer ao senhor que viu John Brown ser enforcado em Harper's Ferry?

Nate precisou pensar para se lembrar da conversa, depois se recordou de Tumlin falando que tinha assistido à execução junto com uma prostituta de uma janela superior do Hotel do Wager.

— Sim — disse, soturno, tentando imbuir a palavra com desaprovação por Lúcifer ter xeretado. — E daí?

— E daí que o Sr. Brown nunca foi enforcado em Harper's Ferry. Ele foi enforcado em Charlestown. Todo mundo sabe disso.

— Eu não sabia.

— O seu capitão Tumlin não sabe diferenciar bosta de chocolate.

Nathaniel se sentou e empurrou para longe o cobertor úmido. Estava tremendo, mas achava que era só por causa da umidade. Disso e da apreensão. Ouviu gravetos se partindo no bosque, mas havia uma grande linha de piquete ao norte, de modo que o som devia ser dos seus próprios homens acordando. Perguntou-se quanto tempo faltaria para o amanhecer. A névoa era densa como fumaça de canhão. Tudo estava úmido: o bosque, o chão, suas roupas. Seu fuzil tinha uma camada de orvalho. O dia estava frio, mas prometia fazer um calor de rachar, um dia de umidade fedorenta, um dia em que a pólvora entupiria o cano dos fuzis como fuligem numa chaminé.

— Não sabe diferenciar bosta de chocolate — repetiu Lúcifer, tentando provocar uma reação.

Nate suspirou.

— Nós somos um batalhão improvisado, Lúcifer. Pegamos os restos.

Ele arrebentou um dos cadarços ao amarrar as botas. Xingou, perguntando-se se o pequeno acidente seria um mau presságio. Tirou o cadarço partido e, no escuro, enfiou de volta o que restava e deu um nó. Depois se levantou, com cada osso e cada músculo doendo. Fogueiras se acendiam nos campos e no bosque, as chamas embotadas pela névoa. Homens tossiam, cuspiam, resmungavam e mijavam. Um cavalo relinchou, depois houve um estardalhaço quando um homem tropeçou numa pilha de armas.

— O que temos para o desjejum? — perguntou a Lúcifer.

— Biscoito e meia maçã.

— Me dê metade da metade.

Em seguida, prendeu o cinto e verificou se a bolsa de cartuchos estava cheia, se a caixa de cápsulas também estava e se o revólver estava carregado. Há centenas de anos, pensou, homens acordam assim para um dia de batalha. Testam a ponta da lança, sentem o gume da espada, certificam-se de que a pederneira do mosquete está ajustada, depois rezam aos deuses para sobreviver. E dali a centenas de anos, supôs, os soldados ainda acordariam numa escuridão cinzenta e fariam os mesmos gestos com quaisquer meios de morte inimagináveis que carregassem. Sopesou o fuzil, verificou a cápsula de percussão e o pendurou no ombro.

— Ao trabalho — disse a Lúcifer. — Faça por merecer o seu soldo.

— Que soldo?

— Eu devo a você.

— Então não sou escravo?

— Você é livre como um pássaro, Lúcifer. Se quiser voar para longe, voe. Mas vou sentir a sua falta. Mas, se ficar hoje — acrescentou Nathaniel, sabendo muito bem que Lúcifer ficaria —, permaneça longe do perigo. Essa luta não é sua.

— É só dos brancos, hein?

— Só dos idiotas, Lúcifer. Só dos idiotas — respondeu Nathaniel.

Depois andou lentamente pelo bosque escuro, tateando onde a luz fraca das fogueiras revividas não mostrava um caminho. Falou com homens que estavam acordados, despertou os preguiçosos e organizou uma equipe de trabalho para encher os cantis do batalhão. Morder os cartuchos de balas enchia a boca de pólvora salgada, de modo que, depois de uma hora lutando, os homens ficavam sedentos e água valia seu peso em ouro. Mandou outro grupo trazer munição de reserva do cemitério para que o batalhão tivesse seu próprio suprimento na beira do bosque. Foi lá, onde o bosque se juntava à estrada, que ele parou para ouvir um grupo de homens que não conseguia ver cantando baixinho um hino em meio às árvores escuras amortalhadas pela névoa.

— "Jesus, minha força, minha esperança" — cantavam. — "A ti entrego meus cuidados; Com humilde esperança ergo os olhos, E sei que ouves minha oração."

As palavras familiares eram estranhamente reconfortantes, mas outra pessoa também estivera escutando e começou a cantar outro hino em voz muito mais alta que as dos homens reunidos para as orações matinais.

— "Vejam como os vigias choram!" — cantou o capitão Potter numa voz de tenor notavelmente boa e límpida. — "Ouçam o som das cornetas. Peguem as armas, o inimigo está perto, Os poderes do inferno nos cercam."

Nate encontrou Potter no meio das árvores.

— Deixe-os em paz — censurou-o gentilmente por atrapalhar os que rezavam.

— Só pensei que a minha escolha era mais adequada que a deles. — Potter estava febrilmente empolgado, tanto que por um instante Nathaniel se perguntou se a garrafa de cerâmica com uísque fora esvaziada, mas não havia cheiro de bebida no hálito de Potter enquanto, mais baixinho, ele cantava a última estrofe do hino. — "Diante de toda a hoste do inferno ficamos, Toda a hoste do inferno derrotamos, E, conquistando-a pelo sangue de Jesus, Prosseguimos a conquistar." — Ele riu. — Engraçado, não é? Os ianques provavelmente estão cantando a mesma coisa. Ambos clamamos por Jesus. Ele deve estar confuso.

— Como estão os seus piquetes?

— Acordados. Vigiando a hoste do inferno. Vim pegar um balde de café para eles. Acho que os procedimentos só vão começar quando o dia tiver clareado, não é?

— Imagino que sim.

— E então — disse Potter com um prazer profano — podemos esperar uma coisa bem feia. É verdade que eles estão em maior número que nós?

— Pelo que sabemos, sim. — Nathaniel sentiu um tremor que parecia começar no coração e descer por braços e pernas. — Talvez dois para um — acrescentou, tentando parecer lacônico, como se enfrentassem batalhas todo dia. E que dia era? Uma quarta-feira. Não havia nada de especial nas quartas-feiras em casa. Não eram como domingos, dedicados a Deus e à solenidade, ou segundas, o dia da lavagem de roupas para a sua mãe e quando toda a casa em Boston ficava agitada com empregados e vapor. Quartas-feiras eram simplesmente quartas-feiras, um ponto médio entre os domingos. Seu pai estaria rezando com os empregados. Será que alguém na casa se perguntava onde o segundo filho estaria hoje?

Houve uma leve claridade na névoa a leste.

— *"Per me si va ne la città dolente"* — disse Potter de modo súbito e inesperado. — *"Per me si va ne l'etterno dolore, Per me si va la perduta gente."*

Nathaniel olhou-o boquiaberto.

— Que diabos é isso? — perguntou.

— "Por mim se vai à cidade dolente" — traduziu Potter em tom dramático. — "Por mim se vai à dor eterna, por mim se vai às pessoas perdidas." Dante, as palavras inscritas nos Portões do Inferno.

— Achei que era "Abandonai toda a esperança, vós que entrais".

— Isso também.

— Quando, diabos, você aprendeu italiano?

— Não aprendi. Só li Dante. Houve um tempo, Starbuck, em que desejei ser poeta, por isso li todos os poemas que pude. Então descobri um caminho mais rápido para o Elísio.

— Por que, em nome de Deus, você estudou medicina?

— O meu pai achava que eu deveria ser útil. Ele acredita na utilidade. São Paulo era fazedor de tendas, por isso Matthew Potter deveria ter uma profissão, e meu pai acreditava que poesia não era profissão. Ele declarou:

poesia não é útil a não ser que você seja um salmista, e nesse caso já se está morto. Ele achava que eu deveria ser médico e escrever hinos edificantes quando não estivesse matando os meus pacientes inocentes.

— Você seria um bom médico.

Potter gargalhou.

— Agora você está falando igual à minha mãe. Preciso achar aquele café.

— Matthew. — Nathaniel fez Potter parar. — Tome cuidado hoje.

Potter sorriu.

— Tenho uma convicção de que vou viver, Starbuck. Não consigo explicar, mas de algum modo me sinto com sorte. Mas obrigado. E que você sobreviva também. — Ele foi andando.

Para além da névoa, o sol clareava o céu a leste, transformando a escuridão em cinza. Não havia vento, nem um sopro, só um céu imóvel e silencioso, pesado com a luz carrancuda e cinzenta, a luz que precede a alvorada, que precede a batalha.

Nate se encolheu e fechou os olhos enquanto tentava pensar numa oração adequada ao dia, mas nada lhe ocorreu. Pensou nos irmãos e nas irmãs mais novos, seguros em suas camas em Boston, depois foi organizar seus homens em linha.

Porque era uma alvorada sem vento, linda, ao lado do Antietam.

Os artilheiros iniciam a maioria das batalhas. A infantaria vai vencer ou perder a luta, mas os artilheiros começam a matança, e, mesmo antes de a névoa se dissipar, os artilheiros ianques do outro lado do Antietam começaram o bombardeio. Tinham posicionado seus canhões na tarde anterior, e agora, sem nada para guiar a mira a não ser o topo das árvores brotando da névoa, abriram fogo.

Projéteis lançavam seu assobio sinistro em meio ao vapor. Os canhões federais que foram trazidos para o outro lado do rio se juntaram à cacofonia, lançando suas balas por cima do milharal, para o vazio embranquecido onde os rebeldes esperavam. Os canhões rebeldes responderam, a princípio mirando às cegas, mas, à medida que a névoa se dissipava, eles puderam atirar contra a claridade difusa das chamas dos canos, que criavam retalhos lívidos na névoa sempre que um canhão inimigo disparava.

As balas rasgavam os campos recém-semeados com trigo de inverno. Terra era vomitada de cada impacto e pela primeira vez, notou Nathaniel, era terra marrom, e não o solo mais avermelhado da Virgínia. A fumaça de cada explosão pendia imóvel no ar sem vento. Um cavalo puxador de canhão, solto, galopou pelo campo atrás do batalhão de Nathaniel. Tinha sido atingido por um fragmento de obus e o sangue brilhava no quarto traseiro esquerdo. O cavalo viu a infantaria que esperava e parou, os olhos brancos, o flanco vermelho estremecendo. Finalmente um artilheiro agarrou as rédeas do capão e, dando tapinhas no pescoço dele, puxou-o de volta para a bateria. Cada vez que os canhões rebeldes atiravam, a névoa estremecia.

Nate andava lentamente atrás de seus homens. Alguns estavam deitados, alguns agachados e alguns ajoelhados. Os canhões ianques ao norte disparavam projéteis que trovejavam ao passar acima das cabeças. Uns assobiavam. Uma vez, levantando os olhos, Nathaniel viu uma trilha minúscula de fumaça de pavio na névoa, uma risca de vapor branco mais grossa que a brancura ao redor. A luz cinzenta tinha ficado branca. Estava ficando mais rala.

Os artilheiros trabalhavam como se acreditassem que poderiam vencer a batalha sozinhos. As balas mergulhavam e estouravam no terreno alto dos rebeldes e o barulho ecoava no platô. Um homem no batalhão de Nathaniel manuseava as contas de um rosário.

— Jesus, Maria e José — rezava. — Jesus, Maria e José. — Dizia os nomes repetidamente, e cada vez que uma bala de canhão explodia ele estremecia. Um obus acertou o alto de uma árvore próxima e o estrondo da explosão foi seguido por um estalo vagaroso e terrível enquanto um galho se soltava lentamente. — Jesus, Maria e José — gemeu o homem em desespero.

— De onde você é? — perguntou Nate a ele.

O soldado o olhou. Seus olhos estavam vazios e amedrontados.

— De onde você é, soldado?

— Richmond, senhor. — Ele tinha sotaque irlandês. — Da Venable Street.

— E antes disso?

— Derry.

— Qual era a sua profissão, garoto?

— Seleiro, senhor.

— Fico feliz por você ser soldado agora.

— É mesmo?

— Eu achava que os irlandeses eram os melhores soldados do mundo.

O homem piscou para Nathaniel e depois sorriu.

— São sim, senhor. Tiveram muita prática.

— Ainda bem que você está aqui. Qual é o seu nome?

— Connolly, senhor. John Connolly.

— Então reze com força, John Connolly, e atire baixo.

— Vou fazer isso, senhor.

O batalhão de Nate, um regimento minúsculo, estava na extremidade sul do pasto, cem passos atrás do milharal. Suas duas companhias da esquerda estavam em terreno aberto, viradas para o milharal, e as da direita se amontoavam no Bosque do Leste. Os escaramuçadores de Potter se encontravam mais no alto do bosque, esperando os ianques. O restante da brigada de Swynyard estava dobrado para trás em ângulos retos, alinhado à borda do bosque e depois estendido no campo arado em direção ao cemitério da família.

Swynyard se juntou a Nate.

— Quinze para as seis — anunciou ele. — Ou mais ou menos isso. Meu relógio parou durante a noite. — Ele olhou de relance para a esquerda. — Estão parecendo bons — disse sobre a brigada próxima.

— Homens da Geórgia — explicou Nathaniel. Ele se apresentou ao coronel do batalhão ao lado e o sujeito foi cordial, mas Nate percebeu o tremor de preocupação quando o coronel da Geórgia descobriu que os Pernas Amarelas guardavam seu flanco direito.

Swynyard se virou e encarou o sul por cima do pasto, vendo a estrada de Smoketown, que estava começando a ficar visível na névoa cada vez mais rala.

— Muitas tropas prontas para nos apoiar — comentou.

— Muitas? — reagiu Nathaniel com ironia, sabendo que Swynyard estava só tentando tranquilizá-lo.

— Pelo menos há algumas — admitiu Swynyard secamente.

Uma nova bateria de canhões rebeldes estava sendo posicionada no pasto, os canhões apontados agourentos para o norte num sinal de que Lee esperava que o primeiro ataque ianque viria direto pelo afunilamento entre os bosques. Atravessando direto o milharal. Direto para os homens agachados atrás dos pés de milho. Alguns escaramuçadores da Geórgia já estavam no meio das plantas que eram da altura de um homem de pé.

Swynyard passou a mão mutilada pela barba hirsuta, um gesto que deixava transparecer seu nervosismo. Estava preocupado com o flanco leste, a longa encosta que descia cada vez mais íngreme em direção ao córrego. Seu medo era de que os ianques se embolassem com sua brigada numa luta na boca do funil, depois atacassem subindo pela encosta para chegar por trás dos seus soldados. E, assim que os ianques estivessem em terreno elevado em volta da estrada de Smoketown, não haveria nada que os impedisse de despedaçar o exército de Lee. Mas até agora não havia nenhum sinal de atividade ianque no riacho propriamente dito. Não havia informes de homens tentando atravessá-lo nem sons de canhões sendo arrastados para vaus e pontes, e nenhum vislumbre de tropas de azul vindo pelas trilhas de fazenda em direção à margem leste do Antietam.

Um novo canhoneio ressoou. Eram canhões rebeldes posicionados na colina a oeste da estrada de Hagerstown e estavam atirando diagonalmente, por cima da extremidade norte do afunilamento.

— Suspeito que os nossos ex-irmãos estão acordando — comentou Swynyard.

— Que Deus nos ajude — deixou escapar Nate.

Swynyard pôs a mão no ombro de Nathaniel.

— Ele ajuda, Nate, Ele ajuda. — De repente a mão no ombro de Nathaniel se convulsionou quando o som de fuzis estalou atravessando a manhã. Os escaramuçadores estavam lutando. — Agora não falta muito — disse Swynyard, no tom pouco convincente de um dentista tentando acalmar um paciente nervoso. — Não falta muito. — Sua mão se convulsionou de novo. — Ontem à noite — disse baixinho — precisei lutar contra a tentação de beber. Foi ruim como naquelas primeiras noites. Eu só queria um bocadinho de uísque.

— Mas você não bebeu?

— Não. Deus garantiu que isso não acontecesse. — Swynyard afastou a mão. — E hoje de manhã Maitland revistou as mochilas da legião. Confiscou o álcool.

— Ele fez o quê? — perguntou Nathaniel, rindo.

— Pegou até a última gota que encontrou. Disse que não quer que lutem bêbados.

— Desde que lutem — disse Nathaniel —, o que importa?

O batalhão vizinho estava calando baionetas, e alguns dos homens de Nate fizeram o mesmo, mas ele gritou para guardarem as lâminas.

— Primeiro vocês terão de matar alguns com balas — gritou.

Não conseguia ver nenhum inimigo porque o milho alto ocultava tudo ao norte. O campo era uma tela escondendo um pesadelo. Ouvia tiros no meio das árvores, então supôs que Potter tivesse aberto fogo.

O batalhão vizinho estava pronto para atirar.

— Faça com que se levantem, Nate — disse Swynyard.

— De pé! — gritou Nathaniel.

As duas companhias da esquerda se levantaram atabalhoadamente. Eram companhias ralas, ainda faltavam muitos retardatários, mas os que restavam pareciam bastante confiantes enquanto esperavam. A bandeira de batalha do batalhão estava no centro das duas companhias, pendendo sem vida no ar parado.

— Eu gostaria de ver os filhos da mãe — resmungou Nate.

Seu estômago se agitava, e os músculos da perna direita estremeciam involuntariamente. Ele passara dois dias constipado, mas de repente temeu que as tripas se esvaziassem. Fora poupado do pior do canhoneio porque o Bosque do Leste servia para esconder seus homens dos canhões ianques do outro lado do rio, e os que estavam ao norte disparavam por cima das cabeças. Mesmo assim era solapado pelo medo. Em algum lugar à frente, algum lugar depois dos pés de milho amortalhados pela névoa, vinha um ataque de infantaria ianque e ele não conseguia vê-lo, embora agora, bem fraco, conseguisse ouvir o som de botas, tambores e homens gritando. Procurou as bandeiras inimigas, mas não conseguiu vê-las, por isso desconfiou que esse primeiro ataque ainda não tivesse chegado ao milharal. Os fuzis dos escaramuçadores estalavam de vez em quando e uma bala empurrava de lado uma espiga de milho e passava assobiando por cima das cabeças do batalhão. Uma delas passou perto de Swynyard, espantando o coronel.

— Ahab — disse Swynyard.

— Senhor? — perguntou Nate, pensando que Swynyard tinha se juntado à fantasia de Potter sobre o capitão Ahab, o *Pequod* e Moby Dick.

— Lembre-se, ele foi morto por um arco disparado por acaso. Sempre achei que seria uma pena ser morto por uma bala perdida, mas acho que é assim que a maioria dos homens morre em batalha.

— O rei Ahab — disse Nathaniel, percebendo o que Swynyard queria dizer. — Não creio que haja muita diferença entre uma bala mirada e uma bala perdida. — Ele se forçava a permanecer calmo.

— Desde que seja rápido. — E Swynyard ofegou, surpreso.

Novos canhões ianques abriram fogo. Os artilheiros viram os escaramuçadores rebeldes no milharal. E agora, antes que sua própria infantaria marchasse para o meio das plantas altas, tentavam arrancar os fuzileiros inimigos do meio da plantação. A artilharia estava carregada de metralha que ceifava os pés de milho. Um cano após o outro atirou, e um trecho do milharal após o outro foi arrebentado. Cada tiro inclinava uma quantidade enorme de pés de milho que se sacudiam como se golpeados por um furacão. As balas ricocheteavam no terreno duro, acertando escaramuçadores, e algumas atravessavam a plantação até se chocar com a infantaria que esperava no pasto. Dois homens de Nate giraram para trás, um com os miolos escapando pelo crânio despedaçado. O outro gritava segurando a barriga.

— Há um médico no cemitério — avisou Swynyard.

— Peel! — gritou Nathaniel. — Leve esses homens para trás! — Ele usaria homens das duas companhias da direita para levar as baixas de volta ao cemitério. — Certifique-se de que seus homens voltem para cá! — gritou para Peel, depois juntou as mãos em concha e gritou para as duas companhias da esquerda se ajoelharem de novo.

Os pés de milho se sacudiam violentamente e pedaços deles eram jogados para o alto na névoa que parecia mais densa ao norte, embora essa densidade fosse apenas fumaça de pólvora enchendo o ar. Mais metralha golpeou o milharal, com balas assobiando ao ricochetear e passar por cima das cabeças. Os escaramuçadores rebeldes sobreviventes estavam recuando. Um homem engatinhava com mãos sangrentas em meio aos pés de milho, outro mancava, um terceiro desmoronou na borda da plantação. Então mais metralha foi disparada no campo ensanguentado, o pior ia para o centro, assim poupando as companhias de Nathaniel da força total do canhoneio. Dois morteiros rebeldes lançavam projéteis por cima do milharal, tentando encontrar as baterias inimigas, ao passo que os canhões rebeldes na colina a oeste disparavam balas no pasto por onde os ianques avançavam. Ainda era uma luta de artilharia, uma complexa trama de trajetórias sob as quais a infantaria avançava para a morte.

E, tão subitamente quanto havia começado, as metralhas ianques pararam.

O milharal ficou imóvel. O dia quase pareceu silencioso. Dezenas de canhões atiravam e homens gritavam, mas tudo parecia silencioso. Os pés de milho eram densos em alguns trechos e estavam esmagados em outros. Pequenas chamas saltavam entre as plantas caídas, onde a bucha dos fuzis dos escaramuçadores tinha iniciado incêndios. E, enfim, havia bandeiras visíveis acima dos pés de milho que permaneciam de pé. As bandeiras pendiam de mastros que subiam e desciam enquanto os porta-bandeiras marchavam pelo milharal.

Alguns homens de Nathaniel apontaram o fuzil.

— Esperem! — gritou ele. — Esperem!

Finalmente era possível ver os ianques entre os restos das plantas de pé.

Formavam uma linha escura no meio do milharal. Era uma horda de homens avançando sob as bandeiras de cores intensas. Eram a morte em azul. Eram milhares, uma massa de homens, uma multidão impelida por tambores com baionetas nos fuzis.

— Duas brigadas, acho — disse Swynyard calmamente.

— Esperem! — gritou Nathaniel outra vez para seus homens. O ataque ianque era suficientemente largo para ultrapassar o milharal, o que significava que a extremidade leste da linha azul estava agora no bosque. — Tumlin! — gritou ele.

— Starbuck? — Tumlin apareceu na borda do bosque. As árvores acima dele tinham ficado esgarçadas com as balas ianques que despiram alguns galhos e arrancaram outros.

— Pegue a companhia de Dennison e dê apoio a Potter! — gritou Nate. — Os filhos da puta estão vindo pelo meio das árvores!

Tumlin desapareceu sem acusar o recebimento da ordem, e Nathaniel percebeu que deveria se certificar de que a companhia de Dennison realmente se movesse pelo bosque, mas a visão dos ianques vindo pelo milharal devastado estava enraizando-o no pasto. O nervosismo havia diminuído, substituído pela necessidade de manter os homens firmes.

— Coffman — gritou Swynyard chamando o jovem tenente. — Diga ao coronel Maitland que avance para dar apoio aqui. Ele sabe o que fazer. Vá, garoto.

Coffman correu.

— Vou colocar a companhia de Truslow no meio do bosque — avisou Swynyard, sentindo o nervosismo de Nate com relação ao flanco direito do batalhão.

Um estrondo de obuses explodindo abafou as palavras seguintes do coronel. Alguns oficiais rebeldes tinham cavalgado até a estrada de Smoketown, de onde olhavam para o norte através de grandes binóculos, e os artilheiros ianques do outro lado do Antietam faziam o máximo para matar os homens montados. A salva de tiros encheu de crateras a estrada e o entorno. A fumaça encobriu os cavaleiros. Em algum lugar uma corneta tocava notas ousadas e instigantes. Os tambores ianques rufavam.

Canhões rebeldes disparavam do bosque a oeste do milharal. Usavam balas maciças que penetravam nas linhas ianques. Uma bandeira baixou e foi erguida imediatamente. Nate havia encontrado uma das cristas de calcário que se projetavam do solo e estava em cima dela para enxergar melhor. Ouvia uma intensa troca de tiros de fuzil no meio do bosque, mas nenhum dos seus homens estava correndo para fora das árvores, portanto a luta por lá devia estar sob controle. A companhia de Truslow subiu correndo pela borda do bosque e Swynyard foi mandá-la para o meio das árvores. Nathaniel sabia que, se Truslow estava lá, não precisava se preocupar com o bosque.

— Esperem! — gritou para seus homens.

Os ianques estavam no centro do milharal e era a vez de eles serem atingidos por metralha. Os disparos com balas múltiplas rasgavam trechos do milharal e levantavam tufos de poeira do chão seco. Enormes buracos eram abertos nas fileiras ianques, mas, cada vez que a foice mortal ceifava um punhado de homens, outro pulava por cima dos corpos caídos para preencher a lacuna. Os ianques tinham calado baionetas. Suas bandeiras pendiam como as rebeldes. Um homem corajoso balançava seu estandarte de um lado para o outro oferecendo um belo espetáculo com a bandeira dos Estados Unidos. Mas sua coragem foi recompensada por um tiro de metralha que o lançou para trás junto com a bandeira. A bandeira voou por cima da cabeça dos homens que avançavam. Nathaniel ouvia botas pisoteando o milho. Ouvia sargentos nortistas gritando com aspereza para que seus homens permanecessem alinhados, cerrassem as fileiras, mantivessem o ritmo da marcha. Ouvia os meninos dos tambores tentando freneticamente vencer a guerra com a velocidade das baquetas.

— Mirem baixo! — disse aos seus homens. — Mirem baixo. Não desperdicem balas! Mas esperem! Esperem! — Ele queria que a primeira saraivada fosse mortífera.

O ar enevoado estava cheio de barulho. Projéteis de canhão ribombavam acima, balas assobiavam, botas partiam o milho. Fuzis estalavam no bosque. A linha rebelde parecia perigosamente fina para resistir à pancada ianque.

— Esperem! — gritou Nate. — Esperem! — Escaramuçadores ianques estavam no meio do milharal, atirando contra seus homens. Um cabo saiu da linha com um ombro sangrando, outro homem engasgou com o próprio sangue.

Os ianques estavam a duzentos passos. Pareciam descansados, bem-vestidos e confiantes. Nathaniel conseguia ver as bocas se abrirem enquanto eles davam seus gritos de guerra, mas não conseguia ouvir nada. Encarava-os, e de repente pensou que foi assim que os fundadores dos Estados Unidos viram os casacas-vermelhas ingleses. Na época, os rebeldes eram igualmente maltrapilhos e o inimigo estava igualmente bem armado e vestido com elegância, e seu medo foi dominado abruptamente pelo desejo feroz de despedaçar esse inimigo arrogante.

— Fogo! — gritou. — E matem os desgraçados! — Ele gritou estas últimas três palavras e suas duas companhias abriram fogo um segundo antes de o restante da linha rebelde disparar encobrindo o pasto com fumaça de fuzis. — Matem-nos! — gritava Nathaniel enquanto andava de um lado para o outro atrás da linha. — Matem-nos! — Abriu caminho entre as fileiras e disparou seu fuzil. Imediatamente baixou a coronha ao chão para começar a recarregar. Sua pulsação disparava, o fogo estava nas veias, a loucura da batalha começava a fazer sua magia. O ódio perfeito expulsa o medo. Socou a bala.

— Fogo! — encorajava seus homens o capitão Cartwright.

Agora era uma luta de infantaria. Os artilheiros ianques estavam sem mira, por isso os fuzileiros de casaca azul precisavam lutar, matar e suportar as balas que vinham do sentido oposto. Os canhões rebeldes enchiam de metralha os atacantes , abrindo novos rombos no meio dos pés de milho que sobreviveram. Um borrifo de sangue enevoou o ar, e em algum lugar um homem deu um grito terrível até ser interrompido pelo baque de uma bala se enterrando em carne. Nathaniel sentia o fedor horrendo de pólvora queimada, ouvia o assobio das balas Minié passando perto do ouvido. Então o fuzil estava de volta ao ombro, ele mirou baixo contra o milharal e atirou.

A fumaça das armas pairava no ar imóvel como uma camada de névoa. Alguns homens, querendo enxergar por baixo da fumaça, deitaram-se para mirar. Nate se abaixou e viu pernas de ianques no meio do milharal. Disparou, depois recuou entre as fileiras para ver como seus homens estavam se saindo.

Os Pernas Amarelas se sustentavam na luta. Estavam socando balas, escorvando armas, puxando gatilhos, mas alguns caíam. Alguns estavam mortos. O barulho obliterava os sentidos; era um céu de fogo ensurdecedor, uma fuzilaria entorpecente entrecortada por gritos. Mais homens caíam. A linha de Nathaniel estava ficando mais escassa, mas de repente a companhia de Davies, da legião, penetrava em suas fileiras para acrescentar seu fogo. Davies sorriu para Nate.

— Meu Deus — disse, espantado.

— Fogo! — gritou Nathaniel. Agora a sobrevivência dependia simplesmente de atirar mais que o inimigo. — Capitão Peel! — Ele correu até as árvores para chamar o restante de seu batalhão que ficava cada vez menor. — Peel! Traga os seus homens! — A companhia de Peel ainda tinha os antiquados mosquetes Richmond, carregados com chumbo grosso e balas, e Nathaniel achou que as saraivadas das armas de cano liso poderiam causar uma carnificina maligna nessa batalha travada a pouca distância. — Entrem na linha! Em qualquer lugar! — Empurrou os homens de qualquer jeito nas fileiras, não se importando mais se as companhias mantinham a coesão. — E atirem! Atirem! É só matar! — Ele gritava as palavras enquanto esvaziava o revólver, câmara por câmara, na mortalha de fumaça. — Matem-nos!

Balas vinham dos ianques. Lanças feitas de chamas surgiam onde eles disparavam, e Nate viu que estavam ficando mais próximas à medida que os atacantes avançavam, o progresso alimentado pelas fileiras de trás, que se moviam para ocupar o lugar dos mortos. Os rebeldes estavam recuando, não numa retirada em pânico, mas um passo de cada vez, mantendo a linha, atirando e atirando contra a horda azul que vagarosa e inexoravelmente, como se vadeasse contra uma maré vazante, forçava o caminho para a borda sul do milharal. Foi lá que os ianques pararam, não porque o fogo rebelde tivesse piorado, mas apenas porque a margem da plantação servia como fronteira natural. Atrás deles estava a cobertura ilusória das poucas hastes de milho que restavam de pé, e à frente do milharal havia pastos abertos e baterias rebeldes. E os oficiais ianques não conseguiam convencer seus homens a marchar para aquele vazio repleto de fumaça e varrido pela morte. A linha rebelde também tinha parado, agora alinhada com os canhões, e lá os dois lados ficaram, trocando tiro por tiro e morte por morte. Os feridos mancavam para trás das linhas, mas agora os rebeldes não podiam abrir mão de ninguém para carregar os feridos até os cirurgiões. Eles deveriam sangrar até a morte ou então se arrastar de quatro por trás do barulho ensurdecedor dos grandes canhões.

Os homens da Geórgia estavam trazendo reforços, e então o coronel Swynyard apareceu atrás de Nathaniel com o grande 65º Batalhão da Virgínia.

— Nate! Nate! — Swynyard estava a apenas alguns metros de distância, mas o barulho da batalha era tão alto que ele precisava gritar. — Eles estão atirando contra o cemitério! — Apontou para o Bosque do Leste, querendo dizer que, de algum modo, os ianques tinham alcançado a extremidade sul das árvores e estavam ameaçando a reserva de munição de Swynyard.

Swynyard temia que seu flanco direito estivesse prestes a ser envolvido, mas por enquanto manteria a posição no pasto onde embolava seus batalhões no espaço minúsculo em que o tiroteio era mais intenso e onde faria sua brigada lutar como se fosse um único batalhão. Correndo à direita dele, Nate sentiu como essa matança ao alvorecer era horrenda. Não conseguia se lembrar de uma batalha que caminhasse tão rapidamente para o horror, nem de ter visto tantos feridos ou mortos. Mas milagrosamente seu batalhão desprezado tinha resistido ao fogo, continuava resistindo e se mantinha de pé, retribuindo os tiros da melhor forma possível.

— Muito bem! — gritava para os homens. — Muito bem! — Ninguém escutava. Todos estavam ensurdecidos pelo barulho feroz.

Correu para o meio das árvores. Uns vinte rebeldes feridos tinham se abrigado sob as mais próximas, e alguns homens, mesmo ilesos, haviam se juntado a eles. Mas Nathaniel não tinha tempo para empurrar aqueles vagabundos de volta para o dever. Em vez disso, correu para o norte protegido pelos troncos, até onde conseguia ouvir seus escaramuçadores lutando. Estavam muito perto, prova de que os ianques haviam mesmo os impelido para trás. Os homens de Truslow estavam junto com os escaramuçadores de Potter, que por sua vez se misturavam com uma companhia de escaramuçadores da Geórgia que recuou para as árvores em vez de se arriscar à metralha que estivera retalhando o milharal, e agora todos lutavam juntos. Nate viu Truslow recarregando o fuzil atrás de um olmo cheio de marcas de balas. Abaixou-se ao lado dele.

— O que está acontecendo?

— Os desgraçados nos botaram para correr — respondeu Truslow, carrancudo. — Acho que eles chegaram à estrada daquele lado do bosque.

— Ele balançou a cabeça para o leste. Sugeria que os rebeldes não somente mantinham posição no canto sudoeste das árvores. — Os filhos da puta têm fuzis carregados pela culatra — acrescentou, explicando por que os ianques tiveram tanto sucesso.

Fuzis de carregamento pela culatra eram muito mais rápidos e fáceis de recarregar, especialmente quando o soldado estava deitado ou agachado atrás de uma cobertura. E assim os escaramuçadores ianques lançavam uma torrente de tiros muito mais pesada do que os rebeldes poderiam sustentar. Mas agora a luta havia empacado no canto do bosque onde o mato mais denso, as pilhas de lenha espalhadas e os afloramentos de calcário davam aos rebeldes abrigo suficiente para frustrar o devastador fogo ianque.

— Viu o Potter? — perguntou Nate a Truslow.

— Quem é ele?

— Um sujeito magro, descabelado.

— À direita. — Truslow virou o queixo. — Tenha cuidado ao ir para lá. Os filhos da puta atiram bem. — Uma bala arrancou um pedaço da casca do olmo. — Igual a Gaines' Mill.

— Aquilo foi um inferno.

— Isso aqui também. Tome cuidado.

Nathaniel se preparou para a corrida pelo bosque. Conseguia ouvir o tiroteio pesado que vinha do milharal, mas agora essa luta parecia distante. Em vez disso, havia entrado numa versão diferente do inferno, onde um homem não conseguia ver o inimigo, mas apenas as manchas de fumaça de fuzis que marcavam onde espreitavam atiradores de elite ianques. Estava escuro sob as árvores, uma escuridão causada pelos restos de neblina e pela densidade da fumaça de pólvora. Nate se perguntou que horas seriam. Achava que os ianques tinham atacado às seis, e de algum modo parecia que já era meio-dia, mas duvidava que sequer quinze minutos tivessem se passado desde que vislumbrara aquela massa azul marchando firme em direção ao milharal.

— Se alguma coisa acontecer, mande lembranças para Sally — disse a Truslow, depois saiu de perto do olmo, desviando-se e correndo entre as árvores. Seu surgimento provocou uma fuzilaria imediata por parte dos ianques. Balas passavam em volta, atingindo árvores como machadadas, assobiando no ar, atravessando folhas. Então um tiro riscou suas costas. Soube que fora atingido, mas ainda estava correndo, então supôs que o ferimento não tivesse passado de um arranhão. Viu Potter atrás de uma pilha de lenha e mergulhou para se juntar a ele. Um ianque zombou do mergulho para a segurança.

— Estou quase tentado a rezar — disse Potter.

— As suas orações foram atendidas. Eu estou aqui. O que aconteceu?

— Estamos suportando — respondeu Potter laconicamente.

— Cadê o Dennison?

— Dennison? Não vi.

— Eu o mandei para reforçar você. E o Tumlin?

— Não vi sinal dele. — A cada poucos segundos a pilha de lenha era atingida por uma bala ianque, e cada pancada desalinhava um centímetro um pedaço de madeira. — Eles são da Pensilvânia. Chamam-se de Caudas de Cervos.

— Como, diabos, você sabe disso? — Nathaniel tinha enfiado o fuzil num espaço entre os pedaços de lenha e, sem se incomodar em mirar, atirou contra os escaramuçadores escondidos.

— Pegamos um deles. O idiota avançou demais e o Case o derrubou.

— Case? Então a companhia do Dennison está aqui?

— O soldado Case está — respondeu Potter, virando a cabeça para o oeste e mostrando onde Case estava, agachado atrás de uma árvore caída.

Havia um ianque morto ao lado dele e Case tinha tirado o fuzil do sujeito, que era carregado pela culatra, e estava usando-o para atirar repetidamente contra o mato baixo onde sopros de fumaça revelavam posições dos ianques. — O sujeito tem uma cauda de cervo presa na parte de trás do chapéu. Estava cheia de pulgas. Agora ele está morto. Parece que é difícil viver com a garganta cortada.

— Cadê o sargento Rothwell?

— Eu o mandei pegar munição.

— O que está acontecendo lá? — Nathaniel virou a cabeça para o leste, onde a estrada de Smoketown atravessava na diagonal as árvores.

— Só Deus sabe.

Nathaniel olhou para o leste, mas não conseguia ver nada depois das árvores. Sabia que alguns homens da Pensilvânia tinham passado desse ponto e agora atiravam da borda sul do bosque na direção do cemitério. Por um segundo pensou em tentar conduzir um ataque que separaria esses homens de seus companheiros, mas desistiu da ideia. Havia uma concentração grande demais de ianques no terreno e eles eram bons demais para não serem levados a sério. Um contra-ataque ianque destruiria seus escaramuçadores e abriria o flanco da brigada para o fogo dos fuzis ianques de carregamento pela culatra.

— Tem sangue nas suas costas — disse Potter.

— Um tiro de raspão. Nada sério.

— Parece impressionante. — Potter tinha feito um buraco no meio da lenha e atirou através dele. O disparo foi respondido por meia dúzia de balas que fizeram toda a pilha estremecer. — Os desgraçados podem atirar três balas para cada uma das nossas. Estão usando fuzis Sharps.

— Ouvi dizer. Você consegue manter a posição?

— Contanto que os ianques não recebam reforços.

— Então mantenha. — Nathaniel deu um tapinha nas costas de Potter e correu para a esquerda. Seu surgimento provocou uma saraivada de tiros, mas ele já havia se jogado atrás da árvore morta onde o soldado Case tinha encontrado refúgio. Case olhou para ele, depois de volta para o inimigo. A garganta do ianque morto estava cortada quase até a coluna, de modo que a cabeça se inclinava para trás numa imundície de sangue incrustado de moscas.

— Cadê o capitão Dennison? — perguntou Nathaniel.

Case não respondeu. Em vez disso, mirou, atirou e baixou a guarda do gatilho para expor a culatra do fuzil Sharps. Um sopro de fumaça saiu da culatra aberta enquanto ele empurrava no cano um cartucho rígido enrolado em tecido. Levantou a guarda do gatilho e Nathaniel notou que uma lâmina embutida cortava a parte de trás do cartucho, expondo a pólvora ao bocal de disparo. Case colocou uma nova cápsula de percussão no bocal e mirou outra vez.

— Cadê o Dennison? — perguntou Nate.

— Não vi — respondeu Case bruscamente.

— Você veio para cá com ele?

— Vim porque havia ianques a serem mortos — respondeu Case, subitamente mais loquaz do que Nathaniel jamais vira. Disparou de novo, e seu tiro foi recompensado com um grito de dor que se transformou num gemido de agonia que ecoou pelo bosque. Case riu. — Gosto de matar ianques. — Ele virou os olhos sem emoção e duros para Nathaniel. — Adoro matar ianques.

Nathaniel se perguntou se isso seria uma ameaça, então decidiu que era simples bravata. Case estava cumprindo com seu dever, o que sugeria que a conversa desajeitada no crepúsculo tinha dado resultado.

— Então continue matando — disse Nate, depois esperou até que uma saraivada repentina sugerisse que os ianques mais próximos estivessem recarregando antes de correr de volta pelas árvores. Correu por três ou quatro segundos, depois se virou de lado e se jogou atrás de uma árvore um instante antes que uma fuzilaria sacudisse o ar onde estivera correndo. Arrastou-se alguns metros e rolou para trás de uma cobertura, esperou alguns segundos e correu de volta para a beira do bosque.

O tiroteio no pasto continuava feroz, mas agora os dois lados estavam mais deitados que em pé para as saraivadas mortíferas. Swynyard estava agachado com uma expressão ansiosa.

— Espero que sejam boas notícias — disse a Nathaniel.

Nate balançou a cabeça.

— Os desgraçados tomaram a maior parte do bosque. Só temos esse canto daqui. Mas não estão em força máxima. São só escaramuçadores. — Um obus caiu logo atrás dos dois, acertou um afloramento de calcário e, em vez de explodir, quicou girando pelo ar. Emitiu um guincho estranho que foi sumindo rapidamente. — O que está acontecendo aqui?

— Um impasse. Eles não avançam, nós não avançamos, por isso só estamos matando uns aos outros. Quem ficar vivo vence.

— Está ruim assim, é? — perguntou Nate, tentando parecer despreocupado.

— Mas vai ficar pior. Vai ficar muitíssimo pior.

* * *

Quando o sol se ergueu acima da colina Red, ofereceu uma luz inclinada que deu aos observadores na Fazenda Pry uma visão maravilhosa da batalha, ou pelo menos da fumaça da batalha. Para o general McClellan, acomodado em sua poltrona, parecia que o bosque do outro lado do córrego estava pegando fogo, tanta era a fumaça que pairava no meio das árvores e acima delas. A fumaça, claro, indicava que o inimigo estava morrendo, mas o general continuava num clima irritadiço, já que nenhum de seus ajudantes pensara em cobrir as poltronas à noite e, consequentemente, o estofado estava úmido do orvalho que agora havia atravessado sua calça. Decidiu não reclamar, principalmente porque um pequeno grupo de civis tinha se reunido ao lado da casa para olhá-lo com admiração, mas ele recusou com petulância a primeira xícara de café porque a bebida estava fraca demais. A segunda estava melhor, e veio numa bela xícara de porcelana com pires.

— Uma mesa seria útil — observou o general.

Uma mesinha foi trazida da casa e de algum modo equilibrada no gramado inclinado atrás da barricada. O general bebericou o café, colocou-o na mesa e depois encostou um dos olhos na luneta montada convenientemente num tripé ao seu lado.

— Tudo vai bem — anunciou suficientemente alto para os admiradores ouvirem. — Hooker os está impelindo para trás. — Uma sombra caiu sobre a luneta e ele ergueu os olhos, vendo que o coronel Thorne tinha parado atrás de sua cadeira. — Ainda está aqui, Thorne? — perguntou, irritado.

— Aparentemente, senhor.

— Então sem dúvida você me ouviu. Tudo vai bem.

Thorne não sabia, já que o ataque das tropas de Hooker estava escondido pelas árvores e pela fumaça. O barulho dizia que uma batalha considerável era travada, já que tanto a artilharia quanto os mosquetes soavam intensos e rápidos do outro lado do vale do riacho, mas pelo barulho ninguém sabia o que estava acontecendo no chão. Thorne só tinha certeza de que a 1ª Unidade, sob o comando do general Hooker, com trinta e seis canhões e mais de oito mil homens, estava tentando seguir pela estrada de Hagerstown em direção ao coração da posição rebelde. Isso estava ótimo, mas o que Thorne não entendia era por que McClellan não havia lançado suas outras tropas através do Antietam. Os rebeldes estariam ocupados contendo Hooker, e agora era a hora de acertá-los no flanco. Se McClellan jogasse tudo o que tinha contra os rebeldes, a batalha certamente estaria acabada na hora do almoço. Os confederados estariam derrotados e fugindo para o Potomac onde, empilhando-se no único vau por onde fariam a retirada, seriam presas fáceis para a cavalaria nortista.

— E os outros ataques, senhor? — perguntou Thorne, olhando a batalha através de um binóculo.

McClellan optou por não ouvir a pergunta.

— Ótima porcelana — disse inspecionando a xícara de café belamente pintada com amores-perfeitos e miosótis. — Eles vivem bem, aqui — disse a um ajudante, então pareceu ressentido, como se um fazendeiro não tivesse o direito de possuir uma louça tão boa.

— O objetivo do bom governo, senhor, é fornecer aos cidadãos uma existência próspera — rosnou Thorne, depois virou o binóculo para o norte, onde outras unidades do Exército nortista esperavam ao lado da estrada de Hagerstown enquanto os homens de Hooker atacavam. Duas unidades inteiras tinham atravessado o rio no dia anterior, mas apenas uma estava indo para o sul. — Mansfield vai apoiar Hooker?

— Mansfield cumprirá com o seu dever — disse McClellan rispidamente —, assim como você, coronel Thorne, se tiver outro dever além de me incomodar com perguntas que não são da sua conta.

Thorne recuou. Havia feito o que podia para instigar McClellan, e fazer mais que isso seria se arriscar a ser preso por insubordinação. Parou ao lado do grupo cada vez maior de moradores locais que tinham vindo aplaudir a vitória do Norte e observar o grande herói nortista, McClellan. E, pelo que Thorne podia julgar, o ataque de Hooker parecia mesmo merecer aplausos, mas ele ainda temia pelo dia. Não era da derrota que Thorne tinha medo, porque a superioridade numérica do Norte em relação ao Sul era grande demais para a derrota ser um risco, mas temia um impasse que permitisse a Lee que sobrevivesse e lutasse outro dia. McClellan devia estar sufocando os rebeldes com ataques, afogando-os em fogo e esmagando-os com seu vasto exército, mas todos os sinais sugeriam que o Jovem Napoleão seria cauteloso. Tão cauteloso que estava ali, em sua poltrona, e não na sela e perto da luta. Thorne sabia que Lee estava perto de onde as mortes aconteciam. Conheceu Lee antes da guerra e o admirava. E sabia que Lee não estaria admirando a louça diante de uma galeria de espectadores maravilhados.

Mas neste dia Lee era o inimigo, e era um inimigo que precisava ser destruído para que a União fosse preservada. Thorne pegou seu caderno.

Sabia que, independentemente do que acontecesse neste dia, McClellan iria pintá-lo como uma vitória, e os apoiadores de McClellan na imprensa nortista e no Congresso exigiriam que seu herói mantivesse o comando do Exército. Mas só uma vitória completa justificaria que McClellan mantivesse o comando, e Thorne já estava vendo esse resultado feliz escapar das mãos fracas do Jovem Napoleão. Se Lee sobrevivesse para lutar outro dia, Thorne estava decidido a fazer com que o Norte tivesse um novo general, um novo herói, para fazer o que deveria ser feito neste dia. Thorne tomava notas. McClellan se preocupava com um ataque de surpresa dos rebeldes que pegaria seu exército no contrapé. E do outro lado do riacho homens morriam.

Os reforços confederados aumentaram o tiroteio dos defensores, enquanto os ianques na beira do milharal morriam. O fogo destes diminuiu, e os rebeldes, sentindo uma vantagem, começaram a avançar em pequenos grupos. Os ianques recuaram, cedendo a borda do milharal. Isso provocou uma explosão súbita do grito estridente dos rebeldes, e a brigada da Geórgia atacou o milharal com baionetas caladas. Os ianques sobreviventes desistiram e correram. Swynyard conteve seus homens, gritando para eles se alinharem no bosque.

— Baionetas! — gritou. — Avançar!

Os soldados da Geórgia invadiram o milharal. Uns poucos ianques feridos tentaram contê-los com tiros de fuzil, mas esses homens corajosos foram mortos com baionetas, e os georgianos continuaram avançando pelos pés de milho derrubados por metralha, pisoteados por botas, queimados por fogo das balas de canhão e molhados de sangue. Depois do milharal em frangalhos os homens da Geórgia puderam ver um pasto repleto de inimigos em retirada e deram o grito rebelde enquanto corriam para perseguir ainda mais os ianques.

Então os artilheiros ianques viram os rebeldes no milharal, e a metralha recomeçou; grandes manchas de morte se abrindo em leque sobre o campo destroçado, fazendo homens girar e encharcando o milho com ainda mais sangue. Os homens da Pensilvânia que estavam no meio das árvores atacaram os georgianos pelo flanco com tiros rápidos de fuzil, e o contra-ataque rebelde empacou. Por um instante os homens ficaram imóveis, morrendo, sem conseguir fazer nada, então eles também recuaram para longe do milharal estraçalhado.

Nate encontrou os restos de suas três companhias perto do bosque. A de Potter ainda estava lutando entre as árvores, enquanto os homens do capitão

Dennison tinham sumido. Cartwright tremia de empolgação e o capitão Peel estava de rosto pálido.

— Lippincott morreu — disse ele a Nathaniel.

— Lippincott? Meu Deus, eu nunca soube o nome de batismo dele.

— Era Daniel — disse Peel, sério.

— Cadê o Dennison?

— Não sei, senhor — respondeu Peel.

— Eu nem sei o seu nome — disse Nathaniel.

— Nathaniel, como o senhor. — Peel pareceu sem graça ao admitir isso, quase como se achasse que estava sendo presunçoso.

— Então muito bem, Nate.

Em seguida, Nathaniel se virou enquanto o tenente Coffman chegava com uma ordem do coronel Swynyard. Os homens de Nate, junto com o grande 65º da Virgínia, deveriam entrar no meio das árvores para resgatar os escaramuçadores da brigada que lutavam contra os mortais Caudas de Cervo da Pensilvânia. Foram necessários alguns minutos para alinhar as três companhias dos Pernas Amarelas. Então, sem esperar o regimento da Virgínia, que era maior, Nathaniel ordenou que os homens entrassem no meio das árvores.

— Atacar! — gritou. — Venham!

Ele estava soltando o grito rebelde, querendo colocar o temor de Deus no inimigo. Mas, quando os Pernas Amarelas passaram pela linha de escaramuça, descobriram que os ianques tinham ido embora. Os Caudas de Cervo haviam disparado tão depressa que ficaram sem munição e já estavam saindo do bosque. Abandonaram seus mortos, cada cadáver com uma cauda de cervo no chapéu. Não tendo mais sua presa, o ataque de Swynyard reduziu a velocidade e parou.

— De volta ao ponto de partida! — gritou o coronel Swynyard. — De volta às suas posições! Voltem! Capitão Truslow! Aqui!

Ele colocou Truslow a cargo do bosque, dando-lhe todos os escaramuçadores da brigada. Os homens da Pensilvânia provavelmente voltariam com novos suprimentos de seus cartuchos especiais. Truslow tinha encontrado um dos fuzis Sharps e estava explorando o mecanismo.

— É inteligente — disse com azedume, relutante em elogiar qualquer coisa nortista.

— E atira com precisão — observou Nate, olhando seus escaramuçadores mortos.

250

O sargento Rothwell estava vivo, assim como Potter, mas muitos homens bons tinham morrido. Case estava vivo, comandando um pequeno grupo de seguidores. Como alguns de seus amigos, Case tinha prendido no chapéu uma cauda de cervo de um inimigo morto para mostrar que havia matado um dos temidos escaramuçadores, e Nathaniel gostou do gesto.

— Case! — gritou.

Case virou o olhar para Nathaniel sem dizer nada.

— Você é sargento.

A sugestão de um sorriso apareceu no rosto sério, depois Case se virou.

— Ele não gosta de você — comentou Truslow.

— Foi com ele que eu briguei.

— É ele que você deveria ter matado — observou Truslow.

— Ele é um bom soldado.

— Bons soldados podem ser inimigos maus. — Então Truslow cuspiu sumo de tabaco.

A brigada entrou em formação outra vez onde havia começado o dia, mas as mortes haviam deixado suas fileiras minguadas. Homens do regimento de Haxall, do Arkansas, ajudaram os feridos a voltar para o cemitério, enquanto outros traziam água da fonte da fazenda queimada. Nate mandou uns dez homens saquearem as bolsas de cartuchos dos mortos e distribuir a munição. Lúcifer lhe trouxe um cantil cheio de água.

— O Sr. Tumlin está no cemitério — disse Lúcifer, animado.

— Morto? — perguntou Nathaniel com selvageria.

— Escondido atrás do muro.

— E o Dennison?

— Ele também. — Lúcifer abriu um sorriso.

— Filhos da puta. — Nathaniel se virou para correr até o cemitério, mas neste momento uma corneta soou e a artilharia ianque começou a disparar de novo, então ele se virou outra vez.

O segundo ataque nortista estava vindo.

Em Harper's Ferry o som da batalha era como um trovão distante, mas um trovão que jamais terminava. Às vezes caprichos do vento embotavam o som até se tornar um resmungo, ou então o amplificavam a ponto de os estalos sinistros de canhões individuais serem ouvidos.

A guarnição federal capturada marchara para o cativeiro e agora os últimos soldados rebeldes se preparavam para deixar a cidadezinha saqueada.

As tropas eram da Divisão Ligeira do general Hill, três mil dos melhores homens de Jackson, e tinham trinta quilômetros para marchar até a fonte do ruído brutal que enchia o céu.

O dia prometia ser quente, um calor de rachar, um dia em que marchar seria um inferno, mas nada comparado ao inferno que os esperava no fim da jornada. O general Hill usava sua camisa vermelha, sinal de que esperava lutar.

A Divisão Ligeira começou a marcha enquanto, quinze quilômetros ao norte, porém separados deles pelo largo rio Potomac, seus companheiros enfiavam pólvora nova em canos enegrecidos de fuzis e uma nova massa de ianques, mais numerosa que a primeira, descia pela estrada.

E a batalha mal tinha meia hora de vida.

12

Billy Blythe achou que havia julgado mal a situação. Vira apenas uma batalha, travada perto do Bull Run, onde os morros eram menores e mais íngremes que esse platô alto entre o Antietam e o Potomac, e em Manassas havia muito mais bosques, que forneciam lugares fáceis para se esconder enquanto a maré da batalha passava com extravagância. Planejara fazer exatamente o mesmo neste dia — escapar no meio da confusão e encontrar um lugar nas profundezas das árvores verdes onde ninguém iria encontrá-lo até que a matança acabasse.

Em vez disso, descobriu-se num local alto e aberto, interrompido por cercas e trilhas, onde os únicos bosques ou estavam firmemente em mãos rebeldes ou eram palcos de lutas violentas. E isso significava que não havia onde se esconder nem para onde fugir. Assim, Billy Blythe se abrigou atrás do muro baixo do cemitério e se perguntou como iria abandonar o Exército rebelde e se juntar às tropas nortistas. Fez todos os preparativos que pôde. Durante um tempo havia se ocupado em meio aos feridos, mas não era um ato de misericórdia que o motivava, e sim a necessidade de descobrir uma casaca cinza bem ensanguentada que pudesse trocar pela casaca apertada. Então, usando a casaca encharcada de sangue para que parecesse um ferido, acomodou-se para esperar.

— Está machucado? — Dennison viu Tumlin encostado no muro.

— Nada que vá me matar, Tom.

Dennison recarregou o fuzil que tinha pegado com um dos feridos. De pouco em pouco tempo olhava por cima do muro de pedra e disparava um tiro contra os escaramuçadores ianques que estavam na borda do Bosque do Leste. Tinha fugido de lá, impelido pelo tiroteio terrível dos fuzis da Pensilvânia. E agora, com metade de sua companhia, abrigava-se atrás do muro do cemitério. A outra metade da companhia estava perdida. Dennison sabia que não deveria estar ali, que deveria ter ficado com o batalhão de Nate, mas foi afogado pelo terror nos primeiros minutos da luta porque jamais imaginara que uma batalha pudesse ser tão violenta. Em Gaines' Mill, onde os Pernas

Amarelas mereceram o apelido ridículo, Dennison jamais chegou perto da batalha de verdade, mas de algum modo imaginava que o combate seria um negócio mais decoroso, algo como as gravuras da Guerra Revolucionária penduradas nas paredes do tio. Naquelas gravuras as duas linhas opostas sempre estavam de pé, com expressões nobres de determinação, os mortos tinham os bons modos de ficar de rosto para baixo para que os ferimentos estivessem escondidos, ao passo que os feridos eram relegados às bordas das imagens, onde expiravam pálidos e graciosos nos braços dos companheiros. Era isso que Dennison esperava. Porém, nos primeiros instantes destruidores deste dia sangrento ao lado do Antietam, ele descobriu que a realidade da batalha era uma matança de afrouxar tripas, onde a vontade do homem era banida pelo barulho e onde feridos morriam de barriga aberta, com miolos esparramados no chão e gritando impotentes enquanto se sacudiam em agonia. E o tempo todo o barulho ressoava, as balas sibilavam e assobiavam e os obuses terríveis explodiam incessantemente.

Um médico com as mãos, as mangas e a frente da camisa encharcadas de sangue, viu a casaca de Billy Blythe e passou por cima dos corpos caídos para ir até ele.

— Precisa de ajuda, soldado?

— Já vou me levantar, doutor — respondeu Blythe. — O sangramento parou e eu vou voltar à linha quando recuperar o fôlego. Cuide dos outros, senhor.

— Você é um homem corajoso — disse o médico, e foi encontrar outra baixa.

Blythe sorriu e acendeu um charuto.

— Acho que você está fazendo a coisa certa, Tom — disse a Dennison.

— Estou? — Dennison tinha se ajoelhado, pronto para disparar outro tiro, mas neste instante uma bala acertou o topo do muro e ricocheteou, atingindo uma árvore que lançava sombras nas sepulturas, e Dennison se abaixou de novo ao lado de Blythe.

— Mantendo os seus homens na reserva. Isso mostra que você é esperto. Admiro isso.

Dennison estremeceu quando uma bala de canhão explodiu ali perto atirando pedaços de metal na outra ponta do muro.

— Não podemos ficar aqui o dia todo — disse, uma parte sua reconhecendo que havia um dever a ser cumprido no campo.

Blythe se retorceu e levantou a cabeça acima do muro.

— Você poderia levar os seus homens de volta para o bosque agora — disse.

Pouco antes, aquele bosque estava cercado de ianques disparando contra o cemitério, mas esses atiradores de elite pareciam ter sumido e, ao menos por enquanto, a borda mais próxima das árvores parecia deserta. Mas outro ataque ianque estava chegando, o que sugeria que a borda sul das árvores iria se tornar outra vez um campo de batalha. O que significava que Blythe iria esperar. Se os rebeldes recuperassem o bosque e sustentassem a posição, ele poderia voltar e encontrar um lugar para se esconder, mas até lá deixaria que o muro de pedras o abrigasse.

Dennison olhou rapidamente para os galhos despedaçados e os troncos rachados do Bosque do Leste, onde parecia haver um lenhador enorme e furioso no meio das árvores, depois se escondeu de novo.

— Talvez eu mantenha os meus homens na reserva — disse.

— Boa decisão, Tom. Mas duvido que o Starbuck concorde. Starbuck só quer que os seus homens morram. Diabos, ele não se importa. — Dennison pareceu amedrontado com a menção a Nathaniel, e Blythe balançou a cabeça. — Acho que você terá de cuidar do Sr. Starbuck se os ianques não lhe fizerem um favor. E isso significa cuidar dos lacaios dele também. Como o sargento Rothwell. Talvez Bobby Case possa ajudá-lo.

— Não vi o Case. Talvez ele esteja morto.

— É melhor rezar para que não esteja. Você vai precisar de amigos, Tom, caso contrário Starbuck vai colocá-lo numa corte marcial. Sei que você está fazendo a coisa certa, e você também sabe, mas será que o Starbuck vai saber? É melhor garantir, Tom. Eu odiaria ver um homem bom como você sacrificado por um filho da mãe ianque como o Starbuck. Acho que é melhor você encontrar o Bobby Case e falar com ele. Cumpra com o dever para com o seu batalhão e o seu país.

Dennison pareceu chocado com a ideia de enfrentar uma corte marcial por covardia.

— Cuidar do Starbuck? — perguntou debilmente.

— A não ser que você queira passar uns anos ruins na prisão. Claro, eles poderiam simplesmente atirar em você, porém a maioria das cortes marciais termina em prisão, não é? Você e uns crioulos acorrentados juntos, colhendo algodão ou quebrando pedras? — Blythe estava inventando enquanto falava, mas podia ver que suas palavras alcançavam os sentidos embotados de Dennison. — Eu não me chamo Billy Tumlin se você não precisa urgentemente cuidar do Starbuck. Do Starbuck e do Rothwell.

— Starbuck e Rothwell? — perguntou Dennison.

— E do Potter também. E aquele desgraçado do garoto crioulo. Tire os seus inimigos do caminho, Tom, então você poderá voar! Poderá ser um grande soldado. Rapaz, eu invejo você. Não estarei aqui para ver isso, já que terei voltado para casa na Louisiana, mas vou observar a sua carreira. Por minha alma, vou mesmo.

— Você acha que o Case vai me ajudar? — perguntou Dennison, nervoso. Ele sentia medo de Case. Havia algo muito perigoso na presença grande e séria de Case e em seus olhos indecifráveis. — Tem certeza de que ele vai ajudar?

— Sei que vai — respondeu Blythe com firmeza. Foi Case quem o ajudou na noite em Harper's Ferry, mas aquele ataque a Nathaniel foi oportunista e desajeitado. As coisas seriam muito mais fáceis agora: o que seria uma morte ou outra no meio de tanta carnificina? — Eu disse ao Bobby que você iria torná-lo oficial. Acho que Bobby Case merece ser oficial, você não acha?

— Acho — concordou Dennison vigorosamente.

— Então o encontre, Tom, e cumpra com o seu dever. Diabos, você não quer ver o Starbuck desperdiçar um batalhão inteiro, quer?

Dennison se acomodou para pensar nas coisas enquanto Blythe se encostava contente no muro e dava um trago no charuto. Era fácil como roubar da caixa de esmolas de uma igreja rural, pensou Blythe. Seus inimigos inconvenientes estariam mortos, então, de algum modo, atravessaria as linhas até sua recompensa no Norte. Tocou sua procuração federal, ainda escondida no bolso da calça, e esperou.

Para Nate era como um pesadelo do qual havia acordado só para descobrir que era real. A linha rebelde repelira um ataque, mas agora outro assalto idêntico vinha com firmeza pelo afunilamento entre os bosques a leste e a oeste. Era como o vale de ossos secos de Ezequiel, em que os nervos eram esticados, a carne colocada e a pele enrolada antes que o sopro de Deus animasse os ossos secos para formar um grande exército. E agora, neste pesadelo acordado, esse exército avançava contra Nathaniel e ele se perguntava, em nome de Deus, quantos mais guerreiros os ianques podiam produzir.

O novo ataque voltou a encher o espaço entre os bosques a leste e a oeste. Vinha sob bandeiras, acompanhado por tambores, pisoteando o sangue e o horror do que restava do primeiro. Escaramuçadores ianques avançavam correndo, ajoelhavam-se nos restos do milharal e abriam fogo.

Os canhões rebeldes, carregados com metralha, rugiram para a linha que avançava. Nathaniel viu um escaramuçador ser levantado do chão pelo golpe da metralha e ser jogado para trás como um boneco de trapos atirado por uma criança petulante. O sujeito se esparramou na terra. Depois, espantosamente, recuperou-se, encontrou seu fuzil e se afastou mancando. Um escaramuçador rebelde atirou nas costas dele e o homem tombou de joelhos, hesitou e depois caiu deitado.

— Esperem!

Swynyard estava andando pela parte de trás de sua linha. Seus homens estavam deitados e, a um olhar casual, pareciam uma brigada sólida, mas ele sabia que muitos dos homens deitados já estavam mortos. Foram mortos no primeiro ataque, e um número grande demais dos vivos logo iria compartilhar seu destino. Swynyard olhou para trás, mas não viu mais reforços.

— Vamos segurá-los aqui, rapazes — gritou alto. — Segurem-nos aqui. Esperem até conseguir ver a fivela dos cintos. Não desperdicem balas. Aguentem firme, rapazes, aguentem firme.

Mais ianques vinham atravessando o Bosque do Leste. Os rebeldes não tinham nada ali a não ser a pesada linha de escaramuça de Truslow, e depois de trocar um punhado de tiros essa linha recuou para não ser ultrapassada. Nate viu Potter emergir das árvores e correr para perto dele.

— O que está acontecendo?

— Milhares dos filhos da puta — respondeu Potter, ofegante. Seus olhos estavam brilhando, o rosto sério e a respiração rouca.

— Ataque de brigada. — Truslow, que seguira Potter desde as árvores, disse de modo mais útil. Em seguida, colocou seus homens na extremidade da linha de Swynyard, onde eles se agacharam, esperando a chegada da tempestade.

Os artilheiros rebeldes viram os escaramuçadores de cinza saírem do Bosque do Leste e, achando que havia ianques a serem mortos, viraram parte do fogo para as árvores. Balas de canhão acertavam o bosque onde os grandes olmos oscilavam como se apanhados por um furacão. Galhos se rachavam com as lascas de ferro dos fragmentos dos obuses, pedaços de folhas eram soprados como chuva. Mais projéteis rasgavam o bosque enquanto os outros canhões rebeldes estouravam suas cargas de metralha contra os ianques no milharal, que finalmente estavam ao alcance dos fuzis que esperavam.

— Fogo! — gritou Swynyard.

Os fuzis começaram a trabalhar, mas cada ianque derrubado era substituído por mais homens das filas de trás. A borda do bosque estava infestada de ianques que se escondiam atrás de árvores e atiravam nos rebeldes que se encontravam no pasto aberto. Os escaramuçadores nortistas miravam nos artilheiros rebeldes, tentando suprimir a metralha mortal, e minuto a minuto suas balas faziam o serviço. A linha nortista avançava em pequenos grupos, ajoelhava-se, abria fogo, depois corria à frente outra vez. O som das saraivadas nortistas era como um tecido sendo rasgado ou um canavial em chamas. Não havia começo nem fim no som dos fuzis, apenas um horror contínuo e agudo que preenchia o ar com chumbo assobiando. Os rebeldes começaram a olhar para trás, perguntando-se onde estaria a salvação neste inferno a céu aberto. A fumaça se estendia em outra nuvem fina sobre o milharal.

Nathaniel se agachou entre os homens da companhia de Cartwright e lutou como fuzileiro. Não havia mais nada a fazer. Não havia ordens úteis a gritar nem reservas a trazer, nada além de lutar. O medo que o assombrara por um mês ainda estava ali, mas agora contido, espreitando como uma fera nas sombras. Ele estava ocupado demais para ter consciência disso. Para Nate, como para os outros que ainda sobreviviam na linha rebelde, a batalha se tornara um minúsculo pedaço de terra circunscrito por fumaça, sangue e capim pegando fogo. Ele não tinha noção de tempo nem do que acontecia em outros lugares. Ouvia os projéteis retumbando no alto e o trovão interminável dos canhões por todo lado, e sabia que o ar fedorento ao redor estava cheio de balas. Mas agora toda a sua concentração estava em carregar e atirar. Escolhia os alvos, observando um grupo de ianques que tentava seguir pela borda do Bosque do Leste. Escolhia um homem, observava-o, esperava até ele parar para carregar o fuzil e atirava. Viu um oficial, atirou nele, depois baixou a coronha do fuzil no chão enquanto tirava um cartucho do fundo da bolsa. Uma bala inimiga acertou o cabo do fuzil, quase arrancando-o de suas mãos e tirando grandes lascas da madeira. Nathaniel xingou, socou a bala, levou a coronha quebrada ao ombro, escorvou o cone e viu que o oficial ainda estava vivo, gritando para suas tropas avançarem, por isso atirou de novo. Seu ombro estava dolorido por causa do coice do fuzil e a unha sangrava de arrancar as cápsulas quentes e despedaçadas do cone. Era quase impossível tocar no cano do fuzil de tão quente. O homem perto dele estava morto, com um tiro no olho, e Nate revirou a bolsa do sujeito e encontrou seis cartuchos.

Truslow foi atingido na coxa. Xingou, apertou o ferimento que sangrava, depois remexeu na bolsa procurando uma lata cheia de musgo e teias de aranha que guardava para momentos como este. Rasgou a perna da calça, trincou os dentes e depois enfiou a mistura nos ferimentos de entrada e saída. Comprimiu o musgo e a teia, suportando a dor, depois pegou o fuzil e procurou o filho da puta que tinha atirado nele. Robert Decker estava se arrastando entre os mortos, recuperando cartuchos que jogava para os vivos. Potter estava atirando e recarregando, atirando e recarregando, sempre de frente para o inimigo para que nenhuma bala acertasse a preciosa garrafa de uísque na mochila.

A linha ianque parecia ficar mais grossa em vez de afinar. Vinham mais soldados de casaca azul pelo afunilamento para reforçar o ataque, e agora uma equipe de canhão nortista galopou direto até o milharal e fez uma curva causando uma chuva de terra e pés de milho quebrados para posicionar o canhão numa elevação do terreno que ficava na margem norte da plantação. Um cavalo caiu atingido por metralha. Relinchou e balançou os cascos no ar. Sacudiu o pescoço, espirrando sangue enquanto um artilheiro cortava os arreios para separá-lo dos outros animais que ele puxou correndo para longe do alcance dos fuzis. Outro artilheiro atirou no cavalo ferido, então seus companheiros dispararam o primeiro tiro: um obus que caiu bem no centro da linha rebelde. Os artilheiros ianques gritavam para que sua infantaria abrisse um campo de tiro de modo que eles pudessem carregar a peça com metralha.

— Não vamos durar — resmungou Truslow para Nate.

— Meu Deus — disse Nathaniel.

Se Truslow sentia a derrota, o desastre devia estar próximo. Ele sabia que Truslow estava certo, mas ainda não queria admitir. Os ianques tinham chegado perto de romper a linha frágil, e, quando essa linha estivesse morta ou capturada, eles atacariam pelo alto do platô para rasgar o centro do exército de Lee. Os rebeldes ainda estavam resistindo ao fogo nortista, mas Nate achou que a maioria, como ele, estava apenas apavorada demais para fugir. Um homem tentando recuar pelo platô seria um alvo fácil, e parecia mais seguro se agachar atrás das barreiras dos mortos e continuar lutando.

O canhão ianque no milharal tossiu uma lata de metralha que revirou carne morta e viva antes de ricochetear no pasto atrás da linha sulista. Um canhão rebelde foi virado para disparar contra o canhão ianque, mas um grupo de escaramuçadores de azul matou a equipe do canhão rebelde. Um porta-estandarte nas linhas ianques balançou uma bandeira e Nate viu o brasão de seu estado natal, Massachusetts. Um oficial nortista temerário galopou atrás de seus homens, encorajando-os. Esses soldados eram excelentes alvos, mas os rebeldes eram muito poucos e estavam desesperados demais para fazer qualquer coisa além de atirar às cegas contra a fumaça das armas na esperança de manter longe a avassaladora massa ianque. Mais metralha nortista saltou do canhão no milharal e mais rebeldes morreram. A perna de Truslow estava encharcada de sangue.

— Você deveria procurar um médico — sugeriu Nathaniel. Ele tremia, não de medo, mas com uma empolgação desesperada. Tinha apenas um cartucho reserva.

Truslow deu uma opinião curta e eficiente sobre médicos, depois atirou antes de se jogar atrás de um cadáver que oferecia alguma proteção enquanto recarregava o fuzil. O cadáver estremeceu quando uma bala o acertou com o som carnudo de uma machadada. Nate havia recarregado o revólver durante a pausa entre os ataques e agora disparava todas as câmaras contra o grupo de ianques mais próximo. Truslow estava certo, pensou. Eles deveriam recuar, mas uma retirada iria se transformar numa debandada. Talvez fosse melhor que ficassem deitados e deixassem os ianques vitoriosos passarem por cima da linha. Enfiou o último cartucho no fuzil e olhou por cima de um cadáver para encontrar um último alvo útil.

— Filhos da puta — disse, vingativo.

Então, de repente, houve um berro, um som exultante, um uivo agudo de terror. Ele olhou para a esquerda e viu uma nova unidade rebelde vindo pelo pasto. Alguns dos recém-chegados estavam de cinza, alguns de castanho, mas a maioria usava os restos das espalhafatosas fardas zuavas com que tinham começado a guerra. Eram os Tigres da Louisiana, um temível regimento de patifes de Nova Orleans que atacou atravessando a linha rebelde com baionetas caladas e a bandeira de batalha tremulando na fumaça. Uma repentina salva de tiros de canhão foi disparada no meio do regimento, mas as fileiras se cerraram e continuaram gritando, implacáveis.

— Avançar! — gritou Truslow. — Venham, seus desgraçados!

Espantosamente, a frágil linha rebelde se levantou entre os mortos. Tomados de surpresa, os ianques pareceram interromper brevemente o ataque em completa incredulidade. Foi sua vez de ver os mortos virem devastar a vida.

— Venham! — berrou Truslow. Ele estava mancando, mas nada iria impedi-lo.

260

— Baionetas! — gritou Nate.

Uma loucura terrível parecia ter dominado a linha rebelde. Ela estava prestes a debandar, mas, instigada pelos Tigres da Louisiana, avançou em vez de fugir. Homens soltavam o grito rebelde enquanto corriam. Os ianques no milharal dispararam uma saraivada dispersa e começaram a recuar. Alguns, não querendo abandonar a vitória, gritavam para os companheiros permanecerem no milharal, e esses homens formaram pequenos grupos para resistir à entrecortada carga rebelde.

O grito rebelde era a canção da morte daqueles homens. Por alguns breves segundos os dois lados se chocaram no milharal. Baionetas aparavam baionetas, mas os rebeldes estavam em número maior que os nortistas que ficaram para lutar. Sem perceber que gritava feito um maníaco, Nate empurrou de lado um fuzil com a baioneta e cravou a lâmina em um rosto. Chutou o homem que caía, virou o fuzil e acertou no rosto sangrento a coronha lascada por uma bala.

Uma saraivada soou. Os ianques tinham se reorganizado ao norte do milharal e estavam disparando saraivadas contra os soldados da Louisiana. Mais tiros vinham dos bosques dos dois lados do milharal. Havia ianques nos dois.

— Para trás! Para trás! — gritou alguém, e os rebeldes voltaram correndo pelo milharal, até a posição antiga.

Nate parou por tempo suficiente para saquear os cartuchos do homem que tinha ferido, depois correu atrás de seus soldados. Balas assobiavam vindo dos dois lados. Estava bastante ciente de corpos em toda parte: corpos esparramados, partidos, rasgados por explosões, mutilados, desmembrados. Ossos e miolos brancos, intestinos azuis, mantas de sangue. Alguns homens estavam caídos no próprio sangue, porém a maioria se encontrava em grupos derrubados por metralha. E alguns, horrivelmente, moviam-se vagarosos sob suas carapaças de sangue coberto de moscas. Um homem gemia, outro chamava por Deus, um terceiro tossia debilmente. Nate correu agachado e finalmente estava fora do milharal, de volta à linha rebelde. Potter tinha sido ferido. Uma baioneta decepara metade de sua orelha esquerda, que agora pendia no meio de uma mecha de cabelo ensanguentada.

— Foi só um arranhão — insistiu ele. — Só um arranhão. O uísque está em segurança.

A linha rebelde se deitou de novo. Homens compartilhavam cantis e distribuíam cartuchos encontrados nas bolsas dos mortos. Os ianques haviam se reagrupado, mas não pareciam dispostos a voltar para o milharal que se tornara um campo de matança para os dois lados. Em vez disso, agachavam-se enquanto a metralha rebelde rasgava o ar acima e seus próprios canhões retribuíam o fogo. O canhão solitário na pequena elevação no campo fora abandonado, mas havia outros canhões ianques logo atrás, e esses estavam disparando. Nathaniel mirou num artilheiro, depois decidiu poupar a munição.

Levantou-se. O sangue nas costas tinha formado uma crosta na camisa que agora foi arrancada dolorosamente, soltando um líquido quente que escorreu pelas nádegas. Sua garganta estava seca, os olhos ardendo com a fumaça e os ossos doendo de cansaço. Encontrou o irlandês que estivera rezando com um rosário antes da batalha e o mandou de volta ao depósito de comida e água com doze cantis.

— Vá com calma agora — disse. — Passe longe das árvores. — Os atiradores ianques estavam mais uma vez na borda do Bosque do Leste, mas a fumaça que pairava no ar sem vento atrapalhava a mira deles, e seus tiros, que seriam aterrorizantes em outra circunstância, pareciam ridículos depois da tempestade de fogo que precedera o ataque dos homens da Louisiana.

O coronel Maitland estava caído de rosto para baixo perto da estrada de Smoketown. Nate só o reconheceu quando se agachou ao lado e cutucou a bolsa dele na esperança de encontrar algum cartucho de pistola.

— Não estou morto — protestou a voz abafada de Maitland. — Estou rezando.

Nathaniel tocou o cantil no cinto de Maitland.

— Tem água?

— Não é água, Starbuck — respondeu Maitland, reprovando —, é álcool. Sirva-se.

Era rum. Nate tossiu quando o álcool bateu na garganta irritada pela pólvora, depois cuspiu o restante no capim.

Maitland rolou e recuperou o cantil.

— Coisas boas são desperdiçadas com você, Starbuck — disse ele, reprovando.

Depois de ter confiscado a bebida alcoólica da legião, o coronel deve ter bebido a maior parte, porque estava completamente bêbado. Uma bala acertou um cano de canhão ali perto causando um som parecido com o de um sino rachado. Os artilheiros giraram a peça e mandaram uma dose de metralha para os ianques no Bosque do Leste. Maitland se deitou de volta no capim e olhou a fumaça se revolvendo no céu azul.

— Quando você era criança — disse em tom sonhador — achava que o verão não tinha fim?

— E o inverno também — respondeu Nate, sentando-se ao lado.

— Claro. Você é ianque. Sinos de trenó e neve. Uma vez andei de trenó. Eu era criança, mas lembro que a neve era como uma nuvem ao redor de nós. Mas o nosso inverno é feito de lama e estradas intransitáveis. — Maitland ficou em silêncio por um instante. — Não sei se consigo me levantar — disse por fim numa voz patética.

— Por enquanto não precisa.

— Eu passei mal — disse Maitland solenemente.

— Ninguém sabe — observou Nate, embora, na verdade, a frente da elegante farda do coronel estivesse cheia de vômito. O vômito havia secado no galão amarelo e se alojado atrás dos botões brilhantes.

— A verdade — declarou Maitland com muita solenidade — é que não suporto ver sangue.

— Isso é um ponto meio negativo para um soldado — comentou Nathaniel, afável.

Maitland fechou os olhos por um instante.

— E o que está acontecendo?

— Nós expulsamos os desgraçados de novo.

— Eles vão voltar — observou Maitland em tom sombrio.

— Vão voltar. — Nathaniel se levantou e tirou o cantil dos dedos sem força do coronel e esvaziou o rum no chão. — Vou lhe arranjar um pouco de água, coronel.

— Eu fico muito grato — disse Maitland, ainda encarando o céu.

Nate voltou para a devastada linha de batalha. Swynyard espiava por cima do milharal com olhos vazios. Sua bochecha direita estremecia como quando ele vivia bêbado. Olhou para Nathaniel e demorou um instante para reconhecer o rapaz.

— Não podemos fazer isso de novo — disse, carrancudo. — Mais um ataque e estamos acabados, Nate.

— Eu sei, senhor.

Swynyard pegou seu revólver e tentou recarregá-lo, mas a mão direita estava tremendo demais. Entregou a arma a Nathaniel.

— Você poderia, Nate?

— O senhor foi atingido?

Swynyard balançou a cabeça.

— Só estou tonto. — Ele se levantou devagar. — Estava perto de onde um obus explodiu, Nate, mas Deus me poupou. Não fui atingido, só fiquei tonto. — Ele balançou a cabeça como se quisesse clarear as ideias. — Mandei buscar cartuchos — disse cautelosamente —, e tem água vindo. Não há mais homens. Haxall está muito ferido. Levou um pedaço de ferro na barriga. Não vai durar. Lamento pelo Haxall. Gosto dele.

— Eu também.

— Não vi o Maitland — disse Swynyard. — Obrigado, Nate — agradeceu depois que Nathaniel recarregou e lhe devolveu o revólver, então o recolocou no coldre.

— Maitland ainda está aqui.

— Então ele não fugiu? Bom para ele.

O coronel olhou de relance para um lado e para o outro de sua linha. No papel ele comandava uma brigada, mas os homens que restavam na linha de tiro mal constituiriam um regimento no Exército antes da guerra, e os vários batalhões da brigada tinham se misturado inexoravelmente enquanto Swynyard colocava homens na batalha. Assim, novos soldados simplesmente se agarravam aos amigos ou vizinhos mais próximos enquanto oficiais e sargentos cuidavam de quem conseguissem ver.

— O manual provavelmente iria sugerir que nos desengajássemos e voltássemos para os nossos batalhões, mas acho que vamos esquecer o manual. Eles vão lutar igualmente bem onde estão.

Nate suspeitou que ele queria dizer que iriam morrer igualmente bem. E de fato, neste momento, parecia impossível que fizessem alguma coisa além de morrer. Os ianques estavam silenciosos, mas essa calmaria não iria durar, pois conseguia ver mais casacas azuis surgindo depois dos destroços do milharal. O inimigo atacara duas vezes, e por duas vezes fora rechaçado, mas agora os ianques reuniam suas forças para o próximo avanço.

Nathaniel mandou Lúcifer levar um cantil de água para Maitland. O garoto voltou rindo.

— O coronel é um homem feliz — disse.

— Ele não é o primeiro a ficar bêbado num campo de batalha.

— O Sr. Tumlin está usando uma casaca nova — informou Lúcifer, animado. — Toda cheia de sangue.

Nate não se importava mais com Tumlin nem com Dennison. Cuidaria deles depois da batalha, se restasse alguma coisa para cuidar. Agora, novamente entre os mortos que protegiam os vivos no pasto enegrecido por obuses, esperava os ianques, cujos tambores começaram a soar outra vez, cujos canhões abriram fogo outra vez.

Porque o terceiro ataque estava chegando.

Três quilômetros ao sul, onde o córrego Antietam fazia uma curva fechada para o oeste, indo para o Potomac, toda uma unidade do Exército dos Estados Unidos esperava escondida na margem leste do riacho. Vinte e nove batalhões de tropas aguerridas, apoiados por canhões, estavam prontos para cruzar o rio e partir para o norte em direção à estrada que corria para o oeste, vindo de Sharpsburg. Assim que essa estrada fosse capturada, as tropas de Lee ao norte da cidade não teriam por onde fazer uma retirada, e essa unidade era a mandíbula inferior da armadilha terrível.

Alguns soldados dormiam. Outros preparavam o desjejum. Os rebeldes sabiam que eles estavam lá, já que a artilharia rebelde do outro lado do córrego continuava com um canhoneio feroz, mas as tropas nortistas estavam escondidas por árvores e encostas reversas, e as balas rebeldes passavam assobiando por cima e explodiam inofensivas em bosques ou pastos.

Não veio nenhuma ordem de atravessar o córrego, e os comandantes dos batalhões mais próximos da água se sentiam gratos por isso. A ponte de pedra que cruzava o riacho era estreita, a outra margem era íngreme e estava coroada pela infantaria rebelde que tinha cavado trincheiras de fuzis na encosta, de modo que qualquer ataque vindo pela estrada e chegando à ponte seria sangrento.

Mais ao sul ainda, um grupo de oficiais abria caminho em meio ao mato denso e às árvores até um vau que conseguiam ver. O vau oferecia um modo de flanquear os rebeldes que defendiam a ponte de pedra. Mas, quando os oficiais chegaram a um ponto em que conseguiam ver o riacho, suas esperanças foram frustradas. A margem oposta era tão íngreme quanto a encosta que ficava para além da ponte. E o vau, longe de estar desguarnecido, tinha uma linha de piquete formada por soldados de infantaria enfiados em buracos na encosta alta.

— De quem foi essa ideia? — perguntou um homem, um general.

— De algum coronel engenheiro maldito — respondeu um ajudante. — O nome dele é Thorne.

— O filho da mãe pode atravessar na frente — disse o general, olhando a outra margem através de um binóculo. O som da batalha no norte preenchia o céu, mas acima do ruído ele conseguia entreouvir o som de vozes vindo do outro lado da água. Lá os rebeldes pareciam tranquilos, como se soubessem que neste terrível dia de matança tinham tirado a sorte grande.

O som de passos no bosque fez o general recuar da borda das árvores. Dois de seus ajudantes se aproximavam com um fazendeiro vestindo um grosso casaco de lã e um chapéu de abas enroladas. Havia bosta de vaca grudada na calça do sujeito.

— Sr. Kroeger — disse um dos ajudantes, apresentando o fazendeiro que ainda mantinha parte de sua servilidade do Velho Mundo e tirou o chapéu ao ser apresentado ao general. — O Sr. Kroeger — explicou o ajudante — diz que este não é o vau de Snaveley.

— Não é o de Snaveley — concordou Kroeger com sotaque alemão. — O de Snaveley é lá. — Ele apontou rio abaixo.

O general xingou. Tinha levado sete batalhões e seis canhões ao lugar errado.

— Qual é a distância? — perguntou.

— É longe — respondeu Kroeger. — Eu o uso para as vacas, sabe? Aqui é íngreme demais para o gado. — Ele sinalizou com a mão demonstrando como a outra margem era íngreme.

O general xingou outra vez. Se tivesse recebido uma cavalaria, disse a si mesmo, teria feito reconhecimento dessas margens mais baixas do riacho, porém McClellan insistira em manter a cavalaria do Exército perto da Fazenda Pry. Só Deus sabe para que ela serviria lá, a não ser que McClellan pensasse que ela iria protegê-lo durante uma retirada lutando.

— Há alguma estrada até o vau de Snaveley? — perguntou.

— Só pasto — respondeu Kroeger.

O general xingou pela terceira vez, levando o fazendeiro a franzir a testa, desaprovando. Em seguida deu um tapa numa mutuca.

— Mande uma equipe de reconhecimento rio abaixo, John — disse a um ajudante. — Talvez o Sr. Kroeger possa guiá-la.

— O senhor quer as tropas em ordem de marcha?

— Não, não. Deixe que os homens tomem seu café. — O general franziu a testa, pensando. Se aquele fazendeiro sujo de esterco estava certo e o vau ficasse longe, rio abaixo, talvez fosse longe demais para possibilitar que seus homens flanqueassem os defensores da ponte. — Preciso falar com Burnside. Não há muita pressa — acrescentou. Afinal de contas, ainda era cedo. A maior parte dos Estados Unidos ainda não teria tomado o café da manhã, pelo menos a parte respeitável, e McClellan não havia mandado ordem para fechar a mandíbula inferior da armadilha. De fato, McClellan não mandara ordem nenhuma, o que sugeria haver tempo suficiente para o café.

Os oficiais se afastaram do riacho, deixando o bosque ali em paz. Ao norte de Sharpsburg os exércitos lutavam, mas no sul preparavam o café, liam as últimas cartas de casa, dormiam e esperavam.

O terceiro ataque da União não foi centrado no milharal, e, sim, levado pela estrada de Hagerstown em direção ao Bosque do Oeste. Nathaniel via o progresso dele pela nuvem de fumaça densa provocada pelos projéteis rebeldes que rasgavam as primeiras fileiras azuis, depois pelo som cortante dos tiros de fuzil explodindo na borda norte do Bosque do Oeste. O som da batalha aumentou até um frenesi comparado com as duas lutas anteriores na borda do milharal, mas por enquanto esta luta era de outros, e Nate descansou. Seus olhos ardiam, e a garganta, apesar da água que tinha engolido, continuava seca, mas a bolsa estava de novo com cartuchos até a metade; alguns tirados dos mortos e outros das últimas reservas da brigada, apanhados no cemitério. Os artilheiros ianques haviam ocupado mais uma vez o canhão que estava no milharal, mas sua metralha estava sendo absorvida pelas barricadas improvisadas dos mortos, que protegiam os fuzileiros vivos na linha cinzenta. A pior ameaça para seus homens vinha dos grandes canhões federais na outra margem do Antietam, mas cujos artilheiros concentravam o pior fogo nas baterias rebeldes mais perto da igreja *dunker*.

Potter foi rapidamente até Nate e lhe ofereceu um cantil.

— O seu sujeito, o Truslow, voltou para o bosque.

— Ele não é meu sujeito. Talvez seja dele mesmo. Os ianques foram embora?

— Ainda estão lá — respondeu Potter, virando a cabeça para a parte norte do Bosque do Leste —, mas não aqueles desgraçados com os fuzis Sharps. Eles foram embora. — Potter se deitou, compartilhando o cadáver que protegia Nathaniel da metralha. Sua orelha tinha uma bandagem grosseira, mas o sangue havia atravessado o pedaço de pano formando uma crosta nas golas da casaca e da camisa. — Quer os meus homens de volta no bosque?

Nathaniel olhou de relance para as árvores e foi recompensado por um clarão de penas azuis e brilhantes.

— Azulão — disse apontando.

— Aquilo na verdade é um azulão-do-méxico. Azulões têm peito avermelhado. Então vamos ficar aqui?

— Fique aqui.

— Ouvi dizer que o coronel Maitland está de porre, é verdade?

— Não está muito animado — admitiu Nathaniel.

— Essa é a minha primeira batalha totalmente sóbrio — disse Potter com orgulho.

— Ainda está com o uísque?

— Seguro na garrafa de cerâmica, enrolada em duas camisas, um pedaço de lona e um exemplar não encadernado de *Ensaios*, de Macaulay. Não é um volume completo. Encontrei pendurado numa privada em Harper's Ferry e as primeiras trinta páginas já tinham sido consumidas com objetivos higiênicos.

— Você não preferia ter encontrado os poemas dele?

— Numa privada? Não, acho que não. Além disso, já tenho uma imensidão de Macaulay na cabeça, ou no que resta da minha cabeça — disse Potter, tocando a bandagem sangrenta sobre a orelha esquerda. — "Para cada homem nesta terra a Morte chega cedo ou tarde, E como um homem pode morrer melhor que enfrentando adversidades terríveis?" — Potter balançou a cabeça diante da adequação das palavras. — É bom demais para uma privada, Starbuck. Meu pai pendurava as palavras de teólogos da Igreja católica romana na nossa casinha. Dizia que era a única coisa para a qual serviam, mas o insulto saiu pela culatra. Eu praticamente me converti ao papismo depois de ler as palestras de Newman. Papai achou que eu estava constipado, até que descobriu o que eu fazia, e depois disso usamos jornal, como todos os outros cristãos. Mas papai sempre se certificou de que qualquer versículo da escritura fosse cortado antes que as folhas fossem presas no barbante.

Nathaniel riu. Depois um grito de alerta, vindo da mistura de homens da Geórgia e da Louisiana que estavam à esquerda, fez com que ele espiasse por cima do cadáver onde as moscas já estavam se arrastando e pondo ovos. Os ianques se encontravam mais uma vez no milharal. Ainda não podia vê-los, mas dava para enxergar um trio de estandartes acima da plantação arrasada, e iriam se passar apenas alguns segundos até que os escaramuçadores nortistas aparecessem. Puxou o cão do fuzil e esperou. As bandeiras, duas dos Estados Unidos e uma de um regimento, estavam bem à sua esquerda, sugerindo que esses atacantes se mantinham perto da estrada e não se espalhando por todo o milharal. Mesmo assim nenhum escaramuçador apareceu. Dava para ouvir uma banda tocando em algum lugar das linhas ianques, a melodia diluída até um lamento lúgubre pela percussão insistente de balas de canhão, metralha e tiros de fuzil. Onde, diabos, estavam os escaramuçadores ianques? Agora era possível ver as cabeças da primeira fila de atacantes, e de repente Nate percebeu que não eram escaramuçadores que vinham, mas apenas uma coluna de tropas em formação, avançando descuidadamente em terreno aberto. Talvez acreditassem que a verdadeira batalha estava sendo travada no Bosque do Oeste, onde a cacofonia de balas de canhão e fuzis era mais alta, mas iriam descobrir que a sofrida linha de rebeldes no pasto não era toda formada por mortos.

— De pé! — gritou uma voz entre os sobreviventes da Geórgia.

— De pé! — Nathaniel repetiu o grito e ouviu Swynyard ecoando. — Fogo! — gritou Nate, e dos dois lados os restos dispersos da linha rebelde se levantaram como espantalhos em meio aos mortos ensanguentados e derramaram uma saraivada na compacta formação ianque. A primeira fila dos atacantes desmoronou, depois uma bala sólida rasgou as fileiras restantes como uma bola de boliche acertando os pinos.

Nate socou uma bala no cano, apoiou a vareta no corpo, disparou e recarregou de novo. Os ianques estavam se espalhando, correndo feito caranguejos pelo milharal para enfrentar a linha rebelde com outra linha. Mais fardas azuis vinham atrás. Meu Deus, pensou ele, os filhos da mãe não têm fim? A linha rebelde se aglutinou em grupos à medida que os homens buscavam instintivamente a companhia de outros. Mas então, quando o fogo ianque ficou sufocante, eles se deitaram de novo para lutar por trás dos cadáveres. Homens deitados atiravam mais devagar que de pé, e o afrouxamento do tiroteio rebelde convenceu os oficiais nortistas a gritar para que seus homens avançassem. Mas o avanço foi contido quando os canhões rebeldes abriram fogo com lanternetas: bolas de metal que explodiam no ar espalhando uma chuva de balas de mosquete. E essa chuva mortal convenceu os ianques a se deitar. A companhia de Truslow estava atirando contra o flanco aberto dos ianques, prova de que nenhum nortista havia atacado pelo Bosque do Leste. Mas então Nathaniel viu Bob Decker correndo em zigue-zague pelo pasto, agachado e evidentemente procurando alguém.

— Bob! — gritou Nate para atrair a atenção dele.

Decker correu até Nathaniel e se deixou cair ao lado.

— Estou procurando o Swynyard, senhor.

— Só Deus sabe. — Nathaniel se levantou um pouco para olhar por cima do cadáver que o protegia e viu um porta-bandeira ianque ajoelhado no milharal. Disparou e tombou de novo para trás.

— Truslow disse que há ianques do outro lado do bosque, senhor. — Decker apontou para o leste.

Nate xingou. Até agora esse flanco aberto estivera abençoadamente livre de ianques, mas, se um ataque viesse do terreno aberto a leste, não haveria como os sobreviventes no pasto poderem enfrentá-lo. Os ianques penetrariam no Bosque do Leste, então sairiam no pasto e os nortistas encurralados no milharal se juntariam à investida.

— Encontre o Swynyard — ordenou a Decker —, e diga que fui dar uma olhada.

Correu para o leste. Balas passavam assobiando, mas a fumaça no ar atrapalhava a mira dos ianques. Viu Potter e gritou para ele trazer sua companhia, depois entrou no meio das árvores. Pulou um galho recém-caído, desviou-se de dois cadáveres rebeldes e continuou correndo até chegar à estrada de Smoketown. Parou ali, perguntando-se se os ianques ainda estariam controlando as árvores do outro lado, mas não viu nenhum movimento, por isso atravessou a trilha de terra e continuou correndo entre as árvores. Um ianque ferido gritou pedindo água, mas Nathaniel o ignorou. Direcionou-se para a borda do bosque, passando por troncos quebrados, rachados e perfurados por balas.

Abaixou-se nas sombras na linha das árvores. A leste, onde o terreno descia até o córrego, não conseguia ver nada, mas ao norte, onde a estrada de Smoketown emergia das árvores até sumir sob uma crista de morro com sulcos muito bem arada, havia ianques. Outra maldita horda de ianques. Estavam a dois amplos campos de distância, e por enquanto não se moviam. Nathaniel via oficiais cavalgando de um lado para o outro pelas fileiras, via estandartes pendendo no ar parado e sabia que os ianques estavam sendo preparados para o ataque. E tudo que havia entre eles e o centro de Lee eram duas reduzidas companhias de escaramuçadores.

— O bom Senhor certamente está nos testando hoje — disse Swynyard ao ver Nathaniel. O coronel se ajoelhou ao lado dele e encarou os ianques que esperavam. Potter estava atrás dele com doze homens; tudo que restava de sua companhia.

Nate sentiu um alívio enorme por Swynyard ter chegado.

— O que vamos fazer, senhor?

— Rezar? — Swynyard deu de ombros. — Se trouxermos os nossos homens para cá, deixamos o milharal aberto; se os deixarmos lá, abrimos essa porta.

— Então rezamos — disse Nathaniel, sério.

— E mandamos pedir ajuda. — Swynyard recuou. — Deixe alguém aqui para vigiá-los, Nate, e me avise quando avançarem. — Ele saiu correndo pelo bosque.

Nathaniel deixou o sargento Rothwell vigiando os ianques, enquanto levava Potter e seus homens de volta atravessando a estrada de Smoketown até a borda interna do Bosque do Leste, onde Truslow fustigava o flanco ianque no milharal.

— O que aqueles filhos da puta estão fazendo? — perguntou Truslow, referindo-se aos ianques em formação na estrada de Smoketown.

— Organizando as fileiras. Ouvindo um discurso.

— Vamos torcer para que seja bem comprido. — Truslow tinha arrancado a perna da calça na coxa ferida e amarrado o ferimento com uma bandagem rasgada da camisa de um morto. Cuspiu sumo de tabaco, levantou o fuzil e disparou. Estava mirando no canhão que continuava na parte alta do milharal, mantendo seus artilheiros abrigados, então não podiam golpear a linha rebelde com metralha. Recarregou, mirou, depois se virou para a direita antes de puxar o gatilho. Houve gritos no meio das árvores e de repente Truslow estava gritando para seus homens recuarem. Os ianques vinham de novo através do bosque.

Nate viu um estandarte em meio às folhas retalhadas. Disparou contra o porta-bandeira e depois recuou junto com a companhia de Truslow.

— Rothwell! — gritou através das árvores, sabendo que não seria ouvido, mas que precisava avisar ao sargento. — Rothwell! — Não queria que o sargento ficasse encurralado no bosque e se perguntou se deveria correr para pegá-lo.

Mas então as portas do inferno foram abertas do outro lado do milharal.

O general McClellan secou os lábios com um lenço, depois espanou migalhas de torrada do colo. Tinha consciência do olhar dos espectadores civis e mantinha uma expressão séria, de modo que nenhum daqueles curiosos percebesse as preocupações que o assolavam.

Estava se arriscando a cair numa armadilha. Seus instintos lhe diziam isso, mesmo que não soubesse exatamente que forma a armadilha assumiria. Lee tinha mais homens que ele, estava certo disso, e travava uma batalha defensiva. Isso só podia significar que o inimigo disfarçava suas intenções. Em algum lugar na paisagem uma massa de rebeldes esperava para atacar, e McClellan estava decidido a não ser pego por esse ataque surpresa. Manteria homens de reserva para se contrapor a ele. Frustraria Lee. Preservaria o exército.

— Senhor? — Um ajudante se curvou ao lado da poltrona de McClellan.

— É Daniel Webster, senhor. Ele está infeliz.

— Infeliz? — perguntou McClellan. Daniel Webster era seu cavalo.

— Os civis estão arrancando pelos do rabo dele. Como lembranças, senhor. Será que podemos pedir a eles que se afastem? Que subam o morro, talvez?

— Será que não há um estábulo?

— Ele está no estábulo, senhor.

— Então o tranque!

McClellan não queria perder a plateia. Gostava da admiração. De fato, esticando as pernas de vez em quando, gostava de conversar com as pessoas e garantir que tudo corria bem. Não havia necessidade de inquietar meros civis com suas preocupações, nem contar que telegrafara a Washington com um pedido urgente de que cada soldado nortista disponível deveria ser mandado rapidamente para o exército a oeste. Claro, esses soldados não chegariam ao campo de batalha a tempo de se juntar à luta, mas poderiam fornecer uma retaguarda por trás da qual seu exército conseguiria bater em retirada caso o golpe de mestre de Lee provocasse o caos. Os cabeças quentes de seu exército, idiotas como o coronel Thorne, poderiam se perguntar por que ele não liberava os homens que estavam a postos para atravessar o rio e atacar o flanco rebelde, mas aqueles idiotas não entendiam o perigo que o exército corria.

Mais homens desceram marchando até o córrego onde as colunas esperavam a ordem de atravessar. Uma unidade cantava "John Brown's Body" enquanto passava perto da Fazenda Pry, e McClellan fez cara feia. Odiava essa música e tentava proibir que ela fosse cantada. Para McClellan não havia nada a ser admirado na tola aventura de John Brown. O sujeito tentou iniciar uma rebelião de escravizados, pelo amor de Deus, e seu enforcamento, acreditava McClellan, foi profusamente recompensado. Tentou ignorar a música enquanto se curvava para a luneta para observar as tropas do outro lado do córrego que estavam entrando em formação para um novo ataque ao bosque coberto de fumaça.

— Aquela é a unidade de Mansfield? — perguntou a um ajudante.

— Sim senhor.

— Diga para eles avançarem!

Deixaria Mansfield atacar e veria o que acontece. Na melhor das hipóteses, eles impeliriam os homens de Lee para trás, e, na pior, provocariam a reação temida. McClellan quase rezava para que essa reação acontecesse. Porque então, finalmente, os temores assumiriam uma forma sólida e ele saberia com exatidão com o que teria de lidar. Mas, por enquanto, continuaria atacando no norte e permaneceria alerta para o horror que estava certo de que viria.

A cinco quilômetros dali, num bosque perto de Sharpsburg, Robert Lee encarava um mapa. Não o estava estudando; na verdade, mal percebia que olhava para ele. Belvedere Delaney se encontrava entre os ajudantes ali perto. O general gostava de Delaney e o convidara para fazer companhia. Era bom ter alguém um pouquinho irreverente, alguém que oferecia diversão em vez de conselhos.

Um crescendo de disparos soou no terreno elevado ao norte da cidade. Lee sabia que num instante a fumaça dos canhões subiria acima do horizonte marcando onde a luta havia irrompido tão repentinamente.

— É isso — disse em tom ameno.

— Isso? — perguntou Delaney.

Lee sorriu.

— Os homens de Hood, Delaney, praticamente as nossas últimas reservas. Não que eles fossem reservas, para ser honesto. — Lee havia arrancado implacavelmente soldados da parte sul de sua linha de batalha para preservar o perímetro norte do exército, de modo que agora, além de uma frágil pele de tropas na beira do riacho, não tinha nada para lutar contra um ataque de flanco vindo do sul.

— E o que vamos fazer? — perguntou Delaney.

— Confiar no McClellan, é claro — respondeu Lee com um sorriso —, e rezar para que Ambrose Hill nos alcance a tempo.

A Divisão Ligeira vinha marchando como nunca. Ainda estava ao sul do Potomac e muito longe do vau em Shepherdstown, mas o som sempre presente dos grandes canhões era o chamado que a mantinha em movimento. Oficiais cavalgavam para cima e para baixo da longa coluna instigando os homens. Em geral, tropas em marcha recebiam dez minutos de descanso a cada hora, mas não hoje. Hoje não haveria descanso, apenas marcha. A poeira levantada na estrada seca sufocava os homens, alguns mancavam com pés sangrando descalços, mas ninguém ficava para trás. Se um homem caía, caía como os mortos, caía de pura exaustão, mas a maioria continuava em frente. Não tinham fôlego para cantar, nem para falar, só para marchar, marchar e marchar. Para onde os canhões soavam e as pilhas de mortos cresciam.

13

A divisão do general John Hood saiu do Bosque do Oeste para golpear o flanco da linha de ataque dos ianques como uma onda de maré. A maioria dos homens de Hood era do Texas, mas ele tinha batalhões do Alabama, da Geórgia, do Mississippi e da Carolina do Norte, e todos eram veteranos. Fizeram o ataque ianque parar na estrada, então espalharam sua linha de batalha pelo pasto, onde se viraram para o milharal ao norte. Uma saraivada bastou para dizimar os ianques que avançavam entre os pés de milho, depois os texanos começaram a soltar o grito rebelde e avançar com baionetas. Alguns pequenos grupos de ianques resistiram e foram derrubados, mas a maioria simplesmente fugiu. O ataque do Norte se exauriu, o contra-ataque rebelde investiu, e os sobreviventes da antiga linha de defesa, os homens da Geórgia, da Louisiana e da Virgínia, surrados e sangrando, avançaram junto com os soldados de Hood.

A artilharia ianque junto ao Bosque do Norte assumiu a batalha. Os artilheiros não podiam usar metralha, já que o terreno à frente deles estava repleto de nortistas feridos, assim cortaram o pavio dos obuses o máximo que ousavam e abriram fogo. Os projéteis se chocavam com o milharal, lançando homens para o lado e acrescentando uma nova camada de fumaça na cúpula que pairava como um cirro sobre a plantação pisoteada. O ruído alcançou uma nova e terrível intensidade. Os artilheiros nortistas trabalhavam freneticamente, colocando carga dupla em alguns canhões para lançar pares de obuses que explodiam um instante depois de ser disparados. Os feridos não atrapalhavam os canhões perto da estrada, que viraram suas latas de metralha para os texanos que avançavam pelo caminho. Uma dessas cargas de balas arrancou mais de dez metros de cerca atirando as lascas contra uma companhia de rebeldes. Uma infantaria ianque saiu do Bosque do Norte acrescentando suas saraivadas, e o tempo todo os canhões rebeldes lançavam obuses com pavios longos por cima das bandeiras da divisão de Hood, fustigando os artilheiros nortistas.

Os artilheiros ianques na borda norte do milharal foram duros na queda. Tentaram manter a luta, mas estavam ao alcance dos escaramuçadores texanos e um a um os canhões foram abandonados. E os confederados continuavam avançando, desviando-se das pilhas de mortos e morrendo no milharal, lutando através da fúria de balas e obuses como se pudessem varrer os ianques até Hagerstown e além. Alguns oficiais tentavam conter seus homens, sabendo que estavam avançando demais, porém nenhuma voz podia ser ouvida na tempestade de ferro e chumbo. A batalha se transformara numa briga sórdida, fúria contra fúria, homens morrendo num milharal que havia se tornado o reino da morte.

Um regimento do Mississippi perseguiu os ianques desorganizados em direção à borda norte do milharal, com a certeza de que estavam caçando tropas despedaçadas até a derrota absoluta, mas os ianques tinham uma infantaria da Pensilvânia esperando junto à cerca. Os fuzileiros de casaca azul estavam deitados, apoiando os canos na barra mais baixa da cerca. Um homem de pé não conseguiria enxergar nada além de fumaça, mas no nível do chão a infantaria que aguardava via as pernas dos atacantes.

Eles esperaram. Esperaram até que os rebeldes estivessem a apenas trinta passos, depois dispararam uma saraivada que rasgou os homens de Hood e silenciaram os gritos rebeldes num golpe curto. Por um instante, um instante estranho, entorpecedor, houve silêncio no campo de batalha, como se as asas do anjo da morte estivessem passando acima deles. Mas então o silêncio acabou quando os homens da Pensilvânia se levantaram para recarregar as armas e suas varetas ressoaram dentro dos canos quentes, e os canhões nortistas escoicearam nas conteiras acrescentando mais carnificina à matança em meio ao milharal. A primeira fileira dos confederados era um horror de corpos se retorcendo, sangue e gemidos. Um homem ergueu a bandeira caída do Mississippi e levou um tiro. Um segundo homem pegou a bandeira pela franja e a puxou de volta pelo milharal enquanto os soldados da Pensilvânia disparavam uma segunda saraivada que acertou carne com uma força brutal. A bandeira caiu de novo, rasgada por balas. Um terceiro homem a pegou e a ergueu, depois se afastou do tiroteio feroz até ser derrubado por balas na barriga, na virilha e no peito. Um quarto homem fisgou a bandeira com a baioneta e a puxou para onde os sobreviventes de seu batalhão formavam uma linha grosseira para devolver o fogo dos homens da Pensilvânia. O espaço entre as duas linhas parecia uma massa móvel de terra, uma pilha arfante de larvas gigantescas que lutavam às cegas para encontrar segurança. Eram os feridos empurrando os mortos de lado e tentando se juntar aos companheiros.

O flanco direito do ataque de Hood entrou no Bosque do Leste. Lá, protegido dos canhões nortistas pelas árvores meio arrebentadas, os texanos partiram para cima dos ianques, que avançavam para o sul. Homens lutavam à distância de uma cusparada. Por um tempo os dois lados trocaram tiros, nenhum querendo recuar e nenhum conseguindo avançar, mas lentamente o fogo rebelde obteve vantagem à medida que mais homens vinham do pasto. Os ianques recuaram, e esse recuo se apressou quando os rebeldes passaram a pressionar com baionetas.

Nate e seus homens estavam cansados, contundidos, feridos e com sede, mas lutavam entre as árvores com o desespero de soldados que acreditavam que um último esforço iria livrá-los dos inimigos. De novo e de novo os ianques avançaram, e de novo e de novo foram impelidos para trás. E desta vez parecia que poderiam ser expulsos do bosque. Um grupo de nortistas transformou uma pilha de lenha numa fortaleza em miniatura. O cano dos fuzis cuspia chamas longas por cima da pilha de madeira, línguas de fogo estranhamente luminosas na sombra das árvores. Nathaniel usou seu revólver, disparando a uma distância mortalmente próxima dos ianques que subitamente abandonaram a pilha de lenha enquanto um bando de texanos surgia gritando à direita deles. Um cachorrinho preto ficou com seu dono morto, correndo de um lado para o outro e latindo de dar pena enquanto os rebeldes passavam correndo. Nate tirou o fuzil do ombro, parou para recarregá-lo e continuou correndo para a luta. Chegou à estrada que passava entre as árvores e se agachou na beirada, observando os ianques que a atravessavam correndo para escapar da investida. Disparou, viu um homem se esparramar no capim que crescia no meio da estrada, depois também a atravessou correndo. A luta parecia estar morrendo enquanto os ianques saíam correndo do meio das árvores, por isso ele se agachou perto de um afloramento de calcário e começou o trabalho laborioso de recarregar o revólver.

Lúcifer atravessou a estrada correndo, puxando o cachorro preto usando uma guia improvisada feita com duas alças de fuzil.

— Você não deveria estar aqui — disse Nathaniel, abrindo espaço para o garoto atrás da pedra.

— Eu sempre quis ter um cachorro — disse Lúcifer com orgulho. — Preciso pensar num nome para ele.

— Ainda há ianques no meio do bosque. — Nate baixou a alavanca que empurrava as câmaras do revólver.

— Eu atirei em um.

— Seu idiota — disse Nathaniel, com carinho. — Eles estão lutando pela sua liberdade. — Em seguida, baixou a última câmara e levantou a arma para empurrar as cápsulas de percussão.

— Eu teria atirado em mais, só que a arma não funcionou. — Ele ofereceu seu revólver a Nathaniel. O gatilho pendia frouxo.

— Ela precisa de uma mola de trava nova — explicou Nate, devolvendo a arma. — Mas você não deveria estar lutando. Diabos, esses desgraçados estão tentando libertar você e você está matando os pobres filhos da puta.

Lúcifer não respondeu. Em vez disso, franziu a testa para sua arma e mexeu no gatilho com a esperança de que ele se encaixasse em alguma parte do mecanismo. O cachorrinho ganiu e ele o acalmou. Era um filhote, mal desmamado, de pelo preto e áspero, focinho curto e um coto de rabo.

— Os desgraçados vão matar você — alertou Nathaniel. — Você e o seu cachorro.

— Então eu morro — declarou Lúcifer em desafio. — E no céu nós vamos ser os senhores e todos vocês vão ser os nossos escravos.

Nathaniel sorriu.

— Acho que não vou ver o Céu.

— Mas talvez o inferno de vocês seja o nosso Céu — retrucou Lúcifer com prazer. — Diabinho — acrescentou.

— Diabinho? Um diabinho de Satã?

— O cachorro! Ele vai se chamar Diabinho — disse Lúcifer deliciado, coçando as orelhas de Diabinho. — Preciso arranjar um pouco de carne para você, Diabinho. — O coto de rabo se sacudiu de repente enquanto o cachorro lambia o rosto de Lúcifer. — Sempre quis ter um cachorro — repetiu o garoto.

— Então o mantenha em segurança, e fique em segurança também.

— Não vou ser morto — declarou Lúcifer, confiante.

— Todo cadáver aqui pensava assim — retrucou Nate, sério.

Lúcifer balançou a cabeça.

— Eu, não — insistiu. — Eu comi uma sepultura de ianque.

— Você fez o quê?

— Encontrei a sepultura de um ianque — admitiu Lúcifer — e esperei até a meia-noite, depois comi um pouco de terra da sepultura. Agora nenhum ianque pode me matar. A minha mãe me ensinou isso.

Nathaniel ouviu algo de patético nas últimas palavras.

— Onde está a sua mãe, Lúcifer?

O garoto deu de ombros.

— Está viva — respondeu, relutante.

— Onde?

O garoto virou a cabeça bruscamente, depois deu de ombros.

— Está viva. — E balançou o gatilho inútil. — Mas eles me venderam. Acharam que eu valia alguma coisa, está vendo? — Ele tocou a própria pele. — Não sou preto de verdade. Se eu fosse preto de verdade eles não teriam me vendido, mas acharam que eu podia ser escravo doméstico. — Ele deu de ombros. — Eu fugi.

— E onde está a sua mãe? — insistiu Nate.

— Diabos, na certa já foi vendida. O senhor nunca mantinha as pretas com que tinha dormido, geralmente não. Não sei onde ela está. — Lúcifer disse as últimas palavras com raiva, como a demonstrar que não queria mais falar disso.

— E a sua mãe lhe ensinou magia?

— Não é magia — insistiu Lúcifer, ainda com raiva. — É um jeito de ficar vivo. E não é para o senhor.

— Porque eu sou branco?

— Alice Whittaker — disse Lúcifer de repente, sem olhar para Nathaniel. — Esse é o nome dela. Ele não é um ótimo cachorrinho?

— Ele é ótimo. — Nate se perguntou se deveria perguntar mais, porém suspeitou que Lúcifer já havia revelado mais do que desejava. Abaixou-se, acariciou as orelhas de Diabinho e recebeu uma lambida de recompensa. — Ele é ótimo — repetiu —, e você também.

Pôs o revólver recarregado no coldre e se levantou. Ainda havia uma luta esporádica mais acima no bosque, mas ele queria ver o que tinha acontecido com as tropas formadas que antes estavam esperando na estrada de Smoketown. E assim, alertando Lúcifer a ficar onde estava, esgueirou-se com cuidado entre as árvores. Esperava encontrar ianques desgarrados, mas essa parte do bosque estava quase vazia. Dois rebeldes passaram mancando a caminho dos médicos, e havia um cauda de cervo morto encostado numa árvore com expressão de surpresa no rosto. Mas, afora isso, as árvores estavam desertas.

O sargento Rothwell estava deitado na beira do bosque, onde Nathaniel o deixara. Havia sangue nas costas dele e o primeiro pensamento de Nate foi de que o sujeito estava morto, mas então viu um braço se mexer. Correu para perto do sargento e o virou com cuidado. Rothwell gemeu. Ele estava batendo os dentes, de rosto amarelo e olhos fechados. Havia sangue em seu peito.

— Rothwell — chamou Nate.

278

— Nas costas — conseguiu dizer Rothwell, depois se enrijeceu e seu corpo se sacudiu num espasmo terrível. Outro gemido escapou de sua garganta. — Nas costas — repetiu —, mas eu jamais virei as costas. Juro por Deus, eu não me virei. — Ele estava desesperado para negar que seu ferimento indicasse covardia. — Ai, Jesus, meu Jesus amado. — Estava chorando de dor. — Jesus amado.

— Você vai ficar bem.

Rothwell segurou a mão de Nate e a apertou com força. Sua respiração estava curta e fraca. Voltou a bater os dentes.

— Eles atiraram em mim — disse.

— Vou levar você para o médico. — Nathaniel olhou em volta, procurando ajuda. Uns dez rebeldes corriam para o norte por entre as árvores, mas o som ensurdecedor da batalha no milharal abafou seu grito. Os homens se afastaram correndo.

— Nas costas — ofegou Rothwell, e subitamente gritou quando a dor atravessou seu corpo. O grito diminuiu até não ser mais que um gemido patético. Ele tomou fôlego e a respiração estava rouca. — Becky — disse, e as lágrimas rolaram pela sujeira e pelo suor do rosto —, pobre Becky.

— Becky vai ficar bem — murmurou Nate, impotente —, e você também. — Então usou a mão livre para limpar as lágrimas. O corpo de Rothwell sofreu um espasmo e as lágrimas saíram mais livremente.

— Dói. Dói. — Ele era um homem forte, mas agora chorava feito criança, e cada respiração era mais difícil que a anterior. — Ah, Becky — conseguiu dizer por fim, a voz tão fraca que Nate quase não escutou. Rothwell ainda estava vivo, porque seus dedos pressionavam a mão de Nathaniel. — Reze — pediu, e gemeu de novo.

Nathaniel rezou o pai-nosso, mas, antes de chegar a "Venha a nós o Vosso reino", o sargento morreu. Sua barriga arfou num grande espasmo e a boca subitamente se encheu de sangue que escorreu pelos lados. Rothwell balançou a cabeça e se afundou imóvel.

Nate precisou fazer força para soltar os dedos mortos de sua mão. Estava tremendo, aterrorizado pelo horror da morte de Rothwell, e, quando levantou os olhos para olhar por cima dos campos onde os ianques tinham se posicionado, não conseguiu enxergar por causa das lágrimas nos olhos. Afastou as lágrimas com o punho e viu que os ianques ainda esperavam do outro lado dos dois campos amplos. Outros nortistas recuavam na direção daquelas tropas, perseguidos por balas rebeldes. Por enquanto os ianques tinham sido arrancados do Bosque do Leste, mas parecia que continuavam no milharal, porque Nathaniel ainda conseguia ouvir a fúria completa de tiros de fuzil e canhão trovejando e estalando do outro lado do bosque.

Levantou-se e pendurou o fuzil no ombro. Era hora de pôr ordem no caos, encontrar os sobreviventes de seu batalhão e se apresentar a Swynyard. Andou entre as árvores e atravessou de volta a estrada de Smoketown. Um ianque girou na frente dele — atordoado, gemendo e usando uma máscara de sangue através da qual seus olhos amedrontados surgiam brancos. Dois prisioneiros eram empurrados para a retaguarda por um homenzinho de barba hirsuta e mosquete de cano liso. Dois esquilos, mortos por tiros de canhão, pendiam do cinto do rebelde.

— Jantar! — gritou ele animado para Nate, então empurrou de novo os dois ianques.

O feridos e os mortos estavam amontoados onde a luta havia sido mais feroz, e em toda parte uma camada de fumaça pairava entre as árvores sugerindo uma névoa de outono. Tantos pedaços de folhas foram arrancados por obuses e balas que o chão entre os troncos estava verde como um parque. Subitamente dominado pelo cansaço e pelo desespero com a morte miserável de Rothwell, Nathaniel se encostou num tronco perfurado por balas. O suor escorria por seu rosto.

Estava tateando dentro da bolsa, esperando encontrar um charuto no meio dos cartuchos que restavam, quando uma figura familiar apareceu entre as árvores distantes. Via uns vinte rebeldes, a maioria revistando os mortos em busca de saque e munição, mas havia algo curiosamente furtivo na figura meio gorducha que avançou entre as árvores com cautela exagerada, então de repente viu alguma coisa e saltou para o lado, ajoelhando-se no chão.

Tumlin. O maldito Billy Tumlin. Nate se afastou da árvore e seguiu o grandalhão. Tumlin olhava para a esquerda e para a direita de vez em quando, mas não via nada que o incomodasse. Estava tirando a casaca azul de um ianque, tão concentrado em puxar as mangas dos braços desajeitados do sujeito que só soube que Nathaniel estava ao lado quando o cano quente do fuzil tocou sua nuca. Então deu um pulo, alarmado.

— Você tem uma queda por casacas, Billy? — perguntou Nate.

— Casacas? — conseguiu dizer Blythe enquanto cambaleava para trás, batendo no tronco de um olmo.

— Você está usando uma nova. Não é tão pequena quanto a anterior.
— Nathaniel pendurou o fuzil no ombro e tocou a parte ensanguentada no peito de Tumlin. — Levou um tiro, Billy?

— Nada sério — respondeu Blythe. Enxugou o suor do rosto e sorriu para Nathaniel.

Nate não sorriu.

— E onde você esteve, Billy?

Tumlin deu de ombros.

— Fui procurar um médico.

— Ele fez um curativo?

— Mais ou menos.

Nate franziu a testa para o sangue na casaca cinza.

— Parece feio, Billy. Parece muito feio. Um homem poderia morrer com um tiro no peito, assim.

Blythe ofereceu o que esperava ser um sorriso corajoso.

— Vou sobreviver.

— Tem certeza? — perguntou Nathaniel. Em seguida deu um soco na área ensanguentada, com força suficiente para empurrar o sujeito pesado contra a árvore. Blythe se encolheu com o soco, mas não reagiu como alguém que tivesse levado um golpe sobre um ferimento recente. — Ouvi dizer que você estava escondido no cemitério, Billy.

— Não — retrucou Blythe, pouco convincente.

— Seu filho da mãe. — De repente, Nathaniel foi dominado por uma fúria cega. — Seu covarde de merda. — E deu outro soco na área ensanguentada, e desta vez o sujeito nem se encolheu. — Isso não é um ferimento, Billy. Essa nem é a sua casaca. — Billy não disse nada, e Nate sentiu uma pontada de puro ódio por um homem que não cumpria com o dever. — John Brown estava usando casaca quando foi enforcado?

Blythe passou a língua pelos lábios e olhou para a esquerda e para a direita, mas não havia como escapar.

— John Brown? — perguntou, confuso.

— Você o viu ser enforcado, não viu?

— Claro que vi.

— Você e a puta, não foi? E ela estava inclinada na janela e você inclinado em cima dela, não é?

Blythe assentiu, nervoso.

— Mais ou menos isso.

— Então me fale como foi, Billy.

Blythe umedeceu os lábios secos de novo. Perguntou-se se Nathaniel teria enlouquecido, mas supôs que precisava fazer a vontade do idiota cujo rosto estava tão tenso e duro.

— Eu já falei — disse Blythe. — Nós o vimos pendurado num cadafalso perto do Hotel do Wager.

— Em Harper's Ferry?

Blythe assentiu.

— Vi com os meus próprios olhos.

Ele se encolheu quando um obus atravessou os galhos acima e explodiu mais adiante no bosque. Pedaços de folhas caíram lentamente.

Nathaniel não se mexeu enquanto a bala de canhão passava acima.

— John Brown foi enforcado em Charlestown — disse —, e isso é bem longe do Hotel do Wager, Billy. — Ele tirou o revólver do coldre. — Então que outras mentiras você contou, Billy?

Blythe olhou de relance para o revólver e não disse nada.

Nate puxou o cão da arma.

— Tire a casaca, Billy.

— Eu...

— Tire! — gritou Nathaniel, e enfiou o cano do revólver embaixo do queixo gordo de Blythe.

Blythe desafivelou rapidamente o cinto, deixou-o cair e em seguida tirou a casaca roubada. O único sangue na camisa era a manchinha que tinha atravessado a casaca.

— Largue a casaca, Billy — ordenou Nathaniel, apertando a mira dianteira do Adams na carne gorda. — Você não merece usar essa casaca. Você não é um homem, Billy Tumlin, é um covarde. Largue a casaca. — Blythe a deixou cair e Nathaniel recuou o revólver e baixou o cão, deixando a arma segura. Blythe pareceu aliviado, mas então Nate acertou o pesado cano da pistola no rosto dele, abrindo um corte no malar direito. — Agora você está realmente ferido, Billy. E desapareça. Vá, vá!

Blythe se curvou para pegar seu revólver, mas Nathaniel pôs o pé no cinto.

— Sem uma arma? — perguntou Blythe.

— Vá! — gritou Nate outra vez, e viu o homem gordo se afastar bamboleando.

Nathaniel pegou o revólver e foi na outra direção. Viu Lúcifer conduzindo seu cachorro novo.

— Lúcifer! Aqui! Uma arma nova para você. — Jogou o cinturão de Tumlin para o garoto. — Agora saia daqui antes que um ianque atire em você.

Viu Truslow gritando para que os homens parassem de saquear os mortos e fossem para a borda do bosque, então ouviu algo muito pior. Tambores e gritos animados. Virou-se e voltou correndo para onde estava o corpo de Rothwell. E xingou.

Porque os ianques estavam vindo de novo.

Billy Blythe estava chorando enquanto voltava para o norte através do bosque. Não chorava por causa do corte no rosto, mas pela vergonha de ter sido humilhado por Nathaniel. Imaginou uma vingança requintada, mas primeiro precisava sobreviver ao horror desta batalha e voltar ao seu lugar de direito: no Norte.

Encontrou o corpo do qual estivera tirando a casaca e, depois de verificar que Nathaniel não estava à vista, soltou a vestimenta. Procurou seu revólver, mas ele tinha sumido. Xingou, depois vestiu de volta a casaca cinza ensanguentada, que continuava junto ao olmo. Embolou a casaca azul embaixo do braço, então, tocando o bolso da calça para garantir que sua preciosa procuração dos Estados Unidos ainda estava em segurança, continuou andando para o norte. Homens passavam correndo por ele, indo para a margem norte do bosque, onde uma nova fuzilaria enchia as árvores de som. Eles ignoraram Billy Blythe, achando que era mais um ferido.

Blythe foi o máximo que ousou para o norte, e lá descobriu o que estivera procurando. Encontrou uma pilha de lenha, e atrás dela três corpos de nortistas, ainda quentes, todos cobertos de sangue e todos mortos. Agachou-se, tirou a casaca cinza e vestiu a azul, depois se enfiou ao lado da lenha e colocou os três cadáveres em cima de si. Sabia que os ianques estavam atacando de novo e achou que desta vez os rebeldes não aguentariam. Acreditava que a batalha estava virando e era hora de virar junto com ela. Uma bala de canhão passou entre as árvores acima, fazendo-o gemer, mas por fim estava enfiado na camada de folhas decompostas ao lado da pilha de lenha e protegido pelos corpos quentes acima. Ficou imóvel, sentindo o sangue de um morto escorrer para suas costas. Desejou ser capaz de fazer Nathaniel pagar por aquele golpe no rosto, mas supôs que ele não estaria vivo para isso. Esperava que a morte dele fosse agonizante, e esse pensamento o consolou enquanto esperava o resgate embaixo dos cadáveres.

Billy Blythe havia sobrevivido.

* * *

Belvedere Delaney estava se fazendo útil. Lee fora para o terreno mais elevado, mas não o havia convidado a acompanhá-lo, e assim Delaney procurou seu serviçal, George, achando que era hora de os dois começarem a preparar uma retirada tática. Delaney encontrou George carregando baldes de água para os feridos que esperavam os cirurgiões no quintal de uma casa logo ao norte do povoado.

Esses eram os feridos com sorte, o punhado que fora trazido da luta para a comparativa paz da retaguarda rebelde. A maioria era de vítimas de obuses dos canhões ianques, já que os homens com ferimentos a bala estavam muito avançados para serem trazidos de volta pelas poucas carroças-ambulância e sofreriam onde estavam. Mas estes recebiam o melhor atendimento que o Exército confederado possuía. Os que estavam em pior condição não podiam ser tratados, porque os esforços dos médicos eram poupados para os que tinham chance de sobrevivência. Havia um pouco de éter disponível, e os poucos sortudos eram anestesiados antes que serras e facas retalhassem suas pernas quebradas. Porém, a maioria recebia um gole de conhaque, uma mordaça de couro para morder e depois escutavam que deveriam ser homens, ficar em silêncio e não se mexer. Ordenanças os seguravam firmes na mesa enquanto um cirurgião com avental coberto de sangue cortava a carne mutilada.

O primeiro instinto de Delaney foi se afastar daquele horror, mas uma avassaladora pontada de pena o fez ficar. Levou copos de água para homens feridos, depois segurou a cabeça deles enquanto bebiam. Um homem sofreu um espasmo e mordeu a borda do copo com tanta força que a louça se despedaçou. Delaney segurou a mão de outro enquanto este morria. Enxugou o suor da testa de um oficial com olhos que jamais enxergariam de novo cobertos por bandagens. Seis ou sete mulheres do povoado estavam ajudando com os feridos, e uma delas usava desafiadoramente uma pequena bandeira dos Estados Unidos presa no avental enquanto se movia em meio ao sangue, ao vômito e ao fedor no jardim. George se agachou ao lado de um sargento da Carolina do Sul e tentou estancar o sangue que escorria de um talho com um curativo grosseiro na cintura. O sujeito estava morrendo e queria ouvir que a batalha estava sendo vencida e, junto com ela, a guerra. George ficava dizendo repetidamente, numa voz tranquilizadora, que os rebeldes avançavam, que os ianques recuavam e que a vitória era iminente.

— Louvado seja o Senhor — disse o sargento, então morreu.

Um homem implorou a Delaney que encontrasse o daguerreótipo de sua esposa no fundo da sua bolsa de cartuchos. Delaney tirou as balas, e ali, embaixo de todas elas, estava o precioso pedaço de papel enrolado num trapo de chita. A mulher tinha queixo grande e olhos embotados, mas o simples vislumbre de seu rosto deu paz ao agonizante.

— O senhor pode escrever para ela? — pediu a Delaney.

— Farei isso.

— Dorcas Bridges — disse o homem. — Dearborn Street, em Mobile. Diga que nunca deixei de amá-la. O senhor vai escrever isso?

— Você vai ficar bem — tentou tranquilizá-lo Delaney.

— Vou ficar muito bem, senhor. Antes que esse dia termine estarei com o meu Senhor e salvador, mas Dorcas terá de se virar sem mim. O senhor vai escrever para ela?

— Vou escrever. — Delaney tinha um toco de lápis e anotou cuidadosamente o endereço de Dorcas num pedaço de jornal.

Anotou uns dez outros nomes e endereços e prometeu escrever para todos. Escreveria, sim, e diria a mesma coisa em cada carta: que seus maridos ou filhos tinham morrido corajosamente e sem dor. A verdade é que todos morreram com dores terríveis. Os sortudos perdiam a consciência, mas os azarados sentiam a agonia dos ferimentos até o fim. Nos fundos da casa, onde crescia a horta de temperos, uma pilha de braços e pernas amputados crescia. Uma menina pequena espiava a pilha de olhos arregalados e chupando o dedo.

E no terreno alto os canhões continuavam atirando.

Nate encontrou os restos da companhia de Potter ainda milagrosamente juntos. Estavam perto do corpo de Rothwell, na borda do Bosque do Leste e disparando contra os ianques que marchavam para o sul. Uma mistura maltrapilha de homens formava a linha rebelde. Havia soldados da Geórgia, do Texas, da Virgínia e do Alabama e quase todos tinham perdido o contato com seus oficiais, então simplesmente se juntavam à linha rebelde mais próxima e continuavam lutando. O barulho no bosque era ensurdecedor. Os ianques trouxeram novos canhões que disparavam lanternetas contra as árvores, havia escaramuçadores nortistas atrás dos afloramentos de calcário nos campos arados, e durante todo esse tempo a luta no milharal se intensificava até chegar à fúria anterior.

Os ianques estavam avançando numa coluna de companhias, criando um alvo tentador para os fuzileiros rebeldes.

— Eu gostaria que tivéssemos um canhão — gritou Potter para Nate, depois puxou o gatilho.

Truslow atirava constantemente, sério, cada bala se chocando com a massa de fardas azuis que continuava avançando. Mas, quanto mais perto das árvores chegava o ataque, mais caos era rasgado em suas primeiras fileiras. O coronel Maitland tinha vindo para o bosque, onde brandia a espada e gritava bêbado para matarem os suínos. Swynyard veio correndo e se ajoelhou ao lado de Nathaniel, na borda das árvores. Esperou até que Nate atirasse.

— Eles estão no bosque de novo — gritou, apontando para o norte.

— Quantos?

— Milhares!

— Merda — disse Nathaniel, depois derramou pólvora no cano do fuzil, cuspiu a bala, pegou a vareta e a enfiou com força. Seu braço direito estava cansado e o ombro esquerdo era um hematoma agonizante por causa dos coices da arma. — Quem os está segurando?

— Ninguém.

— Meu Deus.

Nathaniel esperou que a fumaça se dissipasse. E de súbito, bem à frente, viu um oficial ianque a cavalo. O sujeito tinha barba branca, a farda era cheia de galões e ele estava gritando desesperado para os inúmeros nortistas que se encolhiam diante do tiroteio vindo do bosque. Nathaniel se perguntou se o sujeito era um general, depois mirou no alvo convidativo. Pelo menos dez outros rebeldes viram o sujeito e houve uma pequena fuzilaria. E, quando a fumaça ficou menos densa, havia apenas um cavalo sem cavaleiro.

Os tiros no milharal alcançaram uma nova intensidade. Swynyard deu um tapinha no ombro de Nate.

— Veja o que está acontecendo, Nate. Não quero ficar encurralado aqui.

Nathaniel correu pelo bosque. Acima dele o som de balas e lanternetas zunia entre as árvores, provocando uma constante chuva de pedaços de folhas. O centro do bosque estava vazio, a não ser por mortos e agonizantes, mas, quando ele chegou à borda oeste, os rebeldes começaram a se adensar de novo. Estavam disparando contra um único regimento de ianques, que parecia ter feito uma carga solitária através dos pés de milho partidos. Os ianques pareciam confusos e abandonados, já que nenhum outro batalhão havia apoiado o ataque. E agora, cercados por rebeldes, tinham se amontoado numa massa que convidava um castigo feroz. Um dos homens de casaca azul agitava uma bandeira de Nova York para encorajar os companheiros. Então uma lanterneta explodiu em fumaça logo acima da bandeira que caiu imediatamente. Os ianques começaram a recuar, e os rebeldes, animados com a pequena vitória, avançaram de novo para o milharal. Para Nathaniel parecia que cada rebelde em Maryland estava sendo lançado na luta, numa última tentativa desesperada de sustentar a posição. Homens corriam do Bosque do Oeste para engrossar a linha que pisoteava os milhos. O capitão Peel estava lá, com mais sobreviventes do batalhão de Nathaniel, que correu para se juntar a eles. O terreno no milharal parecia cheio de calombos por causa das espigas caídas e porque um número grande demais de disparos de metralha e lanterneta tinham coberto o chão. Uma camada de fumaça pairava à altura do peito acima do milho, e por todo lado havia sangue empoçado, homens caídos, moscas e armas despedaçadas.

A linha rebelde avançou pelo milharal, mas foi de novo contida na borda norte. A linha de batalha nortista estava esperando, e ela disparou uma saraivada terrível que se chocou com o contra-ataque rebelde. Canhões lançaram metralha, batalhões dispararam saraivadas, mas a insanidade da batalha tinha tomado conta dos sulistas, e, em vez de recuar diante do fogo avassalador, eles ficaram e atiraram contra os ianques. Nate remexeu entre os últimos cartuchos em sua bolsa e ouviu o chiado terrível da metralha rasgando os pés de milho caídos e as pancadas das balas acertando. Alguns homens se ajoelhavam para lutar e outros se deitavam para enxergar por baixo da tira de fumaça cada vez mais densa.

A luta pareceu durar uma eternidade, mas depois, contando os cartuchos, Nate soube que só podiam ter se passado alguns minutos. Não tinha ciência de estar fazendo som nenhum, mas dava um gemido agudo, produto do puro terror. Ao seu redor homens caíam, a cada segundo esperava sofrer o impacto de uma bala, mas permaneceu onde estava, carregando e disparando, e tentava bloquear o som dos gritos, das balas e dos canhões cantando aquela nota aguda e imutável. Estava trabalhando devagar, o cérebro desorientado pelo caos, de modo que precisava pensar em cada ação. A pólvora queimada tinha endurecido nos sulcos do cano do fuzil, tornando difícil forçar cada bala para baixo. Havia apoiado a vareta na barriga para tornar mais fácil pegá-la depois de cada tiro, mas ela ficava caindo no meio do milho, e toda vez que se abaixava para pegá-la queria se deitar e ficar lá. Queria estar em qualquer lugar do mundo, menos ali no reino da morte. Recarregou o fuzil de novo e viu um de seus homens se dobrar lentamente, ofegando. Outro homem se arrastava de volta pelo milharal deixando uma trilha de sangue de uma perna despedaçada. Um tambor ianque estava largado entre o milho, o couro perfurado por balas. Pequenas chamas saltitavam no milharal, nos pontos em que as buchas das balas tinham provocado incêndios. Um oficial da Geórgia estava de joelhos, as mãos apertando o ventre enquanto ele arfava com a respiração curta e olhava num sofrimento desesperado o sangue que escorria pelas coxas. O sujeito levantou os olhos e encarou Nate.

— Atire em mim — pediu. — Por piedade, homem, atire em mim.

Então, na parte norte do Bosque do Leste, uma nova saraivada ressoou. E a linha rebelde se desfez.

Ela havia lutado desde o alvorecer, mas agora, diante de ainda mais atacantes ianques, a defesa se desintegrou. O colapso começou com um batalhão, depois o pânico se espalhou para as unidades vizinhas, e de repente toda uma brigada estava correndo. A princípio Nathaniel não percebeu o pânico. Ouvira a enorme saraivada à direita e percebia os gritos de dor e de comemoração na beira do bosque, mas continuou teimosamente a carregar o fuzil enquanto o oficial da Geórgia implorava pela morte. Mas então um homem ali perto gritou em alerta e Nate viu ianques correndo pela fumaça. Pegou sua vareta e correu junto com os outros rebeldes. Alguns ianques correram mais rápido, vindo na diagonal à frente de Nathaniel na ansiedade para cortar a retirada de uma bandeira. Ele largou a vareta, pegou o revólver às costas e atirou loucamente contra as casacas azuis. Um sargento rebelde segurou o fuzil pelo cano para bater com a coronha pesada na cabeça de um ianque. Nate ouviu o impacto do cabo do fuzil justo quando um ianque barbudo saltou para ele com uma baioneta. Deu um passo para o lado, de modo que a lâmina passou direto, enfiou o revólver na barriga do sujeito e puxou o gatilho, mas nada aconteceu. Em desespero, gritando, brandiu o fuzil desajeitado, acertando o cabo despedaçado pela bala na lateral da cabeça do ianque. Nate sentia o cheiro da farda do sujeito, do tabaco no hálito dele, e então o homem tombou. Nathaniel o chutou com força e continuou correndo. Pulou os pés de milho, as balas de metralha e os corpos. Havia gritos de comemoração atrás e de pânico à frente. Esperou receber uma bala a qualquer segundo e largou o fuzil quebrado para ganhar um pouco de velocidade.

O ímpeto do ataque dos ianques os levou pelo Bosque do Leste e fez com que mais rebeldes se juntassem à fuga. Os canhões nortistas na estrada

288

de Hagerstown apressaram os fugitivos com disparos e mais disparos de lanternetas. Os rebeldes saíram do pátio da fazenda incendiada, deixaram o cemitério para trás, fugiram para as árvores no oeste, abandonando assim para os ianques o campo de batalha pelo qual lutaram tão arduamente de manhã. Aqui e ali grupos de homens recuavam devagar, em fileiras, disparando enquanto iam, porém a maior parte da infantaria de cinza simplesmente correu e só diminuiu a velocidade ao perceber que não havia perseguição ianque. Os nortistas estavam tão confusos quanto os rebeldes e, ainda que alguns homens pressionassem teimosamente, um número maior parava no milharal para recarregar as armas e disparar contra o inimigo que desaparecia rapidamente. Nate reconheceu alguns soldados da Legião Faulconer e se juntou a eles. Pegou um fuzil Springfield de um texano morto e verificou se estava funcionando. Um punhado dos Pernas Amarelas ainda estava com ele, e então, na estrada de Smoketown, viu Lúcifer e Diabinho indo para o oeste com a companhia de Potter. Juntou-se a eles, depois atravessou os sulcos de terra da estrada de Hagerstown para alcançar as sombras das árvores do outro lado.

O coronel Swynyard gritava seu próprio nome numa tentativa de reunir sua brigada. Punhados de homens se juntavam a ele, agrupando-se numa confusão em meio às árvores ao norte da igreja *dunker*. Atrás deles agora havia um trecho de pasto que tinha sido transformado no posto avançado do inferno: um terreno de matança atulhado de corpos e escorregadio de sangue; um cemitério de mortos insepultos, coberto de fumaça, sobre o qual batalhões ianques avançavam numa perseguição descoordenada aos fugitivos rebeldes. Explosões de balas de canhão perfuravam o pasto, espalhando mortos e forçando os últimos rebeldes a correr para o Bosque do Oeste.

Alguns dos rebeldes em pânico não pararam no Bosque do Oeste e continuaram entrando nas fazendas além dele. A cavalaria rebelde foi despachada para arrebanhá-los e mandá-los de volta para o Bosque do Oeste, onde oficiais e sargentos berravam nomes de unidades. Aqui e ali os vestígios de companhias se formavam e batalhões despedaçados se uniam sob suas bandeiras rasgadas e manchadas. Outros oficiais não se preocupavam em juntar seus batalhões, apenas puxavam e empurravam homens em companhias improvisadas na beira do bosque e diziam para abrirem fogo contra o inimigo em perseguição. Uma carroça foi trazida à estrada de Hagerstown e deixou caixas de munição de artilharia para as equipes dos canhões, que se posicionaram apressadamente diante das árvores. A parelha da carroça foi atingida por um obus ianque e os cavalos agonizantes relinchavam enquanto litros de seu sangue escorriam pelos sulcos profundos da estrada. O chão em frente às baterias rebeldes enfim ficou livre de fugitivos e os artilheiros abriram fogo com metralha que derrubou mais mortos em meio ao exército de cadáveres espalhados sob a fumaça.

Por um instante pareceu que os canhões conteriam o avanço nortista, mas então fileiras de soldados de azul apareceram na fumaça que enevoava a terra a leste das baterias. Artilheiros tentaram desesperadamente virar os canhões para enfrentar a nova ameaça, mas então uma saraivada intensa lançou uma tempestade de balas Minié que ressoaram nos canos dos canhões, arrancaram lascas das rodas e derrubaram artilheiros. Na pausa enquanto a infantaria recarregava as armas, os capitães artilheiros sobreviventes trouxeram suas parelhas de cavalos e arrastaram os canhões de volta por entre as árvores. Gritos de comemoração soaram entre os ianques. Então um batalhão penetrou no terreno abandonado, onde o capim tinha sido amassado e queimado pelos disparos dos canhões. Ninguém fez oposição a ele, e os soldados — um grande regimento da Pensilvânia — se alojaram no Bosque do Oeste. Capturaram a igreja *dunker*, que estava cheia de feridos, e lá pararam, porque o bosque em volta estava repleto de sobreviventes rebeldes que começaram um tiroteio feroz. O comandante da Pensilvânia mandou mensageiros à retaguarda pedindo apoio e munição. Alguns canhões nortistas vieram ajudar os soldados da Pensilvânia, mas os artilheiros se posicionaram muito perto do bosque e atiradores de elite rebeldes fizeram chover balas sobre eles. Os canhões recuaram, um deles puxado por homens da infantaria porque todos os seus cavalos tinham levado tiros. A carroça abandonada pegara fogo e sua carga restante de obuses explodiu um a um, lançando uma fumaça imunda ao céu incandescente.

O general Jackson ia furioso de um lado para o outro do bosque, gritando para que os homens se formassem em companhias, encontrassem seus batalhões, virassem-se e lutassem. Sabia que este era o momento de os ianques atacarem. Se uma unidade nortista, até mesmo uma brigada, oferecesse reforços aos soldados da Pensilvânia em volta da igreja *dunker* e atacasse direto através das árvores, os atordoados homens de cinza iriam ceder. Os ianques ganhariam o dia, o exército rebelde seria transformado numa ralé fugindo para um vau estreito, e no inverno as ruas de Richmond estariam cheias de ianques presunçosos. O general Lee, reconhecendo o mesmo perigo, reunia uma linha de canhões numa crista de morro a oeste do bosque de modo que, se os ianques em triunfo atravessassem as árvores, seriam recebidos por um bombardeio mortal que pelo menos poderia diminuir a velocidade dos perseguidores e dar aos seus homens tempo de fazer uma retirada lutando em direção ao Potomac.

Mas os ianques estavam tão atordoados quanto os rebeldes. A rapidez do avanço nortista havia deixado suas unidades espalhadas no campo. Todo o terreno que ficava a leste da estrada de Hagerstown e ao norte da igreja *dunker* estava em mãos ianques, e algumas unidades nortistas tinham atravessado a estrada e encontrado um abrigo perigoso na borda do Bosque do Oeste. Mas os reforços de que eles precisavam não estavam à vista. Canhões rebeldes ao sul do campo de batalha golpeavam o terreno com obuses, e soldados de infantaria sulistas disparavam do bosque. E assim a perseguição parou enquanto os ianques, como os rebeldes, tentavam colocar alguma ordem no caos.

O pânico dos rebeldes no Bosque do Oeste foi diminuindo. Homens contavam seus cartuchos e alguns olhavam de relance nervosos para trás num esforço de enxergar uma rota para longe da carnificina. Mas, enquanto os disparos nortistas iam morrendo, os rebeldes começaram a se reorganizar. Uma a uma as companhias foram refeitas, as aberturas na linha foram consertadas e os cartuchos foram distribuídos.

— Peguei o relógio do pobre Haxall. — O coronel Swynyard se juntou a Nate. — Ele não vai precisar dele no céu, coitado, mas vou mandá-lo para a esposa.

— Ele morreu?

Swynyard assentiu, depois sacudiu o relógio e o segurou junto ao ouvido.

— Parece que está funcionando — disse, incerto, depois olhou o mostrador. — São quase nove horas. — Nathaniel franziu a testa imediatamente e se perguntou por que não estava escurecendo. — Da manhã, Nate — explicou Swynyard, gentilmente. — Da manhã.

O dia mal tinha começado.

Ianques atravessavam o Bosque do Leste e saíam no milharal. Um homem vomitou ao ver o campo. O fedor do lugar era pior que o de um matadouro. Havia homens despedaçados, o sangue espalhado, as entranhas abertas na morte. Olhos que não viam espiavam através da fumaça, bocas estavam abertas e cheias de moscas. Rebeldes e ianques juntos. Os feridos gritavam por socorro, alguns choravam, alguns imploravam um tiro de misericórdia na cabeça. Alguns maqueiros, lamentavelmente poucos, tinham começado a trabalhar. Um capelão, dominado pelo horror, tombou de joelhos na borda das árvores e deixou lágrimas caírem numa Bíblia aberta. Outros homens se moviam em meio ao horror procurando saques; carregavam alicates para arrancar dentes de ouro e facas para cortar dedos e tirar alianças ou então para silenciar os protestos das vítimas. Uma bateria de canhões parou na beira do milharal, os cocheiros não querendo levar as armas pesadas por cima do campo de cadáveres, mas um oficial gritou para abandonarem os melindres. Assim, eles estalaram os chicotes e forçaram os canhões a passar sobre os corpos. O sangue ficou preto. Subia vapor das poças de sangue mais fundas. O sol ascendia, os restos de névoa tinham desaparecido de cima do córrego e o calor sufocante do dia aumentava.

O Sr. Kroeger, o fazendeiro que tinha se proposto a ser o guia dos ianques até o vau de Snaveley, insistiu em primeiro passar por sua fazenda. As vacas precisavam ser ordenhadas, e, como não tinha chegado nenhuma ordem de McClellan para fazer um ataque atravessando o rio, ninguém pensou em apressá-lo. As tropas ianques destacadas para atravessar a ponte na parte baixa do córrego olhavam de seus esconderijos e se perguntavam como, em nome de um Deus misericordioso, deveriam cruzar várias centenas de metros de terreno aberto e depois se apinhar numa ponte com menos de quatro metros de largura, o tempo todo sendo alvejados pelos rebeldes que esperavam na outra margem dentro das trincheiras de fuzis.

Uma unidade nova e mais pesada de soldados nortistas atravessou o rio num vau bem ao norte da ponte de baixo. Não houve oposição à travessia e as tropas descansadas começaram a longa subida até o platô onde serviriam de reforços aos ianques que expulsaram os rebeldes do Bosque do Leste e do milharal. Treze mil homens subiram o morro com as bandas tocando e as bandeiras tremulando enquanto se aproximavam cada vez mais do fedor de matadouro que esperava no alto da encosta. As longas linhas de homens que avançavam paravam e se partiam sempre que chegavam a uma cerca, mas, assim que passavam por cima dela, as longas fileiras entravam em formação de novo e seguiam em frente. Os recém-chegados levariam um bom tempo para chegar ao topo, e, assim que estivessem lá, precisariam ser informados sobre onde atacar. O tempo todo os rebeldes estavam remendando desesperadamente a metade norte de seu exército, e assim, por um tempo, o platô ficou num silêncio fantasmagórico. De vez em quando um canhão disparava ou um fuzil estalava, porém os dois lados estavam recuperando o fôlego.

Um homem, pelo menos, havia sobrevivido à batalha e não iria mais lutar nela. Billy Blythe esperou até o som dos disparos morrer e a primeira investida empolgada de soldados ianques conquistando território ter passado há muito por seu esconderijo, e só então se livrou do peso morto dos homens que o escondiam. O bosque estava cheio de ianques curiosos, mas ninguém prestou atenção em Billy Blythe com sua casaca azul larga. Ele cambaleou para parecer que era um dos muitos feridos esperando ajuda no abrigo das árvores.

Encontrou um oficial rebelde morto atrás de um tronco podre e pegou o cinturão do sujeito com um revólver Whitney no coldre. Depois, ainda cambaleando, foi para o leste, até a estrada de Smoketown, onde uma confusão de veículos engarrafava a pista de terra e as beiras dela cobertas de capim. Carroças traziam mais munição para os canhões, e ambulâncias se enfileiravam esperando os feridos. Uma das ambulâncias carregava o corpo agonizante do general Mansfield, derrubado do cavalo a tiros enquanto tentava instigar seus homens a entrar no Bosque do Leste.

— Você consegue voltar andando? — gritou um sargento para Billy Blythe.

Blythe murmurou incoerentemente e cambaleou ainda mais enfaticamente.

— Venha, rapaz, suba!

O sargento puxou o corpo pesado de Blythe para uma carroça de munição vazia que iria chacoalhar para o norte até Smoketown antes de atravessar o córrego perto da ponte de cima.

Blythe se deitou na carroça e olhou para o céu. Sorriu. Caton Rothwell, um dos dois homens que tinham jurado matá-lo, estava morto com um tiro dado nas costas pelo próprio Blythe, e Blythe havia semeado discórdia suficiente para ter quase certeza de que Nathaniel seria abatido antes do fim do dia. Riu admirando a própria esperteza. Maldição, pensou, havia poucos homens capazes de competir em esperteza com Billy Blythe. Tateou sua procuração e se esforçou para se sentar. Um oficial dos Caudas de Cervos da Pensilvânia, ferido na perna, sentou-se ao lado dele e lhe ofereceu um charuto.

— Diabos! — exclamou o sujeito da Pensilvânia.

— A vida é mesmo boa — comentou Blythe.

O soldado da Pensilvânia franziu a testa ao ouvir o sotaque de Blythe.

— Você é rebelde? — perguntou.

— Sou major no seu Exército, capitão. — Blythe se promoveu para comemorar a sobrevivência. — Nunca fui de trocar a lealdade pelo meu país, certamente não por causa de um bando de crioulos. — Ele aceitou o charuto. — Diabos, entendo lutar por causa de terra ou mulheres, mas de negros? — Blythe balançou a cabeça. — Simplesmente não faz sentido.

O capitão se recostou na lateral da carroça.

— Meu Deus — disse debilmente, ainda tremendo depois do tempo passado no milharal.

— Louvado seja o nome d'Ele. Louvado seja Seu santo nome.

Porque Billy Blythe estava em segurança.

O capitão Dennison também estava em segurança. Estava no Bosque do Oeste, onde tinha encontrado o sargento Case. Os dois se posicionaram uns vinte metros atrás dos restos do batalhão de Nate, escondidos na confusão de homens desorganizados e sem líderes.

— O capitão Tumlin não sobreviveu — disse Dennison, nervoso. — Pelo menos eu não o vi. E Cartwright está morto. Dan Lippincott também.

— Então o batalhão é seu — observou Case. E, depois de uma pausa, completou: — Ou vai ser, quando Starbuck morrer.

Dennison estremeceu. Ficara morto de medo durante a retirada pelo terreno aberto, uma retirada marcada pelo assobio das balas Minié, pelas zombarias dos ianques e pelo som dos obuses explodindo.

— É seu — repetiu Case. — E você prometeu me devolver a minha companhia. Como capitão.

— Prometi — concordou Dennison.

Case colocou um fuzil na mão de Dennison.

— Ele atira bem — disse —, e está carregado.

Dennison encarou a arma como se nunca tivesse visto uma coisa daquelas.

— Swynyard pode não me confirmar no posto — disse depois de um tempo.

— Diabos, capitão, todos nós precisamos correr riscos. — Em seguida, Case baixou a guarda do gatilho de seu fuzil Sharps capturado para garantir que havia uma bala na agulha. Havia. Isso significava que tinha três balas no total, e, depois de elas serem disparadas, a arma seria inútil. Dennison olhou para Nathaniel e, hesitando, ergueu o fuzil para o ombro, mas Case o baixou. — Agora não, capitão — disse com desprezo. — Espere até os ianques voltarem. Espere até haver bastante barulho.

Dennison assentiu.

— Você também vai atirar? — perguntou, precisando ser tranquilizado.

— Na cabeça. Você acerte no corpo. — Ele deu um tapinha no meio das costas de Dennison, mostrando onde o nervoso capitão deveria mirar. — Um de nós vai pegar o desgraçado. Agora espere.

Case não fora enganado pela oferta de leniência por parte de Nathaniel. Supunha que o ianque maldito estava com medo dele e tinha tentado comprá-lo devolvendo suas divisas, mas Robert Case não era de deixar que um ressentimento se resolvesse pagando pouco. Nathaniel o havia humilhado, e Case queria vingança. Também queria o posto. Achava que dentro de um mês poderia ser comandante dos Pernas Amarelas. E então, por Deus, transformaria os filhos da mãe numa unidade disciplinada. Talvez pudesse mudar o nome deles, chamá-los de Fuzileiros da Virgínia, depois fazer com que marchassem para a batalha como se estivessem no campo de formatura de Aldershot.

Os dois se agacharam, ambos esperando que o estranho silêncio no campo de batalha terminasse.

A primeira pancada ianque tinha sido dada, e sob ela a linha rebelde no norte do campo de batalha se desfez. Agora a segunda vinha subindo firmemente pela parte média do riacho, enquanto a terceira, escondida nas partes baixas e nas árvores do outro lado do Antietam, esperava a ordem que iria lançá-la através da corrente que fluía suave para cortar a retirada rebelde.

Do outro lado do Potomac a Divisão Ligeira em marcha ouviu a calmaria súbita depois do tiroteio. Homens suados olhavam nervosos uns para os outros e se perguntavam se o silêncio significava que a batalha já estava perdida.

— Continuem em frente! — gritavam os oficiais. — Continuem em frente!

Ainda faltavam quilômetros de marcha e um rio fundo e largo para atravessar, mas continuavam indo em direção ao silêncio agourento e da pira de fumaça que sujava o céu sobre o campo de mortos.

14

— Setenta e nove homens, senhor — informou Nathaniel a Swynyard.

— A legião se reduziu a cento e quatro — disse Swynyard, desanimado.

— Os homens do pobre Haxall nem formam uma companhia. O 65° está com cento e dois. — Ele dobrou o pedaço de papel em que os totais tinham sido escritos a lápis. — Mais homens virão. Alguns estão escondidos, alguns fugindo.

A brigada de Swynyard estava reduzida a ponto de se reunir numa clareira de dois mil metros quadrados no Bosque do Oeste. Os ianques que controlavam a igreja *dunker* estavam a menos de duzentos passos de distância, mas nenhum dos lados possuía munição para gastar, portanto tratavam-se com cautela. De vez em quando um dos escaramuçadores rebeldes que cercavam os homens da Pensilvânia atirava, mas era raro atirarem de volta.

— Só Deus sabe quantos morreram — disse Nate com amargura.

— Mas os seus homens ficaram de pé e lutaram, Nate, o que é mais do que o batalhão de castigo fez em Manassas.

— Alguns ficaram de pé e lutaram, senhor. — Nathaniel pensou em Dennison. Não tinha visto o capitão e não se importava se nunca mais o visse. Com sorte, pensou, Dennison estaria morto ou capturado. Esperava que Tumlin também.

— Você se saiu bem — insistiu Swynyard. Observava uma carroça de munição parar na trilha que atravessava a clareira. A carroça com munição de fuzil era para sua brigada, sinal de que a luta do dia ainda não havia terminado.

— Não fiz nada, senhor, a não ser perseguir os meus homens.

A batalha tinha sido um caos desde o início. Homens se separaram de suas companhias, lutaram com quem quer que encontrassem, e poucos oficiais mantiveram o controle de suas companhias. A defesa rebelde fora feita por homens que simplesmente se levantavam e atiravam, às vezes sem ordens, mas sempre com enorme orgulho e imensa determinação que enfim fora solapada por um ataque pesado atrás do outro.

— Está enfeitiçado — disse Swynyard, irônico.

— Senhor? — perguntou Nate, perplexo, depois viu que Swynyard estava encarando o tenente-coronel Maitland, que andava ao longo das fileiras dizimadas da legião. Maitland sorria com expressão distraída e espalhava elogios pródigos, mas também estava com certa dificuldade para manter o equilíbrio. Seus homens riam, divertindo-se com a visão do comandante inebriado.

— Ele está bêbado, não é? — perguntou Swynyard.

— Está mais sóbrio que antes — respondeu Nate. — Muito mais.

Swynyard fez cara feia.

— Eu o vi no milharal. Ele estava andando no meio dos tiros como se fosse o Jardim do Éden, e achei que o sujeito devia ser o homem mais corajoso que já vi. Mas acho que não era coragem. Ele deve ter bebido todo aquele álcool que confiscou.

— Acho que sim.

— Ontem à noite ele me disse que estava com medo de não cumprir com o dever. Isso me fez gostar dele. Coitado. Não percebi como estava realmente apavorado.

— Se o Velho Jack vir como Maitland está apavorado agora — disse Nathaniel em tom seco —, ele terá sorte se mantiver a patente. — E virou a cabeça para a esquerda, de onde Jackson vinha cavalgando em direção à brigada de Swynyard, ao longo da linha refeita.

— Coronel Maitland! — gritou Swynyard numa voz digna de um sargento. — Sentido, por favor! Agora!

Atônito com a ordem peremptória, Maitland ficou em posição de sentido. Estava virado para seus homens, de modo que só eles podiam ver sua expressão de surpresa. Jackson e seus ajudantes passaram a cavalo atrás do coronel bêbado, por isso não notaram nada. O general puxou as rédeas perto de Swynyard.

— E então? — perguntou.

— Eles podem lutar, senhor — respondeu Swynyard, imaginando o que a pergunta breve significava. Virou-se e apontou para o muro perfurado por balas da igreja *dunker*, apenas visível através das folhas. — Há ianques lá, senhor.

— Não por muito tempo. — A mão esquerda de Jackson subiu lentamente enquanto ele se virava para fitar as fileiras de Swynyard. — Uma brigada? — perguntou. — Ou um batalhão?

— Brigada, senhor.

Jackson assentiu, depois continuou ao longo da linha de homens exaustos que, ele sabia, precisariam lutar de novo em breve.

— Três vivas para o Velho Jack! — gritou Maitland subitamente, e a legião deu três vivas empolgados que Jackson ignorou ostensivamente enquanto esporeava o cavalo até a próxima brigada.

— O que vai fazer com o Maitland, senhor? — perguntou Nathaniel.

— Fazer? — Swynyard pareceu surpreso com a pergunta. — Nada, claro. Ele está cumprindo com o seu dever, Nate. Não está fugindo. Quando essa luta terminar vou trocar uma palavra com ele e sugerir que poderá ser mais bem aproveitado no Departamento de Guerra. Mas pelo menos poderá dizer que travou o bom combate em Sharpsburg. Seu orgulho estará intacto.

— E se ele não for?

— Ah, ele vai — disse Swynyard, sério. — Acredite, Nate, ele vai. E assim que ele tiver ido vou colocar os seus rapazes na legião e entregá-la inteira a você.

— Obrigado, senhor.

Swynyard olhou por cima do ombro de Nate e apontou com a barba, indicando que havia alguém precisando da atenção dele. Nathaniel se virou e, para sua perplexidade, viu que era o capitão Dennison que, muito formalmente, apresentava-se para o dever.

— Onde, diabos, você esteve? — perguntou Nathaniel rispidamente.

Dennison olhou para Swynyard e deu de ombros.

— Onde recebi ordem de ficar, senhor, no cemitério.

— Escondido? — rosnou Nate.

— Senhor! — protestou Dennison. — O capitão Tumlin ordenou que nós ficássemos lá. Disse que os ianques tinham escaramuçadores atacando os nossos feridos. Por isso fomos para lá, senhor. Lutamos contra eles, senhor. — Ele deu um tapinha no fuzil com o cano escurecido que agora pendia de seu ombro. — Matamos um bocado, senhor.

— Tumlin ordenou que você ficasse lá?

— Sim senhor.

— Filho da puta. Onde, diabos, está o Tumlin?

— Não sei, senhor. Devemos entrar em formação? — perguntou Dennison com ar de inocência. Uns dez homens da Companhia A estavam com ele e nenhum parecia tão cansado, tenso ou amedrontado quanto os outros Pernas Amarelas sobreviventes.

— Sim. E, capitão...?

— Senhor?

— Eu devolvi as divisas do Case.

— Ele me contou, senhor.

Nathaniel ficou observando Dennison se juntar ao restante de sua companhia. O sargento Case estava lá, com a cauda de cervo ainda presa no chapéu cinza. E por um segundo Nathaniel pensou naquela bala nas costas de Caton Rothwell. Depois afastou a suspeita. Houvera ianques desgarrados em número suficiente no bosque para serem responsabilizados por aquela morte miserável. Se era culpa de alguém, pensou, era dele, por não deixar dois homens vigiando na borda do bosque.

— O que foi aquilo? — perguntou Swynyard depois que Dennison se juntou ao restante da tropa.

— Só Deus sabe, senhor. Ou ele está mentindo ou o Tumlin desobedeceu às minhas ordens. Mas aquele filho da mãe — Nathaniel indicou Dennison com a cabeça — nunca foi honesto comigo no passado, então só o diabo sabe o que ele está aprontando agora.

— A batalha muda os homens, Nate.

Uma corneta soou a leste. Nathaniel se virou e olhou por entre as árvores para o terreno horrendo onde tantos haviam morrido. Até agora estivera lutando contra um inimigo que tinha vindo do norte, mas o colapso da linha rebelde no milharal implicava que de agora em diante estariam virados para o leste. Outra corneta soou.

— Os desgraçados estão vindo outra vez — disse.

— Então vamos nos preparar — declarou Swynyard muito formalmente.

Porque a batalha ainda não estava perdida nem vencida, e os ianques vinham outra vez.

A primeira divisão de reforços da União veio do córrego em belo estilo, mas, quando chegou ao platô, não havia nenhum mensageiro para guiá-la até onde era necessária. Um general nortista estava morto, outro tinha voltado ferido, e assim não havia ninguém para dizer às tropas recém-chegadas onde atacar. Seu próprio general viu onde a fumaça dos canhões pairava mais densa e apontou com a espada.

— Continuem em frente! Naquela direção! Marchem!

Uma segunda divisão ianque estava subindo do riacho, mas o general não esperou que se juntasse a ele. Em vez disso, formou seus soldados em três longas linhas de batalha, uma atrás da outra, e as mandou através do Bosque do Leste. Assim que passaram pelas árvores eles refizeram as linhas e avançaram pelo milharal, onde os feridos gritavam pedindo que os homens não pisassem neles.

A divisão que atacava seria algo belo de se ver se estivesse manobrando num campo de formatura, mas num campo de batalha a massa serrilhada de homens era um convite para os cansados artilheiros rebeldes que esperavam depois da estrada. Os canhões abriram fogo. Lanternetas se partiam cinza sobre as cabeças dos atacantes enquanto as balas sólidas rasgavam uma fileira atrás da outra, cada disparo suficiente para matar ou ferir dez homens. Os ianques continuaram, cerrando as fileiras depois de cada golpe sangrento e deixando para trás uma nova trilha de mortos e feridos.

Os homens da Pensilvânia que estavam ao redor da igreja *dunker* ouviram os canhões e rezaram para que alguém estivesse vindo oferecer suporte. O ataque havia enfiado uma cunha profunda no centro do exército rebelde, mas agora a reserva de munições estava desesperadoramente baixa. Seu coronel mandara pedir ajuda, mas não vinha nenhuma. Escaramuçadores sondavam o bosque em volta da igreja, procurando outras tropas nortistas que podiam ter encontrado abrigo entre as árvores, mas não havia aliados ao alcance, e um a um os escaramuçadores da Pensilvânia eram mortos ou feridos por atiradores rebeldes. O coronel nortista olhou para trás procurando ajuda enquanto seus piquetes informavam o barulho de soldados se reunindo nas árvores ao redor.

Eram tropas rebeldes. Estavam descansadas e não haviam derramado sangue neste dia. No alvorecer vigiaram pontes e vaus na parte mais baixa do córrego, mas nenhum ataque ianque havia se materializado. E assim, em desespero, Lee tirara cada homem que podia ser dispensado das defesas ao sul. Esses homens passaram marchando por Sharpsburg e subiram a colina até onde Jackson agora os lançava contra a igreja *dunker*.

O grito rebelde ecoou no bosque. Saraivadas acertavam ruidosas as paredes da igreja, batiam em árvores e ricocheteavam em pedra. Durante um tempo os homens da Pensilvânia resistiram ao cerco cada vez mais apertado, mas estavam isolados e em menor número, e enfim desistiram. Correram, abandonando os feridos, atravessando a estrada e só parando quando estavam fora do alcance dos fuzis rebeldes.

Os rebeldes não os perseguiram. Jackson se livrara dos homens da Pensilvânia e agora virava seus soldados para o norte, onde o grande ataque que parecia vir de um campo de formatura tinha atravessado o milharal e entrado na parte norte do Bosque do Oeste. A divisão que atacava havia sofrido terrivelmente com os canhões rebeldes, mas homens suficientes sobreviveram para chegar às árvores e varrer os artilheiros rebeldes do caminho. Um punhado de escaramuçadores confederados fugiu, e de repente a bandeira dos Estados Unidos era carregada para o Bosque do Oeste.

— Continuem em frente! — gritavam oficiais, sabendo que seus homens se sentiriam tentados a ficar no abrigo dos troncos perfurados por balas. — Continuem em frente!

As três linhas de batalha seguiram marchando para o oeste como se planejassem investir até o Potomac, mas os canhões que Lee havia posicionado atrás do bosque os receberam junto à linha das árvores. Havia outro milharal depois do bosque, cheio de atiradores de elite rebeldes que, escondidos pelas hastes de milho, derramaram tiros de fuzil nas fileiras azuis. Os ianques fizeram uma pausa para refazer suas fileiras que tinham se emaranhado durante o avanço entre as árvores.

Agora as três impressionantes linhas de batalha estavam emboladas juntas, mas ainda viradas para o oeste, como se seu general acreditasse que o objetivo era chegar ao distante Potomac. Na verdade, o inimigo estava ao sul, onde Jackson havia reunido cada homem que pudera encontrar e os estava conduzindo por entre as árvores contra o desprotegido flanco ianque. Canhões escondiam o barulho das tropas que avançavam. Havia canhões rebeldes atirando da colina a oeste e canhões nortistas disparando de mais acima na estrada de Hagerstown. Mas então, abafando até mesmo o trovão da artilharia, uma fuzilaria portentosa rasgou o céu com um som que parecia que as próprias veias do firmamento eram dilaceradas.

A segunda divisão de reforços ianques subira vindo do córrego. Supostamente deveria seguir a primeira divisão, neste instante isolada no Bosque do Oeste, mas havia ficado para trás, e agora, chegando ao platô, não via nenhum sinal dos homens para os quais deveriam oferecer reforços. Por um tempo os soldados esperaram, os oficiais procurando orientações em meio ao caos. Mas então, na falta de ordens, marcharam para o sudeste, em direção ao marco chamativo que era a torre branca de uma igreja em Sharpsburg, que podia ser vislumbrada acima das árvores. Por uns instantes os ianques avançaram pelo terreno aberto sem serem observados nem incomodados, mas no caminho havia uma estradinha de fazenda que era o pesadelo de um atacante. Durante anos carroças agrícolas pesadas romperam a superfície de terra da estrada. E, como a pista descia suavemente até o terreno aberto, as chuvas levaram o entulho fazendo com que, ano após ano, geração após geração, a estrada se afundasse cada vez mais em relação à superfície da fazenda, e agora um homem a pé não conseguia enxergar por cima dos barrancos altos da estradinha. Os ianques não sabiam, mas avançavam placidamente por um pasto ensolarado em direção a uma plataforma de tiro natural apinhada de rebeldes. Essas tropas confederadas guardavam o centro da linha de Lee e não haviam disparado um único tiro durante toda a manhã. Mas agora, finalmente, enfiaram o cano dos fuzis no meio do capim alto que crescia por baixo da cerca na borda do barranco e miraram nos ianques que não suspeitavam de nada. Deixaram-nos chegar bem perto e então puxaram o gatilho.

Nathaniel ouviu essa primeira saraivada mortífera disparada na estradinha funda. O som lhe disse que a batalha estava se ampliando conforme mais ianques atravessavam o riacho, mas sua luta ainda era na parte norte do campo, onde cinco mil ianques se preparavam para continuar o ataque em direção ao oeste, sem saber que Jackson vinha de seu flanco sul desguarnecido.

A brigada de Swynyard avançou pela direita, emergindo das árvores onde o bosque se estreitava para atravessar um pequeno pasto. A estrada de Hagerstown estava logo à direita de Nate, e depois dela ficava o pasto onde os rebeldes tinham resistido a um ataque atrás do outro vindo do milharal. O pasto estava cheio de corpos amontoados em fileiras como linhas de maré, mostrando onde a luta tinha avançado e recuado. Mais corpos estavam dobrados sobre as cercas, onde homens foram mortos enquanto tentavam passar por cima para escapar do avanço nortista. Os homens de Nate passavam em silêncio pelo horror. Estavam exaustos e entorpecidos, cansados demais para sequer olhar para o lugar onde lutaram por tanto tempo. Havia uma bateria de artilharia ianque fora do alcance dos fuzis do outro lado do pasto. Os canhões da bateria atiravam para o sul, e cada disparo lançava um jato de fumaça entremeada por chamas que subia cinquenta metros a partir do cano da arma antes de se tornar uma névoa diáfana que voava vagarosamente no ar parado. Os artilheiros não pareciam ter percebido os soldados rebeldes do outro lado da estrada, ou então tinham alvos mais convidativos ao sul. Nathaniel viu os artilheiros pularem para o lado enquanto suas armas enormes saltavam para trás a cada disparo. Era como se eles estivessem travando uma batalha separada, pensou.

Os artilheiros eram os únicos ianques vivos à vista, e Nate achou estranho que tantos homens pudessem ser engolidos numa área tão pequena. O ruído da batalha era espantoso; aqui, entretanto, onde poucas horas antes morreram milhares de homens, os vivos pareciam ter desaparecido.

Então, justo enquanto Nathaniel se maravilhava com o vazio da paisagem, um oficial ianque saiu a cavalo do meio das árvores apenas cinquenta metros à frente da brigada. Era um rapaz barbudo e de costas eretas, que carregava uma espada longa e reluzente. Ele conteve o cavalo para olhar os artilheiros distantes, depois algum instinto o fez olhar para a direita e ficou de queixo caído ao ver os rebeldes que se aproximavam. Virou-se na sela para gritar um alerta em direção às árvores. Então, antes de gritar, virou-se de novo para garantir que os confederados não eram fruto de uma imaginação assolada pelo medo.

— Será que alguém, por favor, pode atirar naquele homem? — gritou Nate como se lamentasse.

O ianque percebeu o perigo que corria e esporeou a montaria enquanto puxava as rédeas. O cavalo girou e saltou de volta para a direção das árvores antes que um único rebelde tivesse tempo de disparar uma bala contra o convidativo alvo. Nathaniel ouviu o ianque atônito berrar um aviso, depois o berro foi abafado pelo grito rebelde que, por sua vez, foi encoberto por uma ensurdecedora saraivada de fuzis e uma erupção de gritos.

— Baionetas! — gritou Swynyard. — Depressa, rapazes!

A brigada tirou a lâmina comprida da cintura e a encaixou no cano enegrecido pelos disparos. O passo acelerou. Agora o coronel Swynyard estava na frente, empunhando uma espada, e Nathaniel sentiu o cansaço desaparecer, substituído por uma empolgação repentina e inesperada.

— Fogo! — gritou Swynyard. Os ianques apareceram. Dezenas de homens saíram desorganizados do meio das árvores apenas para serem flanqueados pelo ataque de Swynyard. — Fogo! — gritou o coronel outra vez. Fuzis chamejaram, então baionetas avançaram. — Não deixem que eles fiquem parados! — rugiu Swynyard. — Mantenham-nos em movimento, mantenham-nos em movimento!

Os ianques não tinham chance. Foram atacados pelo flanco aberto e as três linhas de batalha se desfizeram. Os homens mais próximos do ponto de ataque não tinham espaço para se virar e encarar os rebeldes; os sem sorte foram derrubados pelos confederados vingativos; e os sortudos fugiram para se embolar com os batalhões de trás, que se esforçavam para virar as companhias em noventa graus. A manobra canhestra foi atrapalhada pelas árvores e pelos obuses rebeldes que despedaçavam os galhos altos para explodir espalhando estilhaços e folhas no meio da confusão. Os ianques na parte mais ao norte do bosque tinham mais chance, e alguns batalhões de lá conseguiram virar suas fileiras. Porém, a maioria dos regimentos colidiu com outros enquanto girava. Oficiais gritavam ordens contraditórias, fugitivos empurravam as fileiras nervosas. E sempre, por todo lado, soava o grito de guerra agudo e maligno dos rebeldes. O pânico fez com que algumas unidades nortistas abrissem fogo contra outros ianques. Ordens gritadas se perdiam na balbúrdia, e o tempo todo o ataque rebelde avançava como uma inundação procurando as partes mais fracas de uma represa desmoronando. Algumas unidades nortistas conseguiam lutar, mas um a um os defensores foram flanqueados e obrigados a se juntar à retirada. Durante um tempo alguns batalhões na parte norte do bosque resistiram ao ataque, mas por fim eles também foram flanqueados e toda a divisão saiu aos tropeços em pânico do meio das árvores e fugiu em direção ao abrigo do Bosque do Norte.

Os rebeldes os perseguiram no terreno aberto, e agora as baterias ianques perto da estrada de Hagerstown podiam se juntar à luta. Suas lanternetas trovejavam e explodiam nas fileiras cinzentas. Escaramuçadores ianques se abrigavam atrás de montes de feno e construções de fazendas, disparando um fogo mortal contra as fileiras rebeldes. Enquanto isso, no Bosque do Leste, que parecera deserto pouco tempo antes, novas baterias de canhões nortistas surgiram e, com o pavio das balas cortado perigosamente curto, atingiram o flanco da carga rebelde.

Nate estava ajoelhado perto da cerca quebrada que margeava a estrada. Seu batalhão, que mal parecia maior que uma companhia, estava estendido ao longo da estrada, abrigando-se da artilharia nortista que disparava do outro lado do milharal. Nathaniel olhou com horror o milharal pisoteado onde os corpos se empilhavam aos montes. Aqui e ali um pé de milho sobrevivia, mas em sua maior parte o campo parecia um cemitério revirado por uma vara de porcos enormes. Só que alguns corpos ainda estavam vivos, e de vez em quando, numa calmaria do som medonho dos canhões, soava no meio do milharal um grito débil pedindo socorro.

Os tiros dos canhões ianques pararam abruptamente. Nathaniel franziu a testa, imaginando o motivo. Um ou dois de seus homens olharam de relance para ele nervosos enquanto se levantava cautelosamente e subia num pedaço bambo de cerca que ainda sobrevivia. A princípio ele só viu uma nuvem de fumaça de canhão, uma nuvem tão densa que o sol parecia um dólar de prata no céu. Então, na parte baixa da fumaça vislumbrou o que temia. Havia uma linha de ianques que avançava partindo do Bosque do Leste para atacar os rebeldes pelo flanco.

— De volta às árvores! — gritou. — Formar lá!

Essa batalha era um pesadelo sem fim, pensou. Fluía como lava derretida pelo platô, e seu pobre batalhão era carregado com o fluxo de uma crise para outra. Parou na metade do pequeno pasto que separava o Bosque do Oeste da estrada para cortar fora a bolsa de cartuchos de um ianque, depois se juntou aos seus homens.

— Tirem as baionetas — disse. — Só precisamos acabar com os desgraçados a tiros.

Estava prestes a mandar um homem encontrar Swynyard e contar a novidade, mas de repente não era preciso, já que uma investida rebelde chegou à linha das árvores para acrescentar seus fuzis ao reduzido batalhão de Nate.

Os ianques andavam em direção à morte. Vinham atravessando o milharal, passando em volta dos corpos, avançando para a estrada com suas cercas partidas. E, assim que chegavam lá, ficavam ao alcance da massa de fuzis que esperava nas sombras.

— Esperem! — gritou Nathaniel enquanto os ianques chegavam à cerca em pedaços do outro lado da estrada. Não eram tantos nortistas quanto ele temia a princípio. Achava que toda uma brigada poderia estar atravessando o milharal, mas agora só conseguia ver duas bandeiras dos Estados Unidos e duas de estados, pendendo no ar parado. Eram dois batalhões desamparados lançados no horror. — Esperem — disse —, deixem que eles cheguem perto.

Os dois batalhões nortistas, com as linhas cuidadosas desordenadas pela necessidade de se desviar de mortos e agonizantes no milharal, passaram pelos restos da primeira cerca, e então Nate gritou para seus homens atirarem. A primeira saraivada atordoou os ianques, derrubando-os numa nova linha de maré feita de mortos e agonizantes. As fileiras de trás avançaram e dispararam contra a fumaça dos fuzis rebeldes, mas os ianques atiravam contra sombras dentro de sombras e os rebeldes tinham alvos de carne e osso. Nathaniel puxou o gatilho, dando um grito com a dor do coice da arma batendo no hematoma do ombro direito. A essa distância era impossível errar; os ianques estavam a menos de cem metros e as balas rebeldes acertavam as linhas que se reduziam, atingindo coronhas de fuzis, fazendo voar sangue de homens que eram jogados dois passos para trás pela força das balas, mas de algum modo os inimigos se agarravam à sua posição e tentavam devolver o tiroteio mortal.

O sargento Case estava na extremidade direita da linha de Nate, mas nesse ponto havia tantas unidades rebeldes atirando contra os ianques que era difícil dizer onde um batalhão começava e outro terminava. O sargento recuou para trás da linha de tiro. Não tinha disparado nem uma vez, guardando as três balas para seus objetivos próprios, mas agora seguia para o norte até ver Nathaniel parado junto a uma árvore. Enfiou-se no meio de alguns arbustos, depois ergueu a cabeça e observou Nathaniel atirar. Viu-o baixar a coronha do fuzil para recarregar e olhou em volta para garantir que ninguém o estava observando. Então levantou o fuzil Sharps e apontou para a cabeça de Nate. Precisava ser rápido. A alça de mira parecia lisa no cano, já que ele estava tão perto do alvo que a bala grossa de meia polegada não cairia o equivalente ao seu próprio diâmetro durante o breve voo. Apontou a mira dianteira para a cabeça de Nathaniel, alinhou o entalhe traseiro e puxou o gatilho. A fumaça subiu escondendo-o enquanto ele saía do arbusto e voltava para a linha das árvores.

Nate havia baixado a cabeça para cuspir a bala em seu fuzil. Uma bala passou junto ao seu crânio acertando a árvore ao seu lado com a força de um machado atingindo madeira. Lascas de casca se alojaram em seu cabelo. Ele xingou os ianques, levantou a arma, escorvou, mirou e atirou. Um porta--bandeira nortista girou ao ser atingido no ombro e sua bandeira ondulou com elegância pela fumaça enquanto caía. Alguém a pegou e foi acertado imediatamente por um par de balas que o lançou para trás, por cima da cerca quebrada. Finalmente os ianques estavam recuando do tiroteio insuportável. Foram com relutância, mantendo as fileiras devastadas enquanto andavam de costas trás para que ninguém virasse as costas ao inimigo.

Nenhum rebelde os perseguiu. Eles disparavam enquanto os ianques recuavam e continuaram disparando até que os dois batalhões desapareceram na fumaça que pairava sobre o milharal. Os dois batalhões sumiram tão misteriosamente quanto tinham aparecido, e sua contribuição para o dia foi uma fileira de corpos perto das cercas estraçalhadas por balas. Houve uma pausa após o sumiço dos ianques, então os obuses voltaram a vir, atravessando troncos altos, causando chuvas de folhas e gravetos com suas explosões e cuspindo pedaços de metal no chão do bosque.

Um oficial gritou para que a brigada de Swynyard entrasse em formação no bosque. O próprio Swynyard estava conversando com um general Jackson de cara séria. O coronel assentiu, depois correu para seus homens.

— Os ianques estão na igreja de novo — explicou, carrancudo.

A brigada foi aos tropeços para o sul por entre as árvores, cansada demais para falar, com a boca seca demais para xingar, indo até um lugar com mais ianques esperando para matar e serem mortos.

E ainda era apenas de manhã.

O coronel Thorne olhava sério enquanto o general McClellan tentava entender as mensagens que vinham do outro lado do córrego. Um mensageiro coberto de poeira só falava de derrota, de uma horda rebelde que destruía as tropas do general Summer no bosque distante, enquanto outros ajudantes traziam pedidos urgentes de reforços para aproveitar ataques bem-sucedidos. McClellan recebia todas as mensagens com a mesma expressão de severidade com que aprendera a esconder as incertezas.

O Jovem Napoleão se esforçava ao máximo para entender a batalha a partir da vista que tinha do outro lado do riacho. De manhã cedo parecera bem simples: seus homens atacaram repetidamente até que por fim os rebeldes foram expulsos dos bosques mais próximos, mas na última hora tudo ficou confuso. Como um incêndio se espalhando pela floresta, a batalha agora prosseguia feroz por três quilômetros de terreno. E as notícias vindas de alguns lugares eram todas boas e as de outros eram desastrosas, e nenhuma fazia sentido. McClellan, ainda temendo o golpe de mestre de Lee que destruiria seu exército, estava segurando as reservas. Mas agora um mensageiro suado e coberto de poeira implorava para que mandasse cada homem disponível para apoiar o general Greene, que recapturara a igreja *dunker* e a estava mantendo diante de todos os contra-ataques. Na verdade, McClellan não tinha certeza de onde ficava a igreja *dunker*. O mensageiro do general Greene prometia que um ataque bem-sucedido poderia partir o exército rebelde ao meio, porém McClellan duvidava desse otimismo. Sabia que a unidade do general Summer estava com problemas desesperados ao norte da igreja, ao passo que ao sul havia um turbilhão de disparos nos campos abertos. Esse tiroteio sugava cada nova brigada que atravessava o riacho.

— Diga a Greene que ele receberá apoio — prometeu McClellan, depois esqueceu imediatamente a promessa enquanto tentava descobrir o que acontecia no extremo sul, onde o general Burnside já deveria ter atravessado o córrego e estar avançando pela única rota de retirada dos rebeldes.

Mas, antes que pudesse cortar essa retirada, o general Burnside precisava primeiro atravessar uma ponte de pedra com quatro metros de largura, guardada por atiradores rebeldes em trincheiras na margem oeste. E os homens do general Burnside formavam pilhas de mortos enquanto tentavam fazer a travessia. De novo e de novo eles corriam para a ponte. E de novo e de novo as balas rebeldes transformavam as primeiras fileiras em montes de homens ensanguentados que sofriam espasmos e ficavam deitados ao sol calcinante pedindo socorro, água, qualquer alívio do sofrimento.

— O general Burnside não consegue levar os seus homens para o outro lado da ponte Rohrbach — admitiu um mensageiro ao general McClellan. — Ela está muito bem defendida, senhor.

— Por que o idiota não usa um vau? — protestou McClellan.

Mas ninguém tinha certeza de onde ficava o vau, e o mapa do general não ajudava. Desesperado, McClellan se virou para Thorne.

— Vá, mostre a eles! Depressa, homem! — Isso, pelo menos, o livrava de Thorne, cujo olhar maligno havia inquietado o general durante toda a manhã. — Diga para se apressarem! — gritou atrás do coronel, depois olhou de volta para os campos abertos do outro lado do córrego, onde a batalha ficara tão inesperadamente feroz.

Uma mensagem havia chegado tratando de uma estradinha que parecia uma trincheira e estava impedindo o avanço das tropas, mas McClellan não fazia ideia de por que seu exército estava sequer atacando esse obstáculo escondido. Não havia ordenado um assalto desses. Pretendera que seus ataques golpeassem com força no norte e, assim que esse flanco inimigo estivesse superado, fustigassem os rebeldes a partir do sul antes de avançar para a vitória gloriosa no centro. Mas de algum modo o exército nortista havia se atrapalhado no centro muito antes que os flancos do inimigo desmoronassem. Não apenas se atrapalhado, mas, a julgar pela fumaça branca que subia dos campos, o centro lutava com uma dificuldade sem igual.

Era difícil porque os rebeldes estavam na estradinha funda, e da borda eles transformavam os campos de trigo de inverno recém-semeado em plantações de mortos. Milhares de homens, desprovidos de ordens quando atravessaram o riacho, marchavam para aquela batalha e uma a uma as brigadas avançavam até que o tiroteio rebelde rasgava suas fileiras. Um batalhão nortista foi derrotado antes mesmo de ser visto pelos rebeldes, antes até mesmo de ficar ao alcance dos fuzis, porque, enquanto marchava passando por algumas construções de fazenda, uma bala de canhão rebelde se chocou com uma linha de colmeias e os insetos furiosos se lançaram sobre os alvos mais próximos. Homens se espalharam num desarranjo frenético enquanto mais balas de canhão mergulhavam em suas fileiras em pânico. Canhões nortistas participavam da luta, mandando obuses que passavam por cima de cabeças de sua infantaria na direção dos rebeldes na estrada. E do outro lado do riacho os pesados canhões Parrott disparavam contra a retaguarda rebelde para despedaçar as carroças que tentavam levar munição para os defensores da estrada.

Era quase hora do almoço. Na cozinha da Fazenda Pry as cozinheiras preparavam uma refeição fria para o general enquanto os telegrafistas mandavam uma mensagem para Washington. "Estamos no meio da batalha mais terrível da guerra", informou McClellan, "talvez da história. Até agora ela parece correr bem, mas enfrento grandes adversidades. Mandem rapidamente todas as tropas possíveis." Os vinte mil homens de sua reserva, que poderiam ter lhe dado a vitória se ele os tivesse mandado rapidamente para o outro lado do córrego até a igreja *dunker*, disputavam jogos de ferradura nas campinas. Alguns escreviam cartas, alguns dormiam. Tinham um dia de preguiça ao sol quente, longe do sangue, do suor e do fedor dos homens que lutavam e morriam do outro lado do córrego.

Enquanto isso, ao sul, ainda longe ao sul, a Divisão Ligeira rebelde marchava em direção aos canhões.

Nathaniel se agachou no bosque. Suor escorria pelo rosto e ardia nos olhos. Os restos dos Pernas Amarelas estavam de volta à borda das árvores perto da igreja *dunker*. Era evidente que os ianques também tinham voltado em grande número para a pequena construção, porque, quando os escaramuçadores de Potter avançaram, foram recebidos por um tiroteio esmagador de fuzis que derrubou um homem e convenceu os outros a buscar cobertura. Balas ianques passavam entre as árvores à medida que mais batalhões rebeldes eram trazidos de volta para atacar a igreja. Para Nathaniel essa luta pela igreja era como uma escaramuça particular que tinha pouca conexão com a tempestade de balas que soava mais ao sul. Se a batalha tinha um padrão, ele perdera qualquer compreensão do mesmo muito tempo atrás; em vez disso, ela parecia uma série de choques desesperados, sangrentos e acidentais que brotavam, floresciam e morriam sem sentido.

Esta nova luta pela igreja também prometia ser sangrenta, já que, enquanto Nate esperava no meio das árvores, os ianques traziam dois canhões que foram posicionados perto da estrada do lado oposto à igreja *dunker*. Os cavalos foram levados de volta enquanto os artilheiros carregavam suas armas.

Mas, em vez de abrir fogo, o comandante do canhão correu para a igreja. Evidentemente estava procurando ordens. O canhão mais próximo estava a não mais de duzentos metros de distância e Nate sabia que um disparo de metralha bastaria para destruir o que restava de seu batalhão.

Então a ideia lhe ocorreu, mas ele estava tão atarantado e exausto que demorou alguns segundos até perceber que ela poderia funcionar, e depois demorou mais segundos ainda enquanto pensava se tinha energia suficiente para o esforço necessário. A tentação era fazer o mínimo possível. Seus homens haviam lutado para além das expectativas de qualquer um no exército e ninguém poderia culpá-los agora por deixar que outros morressem e lutassem. Mas o apelo da ideia era irresistível. Ele se virou e viu Lúcifer agachado com o cachorro.

— Quero os oficiais aqui — disse ao garoto. — Todos menos o Sr. Potter.

O garoto saiu correndo pelo mato enquanto Nate se virava de volta para olhar o canhão mais próximo. Era um Napoleão, o canhão projetado pelos franceses que era o cavalo de batalha dos dois exércitos. Seu cano podia disparar uma bala redonda e sólida de doze libras, obuses ou lanternetas, mas era a metralha que a infantaria mais temia. O Napoleão podia não ter o alcance e o poder do grande canhão de cano estriado, mas seu cano liso lançava metralha num padrão regular e mortal, ao passo que canhões maiores de cano estriado podiam deformar a chuva de chumbo em formas estranhas que às vezes passavam voando por cima dos soldados. Para a infantaria, o Napoleão era uma espingarda gigantesca montada sobre rodas enormes.

Os artilheiros ianques estavam relaxados, obviamente sem perceber a proximidade da infantaria. Uma desbotada bandeira dos Estados Unidos pendia no armão que estava com a tampa aberta. Um homem em mangas de camisa carregava munição e a empilhava perto do canhão, e outro estava apoiado no cano limpando as unhas com um canivete. De vez em quando ele olhava por cima do ombro direito, para o leste, como se esperasse ver reforços chegando, mas só via os cavalos de sua parelha pastando o capim coberto de sangue a cem metros dali. Depois de um tempo ele bocejou, dobrou o canivete e abanou o rosto com o chapéu.

Dennison e Peel se juntaram a Nathaniel. Esses, além de Potter, eram seus únicos capitães. Depois da batalha, pensou Nate, haveria necessidade de promoções a rodo, mas isso poderia esperar. Agora disse aos dois o que queria, interrompeu suas ansiedades e os mandou ir. Um minuto depois as companhias encolhidas chegaram à linha das árvores, onde Nathaniel escondeu seus soldados nas sombras e no mato denso. Andou atrás da linha de homens dizendo o que esperava deles.

— Não atirem até que o canhão tenha disparado, depois matem os artilheiros. Em seguida ataquem. Uma bala no cano de vocês, baionetas caladas, não parem para recarregar. — A voz de Nate foi tocada por uma empolgação que se comunicou com os homens que, por mais cansados que estivessem, sorriram para ele. — Dizem que vocês não prestam, rapazes, dizem que vocês são os Pernas Amarelas. Bom, nós vamos dar um canhão de presente ao Exército. Talvez dois. Lembrem-se, só um tiro, não disparem até que os canhões tenham atirado, depois ataquem como se houvesse umas vinte putas nuas manobrando aqueles canhões.

— Eu gostaria que houvesse — disse um homem.

Houve um estrondo súbito no meio das árvores atrás de Nathaniel, que se virou e viu o bêbado coronel Maitland, que de algum modo havia recuperado seu cavalo e agora vinha com a espada desembainhada em direção ao seu batalhão.

— Eu vou comandá-los, rapazes! — gritou Maitland. — Vitória até o fim! Levantem-se agora! Preparem-se!

Nathaniel agarrou as rédeas antes que Maitland tivesse a chance de instigar os homens a um ataque prematuro. Fez o cavalo girar, apontou-o para o centro do bosque e deu um tapa em sua anca. De algum modo Maitland conseguiu se manter na sela enquanto partia para longe, gritando e brandindo a espada.

— Esperem, rapazes — disse Nathaniel acalmando seus homens. — Só esperem.

O sargento Case olhou para os artilheiros que não suspeitavam de nada. Sentiu-se tentado a atirar contra eles assim que o ataque contra a igreja *dunker* começasse, desse modo negando a Nate sua vitória ao alertar os artilheiros sobre o perigo, mas Case tinha apenas duas balas para o fuzil Sharps e não ousava desperdiçar uma. Seu ódio por Nathaniel era alimentado pelo que percebia como falta de profissionalismo por parte dele. Achava que logo o batalhão estaria tão reduzido que deixaria de existir. E neste caso de que adiantaria a promessa de Dennison? Case queria ser oficial, queria comandar os Pernas Amarelas, que planejava treinar e disciplinar até se tornar o melhor batalhão do Exército confederado. Mas agora Nathaniel estava ameaçando reduzir ainda mais suas fileiras magras. Era amadorismo, pensou, puro amadorismo maldito.

Um grito de comemoração soou no bosque, e em seguida o grito rebelde irrompeu. A voz de Swynyard gritou nas sombras:

— Vá, Nate! Vá!

Um estalo de tiros de fuzil recebeu a carga rebelde, então uma saraivada mais alta soou enquanto os rebeldes disparavam contra os ianques. Os artilheiros pareceram ganhar vida. O cano do canhão mais próximo estava apontado mais ou menos para onde se posicionavam os escaramuçadores de Nathaniel, que rezou para que não estivesse carregado com metralha. Viu o capitão artilheiro se inclinar de lado e puxar o cordel que raspava o detonador de fricção no tubo. O canhão pulou violentamente para trás, cuspindo chama e fumaça em direção às árvores.

— Fogo! — gritou Nate. Quase inaudíveis acima dos estalos de seus fuzis, ouviu as balas batendo no canhão. Sacou seu revólver. — Agora ataquem!

Saiu correndo das árvores e viu que os artilheiros tinham sido golpeados com força. O capitão estava de joelhos, com uma das mãos na barriga e a outra na roda do canhão. Dois outros homens estavam caídos e o restante da equipe hesitava entre recarregar a arma e examinar os danos.

Os Pernas Amarelas atacaram. O canhão estava depois do entroncamento entre a estrada de Hagerstown e a de Smoketown, e os restos das duas cercas estava caído no caminho deles, mas os homens pularam por cima e seguiram em frente o mais rápido que suas pernas cansadas permitiam. Agora era uma corrida entre a infantaria cansada e a equipe de canhão golpeada, que começou a tentar girar o Napoleão para enfrentar o ataque. Um artilheiro ferido estava segurando uma carga de metralha, pronto para jogá-la no cano. Então viu que a corrida estava perdida, simplesmente largou a carga e fugiu para o leste, com os suspensórios balançando junto às pernas enquanto se afastava mancando.

O segundo canhão tentou salvar o primeiro. Mas, antes que seus artilheiros pudessem colocar a carga no cano e virá-lo, os defensores da igreja *dunker* cederam. Foram atacados por dois lados, presos num torno feito de cinza vingativo e gritos, e os mil ianques sob o comando do general Greene não aguentavam mais. Eles se espalharam e fugiram, e os artilheiros do segundo Napoleão simplesmente trouxeram seus cavalos, atrelaram o canhão e partiram a galope. Os homens de Nate, ainda gritando seu desafio, partiram para o primeiro canhão, dando tapas no cano quente e soltando um grito de vitória enquanto, a apenas alguns metros dali, os ianques derrotados passavam, perseguidos por tiros de fuzil vindos do bosque. Os homens de Nathaniel os observaram partir, cansados demais para interferir. Um artilheiro

312

ferido implorou por água e um dos homens de Nate se ajoelhou ao lado e encostou um cantil em seus lábios.

— A gente não sabia que vocês estavam aqui — disse o artilheiro. Ele se esforçou para se sentar e finalmente conseguiu se apoiar na roda do canhão. — Disseram que só havia gente nossa nas árvores. — Ele suspirou, depois enfiou a mão no bolso para pegar um ferrótipo de uma mulher, que pôs no colo. Ficou encarando a imagem.

— Vamos arranjar um médico para você — prometeu Nate.

O homem o olhou brevemente, depois olhou de novo para o ferrótipo.

— Tarde demais para médicos — disse. — Um de vocês enfiou uma bala nas minhas tripas. Não dói muito, ainda não, mas não nasceu um médico que possa me ajudar. Se eu fosse um cachorro vocês me sacrificariam. — Ele tocou suavemente no retrato. — A garota mais linda de Fitchburg — disse baixinho —, e nós só nos casamos há dois meses. — Fez uma pausa, fechou os olhos quando um espasmo de dor chamejou fundo nas entranhas, depois olhou para Nathaniel. — De onde vocês são?

— Virgínia.

— É o nome dela. Virginia Simmons.

Nate se agachou ao lado dele.

— É bonita — disse. A foto mostrava uma jovem magra, de cabelos claros e rosto ansioso. — E acho que você vai revê-la.

— Não desse lado do portão do paraíso. — O artilheiro tinha uma penugem de barba castanha, numa tentativa evidente de parecer mais velho. Olhou para o revólver na mão de Nathaniel, depois para os olhos dele. — O senhor é oficial?

— Sou.

— Acha que existe um Céu?

Nate fez uma pausa, impressionado com a intensidade da pergunta.

— Sim — disse gentilmente —, eu sei que existe.

— Eu também — concordou o artilheiro.

— "Sei que meu Redentor vive" — citou Nathaniel.

O artilheiro assentiu, depois olhou de volta para a esposa.

— E vou esperar você, garota, com café pelando. — Sorriu. — Ela adora café escaldante. — Uma lágrima surgiu no olho dele. — Não fazia ideia de que vocês estavam ali — disse em voz mais fraca.

Alguns rebeldes perseguiram os ianques que debandavam no pasto, mas um bombardeio de metralha os impeliu para trás. Uma bala de mosquete atingiu o cano do canhão capturado e Nathaniel ordenou que seus homens recuassem para as árvores. Curvou-se junto ao artilheiro ferido para ver se ele queria ser carregado para trás, mas o sujeito já estava morto. Havia uma poça de sangue em seu colo, os olhos estavam arregalados e uma mosca se arrastava em sua boca. Nathaniel o deixou.

De volta à linha das árvores, alguns de seus homens apoiaram a cabeça no braço e dormiram. Outros olhavam inexpressivos para o leste, onde a fumaça dos canhões pairava como névoa marítima. E no milharal, nos pastos e nos bosques devastados os feridos gritavam sem que ninguém lhes desse atenção.

O calor da batalha tinha se deslocado para o sul, deixando a cena da luta matinal cheia de sobreviventes exaustos, fracos demais para continuar lutando. Agora era a estradinha funda que parecia um gigantesco moedor de carne. Um batalhão depois do outro entrava no fogo rebelde, e um batalhão depois do outro morria no terreno aberto, e mais homens ainda vinham para o leste acrescentar suas mortes ao enorme estrago do dia.

Mas os rebeldes também estavam morrendo. A estrada podia ser o sonho de um defensor, mas tinha um ponto negativo. Ela seguia diretamente para o leste a partir da estrada de Hagerstown, depois fazia uma curva fechada para o sudeste, de modo que, assim que os ianques conseguiram colocar uma bateria numa linha diretamente a leste do primeiro trecho da estrada, puderam atirar contra o flanco dos teimosos defensores confederados. Obuses mergulhavam na estradinha funda e os barrancos altos ampliavam a carnificina de cada explosão. O fogo dos defensores ficou mais fraco, mas eles continuavam repelindo um ataque atrás do outro. Os irlandeses de Nova York quase conseguiram atravessar. Disseram-lhes que os confederados eram amigos dos ingleses e isso era incentivo suficiente para impelir as bandeiras verdes. As bandeiras tinham harpas irlandesas douradas bordadas no verde e os irlandeses as carregavam mais adiante do que qualquer bandeira chegara até então, mas não havia bravura suficiente para levar os homens através dos últimos metros de fogo assassino. Um gigante de barba preta soltou seu grito de guerra em gaélico e instigou os compatriotas como se pudesse vencer a guerra e vingar seu povo sozinho, mas uma bala rebelde o derrubou. E a carga, como tantas outras, enfim foi despedaçada em retalhos sangrentos pelos implacáveis tiros de fuzil. Os irlandeses formaram novas linhas de corpos, mais perto da borda feroz da estradinha que qualquer outra, enquanto na estradinha em si, onde os obuses mergulhavam fazendo picadinho dos cadáveres, os mortos rebeldes se adensavam.

Outros homens morriam na parte baixa do riacho, onde cada esforço de tomar a ponte Rohrbach havia fracassado. Os cadáveres estavam espalhados como uma barreira na margem leste, e a simples visão de tantos mortos servia para dissuadir os batalhões ianques que esperavam sabendo que chegaria sua vez de atacar a passagem mortal. Thorne também chegou lá, com a autoridade de seu inimigo McClellan. Encontrou o general Burnside na colina acima da ponte.

— Onde, diabos, estão os canhões? — rosnou Thorne.

O general Burnside, atônito por ter sido abordado de modo tão peremptório, pareceu na defensiva.

— Esperando para atravessar — explicou, indicando uma trilha atrás do morro, onde os canhões se abrigavam.

— Você precisa deles aqui — insistiu Thorne.

— Mas não há estradas — protestou um ajudante.

— Então façam uma estrada! — gritou Thorne. — Pegue mil homens, se precisar, mas arraste aquelas porcarias para cá. Agora! Dois canhões de doze libras, só metralha e lanterneta. E depressa, pelo amor de Deus!

Ao sul do Potomac, marchando em meio a redemoinhos de poeira sob o sol implacável, a Divisão Ligeira também era pressionada e fustigada a continuar andando e andando, sempre andando em direção ao som da matança.

E na casa da família Pry o general McClellan desfrutava de seu almoço.

15

Dois Napoleões foram levados ao cume da colina acima da ponte Rohrbach e a presença dos canhões reverteu a batalha pela travessia. O primeiro disparo de metralha arrancou meia dúzia de atiradores de elite do esconderijo no alto das árvores na margem oeste e deixou outros pendurados sem vida nas cordas que os mantinham presos aos galhos. A segunda e a terceira descargas de metralha dizimaram os defensores rebeldes em suas trincheiras.

Um batalhão da Pensilvânia, ao qual fora prometido um barrilete de uísque se tomasse a ponte, avançou. Ainda havia rebeldes suficientes para matar as primeiras fileiras, mas os homens de trás pularam os mortos e invadiram a estrada de pedra que passava em arco por cima do riacho. Mais ianques foram atrás, empurrando-se entre as balaustradas enquanto se apressavam para levar a vingança aos rebeldes que saíram correndo dos buracos e subiram o morro.

Rio abaixo, no vau de Snaveley, finalmente outra brigada atravessava para a margem oeste, e os ianques enfim estavam à solta na retaguarda de Lee. Mas uma coisa era atravessar o rio, e outra muito diferente era formar batalhões e brigadas em colunas. Canhões precisavam ser atravessados, a desorganização tinha de ser consertada, e o terreno precisava ser reconhecido. Thorne xingou McClellan por ter mantido a cavalaria no quartel-general, onde não tinha nenhum propósito. Se a cavalaria fosse solta ali, atrás do exército rebelde, ele poderia ter levado pânico aos homens de Lee. Mas a cavalaria nortista estava a três quilômetros de distância e o general Burnside não queria avançar com sua infantaria enquanto não estivesse tudo pronto. Um punhado de escaramuçadores rebeldes fustigava os nortistas que marchavam laboriosamente levando uma unidade após a outra para o lado oposto do rio. Thorne gritava com Burnside pedindo velocidade, mas Burnside não admitia que o apressassem.

— O dia ainda é jovem — disse indicando a brevidade das sombras —, e não há necessidade de ser impetuoso. Faremos isso do jeito certo. Além do mais — continuou Burnside como se seu próximo argumento fosse irrefutável

—, não podemos atacar até que a infantaria esteja com um novo suprimento de munição. A bolsa dos homens está vazia, Thorne, vazia. Eles não podem lutar com bolsas vazias.

Thorne se perguntou como algum general poderia não ter carregado munição suficiente para um dia de luta intensa, mas conteve o comentário. O dia era de fato jovem, e precisava ser, porque as unidades de Burnside atravessavam a ponte a passo de lesma e, assim que estavam depois do rio, demoravam-se sem objetivo até que chegassem oficiais para mandá-las aos locais de direito. Quando o avanço de Burnside acontecesse, seria lento, cansativo, em vez de um ataque relâmpago. E tudo que Thorne podia fazer era rezar para que Lee não optasse por se retirar antes que a armadilha do Norte se fechasse com todo seu peso. Forçou seu cavalo a subir a colina íngreme onde os defensores rebeldes lutaram por tanto tempo e, assim que chegou ao cume, encarou uma paisagem vazia formada de milharais, árvores sombreadas e pasto. Na névoa da distância, marcada pela poeira levantada por uma fila de ambulâncias que lentamente ia para o sul, na direção do rio, dava para ver a única rota do inimigo para casa. Um escaramuçador rebelde disparou contra ele e a bala passou perto de seu ouvido. Thorne viu a risca de fumaça e julgou que o disparo tinha sido dado de uns quatrocentos metros. Ergueu o chapéu numa saudação irônica a um tiro bem dado que errara por pouco, depois virou o cavalo e desceu do terreno elevado.

Finalmente a estradinha funda caiu. Ao capturá-la os ianques descobriram que não poderiam atravessar a trilha sem pisar nos corpos dos defensores, e, ainda que esses defensores tivessem fracassado, haviam ferido os atacantes a ponto de os ianques não se encontrarem em condições de avançar mais.

A batalha, que ardera com tanta ferocidade, enfraqueceu na tarde. Homens cansados cambaleavam pelo platô coberto de fumaça e com o miasma fétido de corpos que começavam a apodrecer ao sol quente. Baterias esperavam mais munição, soldados de infantaria contavam seus cartuchos e oficiais contavam seus homens. Unidades que começaram o dia com quinhentos combatentes tinham menos de cem. Os mortos dominavam o campo e os vivos procuravam água e buscavam através da fumaça que ardia nos olhos algum sinal do inimigo.

Os rebeldes estavam em pior condição. Não tinham mais reservas, nenhum homem, e assim Lee fez uma barreira de artilharia para defender Sharpsburg e sua única estrada, que levava de volta à Confederação. Os canhões tinham acabado de ser postos no lugar quando um mensageiro exausto montado num cavalo cansado, sujo de poeira e branco de suor subiu a trilha vindo da cidade. A Divisão Ligeira de Hill chegara ao vau. As últimas tropas da Confederação estavam atravessando o rio e vindo para o norte.

O restante do exército de Lee esperou. Sabiam que os sofridos ianques estavam se preparando e que logo as fileiras azuis apareceriam na testa do platô e a luta recomeçaria. Os mortos que tinham sido revistados em busca de munição foram revistados de novo e os preciosos cartuchos foram distribuídos. Não havia água quente para limpar o cano sujo dos fuzis, nem urina, já que os homens estavam ressecados de sede e suor. Esperaram.

A mola que fecharia a armadilha dos ianques estava sendo comprimida enquanto os homens de Burnside se preparavam lentamente para o avanço, mas o general McClellan não podia arrancar de seus temores a parte norte do campo de batalha. Era daquele setor norte, que fora açoitado pela matança durante toda a manhã, que ele esperava o grande contra-ataque rebelde que colocaria em risco a existência de seu exército. Um de seus generais informou um desastre iminente naqueles campos do norte, enquanto outro afirmava que, com mais um esforço, os nortistas poderiam varrer os rebeldes do Bosque do Oeste e voltar atravessando Sharpsburg, e a discussão foi tão violenta que, assim que terminou de almoçar, McClellan atravessou o riacho pela primeira e única vez naquele dia. Encontrou seus generais, ouviu seus argumentos e então pronunciou o veredicto. O melhor era a cautela, declarou. Os generais deveriam sustentar seu terreno contra o pior que os rebeldes pudessem lançar contra eles, mas não deveriam fazer mais ataques. O inimigo, disse, não deveria ser provocado; e, com isso decidido, voltou a sua poltrona, de onde buscou a confirmação de que sua pesada reserva de homens continuava a postos para enfrentar o ataque rebelde que ele sabia que chegaria. Afinal de contas, como explicou a Pinkerton, os rebeldes estavam em maior número.

— Estão, chefe, estão, sim — concordou Pinkerton com entusiasmo. — Hordas de patifes, hordas e mais hordas! — O escocês assoou o nariz vigorosamente, depois desdobrou o lenço para inspecionar o resultado. — É um milagre termos nos saído tão bem até agora, chefe — opinou, ainda encarando o lenço. — Nada menos que um milagre.

Acreditando que sua capacidade superior como general foi o que evitou o desastre o dia inteiro, McClellan resmungou, depois se curvou junto à luneta para olhar as tropas no centro do campo que finalmente começavam a avançar a partir da estradinha funda. O serviço dessas tropas era conter os homens de Lee em Sharpsburg enquanto Burnside vinha por trás deles. Era uma visão grandiosa, pensou McClellan. Milhares de homens marchavam sob suas bandeiras. Fiapos de fumaça pairavam diante das lentes da luneta, dando ao ataque um belo sabor romântico.

Nas fileiras era menos romântico. Lá, avançando por terreno aberto em direção à enorme linha de canhões reunidos na colina acima da aldeia, o Norte sofria enquanto a batalha que estivera em fogo brando explodia outra vez em chamas lívidas. O longo alcance dos canhões implicava que os soldados da infantaria não tinham chance de responder; só conseguiam andar penosamente através da fumaça das explosões e do sangue dos companheiros até chegar sua vez de serem atingidos. À frente ficava o horizonte acima das construções do povoado, mas esse horizonte tinha uma borda de canhões que disparavam línguas de chamas e massas ondulantes de fumaça. Os obuses assobiavam, gemiam, estouravam e matavam, e do outro lado do riacho os pesados canhões federais devolviam o fogo com grandes obuses que ressoavam no céu para florescer em gotas sangrentas na linha de artilharia rebelde.

Por fim os homens de Burnside começaram a avançar. Lá, e apenas lá, dentre todo o campo de batalha, uma banda tocava enquanto bandeiras eram carregadas morro acima para começar o ataque grandioso que cortaria a retirada do exército rebelde.

Porque finalmente a armadilha nortista ia se fechando e a longa matança do dia chegava ao clímax.

Os ianques nos bosques do Norte e do Oeste estavam silenciosos, mas o flanco norte do avanço federal em Sharpsburg era visível do bosque em volta da igreja *dunker*, e esses homens, como a massa maior que avançava a partir da estradinha funda recém-capturada, foram recebidos pelo horror da linha de artilharia de Lee. Alguns homens de Nate dispararam seus fuzis contra o inimigo distante, porém a maioria se contentou em ficar abrigada entre as árvores e olhar enquanto as explosões da artilharia abriam rasgos nos inimigos. Seu próprio canhão, o Napoleão que haviam capturado, estava a cinquenta metros dali. Potter tinha começado a entalhar uma legenda na conteira da arma — "Presente dos Pernas Amarelas" —, mas a dureza da madeira cegou seu pequeno canivete e ele abandonou o esforço.

— É estranho — disse ele a Nathaniel —, mas um dia tudo isso estará nos livros de história.

— Estranho? — Diante da declaração despreocupada de Potter, Nate franziu a testa, tentando não pensar em seu cansaço ressequido. — Por que é estranho?

— Porque acho que nunca pensei no país como um lugar onde a história é feita. Pelo menos desde a revolução. A história pertence ao resto do mundo. Crimeia, Napoleão, Garibaldi, o motim na Índia. — Ele deu de ombros. — Nós viemos para cá para escapar da história, não é?

— Nós a estamos fazendo agora — comentou Nate peremptoriamente.

— Então precisamos nos certificar de vencer — reagiu Potter —, porque a história é escrita pelos vencedores. — Ele bocejou. — Tenho permissão para ficar bêbado?

— Ainda não. Essa coisa não acabou.

Potter fez careta, depois olhou para o canhão.

— Sempre quis atirar com um canhão — disse melancolicamente.

— Eu também.

— Não deve ser muito difícil, não é? Ele não passa de um fuzil grande demais. Não é preciso ter um diploma para isso.

Nate olhou para os inimigos, cujo entusiasmo fora embotado pela carnificina, de modo que seu avanço agora hesitava sob a chuva de obuses da artilharia. Talvez outro canhão, disparando do flanco, impelisse-os para trás.

— Podemos tentar — disse, encorajado pela ideia de que os ianques estavam suficientemente longe para seus escaramuçadores serem imprecisos. — Uns dois tiros, talvez.

— O canhão é nosso — afirmou Potter. — Seríamos muito negligentes se não verificássemos se ele funciona, antes de entregá-lo.

— Verdade. — Nathaniel hesitou, de novo avaliando a distância entre o Napoleão e os ianques ao longe. — Vamos tentar.

Três homens da companhia de Potter se ofereceram para atuar como equipe de artilharia; um deles era o seleiro irlandês, John Connoly, que tinha uma bandagem ensanguentada enrolada no braço esquerdo, mas insistiu que estava em condições de lutar; então Lúcifer insistiu que sabia alguma coisa de artilharia, mas Nate suspeitou que o garoto simplesmente queria participar da empolgação de atirar com um canhão.

Nenhum ianque os notou enquanto eles corriam. O canhão ainda estava apontado para o bosque perto da igreja *dunker*, por isso Potter e seus homens levantaram a conteira e manobraram o cano pesado enquanto Nathaniel remexia no armão que já havia revelado três cantis cheios de água e um presunto cozido enrolado em lona para seus homens famintos. Agora tirou um saco de pólvora, uma lanterneta e um pacote de pavios. As instruções no saco diziam que rasgasse o papel e depois pressionasse a extremidade menor do pavio com ele.

— Eu achava que isso deveria ser fácil — disse. Tinha extraído um dos pavios, um simples tubo de papel cheio de pólvora, mas não conseguia relacionar o tubo com as instruções impressas.

— Me dê isso aí — pediu Lúcifer, então partiu o pavio ao meio e enfiou uma das metades numa abertura de cobre que formava parte da lanterneta. — Cinco segundos é tempo demais — disse, avaliando a distância do inimigo. — Digamos que dois e meio.

— Como, diabos, você sabe tudo isso? — perguntou Nate.

— Sabendo — respondeu Lúcifer, de novo escondendo seu passado. O cachorro estava amarrado ao seu cinto pela guia feita de alças de fuzil que quase se embolou nas pernas do garoto enquanto ele carregava a bala até o canhão. — O senhor precisa colocar a pólvora primeiro — disse a Nathaniel.

Nate empurrou o saco de pólvora no tubo, então Lúcifer enfiou a lanterneta no cano. Uma bala passou assobiando acima. Nathaniel achou que era um disparo errante, e não apontado deliberadamente contra seus homens.

Agora Lúcifer tinha assumido o controle. Encontrara o detonador de fricção e um furador. Assim que a carga havia sido socada no cano, ele se inclinou por cima e empurrou o furador com força para perfurar o saco de lona com pólvora. Inseriu o detonador de fricção, prendeu o cordel que estivera na mão do artilheiro morto e recuou.

— Pronto — disse.

— E a elevação? — O coronel Swynyard tinha visto a atividade em volta do canhão e veio se juntar à equipe improvisada. — Está parecendo baixo — acrescentou, indicando o parafuso de elevação.

Nate deu duas voltas no parafuso, mas isso pareceu fazer pouca diferença. Talvez fosse necessário um diploma, afinal de contas.

— Vamos disparar essa porcaria — disse, depois levantou a mão. — Esperem. — O artilheiro morto com a foto da mulher ainda no colo tinha caído atrás da roda, e primeiro Nathaniel afastou o corpo, depois pegou o ferrótipo. Parecia sacrilégio jogá-lo fora, por isso colocou a foto no bolso, depois assentiu para Lúcifer. — Dispare você.

Cinquenta metros atrás do canhão, o sargento Case mirou. Tinha encontrado o capitão Dennison e os dois estavam no mato baixo na borda do bosque. Case quase desistira da oportunidade de matar Nathaniel, mas de repente este estava a cinquenta metros, em terreno aberto, enquanto Case e Dennison se encontravam escondidos no mato.

— Atire quando o crioulo puxar o cordel — disse Case ao capitão. — Mire no corpo do filho da mãe e eu tento acertar na cabeça.

Com a boca seca, Dennison não pôde responder, por isso apenas assentiu. Estava desesperadamente nervoso. Estava prestes a cometer um assassinato e sua mão tremia enquanto ele apoiava o fuzil num calombo do terreno. Os homens em volta do canhão estavam de costas e, de repente, ele não teve certeza de qual era Nate. Mas então reconheceu o coldre do revólver que Nathaniel sempre usava às costas e mirou alguns centímetros acima, onde a casaca cinza estava escurecida por uma mancha de sangue. Case, mais calmo que Dennison, mirou no cabelo preto de Nathaniel.

— Espere até eles dispararem — alertou.

Dennison assentiu de novo, e o leve movimento bastou para desalojar a mira de seu alvo. Mirou rapidamente de novo e só percebeu que estava apontando para o homem errado quando Lúcifer se afastou do canhão e puxou o cordel.

O Napoleão escoiceou, as rodas saltando quinze centímetros do chão enquanto a ponta da conteira abria um sulco profundo no terreno. O barulho foi altíssimo, um estrondo que fez doer os ouvidos de qualquer um que estivesse a menos de cinquenta passos. A fumaça foi lançada para a frente, retorcendo-se com chamas, e sob a cobertura desse barulho, enquanto os restos dos Pernas Amarelas gritavam comemorando, Case e Dennison atiraram.

Potter foi jogado violentamente no chão.

Nathaniel estava se virando quando a bala acertou Potter. E, enquanto se virava, uma névoa de sangue explodiu da lateral de seu rosto e ele também caiu.

A bala do canhão partiu assobiando sobre o campo. A elevação era baixa demais e a lanterneta soltando fumaça ricocheteou num trecho de terreno seco e explodiu inofensiva atrás dos ianques. Não matou ninguém.

— É todo seu — disse Case, baixando o fuzil Sharps. — Todo seu. — E logo, pensou Case, seria todo dele. Os Fuzileiros da Virgínia, o melhor regimento da Confederação.

— Obrigado, capitão — conseguiu dizer Dennison.

Enquanto isso, ao sul, os grandes canhões retumbaram e os ianques se aproximavam de Sharpsburg.

* * *

Tudo que Lee podia fazer era ficar olhando enquanto o desastre ameaçava chegar. Estava de pé na colina baixa acima da cidade, onde seus canhões se enfileiravam na borda do cemitério de Sharpsburg, e observava enquanto uma inundação de ianques enchia o campo a leste e a sul.

Seus homens continuavam lutando. Os canhões abriam buracos enormes nas fileiras nortistas, enquanto a infantaria de cinza defendia teimosamente cada cerca, cada muro e cada construção de fazenda. Mas eram os ianques que tinham vantagem. Pareciam estar em número grande demais. Para onde quer que Lee olhasse, outro batalhão ou brigada aparecia de algum terreno escondido para se juntar ao avanço contra a cidade e a estrada que seguia para o sul, em direção aos estados confederados. Um ajudante verificava cada novo surgimento através de uma luneta, e, cada vez que isso acontecia, como Lee esperava que fosse um dos batalhões da Divisão Ligeira aparecendo no flanco, o ajudante anunciava laconicamente:

— É ianque, senhor.

— Tem certeza? — perguntou Lee uma vez.

— Senhor? — O ajudante ofereceu a luneta.

— Não posso usá-la — disse Lee, indicando as mãos cobertas pelas bandagens.

Os canhões não paravam, criando camadas de uma nova névoa de fumaça no terreno alto. Alguns foram destruídos pelo pesado fogo ianque, outros estavam tombados em rodas partidas que os artilheiros se esforçavam para trocar. Um dos poucos pesados canhões Parrott do Exército tinha explodido, matando dois membros da equipe e ferindo terrivelmente outro.

— Tente descobrir se eles envernizaram as balas — pediu Lee ao ajudante.

— Senhor? — O ajudante franziu a testa, intrigado.

— A equipe do canhão. Do Parrott. Descubra se eles passaram graxa nas balas. Agora, não, quando você tiver um momento.

— Sim senhor — respondeu o ajudante, e apontou a luneta para o sul outra vez.

Belvedere Delaney subiu por entre as lápides para se juntar ao grupo nervoso de ajudantes que estavam poucos passos atrás de Lee. A farda de Delaney estava ensanguentada e seu rosto coberto de suor. Lee notou sua chegada e sorriu para ele.

— Está ferido, Delaney?

— É sangue de outros homens, senhor.

Delaney estava totalmente cansado e numa consternação sem fim pelo que tinha visto neste dia. Jamais havia sonhado que aqueles horrores poderiam existir fora de matadouros. A cidade estava repleta de feridos, e cada casa abrigava homens moribundos e agonizantes. Mas o pior momento do dia foi quando Delaney entrou num porão para pegar algumas maçãs que o dono guardava para o inverno e agora oferecia às tropas feridas. Enquanto enchia um balde com as frutas, sentiu um pingo na cabeça. Era sangue escorrendo pelas tábuas do piso. Naquele momento começou a chorar, e seus olhos continuavam vermelhos.

Lee viu que o advogado estava mergulhado no terror.

— Obrigado por todos os seus esforços, Delaney — disse gentilmente.

— Não fiz nada, senhor, nada. — E, de repente, Delaney se sentiu culpado, porque certamente foi ele quem deu início a este massacre. De repente se ressentiu disso, temendo que a lembrança do sangue pingando pelas tábuas do piso azedasse a vida idílica em alguma capital estrangeira. Afastou essa suspeita, depois franziu a testa e conseguiu pôr para fora o que tinha sido mandado para dizer: — O coronel Chilton se pergunta se o senhor deveria recuar.

Lee gargalhou.

— E você foi o único homem com coragem suficiente para entregar essa mensagem? Talvez você devesse abandonar o direito e passar a ser soldado, Delaney. Precisamos de homens corajosos. Mas, enquanto isso, pode dizer a Chilton que ainda não perdemos. — Delaney se encolheu quando estilhaços de uma bala de canhão nortista passaram no ar acima. Lee pareceu não notar o som do metal quente. — Ainda não perdemos — repetiu com um tom de desejo.

— É — disse Delaney, não porque acreditasse no general, mas porque não era sua tarefa apontar o óbvio. Os ianques estavam vencendo. Metade do exército sulista tinha caído exausta e a outra metade era impelida para trás implacavelmente pelo vasto ataque nortista. O coronel Chilton havia preparado uma ambulância para levar Lee para longe do desastre iminente, mas pelo jeito Lee não estava disposto a ir.

Mais tropas surgiram ao sul. Lee olhou de relance para elas, mas mesmo desta distância dava para ver que os novos homens usavam azul. Ele suspirou, porém ficou em silêncio. O ajudante virou a luneta para as tropas recém-chegadas, perigosamente perto da única estrada ao sul. O ar estava enevoado pelo calor e obscurecido por filamentos de fumaça. O ajudante fitou por um longo tempo antes de falar.

— Senhor? — chamou ele.

— Eu sei, Hudson — respondeu Lee gentilmente. — Já vi. Eles usam azul. — Parecia imensamente cansado, como se percebesse de repente que tudo acabou. Sabia que deveria fazer algum esforço para recuar, salvar o que pudesse do exército, mas parecia consumido por uma lassidão terrível. Se não escapasse, seria capturado, e McClellan o teria como convidado para o jantar. Essa humilhação era insuportável.

— Foram reequipados em Harper's Ferry, senhor — observou o ajudante.

— O quê? — perguntou Lee, pensando que devia ter escutado mal.

Hudson falou mais alto numa empolgação súbita.

— São os nossos homens usando casacas ianques, senhor. É a nossa bandeira!

Lee sorriu.

— As bandeiras são parecidas quando não há vento.

— É a nossa bandeira, senhor! — insistiu Hudson. — É sim, senhor.

De repente o som agudo dos mosquetes ecoou na paisagem e as tropas distantes, de casaca azul, foram embranquecidas pela fumaça enquanto disparavam uma saraivada contra outras tropas, também de azul. Novos canhões eram posicionados e seus tiros partiam em diagonal para as tropas ianques que atacavam. Era a Divisão Ligeira que finalmente chegava, e Lee fechou os olhos como se estivesse rezando.

— Muito bem, Hill — murmurou —, muito bem. — Não precisaria engolir a humilhação imposta por McClellan. Mais soldados apareceram ao sul, esses de cinza, e de repente o avanço ianque, que quase chegara aos quintais nos limites de Sharpsburg, foi contido.

Porque a Divisão Ligeira havia chegado.

Enquanto puxava o cordel que tinha disparado o canhão, Lúcifer viu os dois tiros disparados da borda das árvores. Um instante depois conectou os dois disparos com os dois corpos do outro lado do canhão. Potter estava caído de barriga para baixo, Nate de joelhos, mas com a cabeça no chão derramando sangue. Nenhum dos dois se mexia até que Nathaniel, após um esforço inútil para se levantar, desmoronou.

Lúcifer gritou com raiva e sacou o revólver. Correu para os tufos de fumaça, puxando o cachorrinho pela guia.

325

Um segundo depois de Lúcifer, o coronel Swynyard percebeu que os tiros foram disparados do lado rebelde. Olhou para o garoto e viu um homem se levantar do mato baixo. Lúcifer tinha sacado o revólver e o estava apontando para o sujeito. O coronel gritou para ele:

— Não! Não, garoto! Não!

Lúcifer não se importou. Disparou, e sua bala passou longe, entre as árvores. Parou para mirar direito, sabendo que o homem que havia atirado em Nathaniel precisaria de vinte segundos para recarregar o fuzil.

— Assassino! — gritou para Case e levantou o revólver de novo.

Case baixou a guarda do gatilho e colocou seu último cartucho na culatra do Sharps. Levantou a guarda e encaixou a cápsula de percussão com o polegar.

Lúcifer atirou outra vez, mas mesmo a vinte metros um revólver não era uma arma precisa.

— Não! — gritou Swynyard novamente e correu atrás do garoto.

Case levantou sua arma. Viu a expressão de terror no rosto de Lúcifer, e essa expressão o agradou. Sorria ao atirar.

O garoto foi arremessado para trás. A força da bala pesada era tamanha que o tirou do chão e puxou o cachorrinho junto com ele. O cachorro latiu de terror quando Lúcifer caiu, depois soltou um ganido enquanto o corpo do menino estremecia. Escorria sangue de um buraco no crânio de Lúcifer, e os tremores pararam rapidamente.

Swynyard se abaixou ao lado do garoto, mas soube que ele estava morto muito antes de colocar a mão no pequeno pescoço. Olhou para Case, que deu de ombros.

— Ele estava atirando em mim, coronel — disse Case. — O senhor viu.

— Nome? — perguntou Swynyard rispidamente, levantando-se.

— Case — respondeu Case desafiadoramente, depois pendurou o fuzil no ombro. — E não existe porcaria de lei nenhuma contra atirar em crioulos. Especialmente em crioulos armados.

— Existe uma lei contra atirar nos seus próprios oficiais, Case.

Case balançou a cabeça.

— Diabos, coronel, eu e o capitão estávamos atirando em dois malditos ianques no campo. — Ele virou a barba para a estrada de Smoketown. — Lá, coronel. Acho que eles mataram o Starbuck. Não fui eu.

Uma segunda figura se levantou ao lado de Case. Swynyard reconheceu o capitão Dennison, que umedeceu os lábios nervosamente, depois assentiu apoiando a declaração de Case.

— Naquele trecho de arbustos, coronel — disse Dennison, apontando para a estrada. — Um par de escaramuçadores ianques. Acho que matamos os dois.

Swynyard se virou. A uns trezentos metros dali, ao lado da estrada de Smoketown, havia um pequeno trecho de arbustos onde havia uma espessa confusão de corpos sob um cobertor de fumaça fina que cobria o campo. Não era fumaça suficiente para mostrar que dois escaramuçadores ianques teriam disparado dos arbustos, admitiu Swynyard, mas sentiu um tremendo cansaço ao perceber que os dois sustentariam a história, que seria difícil de ser provada como mentira. Virou-se de volta para eles. Iria prendê-los de qualquer modo. Houve um tempo, sabia, em que teria atirado neles como se fossem cães, mas agora obedecia a uma ordem mais elevada. Faria a coisa certa, mesmo supondo ser inútil.

Abriu a boca para falar, então viu uma expressão de terror absoluto no rosto dos dois homens. Estavam olhando para além dele, e Swynyard se virou para ver o que os apavorara.

Nate estava se levantando. O lado esquerdo do rosto era um horror de sangue. Ele cambaleou, depois cuspiu uma bola de sangue denso e pedaços de dentes quebrados. A bala tinha atravessado sua boca aberta, raspado a língua, arrancado quatro dentes do maxilar superior e saído pela bochecha. Ele deu passos instáveis em direção aos dois homens, depois parou ao lado de Lúcifer. Ajoelhou-se ao lado do garoto, e Swynyard viu lágrimas rolando misturadas com sangue.

— Nate — disse Swynyard, mas Nathaniel balançou a cabeça como se não quisesse que nada fosse dito.

Acariciou o rosto morto de Lúcifer, depois desamarrou do cinto do garoto o cachorrinho que gania. Levantou-se e andou na direção de Case e Dennison. Falou com eles, mas o ferimento transformava as palavras num engrolado sangrento. Cuspiu de novo e apontou para o agrupamento de arbustos.

— Vão — conseguiu dizer.

Swynyard entendeu.

— Vão e encontrem os homens que vocês mataram — ordenou aos dois.

— Diabos — disse Case. — Tem um monte de ianque morto lá!

— Então me tragam dois corpos quentes! — reagiu Swynyard com rispidez. — Porque, se não estiverem quentes, capitão Dennison, vou saber que vocês estão mentindo. E, se vocês estiverem mentindo, capitão Dennison, vou colocar os dois diante de um pelotão de fuzilamento.

— Vão! — rosnou Nate, cuspindo mais sangue.

Os dois seguiram para o leste. Nathaniel esperou até terem se afastado, depois se virou de volta para o canhão. Sangue escorria pelo seu rosto enquanto ele erguia a alavanca para virar a conteira até que o cano apontasse para a estrada de Smoketown.

— Não, Nate — disse Swynyard. — Não.

Nathaniel ignorou o coronel. Foi até o armão e pegou um saco de pólvora e uma metralha. Dois dos homens de Potter socaram a carga no canhão enquanto Connolly corria para recuperar o furador que estava com Lúcifer.

Potter rolou. Estava chorando. Swynyard, que não havia esperado que seu protesto desse resultado, ajoelhou-se ao lado dele.

— Está doendo, filho?

— A garrafa de cerâmica com uísque — disse Potter. — O melhor uísque que já vi. Estava guardando, coronel, e eles a estouraram. Os desgraçados estouraram a garrafa. Agora as minhas costas estão encharcadas de uísque, mas está tudo do lado de fora e eu rezava para que estivesse dentro.

Swynyard tentou não sorrir, mas não conseguiu evitar.

— Você não está ferido?

— Fiquei sem fôlego — respondeu Potter, depois se sentou. Pegou a mão que Swynyard oferecia e se levantou. — Eu estava de costas para eles, coronel, e levei o tiro nas costas.

— Existem procedimentos adequados — disse Swynyard debilmente.

Nate deu sua opinião sobre os procedimentos adequados, uma opinião tão abafada pelo sangue que saiu como escarro de sangue e osso. Curvou-se, cuspiu de novo, depois se empertigou e pôs as mãos em concha em volta da boca despedaçada.

— Case! — gritou.

Case e Dennison estavam até então avançando cautelosamente pelo terreno aberto, quase tão apavorados com os ianques distantes quanto com o que os esperava ao voltarem para o batalhão. Então viram que não haveria retorno. O canhão estava a cinquenta metros, apontado diretamente para eles. Dennison balançou a cabeça, Case começou a correr, e Nate puxou o cordel.

A fumaça do canhão envolveu os dois homens, mas não antes de a rajada da metralha os ter transformado em tiras de carne vermelha.

Nathaniel nem olhou para ver o que a metralha havia feito. Voltou para perto de Lúcifer e segurou o garoto morto no colo. Abraçou-o, balançando o corpinho e pingando sangue no rosto ensanguentado. Swynyard se ajoelhou ao lado dele.

— Você precisa de um médico, Nate.

— Isso pode esperar — conseguiu dizer Nathaniel. — Eu nunca soube o nome verdadeiro dele — acrescentou, agora falando lentamente para articular as palavras através da bagunça revirada dentro da boca —, então que diabos posso colocar na sepultura dele?

— Que ele foi um soldado corajoso — respondeu Swynyard.

— E foi. Foi mesmo.

Os canhões ao sul ficaram em silêncio. Não parecia um silêncio natural, depois de o céu passar o dia inteiro marcado de fogo, mas agora havia silêncio. Silêncio e um vento fraco que finalmente agitou a fumaça e levou o fedor da batalha para o leste, por cima do córrego. A matança havia acabado.

Durante a noite os feridos gritavam. Alguns morreram. Fogueiras mostravam onde os exércitos descansavam, as pequenas chamas marcando os avanços que os ianques tinham feito durante a longa luta do dia. Os bosques do Norte e do Leste eram deles, além de todo o campo que ficava entre o córrego e o terreno alto junto da cidade, mas os rebeldes não desistiram, não fugiram. A Divisão Ligeira, suando por causa da marcha sofrida, tinha golpeado o flanco de Burnside e impelido para trás suas colunas cuidadosamente arrumadas justo quando os ianques achavam que chegariam à cidade.

Policiais do Exército confederado revistaram as casas de madeira da cidade em busca de homens que tivessem procurado refúgio da luta. Arrancaram fugitivos de porões e sótãos, de currais e depósitos, depois os fizeram marchar de volta para suas unidades. Uma criança, morta por um obus ianque que havia passado por cima do morro e mergulhado em Sharpsburg, estava deitada em seu melhor vestido na mesa de uma sala. Uma casa pegou fogo, e a chaminé de pedra era tudo que restava quando o sol nasceu acima da colina Red na manhã de quinta-feira. O platô continuava coberto por uma névoa de fumaça e pelo fedor dos mortos em pilhas medonhas nos campos chamuscados pelo fogo.

Durante toda a noite homens retornaram aos poucos à brigada de Swynyard, de modo que agora restavam cento e doze na Legião Faulconer e setenta e oito no batalhão de Nathaniel. Quando o sol nascente os ofuscou, eles protegeram os olhos e, do bosque perto da igreja *dunker*, olharam para o leste e esperaram o ataque dos ianques. Mas os ianques não vieram. Em vez disso, uma hora antes do alvorecer, um homem cavalgou pelo campo com uma bandeira branca e pediu permissão dos rebeldes para resgatar os feridos do Exército federal, que estavam chorando nos campos ensanguentados. Homens que tinham xingado e matado no dia anterior agora se juntavam para separar os mortos dos agonizantes. Ianques e rebeldes trabalhavam juntos, enchendo as ambulâncias de feridos. As primeiras covas rasas foram cavadas, mas parecia que nem toda a escavação do mundo daria conta da tarefa de enterrar todos aqueles mortos.

O capitão Truslow decidiu ser o médico de Nate. Não havia cirurgiões disponíveis para homens com ferimentos leves, então Truslow usou um alicate de ponta para tirar os pedaços de dentes e ossos. Deitou Nathaniel e se abaixou sobre a boca mutilada.

— Deus do céu — reclamou quando Nathaniel se encolheu de dor. — Você é pior que uma menina. Só fique parado, pelo amor de Deus. Água!

O capitão Potter derramou água num balde para lavar o sangue da boca aberta de Nathaniel. Truslow sondou de novo, lavou o sangue outra vez, depois continuou cavando e puxando até ter certeza de que cada lasca solta de osso e dente tinha sido retirada. Deu três pontos grosseiros na bochecha de Nate.

— Isso vai tirar o brilho da sua beleza — disse, animado, dando um nó na linha de algodão.

— As mulheres gostam de cicatrizes — observou Potter.

— Ele já saracoteava o suficiente sem cicatriz — resmungou Truslow —, então que Deus ajude as mulheres agora. — Ele havia encontrado uma garrafinha de conhaque num ianque morto e derramou a bebida forte na boca sangrenta de Nate. — Engole isso — disse, depois deu a Nathaniel uma almofada feita de uma tira de pano rasgada da aba da camisa de um morto. — Morda isso até parar de sangrar — ordenou.

— Sim, doutor — murmurou Nate.

De tarde, Nathaniel cavou a sepultura de Lúcifer embaixo de um olmo enquanto Potter entalhava as palavras "Bravo soldado" no tronco da árvore. Potter tirou o revólver do corpo de Lúcifer antes de o colocarem na cova rasa, mas Nathaniel o impediu.

— Deixe com ele — disse. — Deus sabe que ele pode precisar no lugar para onde vai.

Potter assentiu, mas tirou a bolsa para pegar as balas que restavam. Dentro da bolsa encontrou um objeto cuidadosamente embrulhado em tecido impermeável que tirou e mostrou a Nathaniel. Nate o pegou, desamarrou o barbante e encontrou o pedaço de papel que Caton Rothwell havia lhe mostrado na noite depois da briga com Case. Leu a assinatura em voz alta.

— Billy Blythe — murmurou. — Filho da puta.

— Quem?

Nathaniel lhe mostrou o papel.

— Aquele era o revólver de Tumlin — disse, apontando para a arma que Potter tinha posto na mão direita de Lúcifer —, e esse papel pertencia ao sargento Rothwell. Meu Deus. — Parou, percebendo que Tumlin devia ter matado Rothwell. — Mas por que, diabos, Tumlin iria tirar isso do corpo de Rothwell?

— Só Deus sabe — respondeu Potter.

— Eu gostaria de encontrar o Sr. Tumlin de novo. — Nathaniel cuspiu sangue. — Meu Deus — continuou, vingativo —, eu gostaria mesmo. — Colocou o papel no bolso e depois ajudou a baixar Lúcifer na sepultura. Cobriram-no com terra.

— Quer fazer uma oração? — perguntou Potter.

— Já fiz. — Nathaniel pegou a guia de Diabinho e levou o cachorro para a borda do bosque. Mordeu a almofada, quase apreciando a dor enquanto olhava para o campo cheio de soldados de ambos os lados. Estavam contando histórias e trocando jornais nortistas pelos sulistas. Alguns tinham panos amarrados no rosto para manter longe o fedor dos mortos.

Potter parou ao lado de Nate.

— Não bebi o meu uísque — disse, desejoso.

Nathaniel tirou a almofada sangrenta da boca.

— Quando voltarmos para o sul, você e eu vamos tomar um porre juntos — prometeu.

— Acho que vamos voltar para o sul.

— Acho que sim. — Nathaniel cuspiu um bocado de saliva com sangue.

O exército de Lee não estava em condições de ficar, não estava em condições de lutar. Tinha levado uma surra infernal e, apesar de também ter dado uma surra, não tinha opção a não ser a retirada.

Artilheiros pegaram o canhão capturado pelos homens de Nate e o levaram na direção de Sharpsburg. Swynyard havia insistido para que a legenda que Potter começara a entalhar na conteira fosse terminada, de modo que os artilheiros soubessem que os desprezados Pernas Amarelas tinham capturado o canhão. E assim Truslow gravou as palavras com a ponta incandescente de uma baioneta. Swynyard foi até Nathaniel.

— Como está a boca?

— Dolorida, senhor.

Swynyard levou Nate para longe de Potter.

— O Sr. Maitland confessou a mim que não suporta ver sangue — disse o coronel.

Apesar da dor no maxilar, Nathaniel sorriu.

— Ele me disse isso.

— Ele é sensível. — Swynyard deu de ombros. — Disse que uma vez desmaiou quando o nariz de um dos seus escravos sangrou. Acho que ele queria uma chance de superar o medo, mas não deu certo. E concorda comigo que Richmond pode ser um lugar mais adequado para ele trabalhar. — O rosto devastado do coronel se abriu num sorriso. — Portanto a legião é sua, Nate. O que resta dela. E os Pernas Amarelas.

— Obrigado, senhor.

Swynyard fez uma pausa, olhando por cima do campo onde os vivos se moviam tão lentamente entre os mortos.

— Tenho outra notícia.

— Boa, espero.

Swynyard assentiu.

— Jackson acabou de me promover. Sou general de brigada.

Nate sorriu de novo, forçando os pontos na bochecha. Ignorou a dor e estendeu a mão.

— Parabéns, general.

Swynyard tinha lágrimas nos olhos.

— Deus tem sido bom comigo, Nate, muito bom. Por que demorei tanto para encontrá-Lo? — Nathaniel não respondeu, e o general sorriu. — Vou fazer uma reunião de orações ao pôr do sol, mas imagino que você não vá, não é?

— Acho que não, general.

— E depois das orações nós marchamos.

— Para casa?

— Para casa.

Porque a invasão havia terminado.

Nota histórica

A Batalha de Antietam (Sharpsburg, para os sulistas) é famosa por ser o dia mais sangrento de toda a história dos Estados Unidos. Quase 23.000 homens morreram nesse único dia. No sentido adequado da palavra, foi um matadouro.

Lee era um apostador, e a decisão de lutar nos campos próximos a Sharpsburg foi uma de suas maiores apostas. Ele temia as consequências políticas de uma retirada sem batalha e esperava que a cautela natural de seu oponente fizesse McClellan hesitar e ceder uma vitória famosa aos rebeldes que estavam em menor número. A aposta deu errado. O orgulho de Lee exigia que seu exército permanecesse no mesmo lugar no dia seguinte à batalha, já que isso, de acordo com os termos de honra dos soldados, denotava que a batalha não fora perdida. Mesmo assim a campanha foi um fracasso. O Norte foi poupado de uma invasão prolongada e nenhum país europeu foi encorajado a se juntar ao Sul. Ao manter seu exército no campo, Lee poderia reivindicar uma vitória técnica, mas na noite de quinta-feira o exército rebelde foi embora, e na tarde de sexta-feira não restavam soldados rebeldes nos Estados Unidos, a não ser os mortos e os prisioneiros.

A invasão de Lee fracassou, mas não por causa de George McClellan, que recebeu uma oportunidade maravilhosa de acabar com a guerra em Antietam. Se tivesse atacado vinte e quatro horas antes, sem dúvida teria destruído o exército de Lee, que era menor do que jamais seria de novo até o fim da guerra. No entanto, McClellan era assolado por dúvidas e esperou enquanto Lee recebia reforços. E se, quando finalmente reuniu coragem para atacar, tivesse coordenado seus assaltos, teria posto Lee em debandada. Mas, em vez disso, os ataques nortistas foram feitos um de cada vez, e Lee pôde mover suas forças reduzidas para enfrentar cada novo ataque. O plano de McClellan tinha sido atacar os flancos de Lee e depois mandar o golpe mortal pelo centro quando as reservas rebeldes estivessem reduzidas, mas a luta jamais lembrou sequer remotamente esse plano. Em vez disso, a batalha se degenerou numa série de encontros sangrentos sobre os quais nenhum dos lados teve controle total. Foi chamada de uma batalha de soldados, já que foi o soldado comum que a travou, e fez isso com coragem extraordinária. McClellan podia ter retomado a luta na quinta-feira e, com sua enorme reserva, que não tinha disparado um único tiro, certamente resolveria o negócio com bastante rapidez. Mas teve medo demais de tentar. Alegou que seus soldados estavam cansados, e foi permitido ao exército de Lee que fosse embora para lutar de novo. O exército de Lee sofreu terrivelmente, e tudo que teve para mostrar seus esforços foram os canhões capturados e os suprimentos de Harper's Ferry.

Antietam foi o último comando de McClellan num campo de batalha. Ele próprio acreditava ter demonstrado o maior nível de arte militar, mas o presidente Lincoln estava farto da falta de bravura do Jovem Napoleão, e agora novos generais assumiriam o exército do Norte. McClellan partiu para se tornar uma nulidade política. Foi candidato do Partido Democrata à presidência em 1864, mas, felizmente para a União, não conseguiu derrotar Lincoln. Até sua morte, o Jovem Napoleão defenderia sua liderança estarrecedora, mas a verdade é que, com o afastamento de McClellan, os rebeldes perderam uma de suas maiores vantagens militares.

A história da Ordem Perdida é famosa. Ninguém sabe como a cópia se perdeu, e depois da guerra, quando sobreviventes realizaram necropsias intermináveis de suas campanhas, todos os envolvidos negaram qualquer conhecimento sobre a ordem. Tudo que sabemos é que os dois soldados do 27º Regimento de Indiana encontraram a ordem embrulhando três charutos e que sua descoberta bastou para tirar McClellan da cautela costumeira. Se a ordem não tivesse sido encontrada, Lee provavelmente teria chegado ao Susquehanna como planejava. Mas, assim que sua estratégia foi descoberta, a invasão estava condenada. Os dois soldados que encontraram a ordem, Bloss e Mitchell, foram feridos no milharal.

A luta no milharal e a batalha na estradinha funda foram os dois episódios mais sangrentos da batalha, com a luta pela ponte Rohrbach (agora chamada de ponte Burnside) vindo logo em seguida. Andar pelo terreno hoje em dia é ficar maravilhado com a coragem de homens capazes de atacar numa área tão aberta diante de um tiroteio terrível. O campo de batalha está bem preservado, mas os bosques do Leste e do Oeste estão muito menores do que o tamanho original. Uma estrada, ladeada por um grande número de memoriais de regimentos, agora corre ao sul do milharal, e uma torre de observação fica na curva fechada da estradinha funda. Quem quiser saber mais sobre a campanha e a batalha deveria ler *Landscape Turned Red*, de Stephen Sears, um livro que estava constantemente ao meu lado enquanto escrevia *Herói*. E, para mim, é o melhor livro escrito sobre uma única batalha da Guerra Civil, talvez sobre qualquer batalha do século XIX.

Antietam foi de fato um negócio medonho. O Norte era mal comandado e os mais corajosos esforços de seus homens foram desperdiçados, mas a retirada rebelde deu ao presidente Lincoln a oportunidade de proclamar uma vitória e, em seguida, despachar sua Proclamação de Emancipação. A guerra, que ostensivamente tinha sido sobre os direitos dos estados, era agora firmemente uma campanha moral para abolir a escravização. Mas uma coisa era proclamar que os escravizados eram livres. Libertá-los era outra, e a estrada para Richmond seria dura e longa. Lee foi repelido em Antietam, mas estava longe de ser derrotado. Nathaniel Starbuck marchará de novo.

Este livro foi composto na tipologia Minion Pro,
em corpo 11/14,5, e impresso em papel off-white
no Sistema Cameron da Divisão
Gráfica da Distribuidora Record